Armin Peter
Wahn und Widerstand

Armin Peter
Wahn und Widerstand
Vier Lese-Dramen

Ein Projekt der Agentur am Aspersort
August-Krogmann-Straße 174, 22159 Hamburg
Telefon 040-64551454, E-Mail: peter-aspersort@t-online.de
www.agentur-aspersort.hamburg

Gestaltung und Satz:
Christian Wöhrl, Hoisdorf, feingedrucktes.de

Bibliografische Information der Deutschen Nationalbibliothek:
Die Deutsche Nationalbibliothek verzeichnet diese Publikation
in der Deutschen Nationalbibliografie; detaillierte bibliografische
Daten sind im Internet über dnb.dnb.de abrufbar.

Verlag: BoD • Books on Demand GmbH, In de Tarpen 42,
22848 Norderstedt
Druck: Libri Plureos GmbH, Friedensallee 273, 22763 Hamburg
ISBN: 978-3-7597-7941-0

Inhaltsverzeichnis

Mort pour la France

Personen

Admiral François Darlan
Madame Darlan
Hourcade, Adjutant
Fernand Bonnier de la Chapelle
Jeanne, seine Schwester
Bernard d'Astier de la Vigerie
Sabatier
Mario Faivre
Henri d'Astier de la Vigerie
Josiane, seine Frau
Rigault, Verleger
Oberst van Hecke
Oberst Jousse
Lemaigre-Dubreuil,
  Unternehmer
Robert Murphy, Diplomat

GenLt. François d'Astier
  de la Vigerie
GenLt. Mark W. Clark
General Juin
General Mast
Captain Gerauld Wright

Zwei Polizisten
Ein Polizeioffizier
Zwei Offiziere
Ein Soldat

Im Vor-, Zwischen-
  und Nachspiel:
Winston Churchill
Charles de Gaulle

Ort und Zeit

Algier und Vichy, Herbst/Winter 1942; Vor-, Zwischen- und
  Nachspiel in Colombey-les-Deux-Eglises 1950 und London 1942

Vorspiel in Colombey-les-Deux-Eglises

De Gaulles Arbeitszimmer mit Eckfenster. De Gaulle, Churchill

Churchill   Sie schreiben Ihre Memoiren, mon Général?

de Gaulle   Winston Churchill hat seinen Krieg beschrieben, Charles de Gaulle beschreibt den seinen.

Churchill   Zwei Kriegshelden im Ruhestand. Sie sind jung, M. de Gaulle, zu jung, um Ihre Memoiren zu schreiben.

de Gaulle   Wir leben im Wartestand, Mr. Churchill, Sie und ich. Die Geschichte hat uns noch nicht entlassen.

Churchill   Unsere undankbaren Völker taten es.

de Gaulle   Das Volk ist vergesslich. Aber es hat doch ein großes Gedächtnis. Was wäre das britische Volk ohne Sie gewesen? Sie waren sein Wille, seine Seele, seine Ehre. Ohne das alles – was ist ein Volk? Und Sie sind sein Schicksal, Mr. Churchill.

Churchill   Halt, mon Général! Das ist mein Wort, und ich münzte es auf Sie, auf den General de Gaulle. Sie haben mein Buch gelesen –

de Gaulle   Ein großes Buch!

Churchill   Ihr Land kopflos, mutlos im Chaos seiner Überrumpelung. Die Häupter der Republik verzweifelt. Patrioten überall, voller Leidenschaft ohne Entschluss. Da stand der General, regungslos, wie unbeteiligt –

de Gaulle   Sekretär im Kriegsministerium, ich hatte zu schweigen.

Churchill   Ich sah ihn stehen – stehen, mon Général! – und ich sagte zu ihm: l'homme du destin. Er sah über die Köpfe hinweg. Seine Stunde würde kommen. Ich wusste es. Sie erinnern sich! *(de Gaulle blickt Churchill schweigend an)* Dass Sie Ihr Buch hier unter diesem grauen Marnehimmel schreiben müssen! *(blickt durchs Fenster)* In dieser öden Landschaft. Gehen Sie an die Côte d'Azur. Die liebe ich. Sonne. Erinnern Sie sich an unsere Konferenz in Casablanca? – als wir die Freiheit und den Sieg ins Buch der Geschichte diktierten. Roosevelt –

de Gaulle Roosevelt!

Churchill Mit ihm bin ich nach Marakesch gefahren – in die Oase unter der hellsten Sonne. Schade, mon Général, dass sie nicht mitreisen konnten –

de Gaulle Wollten!

Churchill Roosevelt ließ sich in seinem Stuhl auf einen Turm tragen, ich packte an. Der Sonnenuntergang über den Schneebergen des Atlas! Wir haben gelacht, wir haben gesungen. Dort malte ich das einzige Bild, das ich während des ganzen Krieges zu malen unternommen habe. Ah, Nordafrika!

de Gaulle Ich habe keine angenehmen Erinnerungen an Casablanca. Roosevelt hat mich herbeizitiert. Ein Gefangener hinter Stacheldraht war ich, umlauert von Agenten und GIs.

Churchill Wir alle lebten hinter Stacheldraht, auch der Präsident. Wir mussten uns verstecken vor der Welt, um unsere Pläne im Stillen schmieden zu können.

de Gaulle Und der Charme des Briten war brutal. Sie haben mir den Giraud aufgezwungen –

Churchill Ach, der arme General Giraud!

de Gaulle – mich gezwungen, meine Regierung in Nordafrika mit ihm zu teilen. Mich gezwungen – zu dieser Revolverhochzeit mit Giraud. Mein Landsmann hat nie begriffen, was er mir und dem Befreiungskomitee schuldig war.

Churchill Revolverhochzeit. *(lacht)* Die Amerikaner lieben diese herzigen Begriffe. Wir hatten uns geirrt in General Giraud – sorry!

de Gaulle Der ewige Leutnant. Soll ich Ihnen Ihr Buch zeigen, Winston? *(er erhebt sich)*

Churchill Lassen Sie es liegen, ich kenne es.

de Gaulle Revolverhochzeit. Sie hätten sich nicht einmischen dürfen in die Führungsfrage der französischen Nation – mit Ihrer Revolverhochzeit!

Churchill Mon Général! Welche Rolle spiele ich in Ihrem Buch? Ich war Ihr Freund. Im Krieg, immer, unwandelbar. In allen Krisen und Krächen.

de Gaulle Wenigstens haben Sie mich nicht Jeanne d'Arc genannt, wie viele sonst.

Churchill Lesen Sie mein Buch, mon Général! Muss ich Ihnen vorlesen, wie ich dachte über Sie? *(de Gaulle setzt sich)* Für mich war Charles de Gaulle der Konnetabel von Frankreich. Davon konnte ich Roosevelt nicht überzeugen. Was wissen wir Angelsachsen vom Geist einer Nation, die ihren Führer ruft.

de Gaulle Die ihre Führer in den Ruhestand schickt, wenn sie ihrer nicht mehr bedürftig zu sein glaubt.

Churchill Wie mich.

de Gaulle Zwölf Jahre hat Roosevelt regiert. Zwölf!

Churchill Zehn Jahre General de Gaulle! Der deutsche Blitzkrieg war zu Ende, Frankreich ohnmächtig. Da war der Flugplatz von Bordeaux. Die gegen Hitler verbündeten Offiziere schüttelten sich die Hände zum Abschied, der Motor knatterte. Mein General Spears war in seinen Doppeldecker geklettert. Da sprang der General de Gaulle in die Maschine. In einem winzigen Flugzeug nimmt er Frankreichs Ehre in die Emigration.

de Gaulle Das Knie habe ich mir bei meinem Sprung gestoßen. Ein kleiner Schmerz gegen den Schock des Todesurteils, mit dem die Franzosen mich für ihren eigenen Verrat bestraften.

Churchill Wir waren verbündet mit einer Nation, doch die war ein einziger Mann.

de Gaulle In Nordafrika war ich nicht Ihr Verbündeter! Sie haben mit Admiral Darlan paktiert. Stand seine Unterschrift nicht auch unter meinem Todesurteil? Dann haben Sie mich mit Giraud verkuppelt.

Churchill Sie lebten, mon Général, und mit Ihnen lebte Frankreich. Ihr Chablis ist exzellent, Monsieur. Einen Whisky haben Sie nicht im Haus?

de Gaulle Whisky. Ich fürchte – *(er erhebt sich)*

Churchill Der Arzt hat ihn mir verboten, wie meine Zigarre. Ich bleibe wohl beim Chablis, er ist exzellent, voller Kraft und Eleganz. *(de Gaulle setzt sich)* Ach, sechzig Jahre! Wie beneide ich Sie jungen Mann.

de Gaulle Wir beide waren Akteure in einem Weltendrama. Sie haben Ihre großen Bücher geschrieben. Mein Buch stockt. Das Drama ist beendet, der Vorhang ist gefallen. Kann ich ihn wieder heben?

Churchill Schreiben Sie! Kämpfen Sie wieder! Der Kampf ist die Mutter der Kunst.

de Gaulle Mr. Churchill, Sie verstehen sich darauf, Sie sind ein grandioser Autor.

Churchill Ich war ein Berichterstatter, mon Général!

de Gaulle Ich stocke – im dritten Kriegsjahr. Ich sitze in Nordafrika, nein, ich stehe noch auf dem Weg zwischen London und Algier. Auf der Suche nach einem Stützpunkt für die kriegführende Macht Frankreich, die nicht geschlagen war – gegen allen Anschein.

Churchill Unter dem Lothringer Kreuz! Ihrem!

de Gaulle Ich musste das kämpfende Volk um mich versammeln. Nicht ein paar versprengte Truppen. Ich musste aus meinem Herzen eine Nationale Regierung schaffen und sie dem Volk ins Herz pflanzen. Ich musste die Einheit des zerrissenen Frankreichs wieder herstellen – gegen Widerstand und Dummheit. Gegen die Alliierten!

Churchill Wir Alliierten haben den General de Gaulle unterstützt.

de Gaulle Als er eine Macht geworden war. In Nordafrika haben sie auf den Admiral Darlan und auf General Giraud gesetzt.

Churchill Wir brauchten die beiden. Der große de Gaulle war noch zu klein.

de Gaulle Frankreich lässt sich nicht gebrauchen. Nie durfte sich ein amerikanischer Präsident zum Schiedsrichter über das zerstrittene Frankreich setzen. Wie konnte Amerika, dieser glänzende neue Stern am Himmel der Weltgeschichte, glauben, Frankreichs Schicksal lenken zu können? Warum haben Sie sich, Mr. Winston, der Europäer, in diese Koalition der Anmaßung begeben?

Churchill Der militärische Erfolg hat uns recht gegeben. Wir wollten Europa befreien – ja, Europa! – mit Amerikas Kraft. Das wissen Sie doch, mon Général – wenn wir Briten zwischen dem Kontinent und der Weite des Meeres zu wählen haben, werden wir uns immer für das Meer entscheiden. Als Sie mich zwingen wollten – oh, Sie haben es oft getan! –, mich zwischen Ihnen und Roosevelt zu entscheiden, habe ich Roosevelt gewählt. Der Admiral Darlan hat das besser verstanden als der Panzergeneral de Gaulle.

de Gaulle Darlan! Der Held eines Systems, das aus der schändlichen Demütigung noch einen kleinen schäbigen Sieg machen und die Beute Europa mit den Faschisten teilen wollte!

Churchill Sprechen Sie nicht so über Darlan! Er hat uns geholfen, Hitler zu besiegen. Ich weiß nicht, warum der Schöpfer der großen französischen Flotte sich in der Niederlage nicht an die Spitze des kämpfenden Frankreichs gestellt hat, warum er nicht mit seiner Flotte und den Truppen nach Nordafrika gegangen ist, um an der Seite Großbritanniens den Kampf fortzusetzen. Er hat es nicht getan. Er hätte mit Charles de Gaulle das freie Frankreich verkörpern können.

de Gaulle Der Ehrgeiz hat ihn blind gemacht für diese große Chance. Lieber ein kleiner Marineminister im Vichy-Kabinett Pétains! Des törichten greisen Vasallen Hitlers! Er hätte sich nur der Pläne bemächtigen müssen, die ich entwickelt hatte.

Churchill Admiral Darlan hat seine Chance verpasst. Misstraute er uns Briten? Konnte er es den Briten nicht verzeihen, dass sein Urgroßvater sein Leben in der Schlacht von Trafalgar gelassen hat? Europa ist voll von solchen schmerzlichen Erinnerungen. Doch der Admiral Darlan hat das Versprechen gehalten, das er mir gegeben hat: Die französische Flotte werde nie, nie, in deutsche Hände fallen. Er hat es gehalten. Das ist viel, mon Général. In Nordafrika haben wir Admiral Darlan seine zweite Chance gegeben. Darlan – das ist eine Tragödie.

de Gaulle Wenn wir schreiben, verstehen wir uns, Winston Churchill! Tragödie, ja. So habe ich das Kapitel über den Kampf in Algier überschrieben. Tragödie. Soll ich es Ihnen vorlesen?

Churchill   Viele schreiben an einer Tragödie mit. Kein Autor ist der Herr seines Stoffes. Er sieht nur den, den das Schicksal ihm vor die Füße legt.

de Gaulle   Ja. *(geht zu seinem Schreibtisch, rafft einige Blätter zusammen; Churchill entzündet eine Zigarre, der Gastgeber schlägt auf einen Gong afrikanischen Stils, in den verhallenden Klang mischt sich eine Wolke aus Churchills Zigarre)*

Erster Teil
Das Unternehmen „Fackel"

1

Wohnung der d'Astiers in Algier. Bernard d'Astier de la Vigerie,
Fernand Bonnier de la Chapelle, Sabatier, Mario Faivre, Jeanne Bonnier
de la Chapelle

Bernard   Der General Giraud! Das ist ein Kerl. Er soll leben! *(hebt sein Glas)* General Giraud, hoch, hoch, hoch!

Die andern   (außer Jeanne) Hoch, hoch, hoch!

Sabatier   Du trinkst nicht mit uns, Jeanne?

Jeanne   Hoch.

Fernand   Begeistert klingt das nicht, Schwesterchen.

Jeanne   Wird General Giraud zu uns kommen, nach Nordafrika?

Bernard   Er wird, er wird! Wir können seine Ankunft schon heute feiern. Willkommen, General Giraud.

Jeanne   Er hat dem Marschall Pétain sein Offizierswort gegeben, dass er nach seiner Flucht nicht gegen die Deutschen kämpfen wird. Sonst hätte der Marschall ihn zurückschicken müssen in die deutsche Festung.

Bernard   Den schickt keiner wieder in die Gefangenschaft – nach dieser halsbrecherischen Flucht.

Mario   Was ist ein Wort schon wert, das einer den alten Männern in Vichy gibt, die ihren Mut verloren haben. Der Hitler weiß: der Giraud geht nach Nordafrika. Der führt das freie Frankreich – in den Kampf! Auch gegen den Greis von Vichy. Hat uns der alte Marschall nicht die nationale Revolution versprochen! Was ist eine Revolution ohne Kampf?

Bernard   Giraud kämpft! Er wird unsern alten Pétain aufrütteln.

Jeanne Giraud ist selber alt! Über sechzig.

Fernand Nur dein Charles de Gaulle ist jung! Wir sind jung, wir, wir! Wir sind die Jugend, wir sind die Legion, die kämpfen wird. Wir – hoch die Chantiers de la Jeunesse! *(hebt sein Glas)* Unsere Führer sind jung. Es lebe unser Oberst van Hecke – hoch!

Die andern (außer Jeanne) Hoch!

Jeanne Eure Soldatenspielerei. Grabt eure Schützengräben und Schanzen in die Wüste, ihr Pfadfinder! Das habt ihr doch den Faschisten abgeguckt. Ja, die kämpfen! Die lachen über uns Franzosen.

Sabatier Fernand, bring deine Schwester nach Haus! Sofort! Sie macht mich nervös.

Fernand Jeanne, du kannst bleiben, wenn du schweigst.

Sabatier Sie soll gehen! Wir sind die neue Nation. Wenn sich das Mutterland feige in die Flanke des Feindes drückt, wir stoßen hinein. Ich kann es nicht ertragen, dass sie über uns lacht.

Jeanne Wer lacht denn? Ich weine. Habt ihr Flugzeuge, habt ihr Panzer, habt ihr Schiffe –

Bernard Frankreich hat in Nordafrika eine starke Armee. Wir haben unsere Flotte, in Mers el Kebir, in Toulon –

Fernand Nein, Bernard, die Flotte hat Admiral Darlan in Toulon an die Kette gelegt.

Bernard Aber wir haben sie! Wir haben alles. Wir sind noch eine Macht. Wir haben den Willen zu kämpfen. Uns fehlt nur ein Führer. Giraud! Giraud muss kommen.

Mario Alt ist er – aber ein Draufgänger, verwegen, drahtig. Der hat Mut, der vertraut auf sein Glück. Der gibt sich nicht geschlagen –

Jeanne Aber in Belgien musste seine 9. Armee sich geschlagen geben.

Sabatier Fernand, deine naseweise Schwester! Ich halte das nicht mehr aus.

Mario Die Volksfront wurde geschlagen, das müde, feige, zerrissene Frankreich, die verfluchte Republik. Die ihrer Armee die Waffen und den Geist zerstörte. Doch nicht Giraud! Den konnten die Deutschen nicht einsperren auf ihrer Festung Königstein. Wie eine kluge Spinne spinnt er sich ein Seil aus Hanf und Kabeln, seilt sich ab in die schwindelnde Tiefe, hangelt sich an der Festungsmauer – dreißig, vierzig Meter – in die Freiheit, reist seelenruhig mit der Bahn von der Elbe ins Elsass – und Hitler tobt! Den kann keiner bezwingen, der ist so jung wie wir.

Bernard Hoch! Hoch, Giraud! *(hebt sein Glas)*

Die andern (außer Jeanne) Hoch, hoch Giraud!

Sabatier Fernand, wenn deine Schwester nicht sofort geht –

Fernand Jeanne, wir gehen, bitte, komm.

Jeanne Ich kann alleine gehen.

Fernand Nein, ich bringe dich nach Haus. Ich komme zurück, Kameraden! *(geht zur Tür, zieht Jeanne mit sich)*

Jeanne *(an der Tür)* Glaubt General de Gaulle! Baut auf seine Worte. In der Welt sind die Mittel vorhanden, um unseren Feind zu vernichten. Frankreich hat eine Schlacht verloren, aber nicht den Krieg. Unser Vaterland schwebt in der Gefahr zu sterben. Kämpfen wir, es zu retten! Vive la France.

Bernard Ich, General de Gaulle! Hast du alle seine Aufrufe auswendig gelernt, Jeanne? Weißt du nicht, dass General Giraud der Vorgesetzte deines Generals gewesen ist? Verlass dich drauf, er wird es immer bleiben. De Gaulle hat sich abgesetzt, Giraud kommt zu uns, um mit uns zu kämpfen. Mit uns – der Legion der französischen Jugend. Wir finden unsere Verbündeten *(Jeanne tritt in den Raum zurück)*

Sabatier Jeanne, geh! Fernand! So geht endlich. Wir haben etwas zu bereden. Du kommst zurück, Fernand, ja? – ohne die Agentin de Gaulles. Verstanden! Die Zeit der Appelle ist vorbei. Schluss mit der Poesie. Jetzt machen wir Politik.

Ein Platz. Jeanne, Fernand

Jeanne Schau, Fernand, das Licht! *(blickt ins Weite)*

Fernand Komm, Jeanne, bitte, ich muss zurück.

Jeanne Geh nur! Lass mich allein.

Fernand Wir gehen nach Hause, und ich geh' zurück zu meinen Kameraden.

Jeanne Die Gruppe der Hydra – schlägt man ihr einen Kopf ab, wächst ein neuer nach. Die Geheimgesellschaft von Mont Hydra –

Fernand Wir werden kämpfen, lach du nur. Komm, Jeanne!

Jeanne Oktober in Paris. Das Laub der Platanen raschelt auf den Champs-Elysées. Wie gern wär' ich in Paris.

Fernand Dein General wird dir keinen Passierschein ausstellen können. Komm, Jeanne.

Jeanne Wie lange werden die Deutschen in Paris sein? Ein Jahr, zwei, zehn Jahre? Dann bin ich alt.

Fernand Vergiss dein Paris. Die Deutschen machen ihren Lunapark daraus. Hier ist die Hauptstadt Frankreichs, hier in Algier. Hier schlägt das Herz unseres Kolonialreichs. Paris ist ein Provinznest auf einer deutschen Landkarte. Bitte, Jeanne, ich muss zurück.

Jeanne Fernand Bonnier de la Chapelle, der Befreier Frankreichs!

Fernand Lach' nur! Dinge könnte ich dir erzählen – lach' nur.

Jeanne General Giraud führt die Chantiers de la Jeunesse ins Mutterland und befreit Paris. Der Kinderkreuzzug!

Fernand Das Corps France d'Afrique. Ich kann's dir nicht sagen, Jeanne, es ist alles geheim. Aber Dinge könnte ich dir erzählen –

Jeanne Tu's, Fernand.

Fernand Warte nur ein paar Wochen.

Jeanne Giraud? De Gaulle?

Fernand Frag nicht. Ich sage nur ein Wort! Amerika.

Jeanne Amerika!

Fernand Psst! Bist du still. Komm!

Jeanne Die überlegene technische Macht. Das Schicksal der Welt. Das sagt General de Gaulle. De Gaulle und die Amerikaner.

Fernand Was redest du von de Gaulle? Der sitzt in London. Was weiß der von dem, was wir planen, wir, Jeanne, in Algier. Wir sind es, Jeanne – wir, die Franzosen des Empire, die Franzosen Nordafrikas, wir, Jeanne, hörst du, Frankreichs Aristokratie, wir schmieden das Schicksal der Nation.

Jeanne Dein Französisch-Afrika! Es waren Franzosen, die General de Gaulle zurückgeschlagen haben, als er in Dakar mit seinen Truppen landen wollte. Französische Schiffe schossen auf französische Schiffe, Franzosen fielen im Kampf gegen Franzosen. Und britische Bomben fielen auf französische Schiffe. Die Franzosen werden auf die Amerikaner schießen. Das ist dein Französisch-Afrika.

Fernand Wenn ich dir das erklären soll, Jeanne, stehen wir noch im Morgengrauen hier. *(packt sie am Arm)* Komm jetzt. Ich muss zurück, die Kameraden warten. *(zieht sie fort)*

Jeanne *(singt)* Allons enfants de la patrie –

Fernand Bist du still!

3

Im Haus d'Astier. Eine Karte Nordafrikas, ein Globus. Josiane d'Astier deckt einen Clubtisch; Henri d'Astier in einem Sessel, in Papieren blätternd

d'Astier Stell' alles hin, Josiane. Es ist doch kein Personal im Haus?

Josiane Nein. Zigarren?

d'Astier Gut. Dann können wir wenigstens Lemaigre etwas bieten. Der ist verwöhnt, unser Großunternehmer. Reist durch die Welt wie im tiefsten Frieden.

Josiane Kommt Monsieur Saint-Hardonin heute?

d'Astier Nein, heute nicht.

Josiane Schade, er kann so amüsante Geschichten über die Deutschen erzählen, aus Berlin, aus Wiesbaden.

d'Astier Josiane, ich muss dich aussperren, leider. Stell' nur alles hin. Aber Oberst Jousse wird da sein. Wir brauchen seinen Rat. Josiane, bitte, sag' unsern jungen Kriegern, dass sie unser Haus verlassen sollen. Ich möchte nicht –

Josiane Aber wen stören sie denn?

d'Astier Oberst van Hecke mag es nicht, seine jungen Leute hier zu sehen. Eine Konspiration genügt, sagt er.

Josiane Aber sie sitzen unterm Dach! Die sehen doch keinen.

d'Astier Sie sollen gehen. Es ist spät genug.

Josiane Ich sag's ihnen. Ich werde sagen: die Gruppe der Fünf plant ihren Hoch- und Landesverrat, da müssen die jungen Kämpfer verschwinden.

d'Astier Josiane!

Josiane Henri, mach' mir unser Haus nicht zum Stabsquartier einer Verschwörung. Das ist ein friedliches Haus.

d'Astier Patrioten arbeiten für ihr Land – das ist keine Verschwörung, Josiane. Dies ist das Haus eines d'Astier de la Vigerie. Wir dienen! Mein Bruder François dient dem General de Gaulle in London, mein Bruder Emmanuel dient der Résistance im Mutterland, und ich diene hier, in Algier. Hier schlagen wir los. Hier planen wir die Wende. Hier ist die Front. In unserm Haus, Josiane, wird Geschichte geschrieben. Ich bin stolz darauf.

Josiane Wir haben eine Regierung in Vichy. Ihr habt keinen Auftrag, für Frankreich zu handeln.

d'Astier Der Widerstand braucht keinen Auftrag.

Josiane Niemand wird euch schützen, nicht der Marschall Pétain, nicht de Gaulle, nicht der Dauphin. Und wenn die Deutschen Nordafrika besetzten?

d'Astier Josiane, geh' zu den Jungen. Bernard soll auf seinem Zimmer bleiben, den ganzen Abend, ja. Wir sind keine Verschwörer, Josiane. Wir sind freie Franzosen, die tun, was sie tun müssen. Bitte, geh.

Josiane Darf ich deinen Gästen wenigstens die Tür öffnen?

(ab; Henri verteilt Blätter auf dem Tisch)

4

Henri d'Astier, Oberst van Hecke, Rigault, Oberst Jousse

d'Astier Meine Herren, es gibt eine Komplikation. Ende Oktober wird Admiral Darlan in Algier die Truppen inspizieren.

van Hecke Wie lange bleibt Darlan in Nordafrika?

d'Astier Ein paar Tage. Bis Ende Oktober.

van Hecke Er wird uns nicht stören.

Rigault Was weiß General Juin? Was könnte er Darlan sagen? Der Admiral ist sein Oberbefehlshaber – auch in Nordafrika. Darlan ist Pétain.

d'Astier General Juin weiß nichts.

van Hecke Warten wir auf Herrn Lemaigre-Dubreuil?

d'Astier Er kommt später.

Rigault Er kommt mit Robert Murphy.

d'Astier Das ist gut. Murphy wird neue Nachrichten von den Amerikanern haben.

Jousse Darlan – Darlan. Meine Herren, könnte die Anwesenheit Admiral Darlans in Nordafrika nicht eine Chance sein? Wenn wir ihn für unseren Plan gewinnen könnten? General Giraud der militärische Kopf, Darlan die politische Autorität. Das wäre eine Kombination. Die Armee und die Verwaltung Nordafrikas stünden geschlossen hinter ihnen. Giraud allein? Ich zweifele, ob er allein überall die Gefolgschaft findet, die wir brauchen.

Rigault Ausgeschlossen, Oberst Jousse! General Eisenhower setzt auf

Giraud. Können Sie sich vorstellen, dass Giraud mit Darlan zusammenarbeitet? Sich ihm unterstellt! Darlan steht auf der falschen Seite. Er kommt nicht von den Deutschen los. Die Landung der Amerikaner in Nordafrika – das ist die Wende! Sollen wir Darlan vielleicht die Chance geben, sich an den amerikanischen Sieger zu klammern, wie er sich an die deutschen Sieger geklammert hat?

Jousse   Aber die Flotte gehorcht Darlan, und er hat sie frei gehalten vom Regiment der Sieger. Die Truppen in Nordafrika hören auf ihn. Die Amerikaner hoffen auf eine Zusammenarbeit mit der legalen Macht. Sie gehen ein gewaltiges Risiko ein, in kriegsentscheidender Stunde. Sie betreten zum zweiten Mal die Bühne der Weltgeschichte, hier, bei uns, in unserem Land. Alle Franzosen müssen an ihrer Seite stehen!

van Hecke   Ich will das nicht hören, Oberst Jousse. Darlan – indiskutabel. Wir brauchen nur General Giraud. Darlan – der wird wägen, warten, zaudern. Der hofft auf den Sieg der Alliierten, aber er erwartet den Sieg der Deutschen. Wessen Fahne hebt sich, wessen Fahne sinkt? Und er schwört nur auf eine Fahne, seine eigene. General Eisenhower braucht Verbündete mit Enthusiasmus. Die findet er nur in wahren Patrioten. Hoch Giraud!

d'Astier, Rigault   Hoch Giraud!

d'Astier   Glauben Sie ernsthaft, Herr Oberst, dass sich ein französischer Offizier in Nordafrika der Landung der Amerikaner widersetzen wird?

Jousse   Nicht Marschall Pétain ruft die Amerikaner, wir tun es. Wer sind wir, Herr Leutnant d'Astier? Die Offiziere haben ihren Eid auf Marschall Pétain geschworen. Darlan könnte General Juin für unsere Sache gewinnen.

van Hecke   General Juin wird das Gebot der Stunde erkennen.

Jousse   Und die Kommandierenden in Tunesien, Marokko? Westafrika? Die Generalresidenten stehen treu zu Vichy. Das ist eine Tatsache, meine Herren. Das Offizierskorps folgt der legitimen Gewalt. Noch heißt sie Marschall Pétain. Und Darlan – sein Vertreter, sein Dauphin.

d'Astier Herr Oberst Jousse, ich bitte Sie – nicht diesen Titel. Er gehört unserm Prinzen.

Jousse Die Amerikaner sind demokratische Formalisten. Sie haben das Regime in Vichy anerkannt.

van Hecke Ein Regime von Hitlers Gnaden – und legitim?

Jousse In Roosevelts Augen ist unser General Giraud ein romantischer Abenteurer. Wie der General de Gaulle.

van Hecke Die Amerikaner brauchen Giraud!

Jousse Den größten Nutzen hätte der Oberbefehlshaber Eisenhower von einem Oberbefehlshaber Darlan. Sie werden sehen, meine Herren, Mr. Murphy wird die Karte Darlan spielen.

van Hecke Ein unheimlicher Mann, dieser Murphy. Ist er eigentlich Botschafter? Einer von den diplomatischen Statisten am Hof von Vichy?

Rigault Er hat keinen Rang. Er hat eine Aufgabe. Offiziell ist er Konsul. Er ist der Vertraute Präsident Roosevelts, sein Beauftragter für Nordafrika. Er ist Eisenhowers Spähtrupp in Person. Er ist ein kluger Diplomat unter Kriegern. Er ist ein Freund von Herrn Lemaigre-Dubreuil.

van Hecke Der Erdnusskönig und der Agent –

Rigault Bitte, Herr Oberst. Was wären alle die Schwarmgeister ohne diese kühlen hellen Köpfe.

van Hecke Herr Rigault!

Jousse Die Amerikaner sollen kämpfen, und die Franzosen streiten.

d'Astier Das Elend der Franzosen ist es, dass sie keinen Führer haben. Wir kämpfen, um Frankreich einen Führer zu geben – einen Führer allerhöchster Legitimität.

Jousse Das lassen Sie nur nicht Mr. Murphy hören. Die Amerikaner wollen keinen Erwählten, die wollen wählen. Sonst depeschiert der Murphy seinem Präsidenten: Mission beenden, lassen wir Europa dem Hitler.

d'Astier Herr Oberst!

Jousse Verzeihen Sie, Herr d'Astier de la Vigerie.

van Hecke Wir kämpfen, wir, die Franzosen. Unsere Jugend kämpft: dreißigtausend stehen unter den Fahnen der Chantiers de la Jeunesse bereit. In Französisch-Afrika stehen immer noch 130 000 Mann unter Waffen. Die Amerikaner kämpfen an unserer Seite. Aber es ist unser Kampf. Wir werden das Mutterland befreien.

Jousse Ja, Oberst van Hecke. Als Soldat will ich aber Amerikas Hilfe nicht unterschätzen. Ohne die Hilfe der gewaltigsten Streitmacht der Welt –

van Hecke Streitkräfte sind Instrumente! Sie werden sich unserm ungebrochenen französischen Geist unterordnen.

Jousse Die Amerikaner sind keine Söldner. Sie folgen ihrem Geist.

Rigault Dem Geist der Freiheit! Meine Herren, streiten wir nicht!

5

Die Vorigen, Lemaigre-Dubreuil, Robert Murphy

Lemaigre Meine Herren, ich bringe Ihnen einen lieben Gast. Mr. Murphy. Sie kennen die Herren?

Murphy O ja. Guten Abend, meine Herren. Das heißt – (*sein Blick geht zu Jousse*)

d'Astier Oberst Jousse. Er berät uns in militärischen Fragen. Guten Abend, Mr. Murphy. Willkommen! (*Alle schütteln sich die Hände; d'Astier reicht Getränke*)

Lemaigre Neuigkeiten, meine Herren!

Murphy Meine Herren, ich darf Ihnen – zu meiner Freude – heute sagen: General Eisenhower hat die operativen Pläne abgeschlossen. Das Unternehmen ‚Fackel‘ steht. Die Flamme brennt.

d'Astier Die Flamme des Widerstandes.

Murphy Der Plan der Landung, ja.

van Hecke Wann, Mr. Murphy? Wann?

Murphy Der Tag X – ist noch nicht festgelegt.

Jousse Aber doch in diesem Jahr!

d'Astier Das Jahr 42 muss die Wende bringen.

Murphy Ja. Möglicherweise, Herr d'Astier. Die wichtigste Frage, meine Herren! General Eisenhower ist mit Präsident Roosevelt übereingekommen, mit General Giraud zusammenzuarbeiten – er soll die französischen Truppen Nordafrikas führen. Wir haben ihn schon von Südfrankreich nach Gibraltar gebracht, in einem U-Boot. Dort hält er sich bereit.

van Hecke Mr. Murphy! Es war unser Wunsch, unser aller Wunsch – *(energisches beifälliges Nicken bei den andern):* Bei der Landung soll der Oberbefehl über alle operativen Kräfte in einer Hand liegen – über alle! –, in General Girauds Hand. Wir kämpfen auf französischem Boden, Mr. Murphy. Wir wollen Frankreich befreien, Frankreich!

Murphy Die alliierten Streitkräfte –

van Hecke Die alliierten? – die britischen Streitkräfte werden teilnehmen! Die Briten?

Murphy General Eisenhower braucht die Briten. Das Landeunternehmen liegt voll in amerikanischer Hand.

d'Astier Wir wünschen keine Briten in Nordafrika. Die Amerikaner und wir Franzosen – das war der Plan!

Murphy Um auf den Oberbefehl zurückzukommen, meine Herren – nur General Eisenhower kann seine Soldaten in das riskanteste Unternehmen dieses Krieges führen.

Lemaigre Ich weiß, meine Herren, dass General Giraud das anders sieht – sehen muss. Das ist ein Problem. Ich reise nach Gibraltar. Ich spreche mit ihm.

Murphy Das amerikanische Volk und mein Präsident setzen ihr Vertrauen auf Eisenhower. Sie wissen nur, dass General Giraud ein tapferer Offizier ist. Aber das ist nicht genug.

van Hecke Er hat in Belgien gegen die Deutschen gestanden!

Murphy Er hat die Schlacht verloren. Sorry, Herr Oberst.

van Hecke   Mr. Murphy, wir sind enttäuscht.

Murphy   Die Landung steht unter alliiertem – unter amerikanischem Oberbefehl.

d'Astier   Wir machen den Weg frei für die amerikanischen Truppen. Kann Giraud uns nach der Landung führen?

Murphy   Nach der erfolgreichen Landung, meine Herren! Das heißt: kein französischer Widerstand! Kein Schuss. Unser Feind heißt Hitler. Kein amerikanischer Soldat darf sterben. Das amerikanische Volk liebt diesen Krieg nicht. Es hätte kein Verständnis dafür, dass seine Söhne getötet werden von Franzosen, die sie befreien wollen. Eine gewaltige Verantwortung ist in Ihre Hände gelegt, meine Herren.

Lemaigre   Aber dafür brauchen wir General Giraud!

Murphy   Ich mache kein Hehl daraus, meine Herren, dass wir gern mit Admiral Darlan zusammengearbeitet hätten. Er könnte mit der Autorität der französischen Regierung in Vichy handeln. Ich hatte Kontakte zu Darlan, über seinen Sohn Alain – er steht nicht zur Verfügung, leider. Der Admiral zweifelt offenbar an unserer Fähigkeit, schon jetzt eine so große Streitmacht über den Atlantik zu bringen.

van Hecke   Der Herr Alleskönner, der Herr Besserwisser!

Murphy   Ja, auch so ein so tüchtiger Armeechef wie Darlan kann kleinmütig sein. Es gibt viele in Europa, die unsere Fähigkeiten unterschätzen. Meine Herren, vertrauen Sie General Eisenhower.

Lemaigre   Das tun wir, Mr. Murphy. Ich überzeuge Giraud. Meine Herren, was wollen wir? Wir wollen die Befreiung Frankreichs, wir wollen unser Kolonialreich unangetastet in die neue europäische Ordnung bringen. Zum Teufel mit Vichy, zum Teufel mit Darlan. Wir handeln! Wir freien Franzosen laden die Amerikaner ein, zu uns nach Nordafrika zu kommen. Von hier aus bauen wir gemeinsam den Brückenkopf an die Küste Frankreichs.

Murphy   Wir dürfen die Deutschen nicht unterschätzen. Sie werden das ganze Frankreich besetzen und das Mittelmeer unpassierbar machen. Der Krieg wird nicht durch Mut entschieden.

Jousse Mr. Murphy, darf ich Sie um Details bitten. Uns fehlen Informationen!

Murphy Ich bin kein Militär, Herr Oberst. Zu gegebener Zeit, bald, werde ich mich in der Lage sehen, Ihnen Näheres mitzuteilen.

van Hecke Wir müssen den Plan kennen, in allen Einzelheiten. Wir müssen ihn beschließen.

Murphy Er ist beschlossen, nach gründlicher Planung. General Eisenhower ist der beste Kommandeur, den wir haben. Wir sind stolz auf ihn. Die Fackel wird brennen. Ohne Ihre Unterstützung, meine Herren, wäre der Plan nicht denkbar. Präsident Roosevelt dankt Ihnen dafür.

Lemaigre Mr. Murphy, meine Herren, ich spreche im Namen General Girauds und im Namen seines Stellvertreters, General Mast, wenn ich feststelle: ohne eine gemeinsame Operationsplanung ist das Landeunternehmen nicht möglich.

van Hecke *(erregt)* Richtig! Wir sind keine Juniorpartner. Wir wollen Partnerschaft. Die französische Armee –

Murphy Herr Oberst van Hecke, Sie sind nicht der Sprecher der französischen Armee. Bringen Sie uns die Kommandeure Ihrer afrikanischen Armee! Wer hat ihren Kopf, wer hat General Juin gefragt? Er entscheidet, ob geschossen wird – wenn er General Giraud nicht folgt. Wird er ihm folgen? Wenn Sie aber mit Juin sprechen, dann sprechen sie auch mit seinem Chef, mit Darlan.

Lemaigre Mr. Murphy, Sie haben recht. Wir müssen uns treffen, beide Seiten, kompetente Männer guten Willens. Fragen wir nicht nach Vollmachten. Wir alle wissen: wir sind nicht die französische Armee, wir sind nichts als eine Verschwörergruppe. Scheitern wir, verliert Frankreich viel, wir aber verlieren unseren Kopf.

6

*Haus an der Küste bei Cherchell; ein Raum in einfacher Ausstattung, auf
dem Boden ein kleiner Teppich. Generalleutnant Clark, Robert Murphy,
Captain Wright, General Mast, Jousse, van Hecke, Rigault, Henri d'Astier,
alle in ziviler Kleidung. Später Polizisten*

Murphy Wenn Sie sich erst ein bisschen ausruhen wollen, General
Clark?

Clark Nein, nein! Wir müssen zurück. Eisenhower ist ungeduldig. Und
wenn die Rückfahrt so verdammt ungemütlich ist wie die Herfahrt –
verdammt, das haben wir in Westpoint nicht gelernt. Sind Sie schon
einmal bei Windstärke 7 umgestiegen, General Mast? – vom U-Boot
in ein Kajak, das wir eine Nussschale auf den Wellen tanzt?

Mast Ich weiß, warum ich beim Heer bin, General Clark.

Clark Ich auch! Warum müssen wir Amerikaner auch übers Wasser gehen! Lassen uns von dem verdammten Hitler wie die Katzen ersäufen!
Mussten wir uns in diesem gottverfluchten Küstenwinkel treffen? Sind
wir denn Seeräuber?

d'Astier Herr General, es tut uns leid. Aber hier in Cherchell ist alles
für unser Treffen günstig, die Küste, der einsame Ort. Wir dürfen Sie
und Ihre Delegation nicht in Gefahr bringen.

Clark Verrückte Situation! Wir müssen uns in einem Land verstecken,
das wir befreien wollen. Ein Dutzend Amerikaner, ein Dutzend Franzosen, versteckt in diesem Piratennest – und das Unternehmen ‚Fackel‘
ist das größte, das wir in diesem gottverdammten Krieg vorbereiten.
Fangen wir an!

Murphy Es ist wohl die seltsamste Konferenz dieses Krieges, ja. General Clark! Sie und Ihre Offiziere sind heute Nacht Gäste eines tapferen
Kreises französischer Patrioten, die ein großes Wagnis eingehen. Sie
handeln als Verschwörer in ihrem eigenen Land, dessen Regierung ein
Mündel unseres gemeinsamen Feindes ist. General Mast vertritt Ge-

neral Giraud, der sein Mandat nur aus der Liebe und dem Vertrauen freier Franzosen hat.

Clark Ja, ist denn endlich klar, dass Giraud mitmacht?

Murphy Er wird zur Verfügung stehen.

Mast Wenn die Frage des Oberbefehls in einer für ihn – für uns freien Franzosen – befriedigenden Weise geklärt ist. In Nordafrika kann nur ein Franzose kommandieren.

Clark Geht es um Nordafrika? Ich denke, es geht dem verdammten Hitler an den Kragen?

Jousse Herr General, wir brauchen die Gefolgschaft und den Gehorsam aller Offiziere Französisch-Afrikas. Sie sind es nicht gewohnt, die Befehle eines amerikanischen Kommandeurs zu akzeptieren.

Clark Wir wollen unsere Jungs heil an Land bringen! Sie sollen nicht krepieren, ehe wir gegen den verdammten Hitler losschlagen. Unsere Jungs sprechen amerikanisch, ihre Waffen sind amerikanisch. Meinen Sie, die sind begeistert von diesem verdammten Afrika und diesem verdammten Europa, das seine verbohrten Stammeskriege führt?

Murphy Die Frage des Oberbefehls wird geklärt. Das verspreche ich Ihnen, General Clark.

Mast Sobald die Landung gelungen ist, erwarten wir, dass General Giraud den Überbefehl übernimmt –

Clark Über alle verbündeten Truppen?

Mast Das Mutterland in deutscher Hand, das Kolonialreich in amerikanischer Hand – so gewinnen Sie keine Verbündeten unter den Franzosen.

Clark Und die Welt in Hitlers Hand? Ich verstehe Sie nicht, General. Wir Amerikaner kommen nicht als Besatzungsmacht. Wir wollen dem verdammten Hitler den Bauch aufschlitzen! Mr. Murphy, haben Sie mit General Giraud gesprochen?

Murphy Es gibt ein Problem, General. Uns fehlt ein geeignetes U-Boot, um Giraud herzubringen. General Giraud lehnt es ab, in einem britischen U-Boot übergesetzt zu werden.

Clark Kein U-Boot? Ja, sollen wir ihm einen Zerstörer schicken? Sollen wir die verdammten Deutschen einladen, Jagd auf ihn zu machen?

Murphy Es geht nicht um das U-Boot. Er will kein britisches.

Clark Mein Gott! Aber ich darf mir in einem afrikanischen Kajak eine Lungenentzündung holen. Die Briten sind unsere Verbündeten!

Mast Nicht in Nordafrika, General Clark. Die Briten sind in unserem Kolonialreich nicht willkommen. Das müssen Sie verstehen, General.

Wright General Clark! Ich habe das Patent für die Unterseefahrt. Wenn ich das U-Boot kommandiere, wird es ein amerikanisches.

Clark Sie, Captain Wright? Sie konnten ja nicht mal die verdammten Kajaks vernünftig navigieren.

Wright Herr General!

Clark Lassen Sie sich aber nicht von den Deutschen schnappen. Amerika braucht Sie noch, mein mutiger Captain.

Wright O. k., General Clark.

van Hecke General Clark! Der Tag der Landung! D-Day – wann? Das ist die wichtigste Frage.

Jousse Der Zeitpunkt! Wenn alle Häfen offen sein sollen –

d'Astier Ruhe! Das ist doch – *(rennt nach draußen)*

van Hecke Schnell, meine Herren, schnell *(hebt den Teppich und öffnet eine Falltür)* Da hinunter, in den Keller. Schnell! *(drängt Clark und Wright zur Falltür)* Ich muss Sie bitten, in den Keller, schnell!

Clark Vom Kajak in den Keller! O diese Franzosen! *(Clark und Wright in den Keller; van Hecke schließt die Falltür, schiebt den Teppich über sie)*

d'Astier *(kommt mit zwei Polizisten)* Die Polizei hält uns für Schmuggler, Kameraden. Ist das nicht phantastisch?

Erster Polizist Arabische Fischer – sie haben Männer am Strand gesehen, sie sind in dieses Haus gegangen. Wir müssen das Haus durchsuchen.

d'Astier Sehen wir wie Schmuggler aus? Meine Herren, wir feiern ein Fest, ein fröhliches Fest – *(von oben Stimmengewirr, Lachen)*

Zweiter Polizist *(lauscht)* Wir müssen das Haus durchsuchen!

van Hecke Wir sind Offiziere, meine Herren.

Zweiter Polizist Offiziere?

d'Astier Ein Kameradschaftstreffen, meine Herren.

Zweiter Polizist In dieser Einöde?

d'Astier Wir sind nicht allein, meine Herren, wir sind mit Damen hier.

Zweiter Polizist Ich sehe keine Damen.

d'Astier Die Damen sind oben.

Zweiter Polizist Oben, Damen?

d'Astier Bei den Herren, meine Herren! Mit den Herren. Sie verstehen. Nun, es sind nicht gerade Damen – Müssen Sie das Haus durchsuchen, meine Herren? Was würden Sie schon finden? Ich bitte Sie.

Erster Polizist Sie sind der Eigentümer dieses Hauses?

d'Astier Ich bin Leutnant Henri d'Astier de la Vigerie. Genügt Ihnen das, meine Herren? Aber, bitte vergessen Sie meinen Namen. Die Damen – da oben – haben auch keine Namen. Schenken Sie uns unsere fröhliche Nacht, meine Herren!

Erster Polizist Wir durchsuchen das Haus nicht, Herr Leutnant. Wir wünschen eine fröhliche Nacht, meine Herren! *(grüßen, gehen, d'Astier begleitet sie)*

van Hecke *(öffnet nach einer Weile die Falltür)* Bitte, kommen Sie, meine Herren.

Clark Sie können sich freuen, dass ich hier bin und nicht General Eisenhower. *(klopft sich die Ärmel ab)* Was war?

Murphy Die französische Garde hat uns für Schmuggler gehalten, General.

Clark Warum sind Sie nicht in dieses verdammte stinkende Loch gekrochen, Mr. Murphy?

Murphy Ich bin Diplomat, General.

Clark Aha, Sie dürfen schmuggeln. Captain Wright, ich glaube, wir Amerikaner sind in diesem Land nicht willkommen. Lassen Sie die Kajaks klarmachen.

Jousse Bitte, meine Herren! Der Zeitpunkt. Wann ist der Tag X?

Wright Zweitausend Flugzeuge, fünfhunderttausend Mann, über den Atlantik, durch das Mittelmeer, eine gewaltige Logistikaufgabe, die Versorgung –

Mast Fünfhunderttausend? Unmöglich!

van Hecke In drei Wochen, vier?

Clark Wir werden Sie informieren, rechtzeitig. Sagen Sie, General Mast, im Stab haben wir die Information, dass Admiral Darlan hier in Algier seine Truppen inspizieren will.

Mast Er bleibt nur ein paar Tage, bis Ende Oktober. Er stört uns nicht.

Clark Rufen wir unsere Leute! Lassen Sie uns anfangen. Ich will nicht noch mal in diesen verdammten Spinnenkeller. In Berlin will ich mir den Hals brechen, meinetwegen, aber nicht in diesem verdammten arabischen Kaff.

7

Im Haus Darlans in Vichy; im Zimmer zwei Koffer. Admiral Darlan, seine Frau

Darlan Die Uniform.

Mme. Darlan Die Uniform? Die brauchst du nicht.

Darlan Die Uniform. Ich habe sie vergessen.

Mme. Darlan François, musst du immer nur an deinen Dienst denken? Wir fliegen zu unserm kranken Sohn. Du brauchst die Uniform nicht.

Darlan Wenn ich sie brauche – (wendet sich zögernd zum Gehen)

Mme. Darlan Lass die Uniform, François. Müssen wir nicht gehen? Wann fliegen wir?

Darlan Ich brauche die Uniform.

Mme. Darlan Musst du in der Uniform an Alains Bett stehen? An dieser schrecklichen Maschine? Wird er uns überhaupt erkennen, François?

Darlan In Algier habe ich mit ihm sprechen können. Kinderlähmung ist doch nicht lebensgefährlich! Alain hat die eiserne Disziplin des Offiziers.

Mme. Darlan Warum rufen sie uns nach Algier? Warum rufen sie uns zu Alain? Du hast doch mit ihm gesprochen, vor einer Woche erst. Was ist geschehen? Warum konntest du ihn nicht mitbringen von Algier?

Darlan Der Transport wäre zu gefährlich gewesen für ihn.

Mme. Darlan Der Roosevelt regiert im Rollstuhl. Er kann sogar gehen. Er ist Herr über die Lähmung geworden. Alain wird so stark sein wie er. Wann fliegen wir?

Darlan Gleich. Liebe, wir fahren gleich. Ich brauche die Uniform.

Mme. Darlan Wozu? Warum? Meinst du – François! –, dass du die Uniform brauchst für den schlimmsten Fall! Denkst du, dass der Admiral nicht ohne seine Uniform an der Bahre seines Sohnes stehen dürfe? Denkst du das? François!

Darlan Liebe, bitte. Ich denke, dass wir nicht so rasch zurückfliegen können. Und in Algier bin ich kein Privatmann.

Mme. Darlan Du bist ein Vater, dem ein Telegramm befiehlt, nach Algier zu kommen, weil sein Sohn in dieser schrecklichen Maschine mit dem Tode ringt. Wo ist da der Staat? Wo ist da die Armee? Da ist nur ein Vater, der würde im Schlafrock zu seinem Sohn laufen, läge er hier in Vichy.

Darlan Du wirst mit ihm sprechen, Liebe. Heute. Er wird mit uns sprechen, glaube mir. Alain wird aber nicht über seine Krankheit sprechen. Er will, dass wir an der Seite der Amerikaner den Kampf aufnehmen in Nordafrika. Der denkt nicht an seine Krankheit.

Mme Darlan Du wirst mit ihm nicht über die Amerikaner sprechen. Nicht über Politik!

Darlan Ich teile Alains Hoffnung nicht. Die Amerikaner machen große Worte. Sie versprechen der Welt viel.

Mme. Darlan Aber spricht mit Alain über Roosevelt. Über seinen Willen. Seine Energie, die stärker war als die Lähmung. Darüber musst du mit Alain sprechen! Wann fliegen wir endlich?

Darlan Liebe, ich möchte mit dir fliegen und nie mehr zurückkommen nach Vichy. Nach Afrika! Da wären wir frei.

Mme. Darlan Lass uns fliegen und nie mehr zurückkommen, François. Die afrikanische Sonne! Sie heilt unsern Alain, sie heilt auch dich. Lass uns fliegen – für immer.

Darlan Ich bin der Vertreter des Marschalls Pétain. Ich habe Frankreich immer im Gepäck. Ich hätte fliegen sollen, damals, wie der Charles de Gaulle. Ich habe es nicht getan. Ich hätte ausbrechen und fliehen sollen wie Henry Giraud. Ich habe es nicht getan. Will Alain mich jetzt rufen? Ist mein Sohn klüger als ich?

Mme Darlan Die Franzosen würden dich lieben in Nordafrika, als wäre Marschall Pétain selbst zu ihnen gekommen. Warum bleiben wir nicht dort?

Darlan Ich hole die Uniform *(ab; ein Soldat kommt ihm entgegen, macht unhörbar Meldung, trägt die Koffer hinaus).*

Mme. Darlan François, du kannst die Uniform nicht über dem Arm tragen! Warte! *(läuft hinaus)* Wir legen sie in einen Koffer.

8

Darlan, Adjutant Hourcade

Darlan Hourcade, Sie können mich nicht begleiten.

Hourcade Herr Admiral!

Darlan Sie müssen bleiben! Ich bitte Sie um einen großen Dienst. Ich weiß nicht, ob meine Rückkehr möglich ist.

Hourcade Herr Admiral!

Darlan Ich habe Informationen, dass die Amerikaner in Nordafrika landen wollen. Möglicherweise, bald. Ich halte das für ausgeschlossen.

Hourcade Ausgeschlossen, Herr Admiral.

Darlan Nicht vor dem Frühjahr, frühestens. Nicht ohne unser ausdrückliches Ersuchen. Sollten die Deutschen die freie Zone besetzen, ja, dann sofort. Aber das tun die nicht. Die Amerikaner können noch nicht landen. Ihre Flotte leistet das nicht, sie lösen das Tonnageproblem nicht. Wir haben das berechnet. Aber – wenn sie es wagten!

Hourcade   Nehmen Sie mich mit nach Algier, Herr Admiral. Erlauben Sie mir, an Ihrer Seite zu sein.

Darlan   Ich habe mit General Juin gesprochen. Er ist meiner Meinung. Keine Landung der Amerikaner, ohne dass wir sie rufen. Es gibt da ein paar Hitzköpfe, die wollen die Amerikaner rufen. Verrückte! Sie setzten Frankreich, sie setzen unser Kolonialreich aufs Spiel. Wir müssen warten, bis die Deutschen schwächer und die Amerikaner stärker sind. Wir müssen unser Territorium sichern. Und ich will die Briten nicht in Nordafrika. Ich will die Deutschen nicht im freien Frankreich. General Juin sieht die Dinge wie ich.

Hourcade   Warum denn, bitte, muss ich hierbleiben, Herr Admiral?

Darlan   Hourcade, um meinen Sohn steht es ernst. Ich muss mit dem Schlimmsten rechnen. Helfen Sie mir, Capitaine. Wenn die Amerikaner angreifen, und ich bin in Algier – dann kann ich nicht zurück. Die Deutschen würden mir nicht glauben, dass ich meines Sohnes wegen nach Nordafrika gegangen bin. Nicht einmal der Marschall würde es mir glauben. Mein Sohn stirbt vielleicht, Hourcade –

Hourcade   Poliomyelitis ist heilbar, Herr Admiral. Glauben Sie mir, Ihr Sohn wird es schaffen.

Darlan   Ich habe andere Nachrichten. Die Ärzte im Hôpital Maillot rechnen mit dem Tod meines Sohns. Wenn ich nicht zurückkehren kann, Hourcade, sorgen Sie dafür, dass mein Sohn zurückkehren kann. Er soll in der Heimat begraben werden. Er soll überführt werden mit den Ehren, die einem Offizier gebühren. Versprechen Sie mir das, lieber Hourcade? Vielleicht bin ich morgen, übermorgen ein Hoch- und Landesverräter. Sie tun es, ja?

Hourcade   Ich wünsche, dass ich Ihnen diesen Dienst nicht erweisen muss, Herr Admiral.

Darlan Ich danke Ihnen, Capitaine. Es könnte der größte Dienst sein, den sie mir erwiesen haben. Mein Sohn hat mir so treu gedient wie sie, Hourcade. Er war mein stiller kluger Botschafter bei den Amerikanern. Eine unüberlegte Landung – das gibt ein Blutbad in Nordafrika. Mein Sohn wollte das verhindern. Dafür hat er gekämpft, weitsichtiger als ich. Die Amerikaner kennen meine Botschaft! Keine Landung in Nordafrika ohne eine kluge Kooperation mit der französischen Regierung. Wir sind schwach in Vichy. Aber wir sind die Regierung! Die Amerikaner wissen das, sie haben es immer respektiert.

Hourcade Fliegen Sie, Herr Admiral. Und kehren Sie zurück. Mit Ihrem Sohn, damit er in Paris genesen kann. Die Amerikaner werden nicht so töricht sein, das Wort des Admirals Darlan zu missachten, dem sie immer vertraut haben.

Darlan Ich danke Ihnen, mein junger Freund. Auf Wiedersehen, Capitaine.

Hourcade Einen guten Flug, Herr Admiral!

9

Im Haus Bonnier de la Chapelle in Algier. Eine Kammer mit einem Radioapparat. Fernand, Bernard, Mario, Jeanne. Die Jungen tragen eine Armbinde mit dem Zeichen VP

Jeanne Darf ich den Herren Freiwilligen noch eine Flasche Wein bringen? Oder befürchten die Herren Freiwilligen, der Rausch könnte ihre Kampfeslust lähmen? Darf ich den Herren Freiwilligen noch ein paar Sandwiches anbieten? Oder denken sie: voller Bauch kämpft nicht gern? Es ist bald Mitternacht, meine Herren Freiwilligen. Wollen Sie die ganze Nacht hier sitzen?

Bernard Spotte nicht, Jeanne, nicht in dieser Nacht.

Jeanne Freiwilliger d'Astier, Ihre Armbinde hängt so schlapp an Ihrem

Arm. Sie könnte adretter sitzen. Soll ich sie nicht festnähen?

Fernand Jeanne, nicht deine Späße heute Nacht. Nicht diese Nacht.

Jeanne Die Nacht, in der die Amerikaner kommen.

Mario Sie kommen.

Bernard Mein Vater ist verzweifelt. General Giraud ist nicht da. Kein Mensch weiß, wo er steckt.

Jeanne Ihr hättet nicht auf Giraud bauen sollen. General de Gaulle, das wäre der richtige Mann gewesen.

Bernard De Gaulle!

Fernand Die Amerikaner haben General Giraud getäuscht. Er hat erst vor vier Tagen erfahren, dass sie heute landen wollen. Vor vier Tagen! Die Koordination klappt nicht. Die Amerikaner misstrauen uns Franzosen.

Bernard Die haben die Operationspläne auf den Tisch gelegt, als ihre Armee schon auf dem Atlantik war.

Jeanne Ich sage es ja! Wenn die Amerikaner den General de Gaulle zum Partner gewählt hätten, wäre der jetzt da. Der hätte sich nicht an der Nase herumführen lassen.

Mario Weil seine Nase so groß ist?

Jeanne Ein großer Mann, der Ehre und Respekt erzwingt. Kein König auf dem Schachbrett, der sich in die Ecke stellen lässt.

Mario Ein König, der sich von der Dame schützen lässt.

Jeanne Ihr werdet's erleben. *(geht an das Rundfunkgerät)* Radio BBC? *(dreht an Knöpfen)* Ein bisschen Musik?

Fernand Lass! Lass den Apparat in Ruh', Jeanne! *(schlägt ihr auf die Finger)*

Jeanne Gleich werdet ihr die Stimme General de Gaulles hören. Er wird Nordafrika, er wird Frankreich und der Welt sagen, dass er die Amerikaner dafür gewonnen hat, an der Seite des Kämpfenden Frankreich die faschistische Achse zu zerschlagen, erst den Führer, dann den Duce, zuletzt den Tenno.

Bernard Der kann nur mit den Engländern paktieren. Die würden ein paar U-Boote schicken und ein paar Flieger. Sie würden unsere Schiffe bombardieren, wie sie es schon einmal getan haben, in Mers el Kebir. Die Amerikaner kommen mit oder ohne Giraud. Sie kommen heute Nacht.

Jeanne   Und ihr Freiwilligen werdet die französischen Generäle einsperren, die sich dem Einmarsch der Amerikaner widersetzten. Den General Juin? Habt ihr seine Rede nicht gelesen? Nordafrika bleibt in der Hand der Franzosen.

Fernand   Wir sind die Franzosen.

Bernard   Heute Nacht – *(schaut auf die Uhr)* – ja, es ist schon der achte, der achte November, der historische Tag ist da! – heute Nacht wird Frankreichs Jugend zur Stelle sein. Zum Teufel mit Juin. Wir Freiwilligen besetzen alle Befehlszentralen, das Fernmeldeamt, alles, wir legen alles lahm. Alle Widerstandsgruppen operieren auf einen Schlag. Die Amerikaner landen, es fällt kein Schuss. Wir Freiwilligen sind heute wichtiger als die ganze amerikanische Armee.

Jeanne   Und euer Kommandeur? Vielleicht haben die Deutschen ihn längst ergriffen und auf seine Festung zurückgebracht.

Fernand   In dieser Nacht brauchen wir keine Befehle. In dieser Nacht –

Radio   *(leise)* Allô Robert. Franklin arrive. *(Rauschen)*

Fernand   Lauter! Lauter! *(dreht am Knopf)*

Radio   Hallo Robert. Franklin kommt. *(Die Durchsage wiederholt sich, abwechselnd deutsch und französisch)*

Die Jung   en   *(sind aufgesprungen, umspringen Jeanne)* Vive la France! Vive Giraud! Die Amerikaner, sie kommen!

Jeanne   *(weist auf den Radioapparat)* Die Amerikaner kommen?

Bernard   Das ist das Schlüsselwort! Sie kommen, sie sind da!

Jeanne   Und euch haben die Amerikaner den Code preisgegeben?

Bernard   Franklin, Jeanne, wer ist Franklin?

Jeanne   Der Erfinder des Blitzableiters.

Bernard   Roosevelt – Franklin Delano. Die Amerikaner. Und den Robert kennst du auch. Das ist der Murphy, der in unserm Haus verkehrt. Hallo Robert!

Mario   Wir müssen los!

Bernard   Auf geht's. Das Warten hat ein Ende.

Jeanne   Und General de Gaulle? Er muss doch sprechen! *(lauscht am Apparat, der die Losung wiederholt)* Ohne den General wird es ein Chaos geben. Er steht für Frankreich, er allein. Die Amerikaner sind Feinde, solange er sie nicht ruft. *(dreht den Apparat aus, ruft)* Allô Charles, hello Charly!

10

Im Haus d'Astier. Henri d'Astier, van Hecke, Jousse, Rigault; später Murphy. Im Radio die Losung. Alle, außer Rigault und Murphy, in Uniform

Jousse   Um zwei Uhr dreißig sollen sie landen. Die sind pünktlich.

van Hecke   Die Freiwilligen sind unterwegs. Die Central Task Force liegt vor Oran, die Eastern Task Force vor Algier. Jetzt kommt es darauf an.

d'Astier   Giraud ist immer noch nicht da. Wo steckt Mast?

van Hecke   Nicht erreichbar! Völlig rätselhaft.

d'Astier   Wir machen Fehler, meine Herren.

Murphy   *(stürmt herein, ohne Gruß)* Höre ich Fehler? Wo ist Giraud?

d'Astier   Er sollte hier sein. Er ist nicht hier.

Murphy   Sitzt er in Gibraltar fest? Und Mast?

van Hecke   Scheint nicht in Algier zu sein.

Murphy   Meine Herren! In zwei Stunden wollen wir landen. Wir müssen das Feuerverbot erreichen. Wir haben Absprachen, meine Herren! Ich stehe bei General Eisenhower im Wort.

Jousse   Gehen wir hinüber ins Polizeipräsidium. Das ist unser Hauptquartier.

Murphy   Drehen Sie den Apparat doch ab! *(d'Astier stellt ihn ab)* Wir brauchen kein Hauptquartier. Wir brauchen einen Kommandanten.

Wo ist General Juin?

van Hecke In seinem Haus, Villa des Oliviers. Er weiß nichts von der Landung, er ahnt sie nur.

Murphy Herr d'Astier, bitte, begleiten Sie mich. Wir werden den General informieren!

van Hecke Ich begleite Sie! Der Rang! Ich bin Oberst.

Murphy Und ich bin ein Idiot. Ich gehe allein.

11

Ein Salon in der Villa des Oliviers. Um einen Tisch stehen General Juin, in Pyjama mit wirrem Haar, und Murphy

Juin *(schlägt mehrfach mit der Hand auf den Tisch)* Unbegreiflich. Ich begreife es nicht. Da schmieden Sie Ihr Komplott! Wochenlang, monatelang. Da stehen Sie nach Mitternacht vor meinem Bett und sagen: Herr General, Ihre Befehle, bitte. Ich begreife es nicht. *(Er läuft um den Tisch)* Wieviel, sagen Sie? Fünfhunderttausend Mann? Das ist doch nicht möglich. Das ist alles nicht möglich. Mr. Murphy, wie oft haben wir miteinander gesprochen? Haben Sie mir nicht immer wieder gesagt, dass ihr Amerikaner uns nicht angreifen werdet?

Murphy Herr General, die Armee der Vereinigten Staaten greift Frankreich nicht an. Es ist der Wille und der Wunsch Präsident Roosevelts, mit allen seinen Kräften dazu beizutragen, Frankreich seine Freiheit wiederzugeben.

Juin Und dann erlauben Sie sich, Frankreichs Freiheit mit Füßen zu treten?

Murphy Ich habe den Eindruck gewonnen, dass wir Amerikaner den Franzosen als Kampfgefährten willkommen sind.

Juin Mr. Murphy, war es nicht ein Grundsatz aller unserer Gespräche, dass die Armee der Vereinigten Saaten nur auf Wunsch und Ersuchen der Franzosen auf französisches Territorium vordringt?

Murphy   Herr General, wir folgten dem Wunsch freier Franzosen.

Juin   Habe ich Sie eingeladen? Wer hat Sie – wer hat Präsident Roosevelt aufgefordert, uns seine – seine Hilfe – seine Armee aufzudrängen? Sagen Sie, wer?

Murphy   General Giraud.

Juin   Giraud! Giraud! Wer ist Giraud? Wo ist Giraud? Warum ist er nicht an mein Bett gekommen?

Murphy   Wir erwarten General Giraud zu dieser Stunde. Er kommt von Gibraltar mit einem U-Boot. Ich weiß nicht, was ihn aufgehalten hat.

Juin   Das Wetter, Mr. Murphy, der Sturm, die Deutschen, sein verdammtes Draufgängertum ohne Plan und Verstand. Und Giraud ist Frankreich? Ich bin auch Frankreich, ebenso viel, ebenso wenig wie ein Giraud.

Murphy   Hinter General Giraud stehen patriotische Franzosen.

Juin   Giraud also. Mr. Murphy, ich bin der letzte, der nicht begriffe, dass Frankreich nur mit Hilfe Ihres großen Landes einen aussichtsreichen Kampf um seine Freiheit führen kann. Ich bewundere Ihr Land. Ich bin von seiner Mission in diesem Krieg überzeugt.

Murphy   Herr General, wir haben auf Ihre Mitwirkung gebaut, weil ich Ihre Einstellung kenne.

Juin   Sie haben auf Sand gebaut, Mr. Murphy. Wissen Sie denn nicht, dass Admiral Darlan in Algier ist?

Murphy   Darlan in Algier?

Juin   Mein Vorgesetzter! Der Oberbefehlshaber der französischen Armee! Ich mag entscheiden, was ich will, das ist ein Fetzen Papier im Sturm. Darlan kann ihn zerreißen, er kann alle meine Befehle widerrufen, in Minutenfrist. Und glauben Sie mir: die militärische und zivile Führung Französisch-Afrikas wird Darlan folgen. Auch ich, Mr. Murphy! So wie Sie, Mr. Murphy, den Befehlen Ihres Präsidenten folgen.

Murphy   Darlan wieder in Algier. Das weiß ich nicht.

Juin   Er ist wieder hier!

Murphy Helfen Sie uns, General Juin! Wir müssen mit dem Admiral sprechen.

Juin Gehen Sie an sein Bett! *(Pause, Ratlosigkeit)* Ja! Ich werde mit ihm telefonieren. Wir gehen zu ihm. Noch besser, er käme her. Vielleicht kommt er, vielleicht schickt er die Staatspolizei. Warten Sie! Ich telefoniere mit Darlan. Ich kleide mich an. Ich kann meinem Chef wohl nicht im Pyjama gegenübertreten. Wir sind in Frankreich, nicht in Amerika.

12

Die Vorigen. Darlan in Uniform. Später die jungen Freiwilligen

Darlan Amerikaner in Algier. Mr. Murphy, ich fasse es nicht.

Murphy Herr Admiral, hat General Juin Ihnen die Situation –

Darlan Der General hat.

Murphy Die Alliierten werden ihr Expeditionskorps in dieser Nacht landen.

Darlan Die Alliierten? Also doch die Briten! Herr General, das wussten Sie nicht?

Juin Das ist eine Nacht der Überraschungen.

Murphy Wir werden landen, Herr Admiral. Wir erwarten, dass Frankreichs Armee nicht auf die Soldaten einer verbündeten Macht schießt.

Darlan Mr. Murphy, dass die Briten Trottel sind, haben sie mehr als einmal bewiesen. Aber ihr Amerikaner seid nicht intelligenter. Ihr habt eine Begabung für bodenlose Dummheiten. Haben Sie, Mr. Murphy, hat Ihr Präsident so wenig Vertrauen zu uns? Konnten Sie nicht vier Wochen warten, um Ihrer Operation gemeinsam mit uns einen strategischen Sinn zu geben?

Murphy Unserer Landung sind sorgfältige Planungen vorangegangen.

Darlan Giraud! Giraud ist politisch ein Kindskopf. Verhandelt ihr Amerikaner mit Divisionskommandeuren, wenn ihr euch in einen

Weltkrieg stürzt? Oder mit Brigadiers wie dem Dissidenten de Gaulle am Hof der britischen Majestät?

Murphy General de Gaulle –

Darlan Der hätte uns gerade noch gefehlt. Mr. Murphy, wir sprechen über Frankreich. Was soll aus Frankreich werden? Wir haben die Deutschen im Land. Wir kämpfen in der unbesetzten Zone um die Reste unserer Freiheit. Wir kämpfen in Vichy um das letzte Zipfelchen Zukunft, das wir haben. Und Sie kommen mit Ihren Truppen wie Diebe in der Nacht und stehlen uns alles, was wir in Vichy gegen den Zugriff Hitlers in zwei Jahren gesichert haben, unter tausend Demütigungen. Wenn ich mein Ja sage zu Ihrer Landung, Mr. Murphy, stehen die Deutschen morgen am Mittelmeer. Dann ist Frankreich endgültig verloren, und wer kann uns garantieren, dass wir es je wiedergewinnen?

Murphy Herr Admiral, erinnern Sie sich an unser letztes Gespräch? Wenn die Amerikaner mit fünfhunderttausend Mann, mit Panzern und Flugzeugen in Nordafrika erscheinen, dann würden Sie, Herr Admiral, die Brücke nach Europa freigeben, ohne einen Schuss. Das haben Sie gesagt, Herr Admiral, wir sind hier – heute Nacht.

Darlan Sie haben fünfhunderttausend auf dem Wasser? Unmöglich! – Das ist nicht möglich, Mr. Murphy!

Murphy Nicht fünfhundert –

Darlan Eher hundert, wie? Ich bin es gewohnt, meine Entscheidungen aufgrund präziser Informationen zu treffen. Ich weiß nicht, wie stark ihr Amerikaner seid. Aber ich kenne die Deutschen. Und ich kenne unser militärisches Potential. Seit zwei Jahren liste ich den Deutschen Mann um Mann ab, um unsere Waffenstillstandsarmee zu vergrößern. Meine Flotte liegt unversehrt und kampfbereit in Toulon. Soll das alles zerschlagen werden? Ahnen Sie, was ein Stück Freiheit in einem besetzten Land wert sein kann?

Murphy Sie gewinnen die Freiheit in Nordafrika, Herr Admiral.

Darlan In einem von euch Amerikanern besetzten Land? Wir müssen zu einer Entscheidung kommen. Mr. Murphy, die Amerikaner vor

Algier! Das ist ein Faktum wie ein Orkan. Aber ich bin nicht der Kapitän auf der Brücke. Ich werde Marschall Pétain telegrafieren und ihn um freie Hand bitten. Er muss mir freie Hand geben! Und die Deutschen müssen wissen: wir wurden überfallen! Wir stehen gegen eine Übermacht. Ich muss sogar die Hilfe akzeptieren, die mir die Deutschen anbieten werden. Mein Gott! In welche Situation bringen Sie mich.

Murphy   Sie stehen auf unserer Seite, Herr Admiral!

Darlan   Ich stehe auf Frankreichs Seite. General Juin, ich brauche einen Sekretär. Nein, ich schreibe selbst *(Juin holt Schreibzeug, Darlan schreibt)* Unverschlüsselt! Die Deutschen sollen lesen, was ich dem Marschall sage. *(schreibt, liest laut mit)* Auf Ersuchen – auf Ersuchen – mein Gott! Auf Ersuchen eines Franzosen, General Girauds, hat Roosevelt entschieden, Nordafrika zu besetzen –

Juin   Besetzung? Wirklich Besetzung?

Darlan   Die Deutschen sollen mitlesen! Roosevelt verfolgt das Ziel, Frankreichs Integrität aufrechtzuerhalten. Habe ich die Vollmacht, im Rahmen unseres Waffenstillstandsabkommens mit dem Deutschen Reich zu entscheiden? *(schreibt)*

Murphy   Herr Admiral! Sie fragen die Deutschen!

Darlan   Wir sind verpflichtet, nichts gegen die Deutschen zu unternehmen. Brechen wir den Waffenstillstand, setzen sich die Deutschen morgen in ganz Frankreich fest. Dann ist es aus mit Frankreich. Aber wir können entscheiden, ob wir französisches Blut im aussichtslosen Kampf gegen eine amerikanische Übermacht vergießen wollen oder nicht. Kämpfen müssen wir für die Deutschen nicht.

Juin   Wir setzen das Telegramm im Marineministerium ab.

Darlan   Unverschlüsselt.

Murphy   Herr Admiral, wenn der Marschall Ihnen freie Hand gibt –

Darlan   Dann unterstütze ich Sie.

Juin   Selbstverständlich, Mr. Murphy. *(Tumult an der Tür. Fernand, Bernard und Mario dringen ein)* Wer sind Sie?

Bernard   Darüber brauchen wir Ihnen keine Rechenschaft zu geben.

Fernand Wir sind Frankreich.

Mario Das Haus ist umstellt. Niemand darf das Haus verlassen – nur der Konsul Amerikas.

Juin Mr. Murphy!

Darlan Sind wir Ihre Gefangenen, Mr. Murphy?

Murphy Haben denn alle ihren Verstand verloren? Sie sind Herr d'Astier, nicht wahr? Was geht hier vor? Wer kommandiert Sie, Herr d'Astier? Was haben Sie hier zu suchen?

Darlan Chaos! Chaos!

Bernard Niemand verlässt das Haus! Das Haus ist umstellt –

Juin Von wem? – Wer wagt es –

Bernard Die Freiwilligenverbände.

Darlan Wir sind gefangen, General Juin. In Ihrem Haus!

Murphy Wir können die Lage nicht klären, Herr Admiral. Ich bringe Ihr Telegramm ins Polizeipräsidium. Es eilt, Herr Admiral. *(Darlan gibt ihm das Papier)*

Darlan Sind wir Gefangene der Amerikaner? Sind wir Gefangene von Vaterlandsverrätern?

Bernard Wir tun unsere patriotische Pflicht.

Darlan Ich bin Admiral Darlan.

Fernand Admiral Darlan!

Bernard Wir tun unsere Pflicht! Niemand verlässt das Haus! *(Die Jungen ab, Murphy folgt ihnen mit dem Telegramm)*

Darlan General Juin, ich fürchte, wir werden kämpfen müssen. Vielleicht können wir in Algerien Blutvergießen vermeiden. Aber Marokko? Tunesien? Die werden kämpfen gegen die Amis. Das Land braucht Führung! Es ist ein Spielball von Verrückten geworden. Wie wird Pétain antworten? Ich weiß es, die Antwort heißt Kampf. Wird mein Telegramm Pétain erreichen? Und wenn Roosevelt ihm telegrafiert? Sie kennen die Antwort, General Juin – sie heißt wieder Kampf. Wir werden angegriffen, wir werden uns verteidigen! Das ist die Antwort. Es ist die Ehre Frankreichs, die auf dem Spiele steht. So ist er, so denkt er, unser Marschall. Dafür haben wir ihn geliebt.

Juin   Wollen Sie kämpfen in Nordafrika, Herr Admiral?

Darlan   Nein. Nur gegen die Deutschen.

Juin   Warten wir. Warten wir auf den Marschall, warten wir auf Murphy. Wie lange werden die Amerikaner warten?

13

Darlan, Juin; später Murphy

Juin   Es ist sechs Uhr. Alles ist ruhig. Wo sind die Amerikaner?

Darlan   Der Hitler sitzt auf seinem Berg. Der wird heute Abend in seinem bayerischen Bierkeller seinen alten Kämpfern verkünden, dass seine Wehrmacht auch das letzte französische Dorf besetzt. Da oben, auf seinem Berg, habe ich für Frankreich gebettelt. Es ist so, General Juin – Bettler werden verachtet. Ruhm kann sich nur ein Räuber erwerben.

Juin   Geben Sie den Befehl zur Feuereinstellung, sofort, Herr Admiral! Sie können Hitler nicht aufhalten. Die Amerikaner in Afrika – das ist ein Fanal für ihn.

Darlan   Können Sie sich vorstellen, wie ein Bittsteller gedemütigt werden kann? Darf ein Kaninchen sich einbilden, mit der Schlange paktieren zu können? Der Hitler hat uns nie getraut. Er ist der Schlaueste von allen, auch wenn er an seiner Schlauheit zugrunde gehen wird. Haben wir davon geträumt? – ein Deutschland ohne Hitler, das uns Franzosen als Partner respektiert? Der Hitler traut keinem. Hat er's nicht gesagt? – alle Franzosen wollen das gleiche, ihre Freiheit – ob Pétain, Darlan, Giraud, und deshalb wollen sie Waffen. Jetzt schwimmen die Waffen draußen auf dem Meer. Die amerikanischen. Wenn wir nicht schießen, General Juin, ist morgen Frankreichs Mutterland verloren.

Juin   Herr Admiral, unsere Soldaten werden nicht begeistert sein über einen Widerstand gegen die Amerikaner.

Darlan Das sind Schüsse! Es wird geschossen. *(Beide lauschen)*

Juin Das ist hier im Haus. *(Die Tür wird aufgestoßen; ein Offizier der Gardes Mobiles und zwei senegalesische Soldaten führen Murphy herein)*

Offizier Herr General! Der Mann behauptet, Sie zu kennen. Er behauptet, Sie erwarten ihn.

Juin Mr. Murphy! Was ist los, Leutnant? Wer schießt da?

Darlan Die Staatspolizei!

Offizier Ich melde, Herr General: die Polizeikräfte haben jeden Widerstand gebrochen. Alle Freischärler sind verhaftet oder vertrieben. Ihr Haus ist befreit, Herr General, Kennen Sie diesen Mann, Herr General?

Darlan Mr. Murphy, wir sind frei, Sie sind gefangen. Bitte, darf ich Ihnen meinen Platz anbieten? Ich nehme die Dinge in die Hand. Mr. Murphy, ich bitte Sie, so lange in diesem Haus zu bleiben, bis ich mir Klarheit über die Situation verschafft habe.

Murphy Heißt das – ich bin Ihr Gefangener, Herr Admiral?

Darlan Sie sind mein Gast. Sie sind Frankreichs Gast. Ich will Sie schützen vor dem Chaos, das Sie angerichtet haben, Mr. Murphy.

Juin Leutnant! *(spricht leise mit ihm; Darlan, Juin, der Offizier ab, die senegalesischen Wachen stellen sich von innen vor die Tür)*

Murphy Diese Franzosen! Die glauben, sie könnten sich selbst befreien *(setzt sich auf einen Stuhl, legt die Beine auf den Tisch)* Jetzt eine Mütze Schlaf. Mein Gott, sind die anstrengend, diese Franzosen. Wenn ich nicht diese verdammte Schwäche für sie hätte! Und mein Großvater war ein Schmitz aus Essen. Ich sollte den Deutschen meine Dienste anbieten.

Zwischenspiel in London

Tag der Landung. Downing Street. Premierminister Winston Churchill,
General Charles de Gaulle in Uniform

de Gaulle Allô Robert – Franklin arrive! Das habe ich die ganze Nacht
gehört, Herr Premierminister. Warum habe ich nicht gehört: Winston
kommt?

Churchill Wir Alliierten landen heute in Nordafrika, ja, Herr General.

de Gaulle Und der Chef des Kämpfenden Frankreich weiß von nichts.
Darf ich nur ahnen, was in meinem Vaterland vorgeht?

Churchill Zur Situation, Herr General. Die britischen See- und Luft-
kräfte spielen eine wichtige Rolle bei der Landung. Doch die Verantwortung für die Operation musste ich in die Hand unserer amerikanischen Freunde geben, in die Hand Eisenhowers.

de Gaulle Das erfahre ich heute von Ihnen! Habe ich Ihr Vertrauen so
wenig verdient, Herr Premierminister? Kämpfen wir seit zwei Jahren
nicht für ein Ziel?

Churchill Präsident Roosevelt will die Franzosen fernhalten von der
militärischen Operation – er will keine Politik.

de Gaulle Er macht Politik! Mit jedem Schritt, gegen mich, gegen
mein Nationalkomitee.

Churchill Herr General! Ich habe Abmachungen mit Ihnen. Wir Briten haben Ihnen unsere Unterstützung versprochen. Wir werden stärker eingreifen in die Schlacht später und werden unser Wort mitreden,
auch zu Ihren Gunsten.

de Gaulle Will ich Gunst? Ich will, dass die Alliierten die französische
Führung achten. Sie sprechen von militärischen Operationen. Ich spreche vom moralischen Anspruch der Freien Franzosen.

Churchill Den ich sehe wie Sie, Herr General.

de Gaulle Haben Sie von Taktik gesprochen, Winston Churchill, als
Sie Ihr Volk aufriefen, sich gegen die Deutschen auf seinem Inselfel-

sen festzukrallen? Gegen die Übermacht des Feindes hilft nur Moral. Ich, der General de Gaulle, hätte Französisch-Afrika aufrufen können, sich mit den Alliierten zu verbünden. Ihre Heimlichkeiten provozieren Widerstand. Sie werden es erleben! Heute! Wir Franzosen neigen zum Chaos, wenn wir keine Führer sehen.

Churchill Wissen Sie, Herr General, dass Darlan in Algier ist?

de Gaulle Darlan in Algier? – was bedeutet das? Er ist in Algier? Heute?

Churchill Ich weiß nicht warum. Wir werden mit ihm rechnen müssen.

de Gaulle Haben die Amerikaner ihn gerufen?

Churchill Er ist da. Er hat den Oberbefehl.

de Gaulle Herr Premierminister! Die Amerikaner haben ihn gerufen! Sie paktieren mit der Marionettenregierung in Vichy!

Churchill Er ist da, und Eisenhower muss ihn für seinen – für unseren Plan gewinnen.

de Gaulle Darlan, Herr Premierminister! Wir befinden uns nicht mehr im 18. Jahrhundert, wo der preußische Friedrich am Wiener Hof Leute bestach, um sich Schlesien nehmen zu können. Heutzutage führt man die Kriege mit der Seele, dem Blut, dem Leiden der Völker. Die Franzosen Nordafrikas werden sich nicht von Darlan führen lassen, dieser eitlen Puppe von Vichy. Ein Darlan soll Frankreich befreien?

Churchill Das tun wir.

de Gaulle Ihr Erfolg soll Darlans Erfolg sein? Das diskreditiert jeden Sieg, Herr Premierminister.

Churchill Ich kenne Darlan. Er hat mir versprochen, nicht gegen uns zu kämpfen.

de Gaulle Nicht gegen die Deutschen wollte er kämpfen!

Churchill Vielleicht steht er in dieser Stunde seinen Mann. Er hat sich auf eine zweifelhafte Kollaboration mit den Deutschen eingelassen, ja. Doch wenn er sie bereut hätte? Wenn er jetzt kämpft in Nordafrika, gegen die Deutschen? Wenn er seine Flotte nach Afrika ruft? Herr General, Sie müssen Darlan eine zweite Chance geben!

de Gaulle Wer in der Stunde der Not lau und schwankend ist, verdient keine zweite Chance. Wer nicht steht, wo er stehen muss, wird immer fallen. Er hat sich von seinem Volk getrennt, als er sich nicht an die Spitze des Widerstands stellte. Die Marionette der Deutschen kann nicht einmal eine Marionette der Amerikaner sein.

Churchill   Widerstand, ein großes Wort. Es waren Ihre Franzosen, Herr General, die uns Briten in Marseille Karren und Fuhrwerke auf die Flugplätze rollten, damit unsere Bomber nicht gegen Mussolini in Mailand losschlagen konnten. War Darlan vielleicht nur der Realist in der unheroischen Stunde? Sie führen ihre Franzosen in London. Darlan ist heute in Algier, und er hat die Macht. Geben Sie dem Admiral eine zweite Chance!

de Gaulle   Nie! Sie werden heute erleben, dass er sich gegen die Amerikaner stellt. Er will seine Macht unter dem Schild der Deutschen.

Churchill   Wenn er seine Flotte nach Afrika brächte!

de Gaulle   Darlan wird zu Pétain stehen, und der wird nicht den Amerikanern, der wird eher den Deutschen den Weg nach Nordafrika bahnen. Darlan ist der Erbe Pétains! Haben Sie Nachrichten aus Algier, Herr Premierminister? Können die Alliierten landen ohne Widerstand?

Churchill   Es wird geschossen, ja. Das ist der augenblickliche Stand. Die Situation ist nicht klar.

de Gaulle   Ich werde einen Aufruf an das französische Volk richten – über Radio BBC.

Churchill   Das muss ich mit unseren amerikanischen Freunden abstimmen. Darlan wird die Feuereinstellung anordnen. Ich glaube es.

de Gaulle   Vielleicht tut er es! Aber er ist nicht der Mann, der an der Spitze Nordafrikas stehen darf.

Churchill   General Giraud sollte in Nordafrika sein.

de Gaulle   Was kann ein Giraud gegen Darlan ausrichten? Ja, Giraud – dem gönne ich seine zweite Chance. Er hat tapfer gekämpft. Er ist nicht in Algier?

Churchill   Er ist nicht da! Eine Katastrophe. Eisenhower rechnet mit ihm.

de Gaulle Rechnet er nicht doch mit Darlan? Darlan ist in Algier! Warum? Herr Premierminister! Die Amerikaner landen in Afrika, wo ihr Briten und wir freien Franzosen seit zwei Jahren kämpfen – das ist gut. Der Krieg steht vor einer Wende! Das ist Hoffnung. Doch finde ich es empörend, dass die Amerikaner in Nordafrika mit Vichy gegen den General de Gaulle paktieren wollen. Herr Premierminister! Vom ersten Tage an führen Sie diesen Krieg. Ich darf sagen: es ist Ihr Krieg. Winston Churchill ist Hitlers größter Feind. In Afrika geht es um Europa, und England gehört zu Europa. Trotzdem überlassen Sie den Amerikanern die Führung des Kampfes. Übernehmen Sie die Führung, Winston Churchill! Europa wird Ihnen folgen, auch ich!

Churchill Stellen Sie wieder die Frage nach der Moral, mon Général? Es ist eine Frage der Macht. Macht in unserm Jahrhundert – das ist eine Frage des Geistes, der Waffen, der Soldaten. Das wusste bisher nur einer – der Hitler. Jetzt weiß es auch Franklin Roosevelt. In diesem Krieg, Herr General, werden wir alle Amerikaner. Halten Sie mich nicht für kleinmütig. Amerika ist es, dem die Welt den Sieg der Zivilisation zu danken haben wird. Heute, morgen, immer. In Algier wird gekämpft, und verdammt, ich habe immer noch keine klaren Nachrichten.

Zweiter Teil
Das Attentat von Algier

1

Im Haus d'Astier in Algier. Am Fenster Josiane d'Astier, Jeanne

Jeanne Am Hafen wird gekämpft, am Sommerpalast wird geschossen. Die Amerikaner sind schon in der Stadt. Warum schießen die denn noch?

Josiane Mein Mann wird verzweifelt sein. Alles war so klug vorbereitet. Und jetzt diese sinnlose Schießerei. Es werden noch viele sterben müssen.

Jeanne Die Jungen sind nicht dabei. Gott sei Dank, man hat sie eingesperrt. Wissen Sie, wo sie sind, Madame d'Astier?

Josiane Nein. Im Gefängnis sind sie sicher. Ob sie meinen Mann verhaftet haben? Mein Gott, sind wir Franzosen dumm. Wir sind nicht einmal fähig, die Amerikaner als Befreier zu empfangen. Am Ende steht mein Mann vor einem Kriegsgericht.

Jeanne Die Jungen auch? Diese Kindsköpfe doch nicht!

Josiane Ich mache mir Sorgen, Jeanne.

Jeanne In ein paar Tagen wird General de Gaulle hier sein. Der stellt keinen vor ein Kriegsgericht, der für Frankreichs Freiheit gekämpft hat. Vielleicht ist er schon hier?

Josiane Niemand will den General de Gaulle hier in Algier sehen!

Jeanne Ich, Madame. Ich will, das er kommt. Er ist Frankreichs Zukunft, er allein.

Josiane Kind! Was weißt du über Frankreichs Zukunft?

Jeanne Sollen die Amerikaner über unsere Zukunft bestimmen?

Josiane Nein, nein, Jeanne, das wird Frankreich schon selber tun.

Jeanne Wer ist denn Frankreich, Madame d'Astier?

Josiane Seine Menschen, sein Geist, seine Geschichte, seine Kultur.

Jeanne Der Giraud? Der alte Marschall in Vichy? Die Kommunisten in der Résistance? Wer, wer ist Frankreich? Frankreich ist de Gaulle. Nur der General de Gaulle kann für Frankreich sprechen, nur er! Er hat der Welt gezeigt, wer Frankreich ist. Ich wollte, ich wäre ein Mann. Ich wäre beim General in London. Wie Ihr Schwager, Madame. Ist Ihr Mann nicht auch ein Mann de Gaulles?

Josiane Die Brüder d'Astier kämpfen für Frankreichs Freiheit, für seine zukünftige, für seine alte Größe.

Jeanne Wird Ihr Mann auch nach London gehen?

Josiane Liebe Jeanne, Frankreich war groß, als es einen König hatte. Frankreich wird groß sein, wenn es einen König hat. Kind! Mein Mann, Henri d'Astier de la Vigerie, ist der Mann des kommenden Königs, des Grafen von Paris, unsres Königs Henri. Nach dem Krieg wird Frankreich vom Haus Bourbon-Orléans regiert. Die Republik war Frankreichs Untergang. In seinem Königtum soll es wiederauferstehen. Frankreich wird keine Führer haben, solange der Thron der Bourbonen leer steht.

Jeanne Ach, auf dem haben schon so viele gesessen. Wer war denn groß von denen, Madame? Glauben Sie, die Amerikaner setzen einen König auf einen Thron? Das sind doch Demokraten! Ich kann Sie mir gar nicht vorstellen, als Hofdame in Paris. Pardon, Madame.

Josiane Die Amerikaner wollen ihre Geschäfte machen, in Europa, in Afrika. Sollen sie es tun! Sie wissen, warum sie ihre Soldaten und Waffen schicken. Was haben wir Franzosen damit zu schaffen? Wenn sie nur den Hitler besiegen, diesen – diesen Barbaren aus dem Nichts.

Jeanne Kämpft Bernard auch für den – für den künftigen König, Madame d'Astier?

Josiane Das solltet du auch tun, Jeanne, das bist du deinem Namen schuldig.

Jeanne Mein Bruder hat nie vom König gesprochen. Ich glaube, sein Herz hängt noch am Marschall Pétain.

Josiane Wer gegen die Republik und gegen die unselige Volksfront steht, ist in seinem Herzen ein Gefolgsmann des Prinzen Henri.

Jeanne   General de Gaulle kämpft für die Republik!

Josiane   Er kämpft für seine Republik. Er ist auch ein König. Du bist auch königstreu, wenn du Frankreich in deinem Herzen trägst, meine Jeanne. Jeanne, Jeanne, Jeanne!

Jeanne   Ach, die hat gegen die Briten gekämpft. Ich liebe die Briten, weil sie General de Gaulle unterstützen.

Josiane   Die werden ihn fallen lassen, wenn nach Hitlers Ende der Kampf um die Kolonien neu beginnt.

Jeanne   Mein kleiner Bruder Fernand! Er und ein Kämpfer für den Königsthron? Er ist ein Träumer, er ist ein Phantast. Hat der Oberst van Hecke das aus ihm gemacht? Darum das Soldatenspiel? Wenn Fernand so alt wird wie der Marschall Pétain, wird er das dritte Jahrtausend sehen. Mit Königen? – Madame, was erzählen Sie mir da? Die schießen immer noch! Das sind die Geschütze der Schiffe, nicht? Wie lange soll das noch gehen? Es ist doch sinnlos, dass Franzosen auf Amerikaner schießen.

2

Drei Tage nach der Landung. Hotel St. George in Algier. Clark, Murphy

Clark   Eisenhower tobt. Der hat die Nase voll. Wie ich! Seit drei Tagen diese idiotische Schießerei. Diese verdammten YBSOB!

Murphy   Wie?

Clark   Mein Geheimcode in meinen Telegrammen an Eisenhower – yellow bellied sons of a bitch – diese ehrpusseligen, verbohrten, ängstlichen Hundesöhne von französischen Offizieren.

Murphy   Ängstlich? General Juin nennt das einen symbolischen Widerstand – flexible Taktik ohne wahre Aggressivität. Eine heroische Show für die Deutschen.

Clark Verdammtes Theater! Blutige Show! Das kostet Tausende von GIs das Leben und die Gesundheit – und die französischen Jungs bluten genauso. Mr. Murphy! Ihre Landung ohne Schwertstreich ist misslungen!

Murphy Sie haben mir den Giraud nicht gebracht.

Clark YBSOB! Der wollte doch nicht fahren ohne seinen verdammten Oberbefehl! Jetzt wird er nicht mal Eisenhowers Stellvertreter. Gestern kam der in Blida an. Keiner ist da, ihn zu empfangen. Seine Uniform ist abhanden gekommen. Die Uniform! Lässt der einen Schneider kommen, der ihm nachts erst mal eine Uniform bauen muss. YBSOB!

Murphy Die französischen Militärs hören nicht auf ihn. Wir haben aufs falsche Pferd gesetzt –

Clark Sie, Mr. Murphy, Sie! Ich habe ihm nie getraut. Was denken sich die Franzosen? Sind wir ihre Fremdenlegion? Jetzt musste ich noch den Darlan gefangensetzen, damit er in Hitlers Augen seine Unschuld rettet. Dem hätte ich Handschellen anlegen lassen sollen, damit seine Gefangenschaft für die Deutschen nicht zu symbolisch aussieht. Wie haben Sie sich gefühlt, Mr. Murphy, als Gefangener der Franzosen? Schöne Verbündete – setzten sich gegenseitig gefangen. Symbolisch! YBSOB!

Murphy Alles für die Deutschen. Politisches Spektakel.

Clark Euch Diplomaten mag das Spaß machen. Ich bin Soldat. Mir stinkt's. YBSOB. Wenn der Darlan kommt, stecke ich ihn in den Keller, wie sie mich damals in dem Küstenkaff in den Keller gesteckt haben. Das geht mir an die Nieren, Mr. Murphy –

Murphy Das Sie mir Ihren Gefangenen anständig behandeln, General Clark! Sonst kriegen Sie es mit dem diplomatischen Korps zu tun.

centered: **3**

Die Vorigen. Darlan in Uniform

Darlan Ich habe Sie warten lassen, meine Herren, ich bitte um Nachsicht. Es ist geschehen, was ich befürchten musste – die Deutschen besetzen das ganze Mutterland. Unser Taktieren war nutzlos.

Clark Dann entlasse ich Sie aus Ihrer Gefangenschaft, Herr Admiral.

Darlan Jede Stunde ein Telegramm des Marschalls: Fortsetzung des Widerstands! Meine Herren, ich übernehme alle Befugnisse. Im Namen des Marschalls. Der Befehl zur Feuereinstellung wird durchgesetzt.

Clark So hören Sie endlich auf mit der Schießerei!

Murphy Im Namen Pétains, Herr Admiral?

Darlan Ja. Der Marschall hat mir telegrafiert: Sie wissen, sagt er mir, dass Sie mein volles Vertrauen haben.

Murphy Ist das eine Vollmacht, Herr Admiral?

Darlan Nach dem Waffenstillstand hat Marschall Pétain mit mir vereinbart: wenn die Deutschen ganz Frankreich besetzen, kämpft die Regierung von Französisch-Afrika aus für die Befreiung. Die Stunde ist da. Die Deutschen, nicht wir haben den Waffenstillstand gebrochen.

Clark Das mussten sie wohl.

Darlan Ich handele im Namen des Marschalls Pétain.

Clark Schluss mit dem Schießen, sofort. In ganz Nordafrika! Sofort! Die Verluste in Casablanca und Oran sind unerträglich, Herr Marschall, Pardon, Herr Admiral.

Darlan Die Befehlshaber werden die neue Situation akzeptieren. Ich spreche mit den Befehlshabern, morgen.

Clark Heute! Sofort!

Darlan Mr. Murphy! Es gilt eine Selbstverständlichkeit. Die Vereinigten Saaten achten die französische Souveränität in Französisch-Afrika. Die Amerikaner sind unsere Partner.

Murphy Gewiss –

Darlan Keine Mitsprache der Briten, kein Einfluss der Dissidenten.

Clark Dissidenten? Wer ist das, verdammt?

Murphy Der General de Gaulle und seine Leute in London. Das ist klar, Herr Admiral.

Darlan Wir Franzosen sind Herr im eigenen Haus, militärisch und administrativ.

Clark YBSOB.

Darlan Wie?

Murphy Wir achten die Autorität des Marschalls – und Ihre, Herr Admiral. Ich wünsche Ihnen Glück, Herr Admiral.

Clark Die Flotte! Sie müssen die Flotte aus Toulon holen. Wir brauchen sie in Nordafrika.

Darlan Ich denke an die Flotte, bei Tag und bei Nacht.

Clark Die Flotte folgt Ihnen, Herr Admiral.

Darlan Ja, sie hat auf mich gehört. Sie ist – ja, ich darf es sagen – mein Kind. Hört sie noch auf mich? Die Marineleitung steht loyal zu Pétain.

Clark YBSOB.

Darlan Wie?

Clark Verdammt, die müssen doch wissen, was die Stunde geschlagen hat! Wozu brauchen die überhaupt noch Befehle. Kohlen in die Kessel und ab! Mit Volldampf.

Darlan General Clark, die Flotte ist der Stolz der französischen Armee, das Herz unserer militärischen Macht. Wer kann sie ins Ungewisse laufen lassen?

Clark Ins Ungewisse? In die Freiheit soll sie. Zu den Befreiern. Was ist da ungewiss?

Darlan Noch haben Sie Hitler nicht geschlagen, Herr General.

Clark Schlagen? Wir werden ihn zerquetschen, diesen yellow bellied son of a bitch. Wir brauchen Ihre verdammte Flotte nicht. Wir werden eine Flotte auf den Atlantik legen, dass die Deutschen glauben, Sie sei die Brooklyn Bridge. Fangen Sie doch Fische mit Ihrer Flotte, Herr

Admiral!

4

Im Haus d'Astier. Henri d'Astier, van Hecke, Rigault, Lemaigre-Dubreuil,
Jousse

van Hecke Darlan hat sich entschieden. Er setzt auf die Karte Amerika.

d'Astier Amerika setzt auf die Karte Darlan! Wir haben nichts mehr zu fordern. Eisenhowers Haltung ist klar. Entweder die Regierungsbildung unter Darlan oder das Kriegsrecht.

Rigault Das ist ein Militärbefehl!

Lemaigre Das ist ein Deal. Der Darlan-Deal.

van Hecke Aber die Amerikaner wollen auch Giraud als Oberbefehlshaber. Darlan will das nicht.

d'Astier Es kann's nicht wollen, Marschall Pétain hat Giraud einen neuen Titel verliehen – Chefrebell und Chefverräter.

van Hecke Wir brauchen Giraud. Darlan muss wollen.

Rigault Meine Herren – diese militärischen Fragen sind zweitrangig.

Jousse Erlauben Sie, Herr Rigault! Ohne Giraud kein amerikanisches Hilfsprogramm! Clark will elf Divisionen ausrüsten. Flugzeuge, MGs, Geschütze, Panzer – das ist zweitrangig?

Rigault Wichtig ist das Kabinett des neuen Hochkommissars – Darlans.

van Hecke Wessen Kommissar ist Darlan? Der der Amerikaner?

Rigault Darlan beruft sich auf sein Mandat von Pétain. Ohne Pétain keine legale Regierung. Darlan sieht den Marschall als Gefangenen der Deutschen. Das hat Logik, meine Herren. Unsere Offiziere sollen ihren Eid auf ihn übertragen. Das Kabinett, meine Herren! Robert Murphy steht zu uns. Er hat nicht vergessen, dass wir es waren, die den Amerikanern das Tor zu Nordafrika geöffnet haben. Er würde es begrüßen, wenn drei von uns ins Kabinett gingen. Ich übernehme das Innenressort.

Lemaigre Ein Unternehmer lässt sich ungern in ein Kabinett ein-flicken. Ja, wenn der Posten des Premiers frei wäre!

d'Astier Sie brauchen einen Polizeichef, Herr Rigault. Die Gruppe der Fünf umzingelt Darlan. Wir mauern den Kommissar ein.

Lemaigre Wird er uns vertrauen?

Rigault Darlan hört auf Robert Murphy. Aber Murphy hört auch auf uns.

van Hecke Seitdem Darlan mit dem Murphy kungelt, hat er sogar Ver-ständnis für uns Verschwörer. Darlan bringt jedenfalls keine Verschwö-rer vor Gericht.

Rigault Das wäre paradox! Giraud, den Pétain einen Verräter und Wortbrüchigen nennt, wird Oberbefehlshaber, und die Generäle und Obristen, die ihm folgten, werden vor Gericht gestellt.

Lemaigre Wir definieren unsere Ordnung jeden Tag neu. Das nennt man Chaos, meine Herren.

van Hecke Jetzt ist Darlan der Ordnungshüter. Für Eisenhower ist er der einzige, der sich den Mantel des Marschalls überwerfen darf.

d'Astier Wir müssen wachsam sein.

Rigault Im Radio spricht Darlan schon wie de Gaulle. Ehre und Vater-land! – er hat seine Losung übernommen.

van Hecke De Gaulle wird sich keinem Darlan und keinem Giraud unterstellen. Das hat Darlan geschafft: de Gaulle bleibt draußen.

d'Astier Er hat die Résistance hinter sich.

Rigault Der rechnet mit allen, die gegen Darlan sind. Er will den Se-gen aller Franzosen. Aber die Amerikaner segnen ihn nicht. Die den-ken an die Nachkriegsordnung. Die wollen de Gaulles republikanisches Königtum nicht. Freie Franzosen sollen frei wählen. Die nehmen lieber Darlan in Kauf. Lächerlich!

Jousse Darlan hat die Flotte aus Toulon gerufen. Er befahl Admiral de Laborde –

Lemaigre Hat er etwas zu befehlen?

Jousse Darlan legte Admiral de Laborde nahe, die Flotte nach Dakar auslaufen zu lassen. Kennen Sie die Antwort, meine Herren? Merde!

van Hecke Merde? Ein dummes Wort für eine dumme Entscheidung.

Jousse Merde. Mit der Flotte können wir nicht rechnen.

d'Astier Armer Darlan.

Jousse Bedauern wir uns selbst, bedauern wir Frankreich. Merde.

5

Darlans Wohnung in Algier. Frühstückstisch. Darlan, in Briefen blätternd, Madame Darlan; später Adjutant Hourcade

Darlan An deinem Tisch, meine Liebe, sitzt ein gallischer Hahn.

Mme. Darlan Du kommst mir eher wie ein gerupftes Huhn vor heute morgen. Du arbeitest zuviel, François.

Darlan Schau dir das an! Die Häme der Deutschen – das schickt man mir aus Vichy. Darlan und de Gaulle, die gallischen Gockel im Kampf.

Mme. Darlan (nimmt das Blatt, betrachtet es) Soll ich lachen darüber? Bitte, reg' dich nicht auf.

Darlan Aber die Hähne sind erregt. Siehst du nicht die Wut, die fliegenden Federn, die Krallen, die gespreizten Flügel?

Mme. Darlan Und Roosevelt und Churchill feuern sie an. Die Hahnenkämpfer. Churchills Hahn ist größer.

Darlan Gegen de Gaulle bin ich ja wirklich ein Zwerg.

Mme. Darlan Ein Zwerg, der David heißt.

Darlan Willst du mich auch in den Kampf hetzen? Ich kämpfe nicht gegen de Gaulle. Ich kämpfe, ja, aber mit Roosevelt für Frankreich. De Gaulle wird das nie begreifen.

Mme. Darlan Warum muss es so viel Feindschaft geben unter Franzosen? Jetzt müssten doch alle zusammenstehen!

Darlan Mich hat das Schicksal der Nation an einen Platz gestellt, an dem ein anderer stehen will. Kein größrer Hass als auf den, der dort steht, wo einer selber stehen möchte. Man liebt mich nicht, ja. Und de Gaulle bläst in das Horn: weg mit Darlan, dem Kollaborateur. Aber ich habe die Franzosen zusammengeschmiedet in der Allianz mit Amerika. Nie hätte de Gaulle das erreicht.

Mme. Darlan Bist du dir deiner Amerikaner so sicher? Sie benutzen dich. Sie schicken dich in den Hahnenkampf und warten, bis du zerfetzt und blutend am Boden liegst. Dann geben sie de Gaulle Nordafrika, oder dem Giraud. Ich verstehe dich nicht! Roosevelt erklärt, dass Darlan nur eine zeitweilige Notlösung ist, ein Notbehelf! – im Kriege – leider, leider – nicht zu vermeiden! Warum wirfst du nicht alles hin? Soll es doch Giraud machen.

Darlan Roosevelt steht selbst unterm Druck seiner Kritiker. Ich bin ein Notbehelf. Ich bin traurig, dass er es sagt. Ja, es hat mich verletzt. Aber ich bin heute der Franzose, der zählt. Und ich bin ein Soldat, ich habe Disziplin gelernt.

Mme Darlan Und dein Ehrgeiz? Mach dich vor deinem Ehrgeiz nicht zu klein, François.

Darlan Ich habe General Clark gesagt, dass ich mich nach dem Sieg ins Privatleben zurückziehe. Dabei bleibt's. Ja, ich habe einen großen Ehrgeiz. Ich will in diesen Jahren der Entscheidung auf meinem Posten stehen. Ich habe auch in Vichy auf meinem Posten gestanden, als französischer Patriot. Während de Gaulle mit seinen Panzerbüchern in Pétains Büros antichambrierte, habe ich etwas getan! Ich habe die französische Flotte aufgebaut, eine der größten der Welt, gegen tausend Widerstände, gegen den Friedenswahn unserer verrotteten Regierungen, die nicht bereit waren zu lernen – von den Engländern nichts, nichts von den Amerikanern, nicht von Hitler. Die Flotte ist mein Werk. Ich habe sie verteidigt, mit Klauen und Zähnen, gegen die Deutschen, gegen die Briten. Bin ich ein Faschist, weil ich den Traum hatte, Frankreich so stark zu sehen wie England, wie Deutschland? Dass wir keine Demokraten waren in einer heillosen Zeit, wird die Geschichte uns verzeihen.

Mme. Darlan   Du wirst auch die Sympathien hier in Nordafrika verlieren, François. Hier liebt man die Amerikaner nicht. Sie sind die Besatzungsmacht. Du bist der, der ihre Wünsche erfüllt. Das Murren gegen die Amerikaner fällt auf dich. Aber wie dankbar müssen wir Präsident Roosevelt sein, dass er Alain nach Warm Springs geholt hat. Dort wird unser Junge gesunden, François – wie der Präsident einst auch.

Darlan   Meine Feinde sehen nicht die so warmherzige Geste, die wittern Landesverrat: Du gibst mir Frankreich, ich heile deinen Sohn.

Mme. Darlan   Dann trittst du zurück, François! Das lässt du dir nicht gefallen. Ich will nach Warm Springs reisen. Darf ich denn die Einladung nicht annehmen?

Darlan   Du wirst reisen, Liebe, und wenn sie mich hier in ihrem Hahnenkampf in Stücke reißen.

Mme. Darlan   François! Meinst du, dass ich schon im Dezember fahren kann?

Darlan   Weihnachten bist du in Amerika.

Mme. Darlan   Wirst du mitreisen, François? Bitte!

Darlan   Weihnachten. Im Krieg gibt es kein Weihnachten. Weihnachten, vor zwei Jahren, saß ich bei Hitler in seinem Salonwagen in Laboisseire. ‚Ich bin Soldat‘, habe ich Hitler gesagt, ‚und ich verstehe mich nicht auf die Ränke der Politiker‘. Pétain und Darlan – zwei Blinde im höchsten Amt eines Staates, der nur eine Ruine ist. Ich habe mein Dankeschön gesagt für Hitlers schlaue Geste, dass ich mit den Deutschen den Sohn Napoleons aus der Kapuzinergruft in den Invalidendom bringen durfte. Ich hätte auf die Pariser hören sollen! Die haben gespottet: statt Asche lieber Kohlen, statt Knochen lieber Fleisch. Konnte ich die Deutschen daran hindern, dass sie uns ausplünderten? Dafür bekamen wir die Reste des Königs von Rom. Ich stehe hier! War die Entscheidung für den Waffenstillstand mit den Deutschen denn falsch? Sind wir immer frei, uns zu entscheiden? Der de Gaulle hat nichts als sein unbeschwertes Gewissen. Ich aber trage die Last des

Kompromisses, der niemand gefällt. Muss er mich deswegen so hassen? Können wir nicht das gute Gewissen und die Last der Halbheit zu gleichen Teilen auf zwei Männer verteilen? De Gaulle war klüger! Ich gebe es zu – ich habe die Widerstandskraft Churchills und seiner Briten unterschätzt. Ich habe taktiert, laviert – de Gaulle durfte kämpfen. Gib mir das Blatt! *(Mme. Darlan reicht es ihm)* Die gallischen Hähne! Bosheit kann witzig sein. Roosevelts Hahn, Churchills Hahn? Wer wird der afrikanische Hahn sein?

Mme. Darlan Du nicht, François. Ein Jahr, zwei Jahre – du hast mir versprochen, dich zurückzuziehen –

Darlan Dem General Clark habe ich es versprochen. Roosevelt.

Mme. Darlan Ich bin mit den Amerikanern verbündet. Du bist eine Notlösung, gut. Die Stunde der Not braucht ihre Helden, ich hoffe auf die Stunde des Friedens und des Glücks. Eine Frau sieht ihren Helden am liebsten zu Haus. Dein Adjutant sitzt schon eine halbe Stunde draußen. Ich habe ihn ausgesperrt. Ich erlaube dir, ihn jetzt zu rufen.

Darlan So geht das nicht, meine Liebe!

Mme. Darlan *(geht zur Tür)* Herr Hourcade!

Hourcade Herr Admiral –

Darlan Ihr Chef bin ich, Capitaine, nicht meine Frau.

Hourcade Herr Admiral! Nachrichten aus Toulon. Schlimme Nachrichten.

Darlan Die Flotte.

Hourcade Admiral de Laborde hat der Flotte den Befehl gegeben, sich zu zerstören.

Darlan *(nach einer Weile)* Die Versenkung! Ist er wahnsinnig?

Hourcade Herr Admiral! Die Flotte hat den Befehl befolgt. Der Bericht, Herr Admiral! *(hält ihm ein Blatt hin, das Darlan nicht ergreift; Darlan kauert am Tisch, den Kopf unter den Händen verborgen; seine Frau streichelt seine Hände)*

Darlan Die ,Straßburg' –

Hourcade Fast alle, Herr Admiral.

Darlan   Die ‚Dünkirchen'?

Hourcade   Auch die ‚Provence'. Das Schlachtschiff, die Schlachtkreuzer. Um sechs Uhr besetzten Deutsche Panzer die Zugänge zum Arsenal, die Reede war bereits vermint.

Darlan   Acht Kreuzer, siebzehn Torpedojäger, sechzehn Torpedoboote, sechzehn U-Boote –

Hourcade   Dreiundsiebzig Schiffe –

Darlan   Nicht alle!

Hourcade   Fünf U-Boote haben den Befehl verweigert –

Darlan   Verweigert. Es ist mein Befehl gewesen! Ich gab den Befehl – vor zwei Jahren. Sie haben ihn befolgt!

Hourcade   Den Deutschen sind nur fünf Tanker und zwei Torpedoboote in die Hände gefallen.

Darlan   Ich brauche die Flotte. Ich brauche sie hier. Die Deutschen haben sie nicht. Soll mich das trösten? 225 Tausend Tonnen auf dem Meeresgrund. Mein Werk, durch meinen Befehl auf dem Meeresgrund. – Ich hätte die Flotte nach Afrika gebracht, ich hätte es geschafft – wenn sich hier nicht alles sinnlos überstürzt hätte. Ich stehe mit leeren Händen da.

Hourcade   Herr Admiral, Sie haben die Flotte in Dakar, in Martinique.

Darlan   Teile! Bruchstücke! Der Stolz meines Lebens – versenkt. Mit seiner Lebensleistung muss Admiral Darlan für die Genugtuung zahlen, dass er in ihrer Todesstunde noch die alte Autorität über die Flotte hat. Ich habe Wort gehalten. Das ist alles. Ich habe Churchill mein Wort gegeben, dass meine Flotte nicht in die Hände der Deutschen fällt. Hätte ich sie unter die britische Flagge stellen sollen?

Mme Darlan   Du konntest nicht anders handeln, François. Du konntest nicht voraussehen, dass die Deutschen –

Darlan   Die Deutschen! Die Briten! Die Amerikaner! Ich, ich! Ich bin verantwortlich! Für alles, was wir tun, werden wir bestraft – für alles, was wir nicht tun, werden wir bestraft. Meine Treue zu Pétain – war sie Verrat? Ich habe ihr Frankreichs stärkste Waffe geopfert.

Hourcade Herr Admiral, die Welt wird unserer Flotte die Bewunderung für diesen Akt des Patriotismus und des Gehorsams nicht versagen.

Darlan Für diesen Selbstmord! *(strafft sich, steht auf)* Kommen Sie, Capitaine. Wir haben zu arbeiten. Ich muss an Roosevelt schreiben. Sie bringen den Brief zu Murphy. Die Amerikaner müssen wissen, das Darlan seine Flotte auch für sie geopfert hat.

6

Im Haus Bonnier in Algier. Bernard d'Astier, Fernand Bonnier, Sabatier, Mario Faivre, kartenspielend, trinkend; später Jeanne Bonnier

Bernard *(wirft die Karten hin)* Wir spielen! Wir schlagen die Zeit tot. Es ist unerträglich.

Mario Die Karten hinwerfen, wenn man verliert. Das gefällt mir.

Bernard *(reißt den andern die Karten aus der Hand, wirft sie auf den Tisch)* Schluss! Wo spielen wir mit? Wir haben mitgespielt. Jetzt sind wir draußen.

Fernand Die Amerikaner machen das Spiel.

Mario Pokerface Darlan.

Bernard Wir haben das Spiel verloren. Weiß einer, wer gewonnen hat?

Fernand Die Amerikaner haben gewonnen. Sie machen das Spiel mit Darlan.

Sabatier Und warum spricht der Roosevelt vom Notbehelf? Die wollen den Darlan auch nicht. Sie wollen überhaupt keine Franzosen an der Spitze Frankreichs. Sie wollen keine Führung für unser Land. Sie marschieren! Erst bringen sie den Mussolini um, dann den Hitler, zum Schluss Pétain –

Mario Den trifft der Schlag.

Sabatier Dann ist Europa führungslos – eine amerikanische Kolonie.

Mario Pokerface Roosevelt.

Bernard Einheit und Führung! Wir brauchen Einheit und Führung. *(nimmt den Herzkönig vom Tisch)* Unser Giraud. Herzkönig. Der ist schwach. Der wird sich Darlan unterstellen. Unser Held hat sein Herz verloren.

Mario Seine Zähne! *(sucht in den Karten)* Der hier. Karokönig. Keiner hat mit ihm gerechnet. Darlan ist König.

Fernand Der König einer Kolonie, nicht Frankreichs König *(sucht in den Karten)*. Pik. Wer ist der Pikkönig?

Bernard Der Graf von Paris! Unter seiner Führung würden sich die Franzosen vereinen. Auch Darlan und Giraud würden sich ihm unterstellen.

Sabatier Auch General de Gaulle. Der Graf von Paris steht oben. Er ist der Kreuzkönig, der rechtmäßige König. De Gaulle ist nur Pik.

Fernand De Gaulle unterstellt sich keinem König. Er will Frankreich sein. Er will der König sein.

Mario Giraud will der Chef sein, aber er unterwirft sich Darlan.

Bernard Wenn Darlan verschwände, wäre Giraud an der Spitze.

Mario De Gaulle unterstellt sich nie dem Giraud, und er verachtet Darlan.

Bernard Aber er ist nicht in Afrika. Die militärische Führung wird sich nicht de Gaulle unterstellen.

Fernand Die folgt Darlan. Die setzt auf die Amerikaner – wie Darlan.

Bernard Darlan muss verschwinden. Das ist klar. Giraud! Der tapferste Soldat als erster Gefolgsmann des Königs von Frankreich. Denen würden alle folgen. Kreuzkönig – der Graf von Paris! *(hält die Karte hoch)*

Sabatier Lothringer Kreuzkönig, de Gaulle. Darauf läut es hinaus.

Bernard Welchen König wollen wir? Wir sind die Zukunft Frankreichs. Wir wählen den König. Weg mit den hundertfünfzig Jahren der falschen Könige. Unter dem von Gott erwählten König ist Frankreich das auserwählte Land, der Liebling Gottes *(legt die Könige nebeneinander)* Kreuz sticht Pik, Pik sticht Herz, Herz sticht Karo.

Sabatier Wer ersticht den Darlan?

Mario   Bist du verrückt? Kommt, lasst uns weiterspielen.

Bernard   Ich würde es tun.

Fernand   Ich auch.

Sabatier   Ihr würdet es wirklich tun?

Bernard   Wenn ich wüsste, dass ich die Franzosen unter einer starken, von Gott gewollten Führung vereinen könnte, dann würde ich's tun.

Fernand   Wir müssten den frechen Amerikanern einen Denkzettel verpassen.

Bernard   Du würdest es nicht tun, Mario? Stell dir vor! Darlan verschwunden! Der Graf von Paris und Giraud.

Mario   Willst du de Gaulle auch umbringen?

Bernard   Der ist in London. Wen stört denn der? Die Amerikaner wollen ihn nicht. Solange die Amerikaner uns brauchen, wird de Gaulle in London sitzen bleiben.

Mario   Wie heißt dein Spiel? Königsmord?

Fernand   Lasst es uns spielen! *(nimmt die vier Könige, mischt sie; Jeanne kommt ins Zimmer)* Wem fällt der Karokönig in die Hand?

Jeanne   Die Kämpfer spielen Karten. Sie sollten lieber Radio hören. Ein Staat ist geboren! Wir haben ein Staatsoberhaupt –

Fernand   Der Karokönig!

Jeanne   Hört auf zu spielen. Admiral Darlan bildet den Nationalrat. Er ist der Chef! Giraud, die afrikanischen Residenten – alle machen mit. Darlan hat es geschafft. Ihr solltet eure Armbinden anlegen, für die große Parade. Der Sommerpalast wird schon geschmückt. Eisenhower, Cunningham – alle werden kommen, alle, um den Staatschef in Französisch-Afrika zu feiern. Nordafrika ist jetzt Frankreich – bis zur Befreiung.

Bernard   Dann ist Darlan der Führer der Franzosen!

Sabatier   Nie!

Fernand   Ein Nationalrat ohne Nation!

Mario   Der Karokönig. Donnerwetter!

Bernard   *(nimmt die Könige)* Jeanne, sei so lieb – misch uns die Karten, nur diese vier.

Jeanne Ihr Kinder! Ich bringe euch aufregende Nachrichten und ihr spielt Karten.

Bernard Unser Spiel ist auch wichtig.

Fernand Bitte, misch sie uns, Schwesterchen! (*Sie mischt. Jeder zieht eine Karte*) Halt sie, Jeanne. Bernard! (*Bernard zieht, dann Mario, Sabatier*) Gib mir die letzte. (*schaut sie an*) Der Karokönig. Sein Schicksal ist mir in die Hand gegeben.

Bernard Gib ihn mir, Fernand.

Jeanne Was spielt ihr denn da?

Bernard Spielen wir?

Jeanne General de Gaulle protestiert gegen die Regierungsbildung –

Bernard Er nicht allein. Alle Franzosen protestieren. Das Spiel ist aus.

7

(*Sommerpalast in Algier. General François d'Astier de la Vigerie, Darlan, Rigault. D'Astier ignoriert Darlan: im Gespräch wendet er sich nur Rigault zu*

Fr. d'Astier Ich habe in den vergangenen Tagen viele Gespräche in Algier geführt –

Darlan Mit Ihrem Bruder und seinen Freunden.

Fr. d'Astier Mit allen, denen die Einheit der Franzosen eine Herzenssache ist. Sie wissen, dass ich einen Auftrag habe –

Darlan Ein Auftrag General de Gaulles macht aus Ihrem Besuch keine offizielle Mission. Sie sind als Privatmann in Algier, Herr d'Astier.

Rigault Wir kennen Ihren Auftrag, Herr General. General Eisenhower hat uns informiert.

Fr. d'Astier Ja. Er begrüßt meine Mission. Die Lage in Nordafrika ist explosiv. Die Alliierten sind in großer Sorge, dass Unruhen in Algerien ihre Operationen in Tunesien gefährden können.

Darlan Eine unbegründete Sorge. Unruhen in Algier? Meine Regierung wird von allen Gutwilligen unterstützt. Meine Regierung einigt die Franzosen, beruhigt die arabische Bevölkerung, konzentriert die gemeinsame Kraft auf unser Kriegsziel.

Fr. d'Astier Ihre Regierung wird von den Franzosen nicht akzeptiert. In Algier spüre ich nur Spannungen, Gereiztheit und Widerstand.

Darlan De Gaulle will das so. Ich will auch nicht ausschließen, Herr d'Astier, dass Ihre Anwesenheit in Algerien zur Verwirrung der Geister beiträgt.

Rigault Herr General, wollen wir nicht auf den Kern unseres Gesprächs kommen?

Fr. d'Astier Ich erwarte die Antwort auf General de Gaulles Vorschlag, die nordafrikanischen Truppen und die Streitkräfte unseres Kämpfenden Frankreichs strategisch zusammenzuführen.

Darlan Missachten Sie nicht das Kräfteverhältnis, Herr d'Astier? Ich erwarte, dass de Gaulle seine beiden Brigaden der britischen Armee eingliedert. Es wird Ihnen – bei Ihren Gesprächen – nicht entgangen sein, dass es in Nordafrika nicht nur Begeisterung über die Ambitionen de Gaulles gibt.

Rigault General Giraud ist der Ansicht –

Darlan Das ist meine Sache. Ich verhandele mit General Eisenhower, nicht mit Londoner Emissären. *(langes Schweigen)*

Fr. d'Astier Es war nicht zuletzt der Wunsch Mr. Murphys, dass ich dringende Fragen mit Ihnen kläre. Wollen wir die Gespräche in seiner Gegenwart fortführen? Sind Franzosen auf amerikanische Vermittlung angewiesen?

Darlan Auch ich habe Sie auf Wunsch Mr. Murphys empfangen. Ich sehe keine Notwendigkeit für unser Gespräch – auch nicht in Ihrer Anwesenheit in Algier.

Fr. d'Astier Meine Gespräche in Algier bestätigen die Sorge General de Gaulles, dass Sie das Haupthindernis für die Vereinigung aller Franzosen sind.

Darlan Wir sind nicht in London, wir sind in Nordafrika. Wir sind im freien Frankreich, das ein verlässlicher Verbündeter der Alliierten ist. Wir stehen im Krieg! Die Dinge sind entschieden.

Fr. d'Astier Sie können mit Ihrem Polizeiapparat keinen Krieg führen. Der Ruf General de Gaulles hat in Französisch-Afrika seinen Widerhall gefunden. Wer hat Admiral Darlan gerufen?

Darlan Herr d'Astier! Ich vertrete die legale Regierung Frankreichs!

Fr. d'Astier Ein Provisorium! Die Generalräte in Oran, in Algier, in Constantine zweifeln an seiner Legalität! Als Statthalter des gefangenen Pétain sind Sie so wenig legal und unabhängig wie er. Immer mehr Franzosen begreifen, dass es nur einen Hort der Legalität gibt, General de Gaulle!

Darlan Die Franzosen in London haben eine Nationalversammlung einberufen? Das ist mir neu.

Fr. d'Astier Das Herz der Franzosen ist die Quelle der legalen Macht. Es schlägt nicht für den Admiral Darlan, der im Geist Vichys regiert.

Rigault Herr General, die Situation ist schwierig. Machen wir das Beste draus – für Frankreich.

Darlan Das Beste ist, Generalleutnant d'Astier de la Vigerie verlässt das Land, sofort.

Fr. d'Astier Will man mich aus Frankreich ausweisen?

Darlan Sie haben schon einmal unser Land verlassen. London ist nicht Frankreich.

Fr. d'Astier Herr Rigault, unser Gespräch ist beendet. *(verlässt den Raum)*

Rigault Herr Admiral, Sie können Generalleutnant d'Astier nicht ausweisen wollen. Als Innenminister muss ich dagegen protestierten.

Darlan Ich werde es tun. Und die Amerikaner werden ihren Segen dazu geben. Ich habe genug Gegner und Unruhestifter hier. Herrgott, muss einer denn desertieren, um sein Vaterland schützen zu dürfen? Muss einer sein eigenes Interesse in den Himmel heben, um Frankreichs Interessen zu wahren?

Rigault Herr Admiral, General de Gaulle ist verbündet mit dem Gott der Franzosen.

Darlan Und ich bin der Teufel, von dem man sich bei der Überquerung einer gefährlichen Brücke an der Hand führen lässt?

8

Im Haus d'Astier. Henri, Josiane und Bernard d'Astier, François d'Astier

Bernard Ich beneide dich, Onkel François. Du stehst an der Seite des Generals de Gaulle. Du bist sein Botschafter – vorn im Kampf um Frankreichs Befreiung.

Fr. d'Astier Beneide deinen Onkel Emmanuél. Er bekämpft den Feind im Mutterland. Das ist gefährlich und kühn. Hilf deinem Vater hier!

d'Astier Bernard will nicht, dass ich unter Darlan arbeite.

Fr. d'Astier Dein Vater arbeitet für die Befreiung, nicht für einen Darlan. Du kämpfst auch für die Befreiung, Bernard. Wir brauchen die Jugend, nicht einen Darlan.

Josiane Er soll lernen, er soll studieren! Wie lange soll das noch dauern, dieses ewige Soldatenspiel? Bernard müsste längst in Paris sein.

Bernard Der Kampf, das ist unsere Universität, Mama. Wie ist er, der General de Gaulle?

Fr. d'Astier Glaubt mir: er ist Frankreich! Frankreichs Größe. Er weiß, dass Frankreich einen Auftrag hat in der Welt. Die Macht des Geistes am Tisch der Mächtigen mit ihrem Geld und ihren Waffen. Unnachgiebig! Wie klein, wie verworren ist dagegen eure Welt in Algier. Streit, Eifersucht, Intrige – ich bin deprimiert. Ich reise morgen. Darlan will mich ausweisen. General de Gaulle wird ausgewiesen.

Josiane Du willst nicht bleiben? Wir erwarten den Grafen von Paris. Ich wäre so froh, wenn du bliebest. Und wenn auch Emmanuél hier sein könnte! Die Brüder d'Astier und Prinz Henri – dann säße Frankreich an meinem Tisch.

Bernard Du hast mich vergessen, Mama!

Fr. d'Astier Ich habe mit Prinz Henri gesprochen, meine liebe Josiane. Ist er der Mann, die Franzosen zu einen? Ist eure Hoffnung auf den Prinzen nicht ein wenig phantastisch?

d'Astier Die Krone und das Schwert! Der Prinz und de Gaulle!

Fr. d'Astier Beim Prinzen traf ich den Abbé Cordier. Wer ist der unheimliche Mann? Der Beichtvater des Prinzen?

d'Astier Er ist Offizier und Priester –

Fr. d'Astier Eine fanatische Seele in Uniform, voller Hass auf Darlan. Der Prinz sagt, was viele sagen, in Algier, im Mutterland. Es gibt nichts Dringenderes, als sich Darlans zu entledigen. Darlan muss ausgeschaltet werden.

Bernard Darlan muss verschwinden!

d'Astier Ja! wir müssen die Franzosen unter der Krone einen. Glanz, Tiefe, Würde – nicht Politik!

Josiane Der Prinz sammelt seine Getreuen. Er führt alle zusammen. Wenn Darlans Regime zusammenbricht, steht er bereit. Er wird auch deinen General de Gaulle rufen, François.

d'Astier Würde de Gaulle sich mit Giraud verständigen können –

Fr. d'Astier Wenn Giraud sich ihm unterordnet, wie wir alle. Frankreich! Mit Herz und Hand. Mit Parlament und Krone. Wie auch immer. Frankreich!

d'Astier Wenn sich de Gaulle und Giraud nur verständigen könnten! Alle stehen hinter uns. Die Generalräte, die Republikaner, die Gaullisten – der Sturz Darlans wäre kein Putsch. Alles ist vorbereitet. Wir können Darlan zum Rücktritt zwingen. Die Amerikaner müssten unsern Schritt billigen, zähneknirschend, aber sie hätten keine Wahl.

Fr. d'Astier Ist das so sicher? Die Amerikaner halten fest an Darlan.

d'Astier Roosevelt kann sich nicht gegen Frankreich stellen. Der Graf von Paris übernimmt die Regierung, von den Franzosen gerufen. Die

Amerikaner beugen sich der Macht des Faktischen.

Josiane François! Weihnachten die Mitternachtsmesse mit dem Te Deum zur Feier der Vereinigung aller Franzosen. Die alliierten Generäle als Ehrengäste!

Fr. d'Astier Eisenhower wird eher das Kriegsrecht über Nordafrika verhängen als in deine Messe gehen, meine liebe Josiane.

d'Astier Darlan muss verschwinden!

Fr. d'Astier Ihr müsstet ihn liquidieren. Wollt ihr das? Der Fanatismus ist ein schlechter Regent. Ich weiß, der Hass ist groß. Ihr könnt Frankreich nicht den Teufel austreiben, wie der Abbé Cordier es will.

d'Astier Darlan muss verschwinden!

Bernard Onkel François, Prinz Henri will, dass Darlan verschwindet?

Fr. d'Astier Er sagt, was alle denken. Darlan ist das größte Hindernis auf dem Weg zur Einheit der Franzosen. Mit Darlan hat Frankreich keine Zukunft. Ja, Darlan muss ausgeschaltet werden, mit allen Mitteln. Was soll der Prinz anderes sagen?

Bernard Ohne Darlan gibt es eine neue Regierung, Mama! Vive le Roi!

Fr. d'Astier Ich habe eure Flugblätter gelesen. Ach, Bernard, die flattern im Wind –

Bernard Wir sind die Soldaten des ewigen Frankreich!

Fr. d'Astier Mein lieber Junge! Auf euch wird Darlan nicht hören.

Bernard Hat General de Gaulle auf Pétain gehört, als er Frankreich auf die Schultern nahm und seine Regierung in London bildete? Frankreich ist groß durch seine Rebellen.

Fr. d'Astier Aber die Franzosen lieben ihre Rebellen nicht.

9

Saal im Sommerpalast; ein großer Tisch nach einem Festmahl. Darlan,
Murphy

Darlan   Mr. Murphy, Sie bleiben noch eine Minute?

Murphy   Haben Sie noch eine Überraschung für mich, Herr Admiral?
Ihr Toast auf den Sieg der Engländer hat mich überrascht – die Offiziere Seiner Majestät gewiss auch. Als Freunde der Briten sind die
Franzosen und ihr Admiral Darlan nicht eben berühmt. Der Krieg
lehrt Solidarität.

Darlan   So viele Missverständnisse, Mr. Murphy. Die Briten sind die
geistigen Väter des Siegs, die Amerikaner nur die Sieger. Ja, ich glaube
an den Sieg, jetzt. Ein Wort, Mr. Murphy! Wieviel Zeit geben Sie meiner Regierung?

Murphy   Herr Admiral! Präsident Roosevelt steht hinter Ihnen –

Darlan   Dem Notbehelf? Dem Sündenbock aller Demokraten?

Murphy   Der Regierung des Admirals Darlan, die mit uns am Brückenkopf für unseren Sieg in Europa arbeitet. Dem Mann, der stand-
haft und klug die Interessen Frankreichs vertritt.

Darlan   Solange er gebraucht wird.

Murphy   Wir brauchen Sie, Herr Admiral, ja! Präsident Roosevelt setzt
sein Vertrauen in Sie. Das ist viel mehr als ein Gebrauchtsein. Bedenken
ken Sie – unser Amerika ist eine streitlustige, eine redselige Gesellschaft, ist gespalten und zerrissen wie die Franzosen.

Darlan   Der Präsident hat Gegner, beneidenswert, ich habe Feinde.
Nein, Demokraten waren wir in Vichy nicht. Kann die Republik im
Kampf auf Leben und Tod demokratisch sein?

Murphy   In Großbritannien, ja, bei uns, ja – auf dem Kontinent? Das
weiß ich nicht.

Darlan   Gibt es mächtigere Autokraten in der Welt als Mr. Churchill
und Mr. Roosevelt?

Murphy Wir wählen, Herr Admiral, auch im Krieg. Wir wählen selbst im Kanonendonner.

Darlan Wer wird mein Nachfolger sein, Mr. Murphy? Kann ich Vorschläge machen?

Murphy Das ist kein Thema, nicht heute, nicht morgen.

Darlan Ich bin nicht blind, Mr. Murphy und ich habe einen guten Nachrichtendienst. Es gibt mindestens vier Verschwörergruppen, die mich im Visier haben – mein Amt und mein Leben. Soll ich Ihnen die Namen nennen?

Murphy Putschisten, ja, ja. Das ist die europäische Demokratie! Auch ich habe meine Informanten. Wir sagen den Möchtegern-Herren: einen Gewaltstreich gegen die Regierung Darlan beantwortet das Militär. Auf Gewalt antworten die Waffen. Dann ist Nordafrika ein besetztes Territorium. Dann gehören die Franzosen zu den Besiegten.

Darlan Ich habe meine Flotte verloren. Nur mit meiner Flotte hätte ich Frankreich wirklich dienen können. Doch zu meiner Arbeit an der Seite Pétains stehe ich.

Murphy Sie dienen unserm gemeinsamen Sieg, Herr Admiral. *(geht an den Tisch, ergreift ein Glas)* Erlauben Sie mir, Herr Admiral, auf die siegreichen Franzosen an unserer Seite zu trinken – auf den tapferen Admiral François Darlan.

Darlan Aber Ihr Glas ist ja leer! Ich danke Ihnen, Mr. Murphy. *(begleitet ihn zur Tür)* Frohe Weihnachten, Mr. Murphy.

10

Ein Kellerraum mit Werkstattcharakter. Bernard, Fernand, Sabatier, Mario

Sabatier *(gibt Fernand eine Pistole)* Sechs Schuss!

Fernand Einer genügt für den Karokönig. *(stellt die Karte auf ein Regal, schießt, trifft nicht)*

Sabatier Bist du verrückt! Warte, bis du im Sommerpalast bist.

Mario Hat der Abbé Cordier die Pistole gesegnet?

Bernard Du sagst dem Pförtner ‚Es lebe der König' – das ist unser Mann. Hast du den Lageplan studiert, den dir mein Vater gegeben hat?

Fernand Ja, ja.

Bernard Hast du noch einmal mit dem Abbé Cordier gesprochen?

Fernand Ja, ja, ja. Ihr traut mir nichts zu, ja? Der Abbé will mich zum Botschafter machen. Meint er, mich bestechen zu müssen? Wir brauchen den französischen Adel für den Wiederaufbau des Imperiums! Das sagt er mit einer Stimme, als habe der König ihn zum Kardinal gemacht. Brauche ich einen Köder? Ich werde fertig mit dem Karokönig.

Bernard Der Abbé ist ein Soldat wie wir. Er hat es nicht so gemeint.

Mario Die Uniform sitzt ihm so gut wie die Soutane.

Fernand War es der Soldat, der mir die Absolution erteilt hat? *(zielt wieder auf den Karokönig)*

Sabatier *(drückt Fernands Arm hinunter)* Lass das! Musst du noch üben?

Bernard Mario, ist der Wagen klar?

Mario Wollt ihr ihn sehen? Das ist eine Staatskarosse. In ihr haben der Abbé und ich den Prinzen von Marokko geholt. Ich fahre dich vors Tor, Fernand.

Bernard Aber man kennt den Wagen des Obersten van Hecke im Sommerpalast. Nicht vors Tor!

Sabatier Ich fahre mit.

Mario Ich warte auf der Rückseite auf dich.

Bernard Nicht mit dem Auto. Er muss laufen. Du gehst durchs Fenster – danach. Nur durchs Fenster, nicht zurück über den Flur. Ist das klar, Fernand?

Fernand Wie heiße ich? Morand. Morand.

Bernard Hier ist der Pass. Das Visum für Spanisch-Marokko ist klar. Im Kuvert sind zweitausend Dollar. Und kleine Scheine für Marokko.

Fernand Das ist gut. Dollars! Vielleicht schlage ich mich nach London durch. Wo habt ihr die Dollars her?

Bernard Mein Onkel François hat die Kriegskasse gut gefüllt, vierzigtausend Dollars, aus London. Du kannst keinen Putsch ohne Dollars machen. Nur mit Dollars kannst du die Leute kaufen.

Fernand Willst du mich auch kaufen?

Bernard Red keinen Unsinn. Hast du den Plan zur Hand? Wollen wir ihn noch einmal durchgehen? Im Büro, hörst du, im Büro!

Fernand Der Karokönig hat wirklich keine Wachen vor seinem Büro? Ein Hochkommissar?

Bernard Der fühlt sich verdammt sicher. Umso besser.

Sabatier Die sind alle schon in Weihnachtsstimmung. Da ist heute wenig Betrieb.

Fernand Und wenn der Karokönig heute zuhause bleibt?

Bernard Darlan ist ein Arbeitstier. Das muss man ihm lassen. Der arbeitet bis zur Mitternachtsmesse.

Mario Die muss er heute Nacht versäumen.

Bernard Wenn du nicht ins Büro kommst, kehrst du sofort zurück. Sofort, hörst du!

Fernand Wenn sie mich schnappen? – ich meine, davor.

Sabatier Du bist ein Bonnier de la Chapelle!

Fernand Und danach? Wenn sie mich greifen?

Bernard Unsinn. Du kommst durch. Und wenn –

Fernand Und wenn?

Bernard Eine Botschaft! Eine Botschaft für meinen Vater oder für den Abbé Cordier. Hast du deine Visitenkarte!

Sabatier Ein Attentäter mit Visitenkarte!

Bernard Nimm den Karokönig. Schreib' den Namen meines Vaters –

Fernand Schreib' du!

Bernard Bist du verrückt! Du bist allein, Fernand. Du handelst auf eigene Faust. Aber schreib' den Namen meines Vaters auf den Karokönig. Gib ihn den Wachen, falls – du weißt. Mein Vater wird dir helfen.

Fernand *(holt die Karte, schreibt)* Auch den Abbé Cordier, ja?

Bernard Falls – Fernand, du handelst auf eigne Faust! Du bist ein Patriot, du handelst allein – falls, du weißt. Die Amerikaner machen kurzen Prozess mit uns allen, wenn sie eine Verschwörung wittern. Hörst du? – nur als ein französischer Patriot, dem der Hass auf den Verräter Darlan die Pistole in die Hand gedrückt hat.

Fernand Ich handele allein! Der Karokönig ist in meine Hand gegeben.

Bernard Glaub mir, alles klappt. Alles klappt wie am Schnürchen.

Sabatier Gib mir den Plan! *(Alle beugen sich über den Plan)* Das Entrée, links der Pförtner. ‚Es lebe der König'. Hier die Treppe. Rechts Wachen. Der Flur – dann nach links. Nach links, hörst du! Wenn man dich fragt, wohin du willst, sagst du: zu La Tour du Pin. Der ist nicht da. Die letzte Tür, links, hörst du, links –

11

Darlans Büro im Sommerpalast. Weihnachtsdekoration. Darlan, seine Frau; später Hourcade

Mme. Darlan Muss ich dich heute in deinem Büro besuchen? Gönn' dir ein wenig Ruhe. Es ist Weihnachten. Du hast einen Vertreter im Amt.

Darlan Nur meine Botschaft für Radio Marokko. Ich will sie mit Hourcade durchgehen.

Mme. Darlan Ist das so wichtig? Heute?

Darlan Ja, heute. Meine Botschaft ist wichtig. Ich muss für die Einheit werben, mit jedem Wort, bei jeder Gelegenheit.

Mme. Darlan Niemand wartet auf deine Weihnachtsbotschaft. Schau dich an. Du wirst jeden Tag schmaler, jeden Tag blasser. Ich mache mir Sorgen. Du bist über sechzig, François. Ich wünschte, du würdest dich zurückziehen. Wir könnten nach Amerika reisen, wir könnten bei Alain sein. Du kannst den Amerikanern doch auch in Amerika nützlich sein.

Darlan Du meinst, ich sei in Amerika willkommen?

Mme. Darlan Bist du's hier? Nach Frankreich können wir nicht, nach Amerika willst du nicht, hier die Anfeindungen und Bosheiten den ganzen Tag. Manchmal denke ich, wir sollten nach England gehen.

Darlan De Gaulle würde mich an seiner Brust zerdrücken.

Mme. Darlan Ich habe Angst, François. Du hast so wenig Freunde hier in Algier. Wer steht zu dir? Lege dein Amt nieder, zieh' dich zurück. Du hast es versprochen.

Darlan Ja, auch das will ich im Radio sagen: ich strebe nicht nach der Macht in Frankreich. Aber meine Aufgabe hier, in Algier, kann mir niemand abnehmen. Er ist wahr, man liebt mich nicht. Die einzigen, die mir vertrauen, sind die Offiziere meiner Armee – wenn sie nicht doch schon zu de Gaulle übergelaufen sind.

Mne. Darlan François, du nennst mir tausend Gründe, von deinem Amt zurückzutreten.

Darlan Und wenn ich nur furchtsam wäre, meine Liebe? Vielleicht stellt mich mein Nachfolger vor ein Kriegsgericht. Einer steht zu mir! Der alte, tapfere Churchill. Er hat mich vor seinem Unterhaus nicht verurteilt. Er hat mich gegen alle Angriffe verteidigt. Gut, für einen Heroen seines Kalibers hält er mich nicht. Es sei eine Frage des Anstandes, sagt er, mich auf meinem schwierigen Posten zu unterstützen. Kann ich noch fortsetzen, was ich vor zwei Jahren in Vichy begonnen habe: Frankreichs Untergang anständig zu verwalten? Und noch in der Asche der Niederlage Waffen für den Wiederaufstieg zu schmieden? Darum bleibe ich im Amt. Die einzigen, die mich abberufen können – dürfen! –, sind die Amerikaner. Auf ihrer Seite ist das Recht, das im Krieg zählt, das Recht der Waffen.

Mme. Darlan Das Recht der Waffen! Wer fühlt sich in unserm Frankreich nicht im Recht? François, tritt zurück! Du kennst deine Franzosen. Sie sind groß im Verurteilen. Du hast dich gequält mit allen deinen Entscheidungen. Keine war frei von den schmerzlichen Zwängen des Augenblicks. Ein Marineminister mit einer Flotte in Gefangenschaft!

Du hast mit dem Feind verhandeln müssen, weil deine Franzosen zu stolz waren, sich geschlagen zu geben, als die Deutschen ihren Soldaten die Waffen weggenommen hatten und sie massenhaft nach Hause schickten. Dein Sohn lag in Algier auf den Tod! Du eiltest zu ihm – und musstest über Tod und Leben von Tausenden entscheiden. Ich will nicht, dass du unter allen den Prüfungen zerbrichst. Du hast nicht die sture Kraft eines de Gaulle, du hast nicht den Schneid eines Giraud.

Darlan Heute nur die Radioansprache für Marokko. Ja, wir machen ein paar Tage Ferien. Wir feiern Weihnachten. Frieden! Es wird den Frieden geben und den Admiral a. D. und seine Liebste in der Heimat. Schickst du mir den Hourcade rein?

Mme. Darlan Ich warte auf dich, François. Lass' es nicht so spät werden.

(ab; Darlan blättert in Papieren; Hourcade kommt mit einem Manuskript)

Hourcade *(hebt das Manuskript)* Herr Admiral, der erste Satz – hell wie ein Trompetensignal. Unsere wichtigste Aufgabe ist, den Krieg zu gewinnen.

Darlan Alles für gut befunden, Capitaine?

Hourcade Herr Admiral, vielleicht – an der Seite der Amerikaner? – gemeinsam mit den Alliierten?

Darlan Später! Wir Franzosen gewinnen unsre Kriege lieber allein. Ich darf nicht sagen, dass man uns hilft. Das ist schon Defätismus. Hier! *(weist auf eine Stelle)* Das darf ich sagen – was die Amerikaner uns garantieren – die Wiederaufrichtung Frankreichs in einer Welt vor Hitler, einer Welt ohne Schande.

Hourcade Werden die Alliierten wirklich nicht versuchen, uns ihr Gesellschaftssystem aufzuzwingen?

Darlan Sie verpflichten uns nicht, es anzunehmen. Haben die Franzosen wirklich die Freiheit und die Menschenrechte erfunden? Oder waren es die Amerikaner vor uns? Haben wir sie heilig gesprochen? Das amerikanische Jahrhundert! Hat das nicht gerade ein kluger Kopf gesagt? Wir reifen in diesem Jahrhundert wie ein Kind im Mutterleib. Ich musste Abschied nehmen von unseren französischen Träumen. Es gibt keine nationalen Revolutionen mehr. Wer sie wünscht, träumt Hitlers Traum. Aber die Welt liebt die Amerikaner nicht – wie mein verehrter Feind de Gaulle: der wünscht sich schon, dass die Russen als erste in Berlin einmarschieren.

Hourcade *(liest)* Die Einheit aller kämpfenden Franzosen ist absolut notwendig. Ja! Her Admiral, aber ist es unwichtig, wer sie repräsentiert? Wenn Sie erlauben, Herr Admiral – warum wollen Sie betonen, dass Sie während der Landeoperation nur zufällig in Nordafrika gewesen sind? Sie sind kein Zufallsführer, Herr Admiral. Pardon.

Darlan Soll ich so tun, ich sei nach Algier gekommen, um mich an die Spitze des Unternehmens ‚Fackel' zu stellen? Es war ein Zufall. Sie wissen es, Capitaine. Der Zufall machte meine Entscheidung notwendig. Kein Blutvergießen! Aber auch den Deutschen gab er keinen Grund, den Waffenstillstand für null und nichtig zu erklären. Sie haben ihn gebrochen! Am 11. November. Ich erinnere bewusst an diesen Tag – an den Waffenstillstand des 11. November 1918. Den hatten wir mit Hilfe unserer Alliierten errungen. Unsre Helden Foch und Pétain haben die Schlachten gewonnen, den Krieg die Alliierten. Am 11. November haben die Deutschen den uns aufgezwungenen Waffenstillstand zerfetzt. Jetzt war ich frei zu handeln – mit den Alliierten, gegen die Deutschen. Ich bin kein Rebell. Ich bin ein Offizier, Capitaine. Ich war der Stellvertreter des Marschalls. Seine Fehler waren meine. Aber ich handelte im Auftrag der legalen Führung unseres Landes. Der 11. November! Der Festtag der alten französisch-amerikanischen Freundschaft. Das werden meine Kameraden im französischen Afrika begreifen. Sie müssen in mir keinen Handlanger amerikanischer Interessen sehen. Unser größter Feind ist der französische Stolz.

Hourcade Der letzte Satz – schön! Wieder so ein heller Trompetenstoß. *(liest)* Die Stunde hat geschlagen, in der sich alle Franzosen im gemeinsamen Kampf vereinigen müssen. In einem Jahr wird das französische Afrika eine bedeutende Rolle in den Kriegsanstrengungen der Alliierten spielen –

Darlan Halt! *(nimmt das Manuskript)* Bedeutend – das ist schwach. Das würde meinen Franzosen nicht gefallen. Eine starke – eine unabhängige Rolle – eine entscheidende Rolle? Der Sieg der Alliierten wird ein französischer Sieg sein?

Hourcade Wenn Worte den Krieg entscheiden würden!

Darlan Da sind wir Franzosen uns einig, Gott sei Dank. Das Wort ist entscheidend. Könnte das Wort eine Waffe sein, wären wir Franzosen die Befreier der Welt. *(Die Tür wird aufgestoßen, Fernand Bonnier tritt ein paar Schritte in den Raum, schießt auf Darlan, der über dem Manuskript zusammensinkt. Fernand steht wie erstarrt, Hourcade überwältigt ihn)*

Hourcade Wache! Wache! *(schlägt auf Fernand ein, nimmt ihm die Pistole ab)* Wache!

12

Zelle. Fernand, Jeanne. An einer Wand sitzen zwei Offiziere

Jeanne Sei ruhig, Fernand. Papa und der Maitre sind unterwegs. Du bekommst einen neuen Prozess. Es ist nur schwierig, weil heute Weihnachten ist.

Fernand Frohe Weihnachten, Jeanne.

Jeanne Fernand! Du bist zum Tode verurteilt!

Fernand Ich habe den Karokönig erschossen. Ich habe es getan. Sie mussten mich verurteilen! Aber glaube mir – wenn du wüsstest! *(schaut zu den Offizieren)* – Wenn du wüsstest!

Jeanne Meine Herren, bitte, haben sie Verständnis, haben Sie Erbarmen. Ich bin seine Schwester. Ich darf doch mit ihm allein sprechen! Heute ist Weihnachten, meine Herren

Erster Offizier Mademoiselle, es tut uns leid. Es tut uns sehr leid. Wir haben Befehl. Wir können Ihren Bruder nicht allein lassen. Das hat mit Ihnen nichts zu tun, Mademoiselle Bonnier.

Fernand Lass! Die sind immer hier. Eine Ehrenwache. Nicht wahr, meine Herren Leutnants? *(lacht)*

Jeanne Nur eine Viertelstunde. Bitte, meine Herren!

Zweiter Offizier Fühlen Sie sich unbeobachtet, Mademoiselle Bonnier, wir achten nicht auf Sie. Vergessen Sie unsere Gegenwart. Wir sind auch nicht gern hier.

Jeanne Du hast gestanden, Fernand!

Fernand Da gibt es nichts zu gestehen.

Jeanne Du hast gestanden, dass du die schreckliche Tat allein begangen hast, ganz allein, aus eigenem Willen. *(Fernand schweigt)* Das Hochkommissariat sagt in seinem Aufruf, dass du – dass der Täter ein Agent der Deutschen war.

Fernand Das sagt man? Nennt man meinen Namen?

Jeanne Ein Attentäter – inspiriert von den Achsenmächten. Fernand, was hast du getan?

Fernand Du glaubst doch nicht –

Jeanne Nein, nein, nein! Was hast du gestanden? Wieso können die sagen, du seiest ein Agent der Deutschen?

Fernand Das ist Politik, Schwesterchen, davon verstehst du nichts. Ja, ich habe gestanden. Ich habe Darlan getötet, weil der ein Verräter ist und Frankreichs Zielen schadet, im Krieg und im Frieden. Ich handelte allein, in patriotischem Geist. Das habe ich unterschrieben. Das ist die Lesart, Jeanne!

Jeanne Fernand, du bist zum Tode verurteilt! Das Urteil soll vollstreckt werden – schon morgen!

Fernand Morgen – nun ja.

Jeanne Sie bringen dich morgen früh nach Hussein Bey! Sie erschießen dich! Du musst sprechen, Fernand. Fernand! Morgen!

Fernand Das ist das reguläre Verfahren. Mach dir keine Sorgen, Schwesterchen, ich werde morgen nicht erschossen.

Jeanne Du musst sprechen, Fernand! Über eure Gruppe, ja? Die Hydra-Gruppe.

Fernand Ich habe Freunde. Die intervenieren, noch heute. Meine Botschaft ist auf dem Weg zu ihnen. Keine Angst, Schwesterchen. Es gibt mein Geständnis, gut. Das musste sein. Kurz und bündig. Aber dazu gibt es ein Protokoll – das stellt alles klar – für die richtigen Leute. Keine Sorge, Jeanne. Die Augen der Führer sind auf mich gerichtet. Man lässt mich nicht allein. Man schützt mich, auch im Ausland.

Jeanne Die Briten, die Amerikaner?

Fernand Ach, Jeanne, warum nicht gleich die Deutschen? Meine Freunde sind Patrioten wie ich.

Jeanne Der General de Gaulle in London? Fernand! Du musst sprechen.

Fernand Dein Bruder hat sich zum Werkzeug des allgemeinen Willens gemacht, zum Werkzeug des Schicksals.

Jeanne Werkzeuge werden weggeworfen, wenn man sie nicht mehr braucht.

Fernand Nicht meine Freunde! Nicht Leutnant d'Astier, nicht der Abbé Cordier, nicht Bernard, nicht Sabatier. Sie haben mir die Waffe gegeben, ja, aber geschossen habe ich. Ich hatte die Kraft zu tun, was alle wollten. Ich bin schuldig, ja, aber alle stehen in meiner Schuld. Sorg' dich nicht, Jeanne.

Jeanne Du wirst es Papa und dem Maitre sagen, wenn sie zu dir kommen, ja?

Fernand Wenn sie kommen, bin ich längst frei. Wir feiern heute noch Weihnachten, Schwesterchen.

Jeanne Meine Herren, hören Sie! Sie haben es gehört! Das Geständnis meines Bruders ist falsch. Sie müssen das melden. Unverzüglich. Sie müssen Meldung machen. Das Urteil darf nicht vollstreckt werden.

Erster Offizier Wir verlassen den Raum nicht, Mademoiselle.

Zweiter Offizier Wir haben nichts gehört, Mademoiselle.

Jeanne Gehen Sie zu Ihren Vorgesetzten, meine Herren. Rasch. Ich bitte Sie! Machen sie Meldung, bitte. Gehen sie zu Ihrem Chef, dem Polizeichef Henri d'Astier.

Erster Offizier Der Polizeichef ist nicht unser Vorgesetzter, Mademoiselle Bonnier.

Jeanne Gehen Sie zu Herrn Rigault.

Zweiter Offizier Wir unterstehen nicht dem Innenminister.

Jeanne Tun Sie Ihre Pflicht, meine Herren, Ihre Menschenpflicht. Mein Bruder ist schuldig, ja, aber es gibt höhere Interessen. Es gibt Mitverantwortliche, das Urteil muss revidiert werden. Wer ist Ihr Vorgesetzter, bitte, sagen Sie es mir.

Erster Offizier Wir haben unsere Befehle von General Giraud.

Jeanne Giraud! Aber, Fernand, das ist gut. Das ist eine Hoffnung. General Giraud muss wissen, warum du es getan hast. Er kann dich nicht richten. Er kann dich nicht töten lassen. Ja?

Fernand Giraud wird nicht Nachfolger Darlans. Ein Höherer steht für dieses Amt bereit. Ich, Fernand Bonnier de la Chapelle, habe ihm den Weg zur Spitze freigemacht – zum Thron, in einer neuen großen Zeit.

Jeanne Und wenn alle ihre Hände in Unschuld waschen? Wenn alle entsetzt auf den patriotischen Heißsporn deuten und mit Engelsgesichtern am Katafalk Darlans trauern? Fernand, wo sind deine Freunde? Warum der Aufruf? Warum die Mär vom deutschen Agenten?

Fernand Das Hochkommissariat muss das Volk ruhig halten. Mein Name wird von anderen genannt werden – von denen, die morgen Frankreich führen –

Jeanne Morgen bist du tot, Fernand!

Fernand Du brauchst dich nicht zu grämen über deinen Bruder, Schwesterchen. Eine Ehrenhaft, ja, meinetwegen. Hoffentlich dauert sie nicht zu lange.

Erster Offizier Mademoiselle. Sie müssen Abschied nehmen.

Jeanne Fernand! Hast du recht? Wirst du frei sein?

Fernand Frohe Weihnachten, Jeanne. *(schließt sie in die Arme)* Sei ganz ruhig. Jetzt warte ich auf Papa und den Maitre.

Jeanne Fernand – *(weint; der Zweite Offizier führt sie hinaus)*

13

Vorraum der Zelle. Jeanne, der Zweite Offizier

Jeanne   Herr Leutnant, es ist wahr, nicht? Sie erschießen meinen Bruder nicht? Er hat ein entsetzliches Verbrechen begangen. Aber er tat es doch nicht allein. Er hat sich missbrauchen lassen. Nicht wahr, Herr Leutnant, mein Bruder wird doch nicht – nicht erschossen.

Zweiter Offizier   Mademoiselle Bonnier, es ist eine ernste Situation. Ich kann Ihnen nichts sagen. Die Situation ist ernst. Sehr ernst. Sagen Sie das Ihrem Vater, Mademoiselle.

Jeanne   Aber der Prozess! Das Urteil! Am Weihnachtstag. In so kurzer Zeit. Man muss meinem Bruder einen fairen Prozess geben, Zeugen müssen befragt werden, die Mittäter –

Zweiter Offizier   Die Situation ist sehr ernst, Mademoiselle. Leben Sie wohl. Ich kann nichts für Sie tun. Das tut mir sehr leid. Wir achten Ihren Bruder, Mademoiselle.

Jeanne   So stehen Sie ihm bei!

Zweiter Offizier   Leben Sie wohl, Mademoiselle Bonnier.

Nachspiel in Colombey-les-Deux-Eglises

Wie im Vorspiel. De Gaulle, Churchill; später Jeanne

Churchill   Das Opfer und der Täter, der Täter und das Opfer, beide tot. Der kleine Bonnier wollte Frankreich von korrupter Führung befreien. Fernand Bonnier de la Chapelle. Ja, auch in meinem Buch hat er eine kleine Rolle. Tod nach Sonnenaufgang, am Tag nach Weihnachten. Er stand vor dem Exekutionskommando – mit großer Verwunderung. Das habe ich geschrieben. Mon Général, musste Giraud ihn hinrichten lassen?

de Gaulle   Das Recht des Krieges.

Churchill   Das sagen Sie, Charles de Gaulle, der die Größe hatte, den greisen Pétain vor dem Peloton zu retten? Keine Gnade für ein Kind?

de Gaulle   Ich hatte keine Macht. Ich saß noch in London. Giraud wurde Nachfolger Darlans – gegen meinen Protest. Durch Ihre Entscheidung, Mr. Churchill.

Churchill   Meine? Eisenhowers! Und wenn der einverstanden gewesen wäre mit dem Plan des Nationalrats, den Grafen von Paris an Darlans Stelle zu setzen, hätte der das Kind geschont?

de Gaulle   Eisenhower wollte Giraud. Giraud hat das Militärgericht eingesetzt. Eisenhower hat damit das Todesurteil gesprochen. Und der Premierminister Churchill, sein Verbündeter.

Churchill   Wie? Mon Général!

de Gaulle   Haben Sie geglaubt, Fernand Bonnier habe allein gehandelt?

Churchill   Nie.

de Gaulle   Militärgerichte sind diskret. Was hätte ein Prozess bedeutet? Die Verhaftung der Hintermänner –

Churchill   Wer wäre verhaftet worden?

de Gaulle   Französische Patrioten. Freunde Girauds.

Churchill   Der Graf von Paris?

de Gaulle   Wer weiß? Auf die Tragödie folgte die Komödie der Herrschaft Girauds in Nordafrika, inszeniert von dem amerikanischen Regisseur. Ich verstehe Girauds hastiges Todesurteil nicht. Aber kann ich ihn verurteilen? Außer auf dem Schlachtfeld hat niemand das Recht zu töten. Es wäre Sache der nationalen Justiz und nicht eines Bonnier oder einer Gruppe gewesen, Darlan zur Rechenschaft zu ziehen.

Churchill   Zur Rechenschaft? Erlauben Sie, Herr de Gaulle!

de Gaulle   Frankreich hat auch Marschall Pétain zur Rechenschaft gezogen.

Churchill   Darlan stand auf der Seite der Alliierten!

de Gaulle   Frankreich hätte auch Darlan vor sein Tribunal gerufen. Das haben Sie immer gewusst, Mr. Churchill. Roosevelt nicht, aber Sie. Was hat Giraud über den Hintergrund des Attentats gewusst?

Churchill   Hatte nicht auch Giraud den Verdacht, die Mitarbeiter des Generals de Gaulle wären in das Komplott verstrickt gewesen? Diese brutale Untersuchung, dieser hastige Prozess bei Nacht, die geheime Hinrichtung eines namenlosen Attentäters – Eisenhower hatte gefordert, Bonniers Tat neu zu untersuchen! Halbherzig geschah es, folgenlos, alles verweht im Wüstensand. Kein Giraud, kein de Gaulle hat Druck gemacht. Und nach dem Krieg werden die Hintermänner befördert und ausgezeichnet, die Helden der Résistance.

de Gaulle   Im Hexenkessel von Algier gab es nur Widersprüche. *(nimmt sein Manuskript, liest)* In meinen Augen räumte das Attentat von Algier die Hauptursache unserer Leiden aus dem Weg. Ebenso wie andere Unglücke, die Frankreich befallen hatten, waren die Fehler des Admirals Darlan und das traurige Los unserer Flotte die Folgen eines langjährigen Gebrechens des Staates. – Ich habe Fernand Bonnier de la Chapelle mein Denkmal gesetzt, in meinem Buch – wie Winston Churchill es tat, in seinem großen Buch. *(liest)* Dieser ganz junge Mann, dieses vom Anblick hassenswerter Ereignisse aufgewühlte Kind, glaubte mit seiner Tat dem zerrissenen Vaterland dadurch einen Dienst zu erweisen, dass es ein in seinen Augen für die Versöhnung der Franzosen skandalöses Hindernis aus dem Weg räumte.

Churchill Skandalös in seinen Augen? Auch in Ihren Augen, mon Général.

de Gaulle Auch in meinen Augen. Soll ich Ihnen auch noch die Komödie vorführen, Mr. Churchill? Girauds Kampf gegen de Gaulle? Die von Roosevelt und Churchill gesegnete Revolverhochzeit zwischen Giraud und de Gaulle? Am Ende stand die Regierung der nationalen Einheit unter Charles de Gaulle. Was wäre aus Frankreich geworden, ohne die Tat unseres kindlichen Hitzkopfes? Soll ich Ihnen die Komödie vorführen?

Churchill Nein, nein, lesen Sie nicht! Ich warte, bis Sie Ihre Memoiren vollendet haben. Sie schicken mir Ihr Buch, mon Général? Das erste Exemplar?

de Gaulle Pardon, Winston. Sie sind mir als Leser herzlich willkommen, doch mir schwebt eine Hierarchie der ersten Leser vor –

Churchill Glauben Sie mir, nächstes Jahr bin ich wieder Premier!

de Gaulle Das erste Exemplar wird Papst Pius erhalten, das zweite –

Churchill Ihr Kampfgefährte Winston Churchill!

de Gaulle Das zweite der Graf von Paris, das dritte –

Churchill Der Prinz?

de Gaulle Das dritte der Staatspräsident –

Churchill Wenn er nicht wieder Charles de Gaulle heißt.

de Gaulle Das vierte Ihr König Georg! Dann kommen Sie, Winston Churchill – hoffentlich wieder der Premierminister Großbritanniens und Sir Winston. Aber Sie werden mein liebster Leser sein. Sie sind der Meister, in Wort und Tat.

Churchill Der Meister an fünfter Stelle? Ich bin enttäuscht, mon Général.

de Gaulle Und Sie werden sich gedulden müssen. Ich werde immer gestört. Was ist denn da draußen? *(steht auf)* Wer ruft denn da? Yvonne? Yvonne! *(Die Tür öffnet sich, Jeanne Bonnier kommt ins Zimmer, als würde sie zurückgehalten; abwehrende Worte aus der Kulisse; Jeanne zieht die Tür hinter sich zu und bleibt, die Klinke festhaltend, an ihr stehen)* –

Jeanne Herr General –

de Gaulle Wer sind Sie? Was wollen Sie? Hat meine Frau Ihnen erlaubt –

Jeanne Ich bin Jeanne Bonnier de la Chapelle.

Churchill Lupus in fabula.

Jeanne Ich bin die Schwester des Fernand Bonnier de la Chapelle. Ich bin die Schwester des Mannes, auf dessen Grabstein Sie geschrieben haben: Mort pour la France. Ich habe ein Recht, bei Ihnen einzudringen.

Churchill Das haben Sie, Mademoiselle! Pardon, mon Général. Mein Name ist Churchill.

Jeanne Oh –

de Gaulle Kommen Sie, Mademoiselle Bonnier, nehmen Sie Platz bei uns. *(geleitet sie zu einem Sessel)* Was kann ich für Sie tun, Mademoiselle? Ich nehme an, dass Sie ein Anliegen haben, das Ihren stürmischen Auftritt rechtfertigt.

Jeanne Herr General, ich kämpfe für die Wiederaufnahme des Verfahrens gegen meinen Bruder, seit acht Jahren. Ich will, das mein Bruder einen neuen Prozess bekommt – ich will Gerechtigkeit für meinen Bruder.

de Gaulle Mademoiselle Bonnier! Wenn ich mich recht erinnere, hat das Appellationsgericht in Algier schon vor Jahren das Urteil gegen Fernand Bonnier annulliert.

Jeanne Ich weiß. Seine Tat hat ja der Befreiung Frankreichs gedient. Darlan hat gegen die Interessen Frankreichs verstoßen, also durfte er von meinem Bruder ermordet werden.

de Gaulle Ermordet –

Jeanne Mein Bruder hat gemordet, ja! Ich will wissen, warum er es tat. Ich will die Anstifter auf der Anklagebank sehen. Ich will, dass sich die Anstifter rechtfertigen, die meinen Bruder getötet, die ihn alleingelassen und geopfert haben.

Churchill Wollen Sie Frankreich anklagen, Mademoiselle? Pardon, mon Général.

Jeanne Er hat sich zum Werkzeug des Schicksals gemacht. Das sagte er mir am Tag vor seinem Tod. Wer hat das Werkzeug in seiner Hand gehalten?

de Gaulle   Sind wir nicht alle Werkzeuge des Schicksals, Jeanne Bonnier de la Chapelle? Fernand Bonnier hat sich zum Werkzeug der Erbitterung gemacht, die rings um ihn die Gemüter zum Kochen brachte. Ein François Darlan durfte nicht für Frankreich sprechen. Das Opfer hat die Pistole selbst auf sich gerichtet.

Churchill   Kein Wort des Mitleids mit dem Opfer?

Jeanne   Ich bete für Darlan, für ihn und meinen Bruder.

Churchill   Mag Darlan falsch gehandelt haben, als er sich einließ in Vichy auf den Schacher mit den Deutschen. Doch seine zweite Entscheidung war richtig. Er hat sich auf unsere Seite gestellt. Er hat seine Flotte verloren, weil er sie nicht nach Nordafrika brachte, als er noch frei war, es zu tun. Aber sie ist nicht in deutsche Hände gefallen! In diesem Punkt steht er vor der Geschichte gerechtfertigt da. Er ruhe in Frieden.

de Gaulle   Mr. Churchill, meinen Sie, das Dilemma Darlans berührte mich nicht? Aber der Admiral hätte Platz machen müssen – Platz den Männern, die Frankreichs Zukunft waren.

Churchill   Ihnen, Herr General.

de Gaulle   Mir. Frankreich folgte mir. Ich war das Werkzeug seines Schicksals.

Churchill   In meinem Buch sagte ich über Fernand Bonnier –

Jeanne   Über meinen Bruder haben Sie geschrieben?

Churchill   Ja. Sein Schicksal bewegt mich. Wer hat ihn zum Werkzeug seines Befehls gemacht? Der Geist des Widerstandes, der Erbitterung? Der redet nicht.

Jeanne   Ich weiß es von meinem Bruder, und er hat es zu Protokoll gegeben: es waren die Freunde des Grafen von Paris, die ihm die Pistole in die Hand drückten. Herr General, waren die Freunde des Prinzen nicht auch Ihre Freunde? Und ich weiß von Madame d'Astier, meiner mütterlichen Freundin: die Brüder d'Astier de la Vigerie waren sich einig, Darlan zu liquidieren.

de Gaulle Liquidieren! Das ist das Herzenswort des Terrors – bei den Feinden und im Widerstand. Es hat nie einen Mordbefehl gegeben. Der Admiral Darlan war am Ende. Darlan hatte sich zum Feind aller gemacht, zum Feind der Hoffnung auf Frankreichs Wiederauferstehung.

Churchill Er war nicht unser Feind! – nicht der Feind der Alliierten. Er war ein treuer Verbündeter. Er hat uns geholfen gegen Hitler.

de Gaulle Wer seinem Land die Hoffnung auf eine eigene Zukunft raubt, ist sein Feind. Die Feindschaft kann bitter sein. Der Geist des Widerstands schlägt um in Terror und Gewalt.

Churchill Die Metaphysik des Mordes, mon Général?

de Gaulle Mademoiselle, Frankreich hat Ihren Bruder geehrt. Er ist gestorben für Frankreich.

Jeanne Er wollte leben für Frankreich!

Churchill Sie haben die französischen Soldaten geehrt, mon Général, die in den drei Tagen nach unserer Landung auf die Alliierten auf ihre Freunde geschossen haben. Ihre Kugeln sind meinem Sohn Randolph um die Ohren geflogen.

de Gaulle Ja, ich habe die Auszeichnungen anerkannt, die General Giraud den Soldaten und Offizieren verliehen hat, die auf Darlans Befehl gegen die Amerikaner gekämpft haben. Viele wurden getötet, viele verwundet. Ich habe diese armen Opfer einer verfehlten Politik nicht übergehen wollen. Wie höhnisch, wie hämisch hat mir das Parlament die Beschimpfung unserer Verbündeten vorgeworfen! Wie verächtlich ist das alles! Mir reichte es. Ich trat zurück. Warum fragen Sie, Mr. Churchill. Hätte ich Darlan auch einen Orden verleihen sollen?

Jeanne Sie haben für Frankreich gekämpft, Herr General. Admiral Darlan hat für Frankreich gekämpft, mein Bruder hat für Frankreich gekämpft –

Churchill Auch ich habe für Frankreich gekämpft. Aber ich will keinen Orden, mon Général.

Jeanne Ich will, dass der Kampf aufhört. Die Wahrheit soll den Frieden bringen.

de Gaulle   Ihr Bruder, Mademoiselle Bonnier de la Chapelle, starb für Frankreichs Größe. Fragen Sie nicht, wer schuld an seinem Tode ist. Er ist gestorben für Frankreich.

Churchill   Starb nicht auch Darlan für Frankreich?

de Gaulle   Auch er starb für Frankreich. Er hat sein Vaterland geliebt. Seine Liebe ist durch den Irrtum gegangen und hat Hass erzeugt. Das Opfer und der Täter haben Frankreich gedient. Fragen wir nicht weiter, Mademoiselle. Bitte! Seien Sie stolz auf Ihren Bruder. Er starb für Frankreich. Und eines Tages, wenn wir Franzosen zur Ruhe kommen, werden Sie auf Darlans Grabstein lesen, in Mers el Kebir, auf dem Ehrenfriedhof unserer ruhmreichen Marine: Mort pour la France! *(Er umarmt Jeanne, Churchill erhebt sich)*

Der Tod des Kugelgießers

Personen

Dr. Edgar Jung, Publizist
Franz von Papen, Vizekanzler
Frau von Papen
Madleen Feßmann
Edmund Forschbach
Dr. Rudolf Pechel,
   Chefredakteur
Fritz-Günther von Tschirschky,
   Papens Referent
Herbert von Bose, Pressereferent
Dr. Theodor Heuss
Fräulein Betzler, Sekretärin
Dr. Leopold Ziegler, Philosoph
Frau Ziegler
Frau Schwenke, Zimmerwirtin
Behrens

Kriminalbeamter
Sturmführer
SS- und SA-Männer
Kellner

Zeit und Ort

Februar 1933 bis Juni 1934 in Berlin, Sorrent und Überlingen;
   Nachspiel in Stuttgart

Vizekanzlei, Papens Büro. Von Papen, Jung, v. Bose; später v. Tschirschky

Papen Herr Jung, Sie kennen meinen Pressechef, Herrn von Bose?

Jung O ja. *(Bose nickt)*

Papen Sie werden gut mit ihm zusammenarbeiten, Herr Dr. Jung. Endspurt für den 5. März, meine Herren. Aber es geht nicht nur um die Wahl. Sie kennen die Regierungserklärung des Herrn Reichskanzlers vom 1. Februar?

Jung Ja doch, Herr Reichsminister.

Papen Haben wir sie zur Hand, Herr Bose? *(Bose nimmt sie aus einer Mappe)* Bringen Sie unser kerniges konservatives Programm auf den Punkt!

Jung Nur für die Wahl?

Papen Für die nächsten Jahre. Unsere besten deutschen Traditionen sollen siegreich bleiben – die soll uns Herr Hitler mit seiner Bewegung nicht streitig machen. Der bringt uns das Volk, gut. Aber es ist der konservative Geist, der unsere Regierung prägen soll, muss – die Verantwortung vor Gott, echte Staatskunst, sauberes Können. Wir wollen unseren geschätzten Herrn Reichskanzler beim Wort nehmen. Hier – *(hält ein Blatt hoch)* bei diesen Sätzen: „Die Regierung wird das Christentum als Basis unserer gesamten Moral in ihren festen Schutz nehmen. Sie wird damit der geistigen und kulturellen Nihilisierung einen unbarmherzigen Krieg ansagen". Das ist doch ein Wort!

Jung Das hat der Hitler – der Reichskanzler tatsächlich gesagt?

Bose Das hat Vizekanzler von Papen ihn sagen lassen.

Papen Wir brauchen Herrn Hitler und seine Massen. Das ist die Krux, Herr Dr. Jung! Wir Konservativen können heute nicht die Brücke zum Volk schlagen – noch nicht. Die demokratische Verseuchung des Volkskörpers war in dieser toten Republik zu weit fortgeschritten.

Jung Adolf Hitler als Brückenbauer. Seiner Brücke wollen Sie sich anvertrauen?

Papen Wir müssen diese Massenbewegung von heute in das Staatsmännische von morgen umbiegen. Wollen Sie uns dabei helfen, Herr Jung? Ich kenne Ihre Schriften, ich schätze Ihre christlichen Überzeugungen. Keiner hat sich so klar zum Sprecher der staatstragenden Elite gemacht wie Sie – Dr. Edgar Jung.

Jung Sie kennen mein Buch, Herr Reichsminister? *(keine Reaktion)*

Bose „Die Herrschaft der Minderwertigen – ihr Zerfall und ihre Ablösung durch ein Neues Reich" – die schärfste Abrechnung mit dem liberalen Ungeist, mit dem demokratischen Massenwahn –

Jung Sie kennen es, Herr Reichsminister?

Papen So manchen Ihrer Aufsätze in der Deutschen Rundschau, hm. Ihr Buch – es ist mir bekannt. Neues Reich, ja, aus dem Geist unseres christlichen Mittelalters, seiner ständischen Regierungsweisheit. Imponierend. Sie werden uns helfen, Herr Jung?

Jung Wie stellen Sie sich die Form meiner Mitarbeit vor, Herr Reichsminister?

Bose Grundsätzlich. Ideenschmied. Die zündende Formel. Sie wirken an der Vorbereitung der Reden des Vizekanzlers der nationalen Regierung mit –.

Jung Ghostwriter also.

Bose Für den Redner schreiben – eine dankbare politische Aufgabe. Hochrangiger Führungsgehilfe. Die Macht des Wortes in einer Zeit der geistigen Verwirrung.

Jung Ja, das ist eine Aufgabe, die mich reizt. Ich stelle mich Ihnen gern zur Verfügung, Herr Reichsminister, mit allem, was ich habe.

Bose Allerdings – als freier Mitarbeiter.

Jung Keine Sorge. Ich bin kein vortragender Redenrat. Mich fasziniert die Aufgabe.

Papen Ist Tschirschky schon zurück? *(Bose ab)* Stellvertreter des Reichskanzlers. Vizekanzler. Das hört sich gut an. Aber mein Amt ist klein, mein Arm reicht nicht weit. Nur ein paar Mitarbeiter. Die Budgetfrage ist ungeklärt. Herr von Tschirschky hat mir dieses Palais *(öffnet seine Arme)* nur über seine fabelhaften Verbindungen sichern können.

Jung Also Qualität gegen Masse?

Papen Unterschätzen Sie nicht unsere Macht. Wir haben Hindenburgs Vertrauen – wir sind auch seine Kanzlei in dieser Regierung. *(Bose mit Tschirschky)*

Tschirschky Gute Nachrichten, Herr von Papen. Das Budget ist durch, der Stellenplan, alles abgesegnet.

Jung Von Hitler!

Papen Herr von Tschirschky, ich darf Sie mit Herrn Dr. Jung bekanntmachen – Herr von Tschirschky, mein Organisationsgenie, manche sagen, mein Referent.

Tschirschky Oh, wir kennen uns! Erinnern Sie sich, Herr Jung? Willkommen bei uns.

Papen Herr von Tschirschky war in Schlesien der gute Geist des jungkonservativen Kreises, der schlesischen Herrengesellschaft auch.

Jung Sahen wir uns nicht beim Harzburger Treffen der nationalen Kräfte?

Tschirschky Unser Freund Bose hat unsere nationale Heerschau organisiert!

Jung Damit Sie meinen Standpunkt kennen, meine Herren! Ich habe nach Harzburg meinen Freunden gesagt: Ich kann mir nicht vorstellen, dass ein Mann mit einem solchen Verbrechergesicht wie dieser Hitler Deutschland regiert.

Papen Sie kennen ihn nicht –

Jung Wir müssen, habe ich gesagt, verhindern, dass Hitler auch nur für einen Tag an die Macht kommt. Haben wir es verhindert? Er ist an der Macht.

Papen Herr Dr. Jung, Sie sprechen vom deutschen Reichskanzler! Wir lieben Herrn Hitler nicht, weiß Gott. Aber wir brauchen ihn, um

Deutschland eine Zukunft zu geben. Er ist wild, aber wir werden ihn zähmen und zivilisieren.

Jung Einrahmen, ja. Habe ich gehört. Ich bin Ihnen dankbar, Herr Reichsminister, dass ich einen Nagel zu diesem Rahmen liefern darf. Aber ich will meinen Nagel mit einem großen Hammer einschlagen. Das ist ein Risiko für Sie.

Papen Nationale Revolution ja, aber nicht das Unterste nach oben, keine leere Dynamik. Aber Ihre Abneigung gegen Herrn Hitler darf unsere Zusammenarbeit nicht erschweren.

Jung Abneigung? Hass! Abscheu.

Bose Herr von Papen! Ich denke, wir werden in unserm Oppositionskreis ein Temperament mit Feuer gebrauchen können. Wir werden es auch ein bisschen zähmen müssen.

Tschirschky Das wichtigste haben wir uns gesichert. Wir haben unser Amt, mit Budget und Palais!

Jung Eine feste Burg! Ein Büro gegen den Staatsapparat!

Tschirschky Unsere Mitarbeiter werden keine Nationalsozialisten sein. Ja wir werden eine Felsenfestung im Meer der Massen ausbauen.

Papen Ein Bollwerk. Die Formation einer entschlossenen traditionsbewussten Elite ist stärker als alle Führer, die nicht über den Tellerrand des Tages schauen. Hat Herr Bose über den Termin an der Universität mit Ihnen gesprochen?

Jung Herr Reichsminister! Ich bin Ihr Mann, ja. Lassen wir das Boot an der Festungsmauer hinab in die Brandung. Fangen wir bei den Studenten an. Die haben die Nase im Wind, sie müssen ihre Laufbahn planieren. Hier. Machen Sie der Jugend den wahren Sinn der Zeitenwende klar, die sie erlebt. Ein Appell an das deutsche Gewissen! Meine Rede für die Universität – meinen Entwurf haben Sie in drei Tagen. Stellen wir gegen die Nazis und den Stahlhelm die dritte, die stärkste Säule der nationalen Revolution: die konservative Kraft aus christlichem Geist. Machen wir den jungen Leuten klar: nach den Fackelzügen kommt die geistige Erleuchtung. Der Staat gehört nicht der

Massenorganisation und den Demagogen. Wir schweißen die völkische Demokratie mit der Aristokratie zusammen. Kämpfen wir für Hindenburg! Nutzen wir die gewaltige bindende Kraft, die von einer solchen edlen Wurzel ausgeht.

Bose Wenn der Herr Reichspräsident nicht schon 86 wäre!

Jung Nach Hindenburg werden andere Männer kommen, nicht Hitler!

Papen Schluss, meine Herren! An die Arbeit. Jetzt erheben die Stillen im Lande ihre Stimme – an der Seite des getreuen Ekkehards unseres deutschen Volks.

Jung Auf denn zum Kampf für das neue heilige Reich der Deutschen!

Zwei

Weinstube. Jung allein bei einem Schoppen; Heuss tritt an seinen Tisch

Heuss Trinken Sie auf den Frühling, Herr Jung? Und ganz allein?

Jung Frühling –

Heuss Darf ich mich zu Ihnen setzten? *(setzt sich)* Der Beginn der neuen Zeit. Der Frühling des neuen Reichs.

Jung Lachen Sie über mich oder lachen Sie über sich selbst, Herr Heuss?

Heuss Sind Sie nicht glücklich, Herr Jung? Ihre verabscheute Herrschaft der Minderwertigen – sie ist doch endlich beendet. Sie haben Ihr neues Reich ohne die liberalen Schwätzer. Warum so düster? Ihr neues Reich ist angebrochen. Ich höre, Sie sind in den Stab des Vizekanzlers eingetreten?

Jung Ja.

Heuss Freuen Sie sich nicht über Ihren Sieg, Herr Jung? Den Sieg über einen wie mich, einen Ihrer Minderwertigen – den liberalen Demokraten, den lumpigen Parlamentarier, der nur seinen Posten will, den schäbigen egoistischen Einzelkämpfer, der nicht bereit ist, sich in den Brei

Ihrer metaphysischen Gemeinschaft hineinrühren zu lassen –

Jung Sie waren nicht gemeint, Herr Heuss.

Heuss Warum so missvergnügt? Sie haben es geschafft. Das System ist liquidiert. Die Minderwertigen sind verscheucht. Die neue Elite hat das Staatsruder ergriffen. Das autoritäre Haupt des Staates auf den Schultern zweier Recken: des Mannes im braunen Hemd und des Herrn im Cutaway –

Jung Spotten Sie nur, Herr Abgeordneter Heuß! Wo seid ihr liberalen Demokraten denn geblieben? Wir haben beide, was wir nicht gewollt haben – den Hitler. Vielleicht hätte Papen ihn verhindern können – als er Kanzler war. Jetzt hat er sich auf ihn eingelassen, jetzt muss er mit ihm leben, an der zweiten Stelle. Ihr deutschen Demokraten – oh Pardon, ihr nennt euch ja jetzt Staatspartei! – habt euch gegen Papen gestellt, wie alle, ihr wolltet Papen mit seinem Kabinett der Barone nicht, jetzt hab ihr Hitler mit seinen Bataillonen.

Heuss Sie auch, Herr Jung. Sie haben gegen die Demokratie gekämpft, gegen die Parteien, gegen das Parlament – jetzt haben Sie den Hitler.

Jung Herr Heuss! Übermorgen im Reichstag! Noch ist es nicht zu spät! Das Ermächtigungsgesetz darf nicht kommen! Sie wissen, dass ich viele Freunde habe, in allen Parteien. Seien auch Sie mein Freund! Nur für übermorgen – nur in der Abstimmung über das Ermächtigungsgesetz. Alle Stimmen für den Rest unserer Freiheit!

Heuss Sie haben die autoritären Kabinette von Hindenburgs Gnaden bejubelt, Herr Jung. Die Saat des Herrn von Papen – übermorgen wird Hitler ernten. Das Parlament hat längst abgedankt. Übermorgen, der 23. März – das ist nur die Stunde des Notars, der den Pakt gegen das Parlament endgültig siegelt.

Jung Wie wird Ihre Fraktion stimmen? Die Liberalen!

Heuss Fraktion! Wir deutschen Demokraten sind ein Häuflein von fünf Mann. Eine Ein-Prozent-Winzigkeit, zerrieben, zerquetscht – der liberale Geist hat in Deutschland kaum noch eine Nische. Die Saat des unfreien Denkens ist aufgegangen – auch Ihre Saat, Herr Jung.

Jung Wie werden Sie stimmen, Herr Abgeordneter der deutschen Staatspartei?

Heuss Ich bin ein Literat wie Sie, Herr Jung. Wir Literaten protokollieren nur.

Jung Ihre Stimme, Herr Heuss! Wie?

Heuss Ich habe zwei Reden in meiner Tasche. Mit der einen könnte unser Vorsitzender die Ablehnung begründen, mit der anderen die Zustimmung –

Jung Wie werden Sie stimmen, Herr Heuss?

Heuss Wir freien Demokraten sind gespalten: zwei gegen die Ermächtigung Hitlers –

Jung Darunter Dr. Theodor Heuss –

Heuss Drei dafür.

Jung Und Theodor Heuss?

Heuss Die demokratische Staatspartei wird für das Ermächtigungsgesetz stimmen.

Jung Dafür!

Heuss Sie müssten sich doch freuen, Dr. Jung! Das Parlament verabschiedet sich in die ewigen Ferien. Das haben Sie doch immer gewollt. Ja, wir ermächtigen Hitler. Vielleicht können wir verhindern, dass er den Reichstag ganz und gar in die Luft sprengt.

Jung Parteien! Fraktionen! Immer dieser Zwang, immer dieser Mehrheitsterror. Darum ist es untergegangen, Ihr Parlament, ein Kollektiv ohne Köpfe. Herr Heuss! Helfen Sie uns! Wir müssen wenigstens die Vorrechte des Reichspräsidenten retten. Hindenburg ist das letzte Bollwerk gegen Hitler. Seine Autorität ist unser Anker. Meine Freunde intervenieren bei den Deutschnationalen, beim Zentrum, jetzt, zu dieser Stunde. Wir müssen es schaffen. Keine Unterschrift des Reichspräsidenten für den Möchtegerndiktator!. Die Stimme Hindenburgs – sie ist die Stimme unseres Volkes. Dagegen richten die Hitlerleute nichts aus.

Heuss Rechts sagt Ja, links Nein. Die Dinge sind festgezurrt nach parlamentarischem Brauch – von dem Sie nichts verstehen, Herr Jung. Das

Verhängnis nimmt seinen Lauf. Ein Heuss wird nichts aufhalten, auch ein Edgar Jung nicht. Edgar Jung und sein Kampf gegen die Herrschaft der Minderwertigen. Jetzt hat er sie – anders als vorgestellt. Glauben Sie, der Hindenburg kann die Wellen brechen, die ihr mit eurem nationalrevolutionären Getöse und euren gestrigen Reichsträumen hochgepeitscht habt? Das Parlament wird nicht morgen in der Krolloper zerstört. Männer wie Sie haben die Untergangsoper inszeniert. Sie haben in Ihren Schriften Stroh und Holz herbeigeschleppt, Sie haben die Funken geschlagen, jetzt brennt's – und jetzt rufen Sie nach einem Eimer Wasser bei denen, die ihr aus ihrem Haus gejagt habt. Ein feines Libretto habt ihr nationalen Literaten geschrieben, Sie, der Ziegler, der Pechel mit seiner Zeitung, alle ihr Philosophen des Gestern. Wie steht's mit Ihrem Papen? Kann er nicht noch mal den Makler spielen, den ehrlichen Makler? Er liebt doch diese Rolle sehr.

Jung   Papen? Pfff! Was begreift denn der?

Heuss   Ihre Weltanschauung hat gesiegt, nicht meine, Dr. Edgar Jung. Sie müssen wohl selbst sehen, wie Sie mit Ihrem Sieg fertig werden.

Drei

Papens häusliches Arbeitszimmer. Frau von Papen, Tschirschky

Frau von Papen   *(an einem Schrank)* In der obersten Lade, sagt mein Mann?

Tschirschky   Ja, gnädige Frau, eine grüne Mappe.

Frau von Papen   v. H. – das ist es. Bitte. *(reicht Tschirschky die Mappe)* Wann fährt mein Mann?

Tschirschky   Gegen drei, gnädige Frau.

Frau von Papen   Werden Sie ihn begleiten, Herr Tschirschky?

Tschirschky   Ja, gnädige Frau.

Frau von Papen   Passen Sie auf ihn auf, lieber Herr Tschirschky, ja?

Bringen Sie ihn früh zu Bett, ja?

Tschirschky Der Vortrag beim Herrn Reichspräsidenten dauert nicht lange. Wir fahren morgen gleich zurück.

Frau von Papen Mein Mann besucht Hindenburg immer seltener.

Tschirschky Ja. Und die Vorträge werden immer kürzer. Der Herr Reichspräsident ermüdet rasch.

Frau von Papen War das nicht die Verabredung, die Zusage der Nazis? – nur in Gegenwart des Vizekanzlers dürfe der Kanzler dem Hindenburg vortragen? Was ist daraus geworden? Der Dodo geht allein zu dem alten Herrn. Muss mein Mann sich das gefallen lassen?

Tschirschky Gnädige Frau, Ihr Gatte besitzt das Vertrauen des Herrn Reichspräsidenten. Er wird es nicht verlieren. Allerdings, ich habe Ihrem Gatten auch schon geraten, häufiger nach Neudeck zu fahren.

Frau von Papen *(ist zum Schreibtisch gegangen)* Kennen Sie das Bild? *(nimmt ein Foto Hindenburgs hoch)* Der alte Herr! Ich hatt' einen Kameraden – Hindenburgs Widmung, sein Abschiedswort für seinen Kanzler, den Mann seines Vertrauen. Meinen Mann! Und der hat ihn doch entlassen. Hat mein Mann noch Hindenburgs Vertrauen? Oder hat der Dodo ihn schon an den Rand gedrängt? Braucht der alte Herr meinen Mann noch – nach diesem neuen Gesetz, dessen Namen ich mir nicht merken kann –

Tschirschky Gesetz zum Schutz von Volk und Reich. Der Reichspräsident hat viele Befugnisse auf den Reichskanzler übertragen, ja, leider. Zu seiner Entlastung.

Frau von Papen Wie fürsorglich von dem Dodo. Oh, der ist raffiniert. Und mein Mann? Er hat nicht protestiert. Der Generalfeldmarschall braucht ihn nur anzuschauen aus seinen alten müden Heldenaugen – und mein Mann ist stumm. Er sollte zurücktreten! Sie haben ihn verspottet, als er Kanzler war. Jetzt macht der Dodo ihn zur Spottfigur.

Tschirschky Frau von Papen, glauben Sie mir! Nie war der Herr Vizekanzler so wichtig wie jetzt. Er ist der einzige, der noch die staatserhaltenden Kräfte zu mobilisieren vermag. Durch seine Persönlichkeit! Er ist der einzige. Durch ihn allein bleiben der Präsident und die Reichswehr noble Mächte gegen Hitlers totale Macht.

Frau von Papen Wenn ihr jungen Leute euch nicht täuscht. Ihr schmeichelt seiner – ach ja, ich kann's ruhig sagen – seiner liebenswerten Geltungssucht. So stützt ihr seine ewige frohgemute Unbekümmertheit. Er lässt sich benutzen – erst von Hindenburg, dann von seiner Kamarilla, die den Dodo an die Macht gebracht hat, dann von diesem Dodo selbst – und jetzt von euch jungen Idealisten. Mein Mann kommt mir manchmal vor wie das Geschirr, das meine Familie in ihren Fabriken herstellt, Villeroy und Boch, jeder benutzt es, jeder beschmutzt es. Wir könnten ein ruhiges schönes Leben führen an der Saar. Er ist ein Edelmann!

Tschirschky Er ist die Hoffnung der besten Deutschen. Er ist die Hoffnung auf eine neue monarchische Ordnung, in der Deutschland seine Ruhe finden wird.

Frau von Papen Immer wurde er benutzt. Schon im königlichen Pagenkorps. Den Debütantinnen beim Hofknicks die Schleppe ordnen – und dabei nett sein und so entzückend lächeln, dass jede Prinzessin versucht ist, ihm einen Kuss zu geben. Er wird benutzt. Er wird daran zerbrechen.

Tschirkschky Wir bewundern den Mut und den kämpferischen Geist unseres Chefs, gnädige Frau. Wir werden ihn zu schützen wissen.

Frau von Papen Sie, lieber Tschirschky? Der Herr von Bose, der Kettler, der Savigny? Oder dieser diabolische Dr. Jung? Wer ist dieser Jung?

Tschirscky Ein hervorragender Denker, ein brillanter Kopf, der unserm Wollen und Denken einen kraftvollen Ausdruck gibt.

Frau von Papen Indem er meinem Mann Reden schreibt? Ihn als sein Sprachrohr benutzt? Der Mann brennt doch in politischer Leidenschaft, ihn ihm steckt doch die gleiche finstere Entschlossenheit und Radikalität wie in dem Dodo – ja meinetwegen, intelligenter! Ich habe einmal mit ihm gesprochen! Dieser kalte fanatische Zug in seinem Gesicht. Was hat er vor mit meinem Mann?

Tschirschky Das beste Pferd in unserm Stall, gnädige Frau, ein bisschen zu feurig, ein bisschen wild, auch ganz schön störrisch, aber Ihr Gatte wird es zu zügeln wissen.

Frau von Papen O Gott, Tschirschky, keiner kann von meinem Mann sprechen, ohne den Herrenreiter vor Augen zu haben. Nicht einmal Sie! Jetzt gehen Sie aber – sonst werfe ich diese Präsidentenmappe noch in den Kamin.

Vier

Weinstube, ein Kellner. Jung, Forschbach, Ziegler, Pechel; später zwei SA-Männer

Forschbach Wo ist unser Plan? Wir können doch nicht zufrieden sein mit der Rolle, die wir spielen. Warum so mutlos? Drei Musketiere des deutschen Geistes – und ich, der Oberburschenschaftler. Wir werden doch die Jugend für uns gewinnen können! Da müssen wir hin!

Pechel Der Hitler hat die Jugend.

Forschbach Rudolf, mach' eine neue Zeitung für die Jugend! Edgar! Der Hitler hat euch euer drittes Reich gestohlen! Ihr habt es doch heraufbeschworen, – mit euren Gedanken, eurer Feder. Der Hitler hat aus euren Begriffen seine Plakate gemacht. Der Hitler lärmt an uns vorbei.

Jung Alt sehen wir aus, wir Jungkonservativen. Reden! Reden! Der Papen kann meine Reden noch so schön deklamieren – oh, der ist begabt! –, doch wir kommen keinen Schritt voran. Ist es nicht furchtbar, wie allein wir sind in diesem Volk, das wir doch so lieben?

Pechel Noch haben wir meine Deutsche Rundschau. Noch haben wir eine Tribüne für deine Gedanken, Edgar. Und für Ihre, Herr Professor.

Jung Kommt die Macht aus den Magazinen? Wir sollten uns Magazine suchen, die man mit Patronen füllen kann.

Pechel Unsere Rundschau ist eine Waffe. Wir sammeln die Köpfe des Widerstands. Wir bündeln die Stimmen der Stillen im Lande und richten ihren Strahl aufs Herz der Menschen, die unser drittes Reich – unser Reich! – wirklich lieben.

Jung Ach, die Stillen! Die laufen über zum Hitler und brüllen fast schon so laut wie er. Ihr hättet dabei sein sollen! In Maria Laach – die katholischen Akademiker. Unter Glockengeläut zieht Franz von Papen ein in die Abtei mit seinem Konkordat und dem päpstlichen Segen in der Tasche – frenetisch bejubelt von Laien und Priestern. Mit dem Hitlergruß! Ich, der Protestant, ich allein protestiere: Haben wir die Parteien aus dem Land gejagt, um jetzt mit einer einzigen Partei zu brüllen? Ich forderte die Auflösung der NSDAP. Keine Partei mehr! – konsequent!

Forschbach Edgar, du bist verrückt!

Ziegler Wissen Sie, meine Herren, dass sich da in Maria Laach einer in einer Mönchszelle versteckt? Der Kölner Oberbürgermeister, der Herr Adenauer.

Jung Wir sitzen alle versteckt in unseren Mönchszellen.

Forschbach Da müssen wir raus, Edgar! Unser Herbert Bose hat einen guten Plan: die parteilosen Köpfe, die konservative Elite, hinein in den Reichstag! Mindestens achtzig Mann. Die besten Köpfe der konservativen Revolution! Im Winter wird gewählt – vielleicht zum letzten Mal. Wir müssen hinein! Ich will hinein. Wir Jungen müssen die Jugend gewinnen. Wenn wir im Reichstag sitzen, können wir den Naziburschen Paroli bieten –

Jung Soll ich in den Reichstag?

Forschbach Ja, Edgar, ja. Mit Papens und Boses Hilfe schaffst du es!

Jung Die Jugend. Hitlers Jugendführer sieht in mir den schlimmsten Feind seiner Bewegung. Ich hätte behauptet, setzt der in die Welt, der Hitler mache nur meine wissenschaftlichen Ideen volkstümlich! Nicht einmal lesen können die.

Pechel Edmund Forschbach hat recht. Ein Reichstagsmandat für dich! Das wäre ein Schutz.

Jung Nicht zu vergessen Diäten und Freifahrschein. Und Rudolf Pechel könnte an den Honoraren in der Redaktion sparen.

Pechel Edgar!

Ziegler O Herr Pechel, Herr Forschbach, Ihre Idee ist ausgezeichnet. Ein offizielles Amt für den Denker des neuen Reichs. Herr Jung und ich –

Jung Leopold Ziegler und Jung – das ist die Reihenfolge.

Ziegler Wir haben in unseren fünfundzwanzig Sätzen vom deutschen Staat gefragt: Wer kann das deutsche Volk wirklich repräsentieren? Kein Mensch vertritt das deutsche Volk, so sagte ich, weil er im Reichstag sitzt. Umgekehrt: Wenn er sein Volk verkörpert, soll er im Reichstag Stimme haben. Unser Edgar Jung ist der Mann dazu, – er spricht aus dem Herzen des Volkes.

Jung Nicht der Philosoph Leopold Ziegler?

Ziegler Sie scherzen, Herr Jung! Sie sind der Mann dazu! Sie sind beides: Philosoph und Volksmann. Das deutsche Volk hat – Gott sei Dank, will ich sagen – all die Trug- und Scheinwahlen mit ihren ausgekungelten Kandidaten hinter sich gelassen. Jetzt kann ein Edgar Jung sagen: Ich bin das Volk. Der vertritt ein Volk, das seine Zunge löst im Lied, in Sage und Gedicht, und der gibt seinem dunklen Drang und Unmaß Maß und Ziel. Einer, der die Würde des Volkes herrscherlich zum Ausdruck bringt und ihm Geschick und Sendung deutet, seine Arbeit regelt, seinen Wohlstand mehrt und seine Einigkeit fördert. Der Mann, der Schluss macht mit der Herrschaft der Minderwertigen, die nur ihr eigenes Süppchen kochen – unser Edgar Julius Jung.

Jung Herr Ziegler, halt, halt! Wir haben nicht die Ständeversammlung unseres neuen Reichs. Wir haben die Krolloper, die der Hitler zur Bühne und Kulisse seiner Reden macht. Da soll ich Claqueur und Komparse sein?

Forschbach Achtzig Vertreter der geistigen Elite unseres Volks und die Schreier sind still.

Ziegler Denken wir an die Paulskirche! Dort waren zu wenig Auserwählte. Heute stehen wir mitten in einer ungeheuren Volksbewegung. Nichts von Parteien! Das Volk ist aufgestanden! Das Volk meldet sich zur Stelle. Es braucht echte Stellvertreter. Das Volk – das ist säender Wind, erntender Sturm. Es ruft nach seinen Führern, es hebt sie jauchzend auf den Schild. Die falschen Führer zittern vor den wahren. Wir haben die Stimmzettel mit den blassen, toten Namen zerrissen. Die Stunde der volkhaften Willensbildung wird schlagen. Von unten, aus den Genossenschaften der Arbeit und der Berufe, aus den Ständen, aus der Dichte und Nähe eines tätigen Vertrauens, wächst die Führerschaft nach oben. Der Beste der Besten wird das Volk führen. Die Demokratie aus christlichem ständischem Geist. Der runde Tisch aus ritterlichem Geist!

Zwei SA-Männer *(mit scheppernden Sammelbüchsen)* Für das große Winterhilfswerk des Führers! *(Ziegler, Pechel, Forschbach spenden)* Für das NS-Winterhilfswerk, Volksgenosse! *(Einer hält Jung die Büchse hin)*

Jung Danke, ich habe schon. (SA-*Männer tuscheln mit dem Kellner)*

Pechel Nicht so stur, Edgar!

Jung Ich habe mich mit dem Papen in den März-Wahlkampf gestürzt, um eine absolute Mehrheit für Hitler zu verhindern –

Pechel Er hat sie nicht gewonnen!

Jung Die Finger habe ich mir wundgeschrieben – für Franz von Papen. Neun Zehntel seiner Worte im Wahlkampf kamen aus meiner Feder. Und was tut Papen – der in meinen Reden die Propaganda entlarven soll? Er veröffentlicht unsere Reden in einem Buch und widmet es Hitler. Dem Erbauer des Dritten Reichs! Und das Honorar – verdammt, mein Honorar! – spendet er großzügig dem Winterhilfswerk. Ich habe schon gespendet! Wir wollten den Appell an das deutsche Gewissen. Und was ist draus geworden? Die Volksgemeinschaft mit der Sammelbüchse. Oh, ich bin es so leid. Ja, wir brauchen eine Tat. Der Hitler immer selbstbewusster, und der Papen, sein Vizekanzler, sein konservatives Gewissen, nichts anderes als sein Grüßaugust.

Fünf

Möbliertes Zimmer in Halensee. Jung auf einem Sofa, Madleen Feßmann

Madleen *(kommt mit einer Decke)* Es ist kalt geworden, Edgar. *(deckt ihn zu)*

Jung Dass du meine Krankenschwester sein musst, im kalten Berlin, auf einer möblierten Bude – grauenvoll, Madleen.

Madleen Wir hatten schöne helle Tage in Arosa, jetzt werden wir die kalten dunklen Tage in Berlin ertragen.

Jung Arosa. Ein mürrischer kranker Mann, den tausend Depressionen plagen, und ein Engel, der vom Fuße Gottes auf mich niederschwebte.

Madleen Wir hätten in Arosa bleiben sollen. Die Arbeit! Immer nur die Arbeit. Du bist nicht gesund, Edgar. Eine Gelbsucht kann tückisch sein.

Jung Gelbsucht – die Plage sollte Grollsucht heißen, Bitterkeit, das Gift der schwarzen Galle.

Madleen Unsinn! Die Gelbsucht ist eine Infektion.

Jung In der braunen Schlammflut habe ich mich infiziert, an den Miasmen des Ungeists, die in unser Leben wabern.

Madleen Wir hätten in der Schweiz bleiben sollen. Du hättest die reine Luft, ein friedliches Leben – und Ruhe zum Denken und Schreiben. Du musst nicht im Reich sein, um zu wirken. Lass uns zurückfahren, Edgar.

Jung Das Netz der Freunde wird immer brüchiger. Wie soll ich es zusammenhalten – in der Schweiz? Und meine Arbeit für Papen?

Madleen Du glaubst, dass der Herr von Papen dich hier noch braucht?

Jung Ich brauche ihn.

Madleen Der hat doch längst seinen Frieden mit Hitler gemacht.

Jung O nein! Wenn wir ihn allein lassen, wird er sich von Hitler bestricken lassen. Wenn wir ihm eine Stütze sind, wird er sich gerade machen.

Madleen Eure Vizekanzlei. Die Reichsbeschwerdestelle! Die ist doch nur Hitlers Papierkorb. Die Leute maulen, und er sagt: seht mal, ich habe einen Minister in meinem Kabinett, einen Vizekanzler sogar, an den ihr euch offen und vertrauensvoll wenden könnt. Mit ihm bespreche ich eure Sorgen, ja, ich höre auf ihn, denn ich, euer Führer, kann mich ja leider nicht um alles kümmern. Und den Vornehmen und Betuchten sagt er: geht zum Papen. Der wird schon aufpassen, dass meine ungebärdigen Horden euch nicht zu nahe treten.

Jung Aber das ist unsere Chance! Noch ist Papen das Gewissen, eine Hoffnung. Die christliche Hoffnung in der Barbarei. Die Partei des Protestes wächst von Tag zu Tag. Und wir – ich, Madleen, ich! – müssen ihm eine starke laute Stimme geben.

Madleen Du sprichst von einer Partei? Edgar! Entdeckst du plötzlich den Wert der Parteien?

Jung Es gibt eine Partei, der ich angehöre. Das ist die dritte Partei, die Partei jenseits aller Parteien, die Partei über allen Parteien.

Madleen Die Partei Papens, zwei Mitglieder, Papen und Hindenburg.

Jung Die Partei der Besten, die den alten Traum der Deutschen in ihrem Herzen tragen, die Partei der Wissenden, Deutenden, Tätigen.

Madleen Hieß die nicht früher Herrenclub?

Jung Die Partei des Staates, die Raum und Ordnung schafft für die Entfaltung der deutschen Sendung in Europa. Das Christentum und die Reichsidee in einem offenen europäischen Raum – der keine Grenzen kennt, nur Leistung, Dynamik und das Engagement für die heilige Gemeinschaft unseres Reichs. Ich will eine Denkschrift verfassen –

Madleen Dein Buch ist schon dick genug. Wenn du deine Aufsätze stapelst, hast du eine Bibel in der Hand. Keine Denkschrift, Edgar. Du musst gesund werden.

Jung Eine Denkschrift für die besten Köpfe Europas!

Madleen Keine Denkschrift! Lies das! *(gibt ihm ein Reclam-Heftchen)* Das ist gut für dein deutsches Gemüt. Wir gehen in die Oper, am Sonntag.

Jung In die Oper? Der Freischütz.

Madleen Keine Oper. In das deutsche Märchen. Das wird geliebt, von Goethe bis Goebbels.

Jung Der arme schwache Max, die engelreine Agathe. Du hältst mich für einen Romantiker, Madleen! *(blättert, liest)*

Madleen Wenn ich Hitler und seine Horden sehe, wenn ich ihr Getöse vom dritten Reich höre – und lausche dann eurer Mär vom christlichen Reich, von der Wiedergeburt des Mittelalters und seiner organischen Ordnung, die alle Ideen der französischen Revolution in ihren frommen Schoß zurücknimmt – ja, ihr seid Romantiker, du, der Rudolf Pechel, der Leopold Ziegler, ihr seid's.

Jung Madleen! Wir müssen unsere deutsche Staatsgeistigkeit zurückgewinnen. Wann war die deutsche Politik groß und einflussreich, wann hat sie alle Grenzen überwunden? Im christlichen, im deutschen Mittelalter. Deutschsein heißt: dem Traum vom Reich anhängen. Diesem Traum Dynamik geben. Wir müssen die Nazimassen einbinden in unsere Idee des christlichen und revolutionären Konservatismus. Dafür gibt es einen starken Boden in ganz Europa. Ist das Romantik? Unser drittes Reich war immer die Herrschaft des Geistes. Ist es romantisch, an die Herrschaft des Geistes zu glauben?

Madleen Lies den Freischütz! Vergiss deine Denkschrift. Ihr seid wie Max mit seinem hohen Ziel. Um es zu treffen, wollt ihr die teuflischen Freikugeln haben – und so habt ihr euch mit Kaspar und Samiel verbündet. Es gibt keine magischen Kugeln, die reine Ziele treffen. Was ist euer drittes Reich heute? Was ist geworden aus eurer Hoffnung auf die Wiederkehr des Heiligen Römischen Reichs deutscher Nation? Was? Die Bande Samiels, von dem ihr euch eure Freikugeln holt. Euer Kaspar, der Adolf, der hat seine Glückskugeln mit euch geteilt, drei nahm ich, vier für dich, wie in seinem Kabinett der nationalen Erhebung. Ihr habt eure Kugeln verschossen! Die Kugeln, woraus sind sie gemacht? – zeig her! *(reißt ihm das Heft aus der Hand, blättert)* – hier! Erst das Blei. Etwas gestoßenes Glas von zerbrochenen Kirchenfenstern. Etwas Quecksilber. Drei Kugeln, die schon einmal getroffen. Das rechte Auge eines Wiedehopfs. Das linke eines Luchses. Und nun der Kugelsegen. Samiel, Samiel, hab Acht!

Jung Meine Kugeln treffen! Madleen, weißt du, dass ich getötet habe?

Madleen Im Krieg!

Jung Als die Separatisten in meiner Heimat, in der Pfalz, nach dem verlorenen Krieg, mit dem Segen Frankreichs ihre autonome Republik ausriefen. Da haben meine Kameraden und ich auf die Verräter geschossen, in Speyer – und wir haben getroffen! Tot. Gerichtet. Ich habe getroffen – ohne Samiels Freikugeln. Siehst du? *(weist auf seinen Hals)* Diese Narbe ist mir von meinem Kampf geblieben. Findest du sie noch in der gelben runzligen Haut? – sie blutet noch.

Madleen Ihr habt geschossen? Gemordet?

Jung Gerichtet. Wir haben das Reich verteidigt. Wir werden es wieder tun.

Madleen Schießen?

Jung Ja, Reden sind Taten. Aber wenn die Reden nicht gehört werden –

Madleen Edgar!

Jung Wir gehen in die Oper, Madleen, ich freue mich. *(singt)* Durch die Wälder, durch die Auen zog ich leichten Muts dahin – *(springt vom Sofa)* wir sind eine Minderheit, klein, aber nicht ohnmächtig. Wir werden Hitlers Massen mit unserm Geist erfüllen. Der Hitler sitzt im Souterrain, die Köpfe regieren in der Beletage.

Madleen In einem möblierten Zimmer – leg dich wieder hin, es ist kalt! *(drückt ihn aufs Sofa, deckt ihn zu)*

Sechs

Vizekanzlei. Tschirschky, Bose, Jung

Tschirschky Meine Herren!

Jung So feierlich, Herr von Tschirschky?

Tschirschky Wir haben schon manches für unser Vaterland getan. Heute aber – ein ungewöhnlicher Auftrag ist in unsere Hand gelegt.

Bose *(nimmt Tschirschky ein Buch aus der Hand)* Hindenburg, Aus meinem Leben – hört, hört, wir sollen dem Reichspräsidenten die Fortsetzung seiner Memoiren schreiben.

Jung Ohne mich.

Tschirschky Ein ungewöhnlicher Auftrag. Trauen wir uns zu, Geschichte zu machen?

Jung Geschichten aus dem Leben eines Helden zu erzählen?

Bose Dr. Jung, ohne den Reichspräsidenten wären wir Strohhalme im Wind. Raus mit der Sprache, Tschirschky, ich mache mit.

Tschirschky Ich sage Ihnen nichts Neues, meine Herren, wir können es mit eigenen Augen sehen – Hindenburg zeigt Zeichen wachsender körperlicher Gebrechlichkeit, auch eines gewissen, nun ja, gewissen geistigen Verfalls.

Jung Nee, neu ist das nicht.

Tschirschky Herr von Papen hat sich ein Herz gefasst und mit dem alten Herrn über sein Testament gesprochen, sein politisches. Ein letztes Wort an seine Deutschen. Ein wegweisendes Wort.

Jung In Hitlers Ohr.

Tschirschky In Hitlers Ohr. Meine Herren, begreifen wir die Tragweite! Das Testament eines Mannes, dem die Deutschen vertrauen wie keinem anderen. Der Chef beauftragt uns, das Testament zu verfassen, den Entwurf – für seine weiteren Gespräche mit dem Herrn Reichspräsidenten.

Jung *(ist aufgesprungen)* Hindenburgs Testament!

Bose Das ist ein Brocken.

Tschirschky Das Testament eines Mannes, der deutsches Schicksal in seiner Person verkörpert, des Kämpfers von Königgrätz, des Zeugen der Kaiserkrönung im Schloss von Versailles, eines siegreichen Soldaten, der sich in der Niederlage seines Volkes selbstlos bereit gefunden hat, das tief gedemütigte Reich zu einer friedlichen Entwicklung bergan zu führen, eines Mannes, der im höchsten Alter den Versuch gewagt hat, das von den Leidenschaften der Parteien zerrissene Volk vom Abgrund zurückzureißen.

Jung Und deshalb Hitler zum Reichskanzler gemacht hat.

Tschirschky Hitler, um den geht's, um wen sonst. Das Amt des Reichspräsidenten darf nicht in Hitlers Hände fallen. Der alte Herr kann sterben, morgen, übermorgen.

Jung Herr von Papen hat mit dem Alten über seinen Nachfolger gesprochen? Tatsächlich? Ich habe es ihm oft geraten. Oft genug. Endlich!

Tschirschky Wir sind uns mit dem Chef einig, meine Herren. Das deutsche Volk ist seit über tausend Jahren mit der monarchischen Regierungsform aufs engste verbunden. Unter ihr hat es seine größten Zeiten erlebt –

Jung Und die schlechtesten!

Tschirschky Die Krone ist der Spiegel seiner Eigenschaften, die Fassung seiner geschichtlichen Aufgabe. Die Monarchie, konstitutionell, aber doch getragen von Adel und Geist, Verantwortung und Tüchtigkeit statt Gesinnung!

Bose Also nicht nur die Nachfolge! Hindenburg soll in seinem Testament eine Verfassungsreform fordern.

Tschirschky Wünschen. In der Überzeugungskraft seiner geschichtlichen Persönlichkeit. Er hat es gleich nach dem Krieg gesagt – hier *(nimmt Bose das Buch aus der Hand)*. Er meint, dass die republikanische Verfassung, gegeben in der Stunde großer Not und Verworrenheit, nicht den wahren Bedürfnissen und der Eigenart unseres Volkes gerecht wird. Das hätte jeder von uns schreiben können. Gehen wir also ans Werk!

Jung Hat Papen die Frage bei Hitler sondiert? Ich hab's ihm geraten.

Tschirschky Hitler ist nicht abgeneigt. Er hat sein Herz für die preußischen Könige entdeckt. Er will einen Film über den Soldatenkönig drehen mit Emil Jannings –

Jung Krolloper!

Tschirschky Ihm gefällt Prinz Louis Ferdinand, weil der in Amerika bei Ford am Fließband gestanden hat –

Jung   Der Arbeiter, Herrschaft und Gestalt – das ist nicht Jung, das ist Jünger.

Tschirschky   Der Chef denkt an den Jüngsten des Kronprinzen, an Friedrich. Ich bin im Cecilienhof gewesen und habe mit dem Kronprinzen über unsere Vorstellungen gesprochen –

Bose   Hat der Chef Sie geschickt?

Tschirschky   Er weiß nichts davon.

Bose   Sind wir denn verrückt, Freunde! Wir schachern hier mit Königsthronen.

Jung   Wir müssen den Hitlerleuten klar machen, dass eine deutsche Monarchie ihr Regime nicht schwächt, sondern stärkt – so lange wir es brauchen, um den Übergang zu sichern. Meine Denkschrift –

Bose   Wir können Ihre Denkschrift nicht in Hindenburgs Testament montieren. Einfache, klare, männliche Worte – das Ziel: die Monarchie. Die Kraft und das Zittern dieser alten Heldenstimme müssen wir dem Volke spürbar machen, das ist unsere Aufgabe.

Tschirschky   Der Chef hat Hitler gesagt, in klaren Worten – wer soll Ihre Bewegung führen, wenn Sie als Hindenburgs Nachfolger über allen politischen Richtungen stehen müssen, wie es sich für einen Präsidenten gehört –

Bose   Und wenn es nur noch eine politische Richtung gibt? Meine Dossiers über die neuen Herren der Staatspolizei in der Prinz-Albrecht-Straße sprechen da eine deutliche Sprache.

Jung   *(hat schon ein Weile auf ein Blatt gekritzelt)* Meine Denkschrift –

Tschirschky   Denkschriften, Dossiers!

Jung   Das könnte der letzte Satz sein, hören Sie! Ich scheide von meinem deutschen Volk in der festen Hoffnung, dass das, was ich im Jahre 1919 ersehnte und am 30. Januar 1933 vorbereitete – das für die Ohren Hitlers! –, die geschichtliche Sendung unseres Volkes vollenden wird. In diesem festen Glauben an die Zukunft des Vaterlandes kann ich beruhigt meine Augen schließen.

Tschirschky   Kitschig.

Bose Gut! Alle Heroen sind sentimental. Papen will den Friedrich – Friedrich den Kleinen?

Jung Wollen wir denn die Hohenzollern?

Tschirschky Herr von Papen will sie.

Jung Ja, der hat den Fritz wohl schon als Kind auf seinem Rücken reiten lassen. Aber wir, was wollen wir? Doch keine Dynastie! Keine Familientrottel. Die Besten erwählen den Besten! Wir wollen eine Krone im tiefen Glanz unseres Mittelalters – dem Besten von den Besten gereicht, die Krone eines Wahlkaisers, den die Elite der Nation auf Lebenszeit wählt.

Bose Ein Hindenburg als Nachfolger Hindenburgs.

Jung Ein Soldat, vielleicht, ein Wirtschaftsführer, warum nicht, ein Philosoph, ein –

Bose Ein deutscher Dichter! Gerhart Hauptmann ist immer noch frei.

Jung Am Ende der Demokratie steht in unserer revolutionären Logik die Krone. Wir wollen die Herrschaft aus höherer Verantwortung.

Bose Die will der Hitler auch. Also doch Hitler als Nachfolger Hindenburgs?

Jung Hitler ist die letzte faule Frucht am Baum des bürgerlichen Parteienstaats. Nicht einen Thronprätendenten müssen wir suchen, wir müssen eine Ideologie der Krone entwickeln.

Tschirschky Herr Jung, dafür finden Sie keine Worte, die einem Hindenburg in den Mund passen. Lassen Sie uns nüchtern sein. Hindenburg empfiehlt dem deutschen Volk die Krone. Das weitere wird sich finden. Ein Reichsverweser vielleicht. Wir wollen das höchste Staatsamt für Hitler und seine Mannen sperren! Darauf kommt es an.

Jung Gut. Der Reichsverweser stammt nicht aus der Hitlerpartei! Die Krone schafft Statthaltereien. Die Statthalter erhalten fürstliche Würde. Sie bilden das Wahlgremium für den Reichsverweser oder den Kaiser –

Bose Fürstliche Würde? – meine Herren!

Jung Unbedingt. Wir brauchen die fürstliche Gestalt. Stürzt das Scheusal in die Wolfschlucht!

Bose   Wie?

Jung   Aus dem Freischütz – das ist der Fluch Fürst Ottokars.

Bose   Aha. Meine Herren, ich fasse es nicht! Was tun wir hier? Wir diktieren dem Reichspräsidenten das Testament. Ich fasse es nicht. Sind wir denn verrückt geworden?

Tschirschky   Wir werden den Auftrag des Vizekanzlers erfüllen. Wir werden Worte finden, die der alte Mann mit fester Hand niederschreiben kann, als wären es seine Worte.

Bose   Das alles unter dem Deckmantel unserer kleinen Vizekanzlei. Ist der Mantel nicht zu eng für eine so große Sache?

Jung   Wir gehorchen. Wir gehen ins Gefecht. Ein herrliches Gefecht! *(nimmt Tschirschky Hindenburgs Buch aus der Hand, stürmt hinaus)*

Tschirschky   Das Testament machen wir, Edgar Jung!

Sieben

Weinstube, ein Kellner. Heuss, Jung

Jung   *(kommt ins Lokal)* Sieh da, der Theobald Schwab! Oder Dr. Theobald Schwab?

Heuss   Freuen Sie sich, Herr Jung! Sie dürfen noch unter Ihrem jungkonservativen Namen publizieren, ich muss mich verstecken.

Jung   Wie geht es Ihnen, Herr Heuss?

Heuss   Ich schlage mich durch. Dank meiner tüchtigen Frau, die uns die Brötchen verdient. Und Sie, Herr Jung? Ich höre, Sie seien bei Herrn von Papen in Ungnade gefallen?

Jung   Warten Sie's ab.

Heuss   Immerhin, der Papen liebt die Schwaben, der Hitler nicht. Oder haben Sie dem Vizekanzler die Schwabenliebe ins Konzept geschrieben?

Jung   Wir Pfälzer werden wohl die Schwaben schätzen.

Heuss Dann darf ich Sie einladen auf ein Viertele?

Jung Danke. Sehr gern.

Heuss *(winkt dem Kellner, bestellt)* Das bezahlt meine Frau, die sich in ein Reklamegenie verwandelt hat. Meinen leeren Sitz im Reichstag haben Sie ja nicht okkupiert, Herr Jung. Aber der Herr Forschbach, der sitzt da jetzt bequem. Das hat ja schon sein alter Chef, der Hugenberg, versprochen: schöne Diäten und für lange Zeit nicht mehr die Qual der Wahl.

Jung Wir haben mit Erfolg dafür gearbeitet, die guten Köpfe der staatstreuen Elite in den Reichstag zu schicken.

Heuss So, so. Schickt man jetzt? Sind sie schon einmal gewählt worden, Herr Jung? Haben Sie sich schon mal Wählern gestellt?

Jung Sie wissen, wie ich denke. Für mich gibt es nur eine Wahl: die offene Urwahl der Persönlichkeit in der menschlichen Gemeinschaft. Oben, im gegliederten Staat, ist alles Berufung nach Verdienst, Leistung und Verantwortung.

Heuss Ja, ja, Ihre Honoratiorenversammlung. In Ihrer Ständekammer hätten Sie keine Chance, Herr Jung, dafür wären Sie zu jung. *(Der Kellner kommt)* Ah, das Viertele! Wohl bekomm's – Sie sind vierzig, nicht? Zu jung.

Jung Sie waren mit vierzig schon Abgeordneter.

Heuss Ich war jünger. Ich habe mich fröhlich nach vorn gedrängt, ich habe gekämpft, ich habe gewonnen. Ich habe Wahlkampf gelernt. Ich habe als Jüngling schon dem Friedrich Naumann geholfen, seinen Wahlkreis in Heilbronn zu gewinnen. Mein Gesellenstück.

Jung Ich weiß, Sie sehen einen Sinn darin, sich von Leuten wählen zu lassen, denen die Gleichheit auf der Stirn geschrieben steht –

Heuss Wo sonst?

Jung Alle sind gleich, der Quartalssäufer –

Heuss Oh – *(hebt sein Glas)*

Jung – und der weltberühmte Gelehrte –

Heuss Ja, Sie meinen den Einstein. Der hat das Land verlassen.

Jung Der Zuchthäusler, der gerade noch seine bürgerlichen Ehrenrechte gerettet hat, und der hoch gebildete Mensch, der Kriegsverdiener und der Frontkämpfer, der zwanzigjährige Gigolo und der sechzigjährige Erzieher von sechs braven Kindern. Alle gleich!

Heuss Und der Dr. Jung, der seine politischen Gegner zu erschießen pflegt.

Jung Ach, die Masse der Wähler! Herr Heuss, Sie kennen sie! Nichts als das Ressentiment der Minderwertigen gegen jedes natürliche Herrentum, nichts als persönliche Leidenschaften und Interessen gegen das höhere Recht der wissenden Minderheit. Rechte! Wir sprechen von Pflichten! Wahre Herrschaft ist nur einer Schicht möglich, die das Geheimnis des Herrentums und der Verantwortlichkeit hütet.

Heuss Trinken wir also auf die Herren Führer! *(Der Kellner blickt herüber)*

Jung An der Spitze der Staatspyramide, an der die Entscheidungen auf Leben und Tod zu treffen sind, stehen die wenigen, deren Blick offen ist für die Unendlichkeit der Welt.

Heuss Ja, da ist der Heuss zu klein. Trinken wir also auf den wahren Führer, den Dr. Edgar Jung.

Jung Der Geist führt. Ja, der Geist, der sich vor Gott und der Gemeinschaft verantwortet. Der Geist, der gebunden ist und darum die höchste Freiheit hat. Nicht Ihre liberale Freiheit. Das ist 19. Jahrhundert. Das ist französische Revolution. Das ist die westliche Irrlehre, die ins Chaos führt.

Heuss Ich habe meine Doktorarbeit nicht über den Geist geschrieben – höchstens über diesen da *(zeigt auf sein Glas)*. Über den Weinbau. Meine Württemberger haben meine Kenntnisse sehr geschätzt. Wahlkampf, wissen Sie, was das ist? Meine Spezialität waren Bier- und Weindörfer. An einem Tag über drei Dörfer, und in jedem Dorf drei Wirtshäuser, und in alle mussten wir rein, unser kleines Publikum haben wir mitkutschiert, damit die Tische voll waren und die Wirte was zu verdienen hatten. O ja, ich habe manches Viertele getrunken, ehe ich meiner Elly telegrafieren konnte: Sieg! Sieg! Das ist die Schule des Dorfes – sie schützt vor Überheblichkeit. Die Arbeit und das Wirken in den Parteien, den großen und den kleinen – das ist aktiver Patriotismus, Herr Jung. Aber mit dieser These hab' ich in Ihren Kreisen nie Erfolg gehabt. Wen schicken Sie in Ihr Ständeparlament? Den jovialen Patriarchen, den alle lieben und fürchten, weil sie ein Lebtag mit ihm gekungelt haben. Sie müssen noch lange warten, Herr Jung, ehe Sie Platz nehmen können an der Tafelrunde Ihres Fach- und Lachkabinetts ohne Volk und Wähler. Greisenmurren, das erstirbt, wenn einer auf den Tisch haut. Mein Gott, Ihr Kampf für die parteilose Politik – das kam mir doch immer vor wie Stammtisch für Abstinenzler. Es ist wohl gut, dass Sie mich liberalen Querkopf ausgemustert haben. Gut. In Ihren Augen bin ich ja der Typ, der überwunden werden musste.

Jung   Ja, Ihr Typ ist historisch überholt, Herr Heuss, reine Daimler-Kutsche.

Heuss   Deshalb fährt der Hitler im schneidigen Mercedes herum. Das muss der Neid ihm lassen: der hat gekämpft, hat sich Seele und Stimme aus dem Leib geschrien. In seinem Wahlkampf war er moderner als so ein Kutschentyp wie ich.

Jung   Ein hysterischer Brüller! Ein Redner war der Hitler nie. *(Der Kellner blickt herüber)* Ohne Geist, ohne Bildung, ohne Niveau.

Heuss   O ja, der Dr. Jung ist gebildeter, und er ist der bessere Redner – er kann auch schreiben.

Jung   Das will ich meinen.

Heuss   Aber er ist nicht der Führer geworden. Sie bedauern das, Herr Jung.

Jung   In meinen Kreisen gibt es viele, denen der Platz gebührt, auf dem heute der Hitler steht.

Heuss   Der Papen? Der Dr. Jung?

Jung   Herr Heuss, die Umformung des Volkskörpers hat gerade begonnen. Ein neues Führertum bereit sich auf seine geschichtliche Aufgabe vor.

Heuss   Hitler, der Trommler – trommelte er für Edgar Jung? Kann er dessen subtilen Melodien den richtigen Rhythmus geben? Ich habe meine Zweifel, Herr Jung.

Jung   Hitler hat nur die Gedanken hinausgetrommelt in das Land, die wir konservativen Revolutionäre in schmerzlichem Ringen erarbeitet haben. Grobschlächtig ist alles bei ihm, brutal direkt. Doch im Kern des ewigen Straßentumults bahnt sich Neues, Größeres an.

Heuss   Ja, ja, die neue Aristokratie, sittlich rigoros und geistig diszipliniert. Wenn ich an meine letzte Reichstagsrede denke – meine Abrechnung mit dem Gregor Strasser, der ja auch ein besserer Nazi als der Hitler sein wollte –

Jung   Herr Heuss! Herr Ober, ich zahle den Wein!

Heuss   Meine Rede ging unter im Getöse von Schwärmern und Knallfröschen. Die neuen Ritter gebärden sich ziemlich kindisch im Reichstag. *(Der Kellner kassiert)* Nicht einmal Ellys Wein wollen Sie trinken, Herr Jung? Ich habe meinen Ritterschlag erhalten, von einem alten Sozi, dem Otto Wels. Der hat das Heussle gelobt. Nein, das Heussle will kein Führer sein. Aber Abgeordneter – das wär' er wieder gern. Abgeordneter des Volkes, zur Wahl vorgeschlagen von seiner Partei, die mit den anderen Parteien ein bisschen Ordnung in den Wirrwarr der Meinungen bringt. *(Jung verlässt das Lokal)* Herr Ober, noch ein Viertele.

Acht

Jungs möbliertes Zimmer. Madleen Feßmann an der Schreibmaschine, schreibt ein Manuskript ab. Später Frau Schwenke, Pechel, Forschbach, Jung

Madleen   *(nimmt den Bogen aus der Walze, liest)* Diese Einheit des Geistes haben wir in dem Rausch von tausend Kundgebungen, Fahnen und Festen einer sich wieder findenden Nation erlebt. – Der Rhythmus ist gut! – Aber diese Stabreimerei! Fahnen? *(nimmt einen Stift, markiert)* Erlebt.

Immer das Erlebnis. Das Allerlebnis. Na ja. Nun aber, da die Begeiste-rung verflacht, die zähe Arbeit an diesem Prozess ihr Recht fordert, zeigt es sich, dass der Läuterungsprozess – zweimal Prozess, nicht gut – *(mar-kiert)* – Läuterungsprozess von solch historischem Ausmaß auch Schla-cken erzeugt, von denen er sich reinigen muss. O Edgar, was führst du da wieder im Schilde? *(spannt einen Bogen ein, studiert das Manuskriptblatt, tippt)* Das ist doch der Anfang! Wenn er wenigstens die Seiten numme-rieren würde! *(tippt, dreht das Blatt in der Walze hoch)* – In den stürmi-schen Tagen, da der Nationalsozialismus seine Herrschaft im Deutschen Reich antrat, versuchte ich, in einer Rede vor der Berliner Studenten-schaft, den Sinn der Zeitenwende zu erläutern – ich, ich, nicht das Ed-gar-Ich, es ist dieses Papen-Ich. Ich spreche, Papen redet. Papen erin-nert an eine Rede Edgar Jungs, Papen zitiert Jung, Jung zitiert Papen. Ich sprach an einer Stelle, welche der Erforschung der Wahrheit und der geistigen Freiheit gewidmet ist. Damit wollte ich – ich, Edgar, ich, Franz – wollte ich mich nicht zu den liberalen Vorstellungen von Wahrheit und Freiheit bekennen. Der Edgar mit seinem Buch! Ob die Studenten sein Buch gelesen haben? *(tippt)* Welche Stadt ist das? Mittelalterliches Juwel. Stadt der heiligen Elisabeth. Mittelalterliches Juwel – *(tippt)*

Frau Schwenke *(klopft laut, tritt ein)* So geht das nicht, Frau Feßmann. Heut' ist Sonntag. Sonntagnachmittag. Ich drücke ja abends die Au-gen und die Ohren zu. Immer dieses Getippe. Aber nicht am Sonn-tag. Nicht am Sonntagnachmittag. Da will ich meine Ruhe haben. Der Doktor ist nicht da. Der will auch seine Ruhe haben, dem geht das Ge-tippe auf die Nerven –

Madleen Ich hab' versprochen, dass es fertig wird, Frau Schwenke.

Frau Schwenke Und mir hat der Doktor versprochen, dass am Sonn-tag Ruhe ist, am Sonntagnachmittag. Ist schon schlimm genug, dass hier die Nächte lang palavert wird. Heute ist Sonntag, Frau Fessmann!

Madleen Das ist eine wichtige Arbeit, Frau Schwenke. Sie wissen doch, der Doktor arbeitet für den Vizekanzler –

Frau Schwenke Und Sie sind die Tippse von dem Vizekanzler, was?

Hat der denn kein Büro? An der Vossstraße? Kein Vorzimmer? Und der Doktor – hat der kein Büro? Muss der hier bei mir arbeiten? Am Sonntag? Ich wundere mich nur. Was schreiben Sie denn da, Frau Feßmann? *(tritt neugierig näher)*

Madleen   Frau Schwenke, bitte, das ist nun wirklich etwas Amtliches.

Frau Schwenke   Da kann ich wohl noch stolz drauf sein, dass der Vizekanzler seine amtlichen Sachen in meiner Wohnung tippen lässt. Bei Tag und bei – Nacht. Also, das geht nicht. Meine Wohnung ist doch kein Büro. Und die Tischdecke haben Sie auch nicht runtergenommen, Frau Feßmann! *(macht Anstalten, die Decke vom Tisch zu nehmen, Madleen rafft Seiten, einige fallen zu Boden)*

Madleen   Oh, Frau Schwenke, die Seiten sind doch nicht nummeriert. *(sammelt die Blätter auf, Frau Schwenke will helfen, Madleen drängt sie zur Seite)* Lassen Sie nur, Frau Schwenke!

Frau Schwenke   Das sind wohl geheime Sachen. Tut mir leid. Aber die Decke – das geht so nicht. Ich hab' doch kein Büro vermietet. Das ist ja verboten! Und wenn es tausendmal der Vizekanzler ist. Dass der Doktor kein Büro beim Vizekanzler hat! Das versteh' ich nicht.

Madleen   Ich hör' jetzt auf, aber um fünf mach' ich weiter, ja?

Frau Schwenke   Sonntag ist Sonntag, da müssen Sie schon Rücksicht nehmen, Frau Feßmann.

Madleen   Ich danke Ihnen, Frau Schwenke.

Frau Schwenke   Ist ja gut. *(ab; Madleen ordnet das Manuskript; Frau Schwenke wieder an der Tür)* Der Herr Dr. Pechel, für den Doktor!

Pechel   Frau Feßmann, guten Tag – Sie so fleißig und der Edgar ist nicht da.

Madleen   Der muss noch im Kaiserhof sein.

Pechel   Im Kaiserhof. Was ist da los?

Madleen   Irgendeine Führertagung. Edgar will da einen Informanten treffen.

Pechel   Aber wir sind verabredet. Ist Edmund Forschbach noch nicht hier gewesen?

Madleen Der auch noch! Die Schwenke dreht durch. Am Sonntag-nachmittag!

Pechel Wir müssen über den Artikel reden – den SA-Artikel. Woran arbeitet Edgar?

Madleen Eine Papen-Rede.

Pechel Er arbeitet wieder für Papen? Ich denke, das ist vorbei.

Madleen Eine ganz große Sache. Edgar tut sehr geheimnisvoll. Sie wissen, Dr. Pechel, wie schnell der Edgar arbeitet. Aber dieses Mal –

Pechel Darf ich mal sehen, Frau Feßmann, einen Blick?

Madleen Ich weiß nicht – *(es klopft)* Das ist wohl Herr Forschbach. Ja –

Forschbach Große Versammlung und Edgar nicht da! Warum ist die Schwenke so beleidigt, Madleen?

Madleen Der heilige Sonntag! Tag, Edmund *(Pechel und Forschbach umarmen sich)*

Forschbach Wann kommt Edgar? Ich muss ihn sprechen, dringend.

Pechel Ich auch, dringend.

Madleen Dringend, dringend – alles ist immer dringend.

Pechel Edgar muss vorsichtiger sein. Der Goebbels zieht die Schrauben an. Ich spür das in der Redaktion, jeden Tag mehr. Jetzt diese Kampa-gne gegen die Meckerer und Miesmacher! Dann noch Edgars SA-Ar-tikel. Die Unzufriedenheit wächst, die müssen den Terror verschärfen – nicht nur gegen das Volk, jetzt nehmen sie auch die SA ins Visier.

Forschbach Edgar hat sein Schutzschild bei der Gestapo verloren. Die Scharfmacher aus München trimmen jetzt den Apparat. Madleen, was schreibst du für Edgar?

Madleen Eine Papen-Rede. Edmund, ihr müsst ihm helfen! Er ver-rennt sich. Er ist so finster, so grimmig, er wirkt so verbohrt entschlos-sen. Er lässt sich da auf irgendwas ein –

Pechel So lange der Papen seine Reden hält.

Forschbach Zeig mal her, Madleen!

Madleen Edmund, ich kann doch nicht.

Forschbach Wo spricht Papen?

Madleen Nicht in Berlin. Der Edgar redet von der Stadt der heiligen Elisabeth.

Pechel Thüringen! Eine Wartburg-Rede. Das klingt gefährlich.

Madleen Studenten.

Forschbach Dann tippe ich auf Marburg. Also – das möchte ich doch gern lesen.

Madleen Fragt ihn selbst. Ich höre ihn. Ich höre die Schwenke.

Jung *(in der halboffenen Tür)* Ja, Frau Schwenke, ja, ist gut, Frau Schwenke, ich verspreche es. *(tritt ein, läuft durchs Zimmer)*

Madleen Edgar!

Forschbach Edgar!

Jung Dieses Gebrüll. Dieses viehische Gelächter. Diese satte dumpfe Selbstzufriedenheit. Heute hätte ich es tun können. Er stand fast neben mir. Keine zehn Schritte. Nur den Arm ausstrecken. Fast allein. Durchbohrt mich mit seinen Augen. Der hat mich lange nicht gesehen – aber erkannt! Wartet er, dass ich ihn anspreche? Heute hätte ich es tun können. Wenn ich sie dabei gehabt hätte!

Madleen Wen, Edgar, was?

Jung *(zum Schrank, kramt, legt eine Pistole auf den Tisch neben die Schreibmaschine)* Heute hätte ich es ohne weiteres machen können.

Madleen Was, Edgar, was?

Pechel Edgar!

Jung Den Hitler wegknallen. *(ruhig)* Kann ich den mit der Schreibmaschine wegknallen? Wartet, Freunde, nur einen Augenblick! *(setzt sich an die Schreibmaschine, spannt einen Bogen ein, tippt)*

Frau Schwenke *(reißt die Tür auf)* Frau Feßmann, Sie haben es mir versprochen! Es ist noch nicht fünf –

Jung *(tippend)* Ich höre gleich auf.

Frau Schwenke Es ist ja nur – oh, die Pistole! Ist das eine Pistole?

Jung *(steckt die Pistole in die Tasche)* Eine Dienstpistole.

Frau Schwenke O Gott, eine Pistole, bei mir, in meiner Wohnung.

Madleen Eine Dienstpistole –

Frau Schwenke Ja, ist denn der Doktor auch bei der Gestapo?

Forschbach So ein Unsinn.

Frau Schwenke Ich meine ja nur –

Jung Schönen Sonntag, Frau Schwenke!

Frau Schwenke Ich meine ja nur – *(zögernd ab)*

Jung Wir gehen auch. Die alte Schnüfflerin macht mich rasend! Wir fahren zu dir, Rudolf, ja? Es gibt eine Menge zu bereden.

Pechel Ja, viel. Kommt! Sie kommen mit uns, Frau Feßmann? *(Jung nickt)*

Forschbach Willst du deine Manuskripte hier herumliegen lassen?

Jung Ach Gott, das ist doch ein öffentliches Geheimnis. Kommt! *(alle ab; nach einer Weile Frau Schwenke)*

Frau Schwenke *(an der Maschine, nimmt Blätter auf)* Vizekanzler. Darauf bin ich reingefallen. Eine Dienstpistole beim Vizekanzler. Eine Verschwörung ist das. In meiner Wohnung. Das ist ja hier ein Taubenschlag. Wozu braucht der eine Pistole? *(liest)* Wir wissen, dass die Gerüchte und das Geraune aus dem Dunklen, in das sie sich flüchten, hervorgezogen werden müssen. Gerüchte, Geraune, eine Verschwörung, in meiner Wohnung! *(liest)* Eine offene und männliche Aussprache frommt dem deutschen Volk mehr als beispielsweise der ventillose Zustand einer Presse, von welcher der Herr Reichsminister für Volksaufklärung und Propaganda festgestellt hat, dass sie kein Gesicht mehr habe. – Für den Goebbels! Für den Goebbels arbeitet der Doktor? Aber braucht er da eine Pistole? *(liest)* Ein anonymer oder geheimer Nachrichtendienst vermag nie diese Aufgabe der Presse zu ersetzen. Anonym. Geheim. Geheime Polizei? *(liest)* Wenn aber die berufenen Organe der öffentlichen Meinung das geheimnisvolle Dunkel, welches zur Zeit über die deutsche Volksstimmung gebreitet scheint, nicht genügend lichten, so muss der Staatsmann selbst eingreifen und die Dinge beim Namen nennen. Der ist doch kein Staatsmann, der Doktor. So ein möblierter Herr! *(kopfschüttelnd ab)*

Neun

Villa Cucumella bei Sorrent. Terrasse. Ehepaare von Papen und Ziegler

Frau Papen Kein Wort von Politik mehr! Wir sind in diesem Jahr nach Sorrent geflohen – weg von Deutschland, weg von der Politik.

Papen Ferien von der Politik.

Frau Ziegler Wir freuen uns auf Rom nach den schönen Tagen in Amalfi.

Frau Papen Wir reisen übermorgen nach Rom. Ich wäre gern in Sorrent geblieben.

Papen Ich habe eine Begegnung mit Mussolini. Ich will ihn mit Hitler zusammenbringen. Der Hitler mag den Duce nicht. Aber dennoch! Der Duce ist dem Führer zu kultiviert.

Ziegler Ich bitte um Vergebung, gnädige Frau. Aber es ist Ihr Gatte, der wieder das leidige politische Thema anspricht, dem meine Mission gilt –

Frau Papen O Nein! Sie haben Ihre Mission erfüllt, Herr Dr. Ziegler. Wie schön sind diese Stunden mit Ihnen! Vergessen Sie ihre Mission, bitte. Der Meister sollte nie einen Auftrag von seinem Schüler akzeptieren. Der Dr. Jung ist doch Ihr Schüler, nicht wahr?

Ziegler Schüler? Sagen wir: es ist der gleiche akademische Garten, in dem wir spazieren gehen. Wir begegneten uns in unserer Liebe zum Reich, wir wollen das Wiederaufblühen unserer christlichen Ständeordnung, der menschlichen Demokratie in ihrer Besonderheit und Würde. Uns verbindet das Grausen vor diesem minderen Menschentypus, der uns nach dem Krieg erdrückt hat. Wir wollen das Regiment hochstehender Männer, ein Deutschland der hohen Gesinnung und Gesittung. Wir spitzen gemeinsam die Pfeile unserer Kritik gegen dieses amerikanische, europäische Gesindel, das nur zwei Götzen kennt, die Gleichheit und die Gier.

Papen Ja, ich bin in Ihrem Bunde gern der Dritte. Herrschaft aus christlicher Verantwortung. Gesegnete Herrschaft. Ja.

Ziegler Aber immer noch blöken die Herden und Horden zu laut, dieser gleichförmige Massenstampf, dieser Massenbrei –

Frau Papen Nein, nein, nein! Das ist Politik. Das war doch eine verrückte Idee des Dr. Jung, uns einen berühmten Philosophen zu schicken, um uns von der Gefährlichkeit dieses – ich bringe den Namen nicht über die Lippen! – dieses Dodo zu überzeugen. Das heißt doch –

Papen Eulen nach Athen tragen, Liebe.

Frau Papen Sonnenschein nach Sorrent. Genießen Sie Sorrent!

Ziegler Aber ohne das hartnäckige Drängen Edgar Jungs nicht ihre liebenswürdige Einladung, gnädige Frau.

Papen Hartnäckig, das ist er. Mag Jung auch einen Anlass gestiftet haben, verehrter Doktor – dass Sie und Ihre liebe Frau heute bei uns sind, ist für uns ein geistiges Abenteuer in diesen stillen Tagen. Der Verfasser des ‚Heiligen Reichs der Deutschen'! Der Träger des Goethe-Preises! Der Denker einer neuen alten Reichsidee. Er wäre nicht unser Gast ohne Jungs listige Hartnäckigkeit.

Frau Ziegler Wie dankbar sind wir Ihnen für diesen Tag, Herr von Papen! Ihr schönes Haus, dieses unendliche reine Licht – die Stadt Tassos. Dank, tausend Dank, Frau von Papen.

Ziegler Und der rauchende Asche- und Feuerberg, der uns gemahnt, dass auch in diesem irdischen Paradies typhonische Gewalten unterirdisch am Werke sind. Gnädige Frau, keine Politik, doch Sorge – unsere Zeit überwältigt uns mit ihrer politischen Leidenschaft.

Papen Was könnte der Jung mir sagen durch Ihren Mund, Herr Ziegler, was er mir nicht schon selbst gesagt hätte? Dass ich mich vor Hitler in Acht nehmen muss? Dass er jeden Tag durch brutale Übergriffe und beklagenswerte Regelwidrigkeiten den Geist unserer Koalition verrät? Er muss mir nicht die Augen öffnen. Ich bin der, der mit dem Führer spricht. Nicht Dr. Jung. Kennen Sie Hitler, Herr Dr. Ziegler?

Ziegler Bewahre!

Papen Der Jung mit seinen Warnungen vor dem Bandenführer, der mich zu seinem Komplizen macht! Auch der Führer hat seine Probleme mit seinen braunen Banden. Wenn er – mit unserer Hilfe – der Last dieses revolutionären Pöbels erst einmal ledig ist, werden wir mit ihm in staatsmännischem Geiste zusammenarbeiten können. Wir verlieren doch unser Ziel nicht aus dem Auge – eine vernünftige autoritäre und stabile Herrschaftsordnung für Deutschland, ja, für Europa. Ohne Hitler wäre das Chaos über uns hereingebrochen.

Frau Papen Der Dodo ist das Chaos. Er hat es geschaffen.

Papen So verächtlich wie der Dr. Jung – und ja, wie meine liebe zornige Frau – sollten wir über Hitler nicht reden. Ja, er ist der Exponent der gottverlassenen Masse, die wir disziplinieren müssen – aber er hat uns den Bürgerkrieg erspart. Der 30. Januar – der Deckel auf einem Pulverfass! Wir haben den Bürgerkrieg verhindert. Wo stünden wir heute mit unseren Hoffnungen auf eine Erneuerung des Deutschen Reichs aus christlich konservativem Geist? Welche Hoffnung gäbe es für Ihre Idee, Herr Dr. Ziegler?

Ziegler Jung meint, Hitler führe den Bürgerkrieg.

Papen Jung muss begreifen, dass Hitler heute Deutschland ist. Die große Zahl steht hinter ihm. Sorgen wir dafür, dass der Geist hinter uns steht, Herr Dr. Ziegler. Machen wir den Geist stark! Befreien wir den Hitler aus der Gefangenschaft seiner Bewegung, die er nicht mehr unter Kontrolle hat. Wir müssen den Führer stützen – gegen alle Zweifel, gegen alle Sorgen, gegen unsern Abscheu. Wir brauchen Zeit!

Ziegler Geduld zeichnet unsern Edgar Jung nicht aus, ich weiß.

Frau Papen Das macht ihn mir sympathisch, deinen Dr. Jung.

Papen Wir müssen auch dem guten ernsten Willen des Führers vertrauen.

Frau Papen Alle guten Menschen sind vertrauensselig. Das macht die Tapfersten schwach. Vertrauensseligkeit ist nur durch ein Engelshaar getrennt von Leichtgläubigkeit. Vor der November-Wahl haben die Nazis meinem Mann mit dem Volksgericht gedroht –

Papen Wahlkampfgetöse. Ich war der Kanzler, ich war der Gegner. Wir werden in ruhiges Fahrwasser kommen, und der konstruktive Geist wird sich durchsetzen. Wir haben unsere Pläne. Herr Dr. Ziegler, hat Herr Jung mit Ihnen nicht darüber gesprochen?

Ziegler O, wenig. Immer dasselbe: es geht darum, die flutende Bewegung in das richtige Bett zu leiten, in ein Bett, das wir graben müssen.

Papen O ja, meine Dresdner Rede. Die Schaffung einer neuen geistigen und politischen Elite, in Deutschland und Europa. Anders werden wir Deutschen, das Kernvolk Europas, das große Reich verfehlen. Herr Ziegler, ich meine, unser Edgar Jung hat manchen guten Gedanken von Ihnen in meine Reden transportiert. Herzlichen Dank dafür! Was wären wir Politiker ohne unsere Philosophen, ohne den Adel des Geistes.

Ziegler Hat Jung Ihnen meine Schrift gegeben, Herr Reichsminister? – die fünfundzwanzig Sätze vom deutschen Staat?

Frau Papen Fünfundzwanzig? Tausend Sätze haben die Herren Philosophen in die Reden meines Mannes geschrieben – viel zu viel.

Papen Meine Liebe, du übertreibst. Ich weiß sehr wohl mein Wort zu machen.

Frau Ziegler Ich habe Ihre Reden gelesen, Herr Reichsminister, wunderbar – der Appell an das deutsche Gewissen. Sie rütteln auf, sie geben Hoffnung. Unser Deutschtum ist noch nicht verloren. Herr von Papen, Sie bleiben in der Regierung, nicht wahr?

Papen Ich bleibe, auch wenn mir unser Dr. Jung seine Mitarbeit aufkündigen möchte. Wie ist es, Herr Ziegler, wollen Sie nicht in die Dienste des Vizekanzlers treten?

Ziegler Oh! Sie kennen meine Bücher, Herr von Papen, ich fürchte, mein Denken, meine Sprache – das sind wohl kantige Brocken, die im politischen Geschäft nur stören würden.

Papen Ist es nicht das Vorrecht eines Staatsmannes, sich mit den besten Köpfen zu umgeben, die er finden kann? Aber die volle und letzte Verantwortung für das, was er sagt, liegt bei ihm allein. Ja, was sind schöne kluge Sätze und die tiefen Konzeptionen gegen die Geradlinigkeit der Tat? O ja, ich schätze sie. Ich habe für meine Reden viel Beifall gefunden. Aber man hat wohl nie gehört, dass man nach dem Meisterschuss den Kugelgießer lobt und den Schützen vergisst. Passen Sie auf, Herr Ziegler – der Jung und ich, wir planen noch manchen Meisterschuss. Helfen Sie mir, meinen Büchsenspanner bei der Stange zu halten.

Frau Papen Wir gehen in den Garten! O diese Villa Cucumella, ich liebe sie. Wir schauen auf den Golf. Sie können die Spitze Capris sehen, die Villa Jovis. Kommen Sie, liebe Frau Ziegler! *(die Frauen ab)*

Papen Sie haben Ihre Mission erfüllt, Herr Ziegler. Ich danke Ihnen. Hitler, das ist unser Kreuz. Wir werden es zu tragen wissen. Darf ich Sie auch mit einer Mission betrauen?

Ziegler Es wäre mir ein Vergnügen, Herr Reichsminister.

Papen Sorgen Sie mir dafür, dass unser Edgar Jung keine Dummheiten macht. Verantwortung, darauf kommt es an, Besonnenheit. Zügeln Sie den Brausekopf. Jetzt aber in den Garten! *(beide ab)*

Zehn

Im Haus Zieglers in Überlingen. Ehepaar Ziegler, Jung

Frau Ziegler Ich schwätze nur von unserer Reise, Herr Jung. Aber mein Herz ist noch so voll. Schön ist unser Bodensee im Mai. Doch Italien! Dieser balsamische Wohlgeruch der mittelmeerischen Pflanzenwelten, dieses unirdische Licht. Herr Jung, Sie sind ja nicht gekommen, um mit uns das Pfingstfest zu feiern. Ich lasse Sie allein mit meinem Mann.

Jung O bitte, bleiben Sie bei uns, verehrte Frau Ziegler! Ich käme mir wie ein Störenfried vor. Vergessen wir Papen. Ich weiß es schon. Dem großen Philosophen ist es nicht gelungen, dem kleinen Staatsmann die Augen zu öffnen für den Bandenführer, mit dem er paktiert.

Ziegler Immerhin! Er ist der einzige aus unserer Welt, der noch ein mäßigendes Wort sprechen kann. Ja, meine Mission ist wohl gescheitert.

Jung Dennoch, sie war wichtig.

Frau Ziegler Ich habe meinem Mann abgeraten zu fahren. Aber wir sind gefahren! Und es war die schönste Reise meines Lebens. Charmant ist er, Ihr Herr von Papen.

Ziegler Ihr Meisterschütze, der seinen Büchsenspanner lobt.

Jung Sagt er das? Nicht ohne Witz. Madleen sagt Kugelgießer. Manchmal fällt dem Herrn etwas ein. Oh, Herr Ziegler! Ich werde dem Herrn eine Kugel gießen –

Ziegler Er sieht in Ihnen seinen fähigsten Mitarbeiter.

Jung Sagt er das? Ja, sein Vertrauen ist mein Kapital – das einzige, noch. Ich werde ihm eine Kugel gießen! Am 17. Juni drücke ich ihm die Büchse in den Arm, in Marburg, vor einer erlauchten akademischen Versammlung. Ich gieße, ich feile, ich poliere. Abfeuern wird Papen sie auf den Reiter, den er selbst in den Sattel gesetzt hat. Eine Freikugel der besonderen Art.

Frau Ziegler Ich höre das nicht gern – schießen. Herr Jung, wollen Sie nicht lieber allein sprechen mit meinem Mann?

Jung Bitte, lassen Sie uns nicht allein, liebe Frau Ziegler. Ich spreche von Worten, die Taten in sich tragen. In Marburg wird der Papen seinen Hitler mit herzlich lobenden Worten umarmen, aber in der Hand wird er den spitzen Dolch der Kritik tragen, der den bombastischen Schein durchlöchert.

Frau Ziegler Jetzt auch noch ein Dolch.

Jung Die Klinge des Dolches wird gleißen im Licht einer Kritik, wie sie das Regime noch nie vernommen hat. Das Licht wird ein Fanal.

Ziegler Aber der Vizekanzler sieht in Hitler einen Retter.

Jung Hat er Ihnen die Geschichte von der putschenden Reichswehr erzählt? Dass der Hitler den Hindenburg retten musste –

Ziegler Ja.

Jung Ja, das glaubt der wirklich! Die Reichswehr war so brav und treu wie der alte Feldmarschall selbst. Jetzt, jetzt hat sie sich verändert, die neue Reichswehr ist nicht mehr die alte. Seit Wochen reise ich durchs Land, um eine Fronde der Reichswehr gegen den Hitler zu schmieden. Jetzt! Aber der Hitler hat die Generalität verhext. Die Herren Offiziere haben nur eine Sorge: dass ihnen die SA-Banden den Rang ablaufen beim obersten Bandenführer.

Frau Ziegler Herr Jung, Sie wollen, dass die Reichswehr putscht! Herr Jung, ich gehe – *(steht auf)*

Jung Nein, nein, bitte! *(Frau Ziegler setzt sich zögernd)* Wenn die Worte des Philosophen nichts bewirken, wenn der Kugelgießer mürbe Kugeln gießt, wenn dem Meisterschützen das Pulver nass wird – dann bleibt nur eins –

Frau Ziegler Herr Jung!

Jung Man muss den Hitler wegknallen.

Frau Ziegler Wie können Sie so etwas sagen. Nicht in meinem Haus!

Jung Ich muss ihn wegknallen! Ich, ich, der Kugelgießer, muss es selber tun. Es ist nicht schwer. Ich kenne den Hitler, seinen Tageslauf, seine Gewohnheiten, ich habe meine Fäden geknüpft. Ich brauche nur die Hand auszustrecken. Peng!

Frau Ziegler Sie werden es nicht tun, nicht wahr. Es ist nur Ihr Zorn. Sie tun es nicht wirklich. Lieber Herr Jung, sie tanzen auf einem Seil über dem Abgrund! Sie verrennen sich. Lassen Sie diese Gedanken.

Ziegler Mein Lieber, ich weiß sehr wohl, dass Sie der Mann sind, seine vaterländischen Überzeugungen mit der Waffe in der Hand zu vertreten. Aber sprechen Sie mir nicht von einem so tolldreisten Wagnis. Ein Mord –

Jung Mord?

Ziegler Ein Mord ist etwas anderes als der Kampf durch das Wort.

Jung Wie viele Worte habe ich geschrieben? Tausend Worte wiegen leichter als eine leichte Kugel. Ich bin der Mann dazu, ja. Ich brauche nicht den Papen, unsern Meisterschützen. *(Frau Ziegler steht erregt auf und verlässt den Raum)* Frau Ziegler, liebe Frau Ziegler, bitte!

Ziegler Wer soll Hitlers Platz einnehmen? Der ihn beseitigt? Soll der Reichskanzler Edgar Jung heißen?

Jung Der Geist führt. Wenn die Stillen im ganzen Land, die Resignierten, die Duldenden, den Schützen in das Amt rufen, dann – ja, dann

Der Tod des Kugelgießers

werde ich der Kanzler des Reichs sein. Geben Sie mir ein paar Jahre, um den Neu- und Umbau des Reichs in unserm Geist zu beginnen. Unseres neuen Reichs, Herr Ziegler. Hitler hat unsere besten Gedanken gestohlen, er hat sie verhunzt, er hat den Glauben an unser Reich verdorben. Sein drittes Reich ist dritter Klasse.

Ziegler Sie können nicht der Kanzler sein, Edgar Jung!

Jung Sie halten mich nicht für fähig, die Reichsherrschaft zu übernehmen, die ein dummdreister Schaumschläger uns gestohlen hat?

Ziegler Wenn Sie Kanzler sein wollen, dann dürfen Sie sich nicht mit Blut beflecken. Ein Reichskanzler muss makellos vor seinem Volk stehen. Heute mehr als je, weil sonst der Teufel nur mit Beelzebub vertrieben würde. Als Attentäter haben Sie den Anspruch auf die Staatsführung verwirkt. Wollen Sie der Führer sein, müssen sie frei von der Blutschuld sein. Politischer Mord und Führung – das richtet Volk und Reich zugrunde.

Jung Wir sprechen von Verantwortung, Herr Ziegler. Wir sprechen von dem Mut, sie zu tragen. Wer ist zur Führung berufen? O nein, mir fehlt es nicht an Selbstbewusstsein, auch nicht am Willen zur Macht, die Überzeugungsgabe ist mir geschenkt, ich habe klare Ziele! Aber diese Fähigkeiten haben andere neben mir. Ich aber werde den falschen Führer töten.

Ziegler Hören Sie auf die Stimme des Volkes und der Völker aus ältesten Zeiten. Der politische Mord ist ein Blutfrevel wie jeder andere. Diesen Glauben des Volkes hat unsere flache Aufklärung nicht beseitigt. Der Blutfrevel zieht den Blutbann nach sich. Das ist wesenhaft und unbedingt. Der politische Mord verlangt Mordsühne. Wie der gemeine Mörder verfällt auch der politische Attentäter der rächenden Erinnys, der vergeltenden Dike. Tun Sie es nicht, wenn Sie wirklich führen wollen.

Jung Wer soll führen? Ich sehe keinen. Ich vertrete das Recht der ewigen herrschaftsbewussten Minderheit. Aber sie braucht einen Kopf, der aus der Kraft des Gewissens handelt. Und sie braucht eine tapfere Hand.

Ziegler Die Diktatur des guten Willens, begründet durch eine böse Tat? Die Hand am Staatsruder nass von Blut?

Jung Sprechen wir vom Blut, das auf Golgatha vergossen wurde.

Ziegler Das kann nur im Geistigen ein Reich begründen.

Jung Das Volk wird die Herrschaft einer Elite aus christlichem Wissen und Gewissen akzeptieren. Wie können wir unserm neuen Reich anders Bahn brechen als durch unsere Entschlossenheit? Wir brauchen Verbündete. Mit Frankreich müssen wir uns über die friedliche Schaffung unseres neuen europäischen Reichs verständigen. Wenn Deutschland die rechte Führung hat, wird Frankreich den Irrweg von Versailles verlassen.

Ziegler Ihre Schüsse in der Pfalz, Herr Jung! Galten sie nur den Separatisten und ihrem Verrat am Reich? Oder waren sie nicht auch auf Frankreich gezielt?

Jung Der Geist der Vergeltung, die Stimme der Furcht – sie werden schweigen. Seite an Seite werden die großen christlichen Nationen den Kontinent gestalten und Baumeister einer neuen Wertegemeinschaft jenseits aller Grenzen und Interessen sein. Und die Nachbarn werden sich darauf besinnen, dass im Mittelalter deutscher Geist die Krone trug. Sie werden die geistige Führerrolle des deutschen Reichs unter den anderen Völkern akzeptieren. Wenn! – wenn wir es schaffen, die Menschen Europas wieder dem Göttlichen zu nähern und das Barbarische auszurotten. Die europäische Völkergemeinschaft aus christlichem Geist –

Ziegler Sind wir Deutschen noch Christen? Wissen wir noch, was Pfingsten heißt?

Jung Wir werden Christen sein.

Ziegler Sind Sie ein Christ, Herr Jung? Ein Sucher sind Sie, ja. Sie wollen den alten und neuen Parteiengeist durch den christlichen Genossenschaftsgeist zerschmettern, ja. Aber ein Christ? Sind Sie ein Christ?

Jung Wir werden wieder lernen, den Christen in einem Satz zu sagen, was das Pfingstwunder bewirkte.

Ziegler Oh, Herr Jung, ich verstehe mich auf die Götter und ihre Fährten am Firmament –

Jung Wir werden wieder lernen, diesen Satz zu sagen. Wir werden gläubig sein! Unser ganzes Leben wird frei von innen heraus religiös sein, alles.

Ziegler Herr Jung, Sie wissen, an die Herrschaft von Priestern mag ich nicht glauben.

Jung Sie werden ein neues Priestertum erleben, einen neuen Adel, aufwachsend aus unserer ständischen Demokratie. Deutschland wird christlich sein, oder es wird gar nicht sein. Das Volk, das die flache humanitäre Lüge Europas zerpflückt und die Fahne wahrer Ordnung hisst, wird Kopf des neuen europäischen Organismus sein. Unsere höchste Leistung lag im christlichen Mittelalter. Hitler muss weg! Ein Schuss – und der geistige Adel der Nation wird mit einem Ruck zusammenfinden. Die Waffe des Geistes ist stark, doch ein Wille muss den Arm führen. Das Reich findet seinen wahren Führer, wie es George uns gelehrt, der aus Gram und Groll gestorben ist – das Reich, *(schreit)* „das aus geweihten Träumen, Tun und Bildern den Einzigen, der hilft, den Mann gebiert" – unser Stefan George hat es gewusst. *(Frau Ziegler mit einem Tablett)*

Ziegler Tun ja, niemals töten.

Jung Soll ich also wieder meine Kugeln gießen? In Marburg! Das wird eine Kugel, die trifft, ein Kugelregen gegen das revolutionäre Geschwafel dieser grässlichen Partei, die sich um die Pfründen balgt. Eine Salve wird die Besten des Volkes aufrütteln, ein Bündnis zu schließen. Die Verschwörung der Hochwertigen gegen die Masse. Ein Schlag, der das tote Herz neu schlagen lässt, das Herz dieses ewigen höheren geheimen Deutschlands! So geht der Täter mit dem Dichter Hand in Hand.

Frau Ziegler Dichter, das hör' ich gern. Schüsse, Kugel, Salven pfui. Jetzt aber still mit all den hitzigen Worten – jetzt genießen Sie meine Schwarzwälder Torte.

Elf

Vizekanzlei. Tschirschky, Bose, Jung

Tschirschky Hindenburg geht schon im Juni auf sein Gut. Er sollte erst im Juli fahren.

Jung Verdammt! Das ist nicht gut.

Bose Wir brauchen Hindenburg in Berlin! Die Lage spitzt sich zu.

Tschirschky Hindenburg in Neudeck. Unser Plan ‚Tannenberg‘ läuft nur mit Hindenburg – in Berlin.

Jung Papens Rede in Marburg bringt den Kessel zum Platzen. Entweder dreht der Hitler durch oder die SA.

Tschirschky Herr von Papen muss dem alten Herrn unsern Plan in Neudeck erläutern.

Bose Unser Plan allein nutzt nichts. Der Chef muss Hindenburg Beweise auf den Tisch legen, eisenhart: die SA putscht gegen die Reichswehr, die SA wendet sich gegen Hitler, die SS gegen die SA – Bürgerkrieg, Chaos, Mord. Die Gefahr muss er begreifen.

Jung Eine Denkschrift!

Tschirschky Nein. Ein knappes Dossier mit allen Umtrieben – und unser Plan ‚Tannenberg‘. Unser Aktionsplan. Der alte Herr wird durch das Symbol seines großen Sieges elektrisiert.

Jung Sie meinen, der Alte schlägt zu, wenn er das Wort Tannenberg hört! Die Nazis sind nicht die Russen.

Tschirschky Herr von Bose, Sie machen Herrn von Papen eine prägnante Vorlage für Hindenburg?

Jung Prägnant. Wie Luthers Katechismus. Du sollst keine Götter haben neben mir. Was ist das? Wenn wir Hitler wegknallen, ist das Problem gelöst.

Bose Wir töten Hitler nicht, wir machen ihn unschädlich. Wir mauern ihn ein.

Tschirschky Nur die wichtigsten Punkte für Hindenburg. Der Reichspräsident kann den Reichskanzler seines Amtes entheben – auch nach dem Ermächtigungsgesetz. Unsern verehrten Hindenburg an sein Wort erinnern, vor einem Jahr: ‚Ich will den Hitler nicht auf Dauer haben'.

Bose Sollen wir ihn daran erinnern?

Tschirschky Die Losung, ein Memo. Nur die wichtigsten Punkte. Hindenburg beordert die loyale Reichswehrführung zu sich auf sein Gut. Die Generäle müssen ihm den Ernst der Lage schildern. Dramatisch. Der Reichspräsident verhängt den Ausnahme- und Belagerungszustand. Er zitiert Hitler und Göring zu sich. Hindenburg gibt Befehl: die SA wird entwaffnet, unter Befehlsgewalt der Reichswehr. Die Verfassung wird außer Kraft gesetzt –

Jung Was von ihr übrig blieb.

Tschirschky Hindenburg übernimmt als Oberbefehlshaber der Reichswehr die Reichsgewalt. Präsidiale Diktatur. Er bildet ein Direktorium, das ihn berät – *(Bose macht Notizen)*

Bose Haben wir die Namen für das Direktorium zusammen?

Tschirschky Ja. Zwei Generäle. Dann Papen, Brüning, Goerdeler – die bleiben doch bei der Fahne, Herr Jung?

Jung Ja, ich habe mit Brüning und Goerdeler gesprochen. Die sind dabei – wenn die Umstände es erlauben.

Tschirschky Dann natürlich Hitler und Göring. Aber die werden nicht gefragt.

Jung Solange Hitler lebt, gibt es kein Direktorium.

Tschirschky Mit dem toten Hitler gibt es auch keins. Seine Kondottieri warten nur auf ihren Märtyrer. Die kommen alle in Schutzhaft, alle! Bis auf den letzten Gauleiter.

Bose Hindenburg muss Hitler isolieren, den lebenden.

Tschirschky Hitler muss sich Hindenburg unterwerfen, will er seinen Nimbus retten. Göring ist froh, wenn wir ihm seine Rivalen vom Hals schaffen.

Jung Der Aktionsplan kommt von Bose, Tschirschky gibt Papen das Stichwort, ich lege die Zündschnur, zünde – in Marburg! Wir müssen alles auf die Spitze treiben. Die schmutzigen brauen Wellen der Revolution werden über den Köpfen zusammenschlagen, die sie hochgepeitscht haben. Dann machen wir unsere Revolution, die letzte, die dem Volk den Frieden bringt.

Tschirschky Über die neue Verfassung wird eine Nationalversammlung entscheiden. Die Abgeordneten der demokratischen Parteien –

Jung Doch nicht die Parteien! Herr von Bose, kommen Sie dem Hindenburg nicht mit den Parteien! Die Nationalversammlung soll den Reichsverweser berufen. Den Monarchen, meinetwegen. Wie wollen Sie das mit den Parteien des alten Systems machen? Mit den Nazis zerschlagen wir die letzte aller Parteien.

Bose Ich spreche mit Herrn von Papen.

Tschirschky Um Gottes Willen! Nicht so früh. Der Chef wird unsern Plan zum ersten Mal sehen, wenn ich ihn aus der Tasche zaubere – auf unserer Fahrt zum alten Herren, nach Neudeck. Nur nicht zu früh.

Jung Nach seiner Rede in Marburg hat Papen gar keine andere Wahl. Hic Rhodus, hic salta!

Zwölf

Weinstube, einige Gäste, der Kellner. Forschbach, Pechel, Jung; später Madleen Feßmann

Jung Willst du am Sonntag nicht dabei sein, Edmund, in Marburg?

Forschbach Ich wandere im Siebengebirge.

Jung Auch in den Lahnbergen kannst du wandern.

Forschbach Großes Essen auf dem Petersberg, beim Generaldirektor Duisberg.

Jung Schalte den Frankfurter Sender ein! Der strahlt die Rede aus. Die Industrie soll mithören. Wirst du in Marburg sein, Rudolf?

Pechel Ich kann nicht weg aus meiner Redaktion.

Jung Die Frankfurter Zeitung bringt einen Auszug. Aber ihr könnt die Rede gleich lesen, ich warte auf Madleen.

Pechel Kennt Papen seine Rede schon?

Jung Der Tschirschky hat sie. Der Papen hat noch geändert.

Forschbach Hat er die Bombe entschärft?

Jung I wo! Er hat einen kolossalen Gedanken beigesteuert, er zitiert seinen Geschichtsprofessor aus der Penne: wie hätte sich die deutsche Geschichte entwickelt, wenn Friedrich der Große Maria Theresia geheiratet hätte?

Forschbach Und – was wäre passiert?

Jung So ein Quatsch! Die Maria Theresia hätte keine sechzehn Kinder geboren. Der Papen könnte Hunderte von seinen netten Aperçus darüber streuen – jeder wird erkennen, wer ihm die Feder geführt hat. Es sind unsere Gedanken, unsere Begriffe, unsere Ziele!

Pechel Es genügt doch nicht, dass sich Papen zu unserm Lautsprecher macht. Er muss die Folgen meistern, er muss die Aktion steuern. Kann er das? Von seiner Glaubwürdigkeit spreche ich gar nicht.

Jung Papen ist der Auslöser. Dann – Sturm, brich los. Das ist die Kampfansage! Wir hetzen die braunen Kampfhähne und eitlen Pfauen aufeinander, wir treiben einen Keil zwischen die Führung und die unzufriednen Massen, wir locken die SA-Rabauken aus ihrer Reserve –

Pechel Mit dem vornehmen Kavalier als Sonntagsredner?

Jung Lest die Rede! Blitz und Donnerhall.

Forschbach Den werden nur die Professoren und ein paar hundert Studenten erleben. Der Text wird beschlagnahmt, der Sender schaltet ab. Eine Rede ohne Öffentlichkeit – was kann sie bewirken?

Pechel Wir müssen die Rede drucken, sofort. Ich verbreite sie, massenhaft, tausend Exemplare, ich schicke sie ins ganze Land, ins Ausland. Ich mache das noch heute. Kann deine Madleen mir helfen? Müssen wir Papen fragen?

Jung Schicken, schicken! Wenn die Rede im Lande ist, kann der Papen sie nicht ändern wollen. Es gilt das gedruckte Wort! *(Madleen Feßmann* *mit einer Mappe)* Madleen! Die Uraufführung kann beginnen! *(Madleen reicht den Herren die Hand, nimmt das Manuskript aus der Mappe, Jung nimmt es ungeduldig und gibt es Pechel, der sofort zu lesen beginnt; er reicht jede hastig gelesene Seite weiter an Forschbach)* Freunde! Ich begrüße die Mitautorin unserer Papen-Rede – Madleen Feßmann! *(Pechel blickt verdutzt hoch)* Madleen hat mir ihren Liebling auf den Tisch gelegt, den Conrad Ferdinand Meyer – die Versuchung des Pescara – *(reißt Pechel das Manuskript aus der Hand, Blätter fallen zu Boden, alle außer Jung bücken sich, der Kellner eilt beflissen herbei)* Hier! „Ein weltbewegender Mensch hat zwei Ämter: er vollzieht, was die Zeit erfordert, dann aber steht er wie ein Gigant gegen die aufspritzende Gischt des Jahrhunderts und schleudert hinter sich die aufgeregten Massen und bösen Buben, die mittun wollen, das gerechte Werk übertreiben und schänden" –

Forschbach Der nette Papen und die bösen Buben!

Jung Lest!

Madleen Also, manchmal haben mir die Finger streiken wollen. Deutsche Sendung, deutsche Seele, deutscher Staat. Muss denn alles so deutsch sein?

Jung Unserer Schweizer Weltbürgerin gefällt die Rede nicht!

Madleen Warum muss die gottverbundene Persönlichkeit gleich heroisch sein? Sie lebt doch in ihrer natürlichen Freiheit, der Freiheit eines Christenmenschen. Muss sie denn in der bürgerlichen Freiheit ihren Todfeind sehen? Viel Besseres als unsere bescheidene Bürgerlichkeit haben wir doch gar nicht. Der Liberalismus ist die Luft, die wir atmen – ob wir das so nennen oder nicht.

Jung Mögen deine lieben Schweizer sie schnuppern und nicht an ihr ersticken. Ich habe ja auf dich gehört! Aus der Demokratie kann eine anonyme Tyrannis werden, habe ich gesagt –

Madleen Nicht in der Schweiz!

Jung – aber echte verantwortliche Herrschaft kann niemals die Volksfreiheit bedrohen.

Madleen Wo eure geistigen Giganten und Eliten herrschen, gibt es keine Volksfreiheit. Ihr erdrückt den Bürger. Der Bürger muss sich entscheiden, er muss wählen, er muss Partei ergreifen, er muss frei sein. Muss euer Bürger christlich sein, um zu wissen, was er will? Eure Herrschaft aus dem Mund Gottes ist doch Bevormundung. Warum sprichst du von der antidemokratischen Revolution, wenn ihr doch alle die Demokratie wollt – eine germanische, meinetwegen.

Jung   Begriffe! Worte! Eine Rede ist keine Vorlesung.

Madleen   Der Papen redet in der Universität. Da ist nicht die Seele, da ist der Geist zu Hause – ein liberaler, der Geist der Vielfalt, der Geist des Dialogs.

Jung   Ich hab's ja reingeschrieben. Alle Teile des Volkes werden sich freiwillig der lenkenden Einsicht unterwerfen. Wir wollen die freiheitliche Volksgemeinschaft!

Madleen   Die Gemeinschaft, o ja, was gibt es Schöneres? Aber eure Volksgemeinschaft – sie ist totalitär. Sie ist die Tyrannis aus Liebe. Wollt ihr die?

Jung   Fordere ich sie nicht auch – die Sicherheit und Freiheit der privaten Lebenssphäre? – die wir unserer christlichen Kultur verdanken.

Madleen   Ihr sperrt den Menschen ein in seine Privatsphäre. Es gibt keine Freiheit, die nicht politisch ist.

Jung   Was kann staatlicher Zwang ausrichten gegen die echte Persönlichkeit?

Madleen   In deiner Rede verwechselst du manchmal Freiheit und Freizeit. Ist das die Freiheit, dass ihr den Menschen ihren Sonntag garantiert, an dem er der Kirche, der Familie und sich selbst gehört? Lässt du deshalb den Papen den Sonntag preisen? Den Sonntag, an dem die Menschen Sonntagsrednern lauschen? Willst du das nicht streichen? Freiheit gehört in den Alltag, am Sonntag braucht sie keiner.

Jung   Madleen, Liebe, die Menschen müssen doch begreifen, was der Papen redet!

Madleen   In Genf würden die Studenten lachen.

Jung   Wir sind in Berlin.

Madleen In Marburg, in einer deutschen Universität.

Forschbach Streitet nicht über Worte. Die Rede ist eine Wucht. Aber, Edgar, willst du das wirklich sagen? – die Vorherrschaft einer einzigen Partei an Stelle des mit Recht verschwundenen Mehr-Parteien-Systems ist nur so lange gerechtfertigt, bis eine neue personelle Auslese zur Macht kommt?

Jung Deutlicher geht's nicht. Die NSDAP muss verschwinden, das ist klar.

Forschbach Das ist zu deutlich!

Jung Oh, ich werde noch deutlicher. Hier, der Schlag gegen die SA! (*nimmt Pechel ein Blatt aus dem Manuskript*) – Kein Volk kann sich den ewigen Aufstand von unten leisten, wenn es vor der Geschichte bestehen will. Ist das deutlich? Diese zweite Revolution der Schlechtweggekommenen, diese Revolution in Permanenz, diese Rabaukenrevolution der SA mit ihrer leeren Dynamik. Hier: die Regierung ist wohlunterrichtet über all das, was an Eigennutz, Charakterlosigkeit, Unwahrhaftigkeit, Unritterlichkeit und Anmaßung sich unter dem Deckmantel der deutschen Revolution ausbreiten möchte. – Das könnte Hitler sagen! Dass aber der Papen es sagt, wird ihn zum Rasen bringen und seine Prätorianer dazu.

Pechel O das ist gut, das ist gut! Mangelnder oder primitiver Intellekt berechtigt noch nicht zum Kampf gegen den Intellektualismus. O das ist gut. Und gefährlich.

Jung Wir Intellektuellen müssen unser Herrschaftsrecht behaupten.

Forschbach Edgar, unterscheiden wir konservativen Revolutionäre uns von den Nazis wirklich nur in der Taktik? Das autoritäre Denken bei uns, die Mobilisierung der Massen bei denen?

Jung Ja, wir sind nicht den Weg über die Massenpartei gegangen, weil er uns fremd ist.

Forschbach Aber das Ziel! Unser Ziel ist ein anderes.

Jung Die Geschichte hat der Taktik der Nazis Recht gegeben. Das müssen wir anerkennen. Aber jetzt kommen wir, auf einer neuen Stufe der Revolution. Jetzt geht es um das Recht der unbedingten Führung, dem nur Verdienst das Zepter reicht –

Madleen   Oh, Herr Doktor Jung, jetzt kommt der Aristokrat von Papen und darf nach der Krone an einer Staatspitze rufen!

Jung   Ich muss dem Affen Zucker geben, Madleen.

Pechel   Eine kraftvolle Rede. Eine klare Sprache – bei aller taktischen Täuschung. Aber die Rede wird verboten. Über Marburg dringt sie nicht hinaus.

Forschbach   Kein neuer Klassenkampf unter neuen Feldzeichen. Das ist gut. Die SA muss reagieren! Keine Verdrängung der Leistung durch das Parteibuch. Das sind deutliche Worte. Hoffentlich versteht sie die SA.

Jung   Keine Sorge. Die Rede wird verstanden – von jedem, den sie angeht. Das ist die Rede eines Täters.

Madleen   Hoffentlich versteht sie der Redner auch! *(Alle lachen)*

Jung   Madleen, du hast mir die Rede des Jahrhunderts geschrieben. Die wird Geschichte machen. Danke, danke! *(küsst Madleen in altmodischer Übertreibung die Hand)*

Madleen   *(entzieht Jung die Hand)* Doch nicht in aller Öffentlichkeit, Herr Baron!

Dreizehn

Jungs Zimmer in Halensee. Frau Schwenke, auf dem Tisch kramend. Madleen Feßmann

Madleen   Frau Schwenke? – Guten Tag! Ist Herr Jung nicht da?

Frau Schwenke   Gott, Sie haben mich erschreckt.

Madleen   Er müsste da sein.

Frau Schwenke   Er ist gegangen.

Madleen   Wann?

Frau Schwenke   Zwei Männer sind gekommen –

Madleen Dr. Pechel, Herr Forschbach?

Frau Schwenke Ich kannte sie nicht.

Madleen Die waren nie hier?

Frau Schwenke Der Schrank – alles offen. Ich schaffe gerade ein bisschen Ordnung hier.

Madleen Von der Polizei!

Frau Schwenke Ich weiß nicht. Ich dachte, der Doktor kannte sie. Es kommen so viele her – das ist ja hier der reinste Bienenkorb.

Madleen Er ist mitgegangen – was hat er gesagt?

Frau Schwenke Kein Wort.

Madleen *(geht suchend durch das Zimmer)* Frau Schwenke, bitte, Sie können mir nicht helfen.

Frau Schwenke Suchen Sie was?

Madleen Bitte, gehen Sie, ich muss überlegen – *(Frau Schwenke zögernd ab; Madleen öffnet den Schrank, sucht auf dem Tisch)* Die Schreibmaschine. Frau Schwenke!

Frau Schwenke *(gleich an der Tür)* Ja.

Madleen Die Schreibmaschine. Wo ist die Erika?

Frau Schwenke Der eine hat sie mitgenommen.

Madleen Und das sagen Sie mir nicht! Frau Schwenke, was ist hier passiert.

Frau Schwenke Der Doktor ist mit den Männern mitgegangen. Ohne Mantel – bei dem Regen.

Madleen Ist gut, Frau Schwenke. Ist nicht gut! Bitte, gehen Sie! *(Frau Schwenke rasch ab; Madleen geht an den Schrank und nimmt ein Notizbuch aus einem Sakko)* Das haben sie nicht gefunden. *(steckt das Buch in die Tasche)*

Frau Schwenke *(in der Tür)* Frau Feßmann! Im Badezimmer! Der Doktor hat's auf den Spiegel geschrieben.

Madleen Was?

Frau Schwenke Gestapo. Das war die Gestapo. Die Geheimen. *(Madleen rennt an ihr vorbei zur Tür hinaus)* Jetzt ist wohl Schluss mit der

Verschwörung in meiner Wohnung. Von wegen Polizei. Frau Feßmann! Frau Feßmann! Gehen Sie, schnell. Die kommen noch mal zurück! Ich sollte doch das Zimmer abschließen, haben die gesagt. Sie sagen nichts, Frau Feßmann, nich?!

Vierzehn

Vizekanzlei. Bose, Tschirschky. Später Madleen Feßmann

Tschirschky Irgendwas für den Chef? Ich muss mit ihm telefonieren.

Bose Die SA hat ihre Führertagung am Sonnabend. Vorher schlägt die SA nicht los. Die Reichswehr ist gut vorbereitet. Die SS ist auf der Hut.

Tschirschky Puh – das knistert, das summt, ganz Berlin steht unter Spannung. Wo schlägt der Funken raus?

Bose Ganz offen, Herr von Tschirschky – warum muss der Chef jetzt Urlaub machen?

Tschirschky Eine Hochzeit in der Familie, zwei Tage. Ganz gut, wenn er jetzt Gelassenheit demonstrieren kann. Mensch, Bose! Das hätten Sie erleben müssen – der Chef in Hamburg, beim Derby. Papen auf der Ehrentribüne – Sie kennen ihn! – und neben ihm der Goebbels – im Trenchcoat! – mürrisch, verbiestert, verkrampft. Der Chef im Mittelpunkt! „Heil Marburg!" rufen die Hamburger von unten, Mann, die hatten nicht nur ihre Wetten im Kopf. Goebbels zieht ab, auf die andere Tribüne, unter's Volk. Der Chef hinterher – Begeisterung, Jubel, sie umdrängen ihn, wollen ihn sehen, hören. „Heil Marburg", immer wieder. Alle Verbote haben nichts bewirkt. Die Rede ist im Land. Die Rede hat gewirkt. Sie war eine Bombe.

Bose Der Hitler hält den Chef hin. Muss der Hitler dabei sein, wenn sich der Chef bei Hindenburg über das Publikationsverbot beschwert? Warum fährt der Chef nicht allein? Warum ist er so nachgiebig. Hat er wirklich mit seinem Rücktritt gedroht?

Tschirschky Der Chef muss eine Aussprache bei Hindenburg erzwingen – mit Hitler! Er muss den Hitler vorführen. Mal sehen, ob wir ihm die Drachenzähne nicht doch noch ziehen können.

Bose Kennt Hindenburg die Rede?

Tschirschky Wer weiß, was der alte Herr überhaupt noch zu sehen kriegt?

Bose Der Chef muss allein zu Hindenburg fahren. Er hat seine Rede für Hindenburg gehalten, nein, an seiner Stelle. Anklage und Rechenschaft in einem. Hitler kann nicht die Stimme des Reichspräsidenten unterdrücken.

Tschirschky Keine Sorge, die Rede macht ihren Weg. Mag der Goebbels ihre Verbreitung verboten haben! Sein Apparat ist machtlos. Die Rede geht durch's Land wie ein geflügeltes Wort. Heil Marburg!

Bose Alle Achtung. Unser Dr. Jung hat ein Meisterstück geliefert.

Tschirschky Der ist unzufrieden. Die Zündschnur ist ihm zu lang. Was nutzt eine Bombe in der Wattekiste, sagt er mir gestern.

Bose Der Chef sieht das sportlicher?

Tschirschky Beim Derby hat der verärgerte Goebbels das Essen abgesagt. Der Chef hat gelacht: Unser kleiner Doktor ist kein Reiter, sagt er, die Kleinbürger haben sich lustig gemacht über mich, den Herrenreiter. Was wissen die über die Reiterei? Eine hohe Schule der Politik ist sie. Entschlussfreudigkeit, Ausdauer, Härte gegen sich selbst – das lernt man im Sattel. Charakter! Nicht die Angst um die eigenen Knochen. Der große Politiker ist ein Reiter, der oft genug sein Herz vor dem Kopf über das Hindernis werfen muss.

Bose Mir wäre wohler, der Chef wäre nicht so sorglos. Er bläst ins Feuer, und wenn die Flamme hochschlägt –

Tschirschky Ich telefoniere. Ruhe an der Front! Wer hat heut' Abend Stallwache? Der Ketteler? *(ein Telefon klingelt, Tschirschky nimmt ab; zu Bose)* Frau Feßmann ist unten. *(am Hörer)* Ja, sie soll kommen. Ins Büro von Bose. *(zu Bose)* Sie muss mich dringend sprechen, sagt der Pförtner.

Bose Nachrichten aus der Reichswehr. Der Jung war heute in der

Bendlerstraße. Warum er wohl nicht selber kommt?

Tschirschky Ich bin gespannt.

Bose Täuscht mich mein Gefühl? Der Chef äußert sich befremdlich kühl über seinen Redenschreiber – seit Marburg.

Tschirschky Der Jung mit seinem Ehrgeiz. Er ist indiskret. Er mag sein Licht nicht unter den Scheffel stellen. Er redet zuviel über seine Rede. Na! – und seine Eitelkeit hat der Chef ja wohl auch. Heil Marburg! Der Beifall gilt dem Vizekanzler. Oder glaubt einer, die kühlen Hamburger gerieten wegen eines Dr. Jung aus dem Häuschen? Wofür einer steht, wie einer steht – das zählt. *(Madleen kommt ins Zimmer)*

Madleen Die Gestapo! Edgar Jung ist verhaftet – von der Gestapo!

Tschirschky Frau Feßmann!

Bose Ist das sicher?

Madleen Sie haben Edgar aus seiner Wohnung geholt.

Bose Waren Sie dabei?

Madleen Seine Wirtin. Er hat auf den Spiegel gekritzelt – Gestapo. Sein Zimmer wurde durchsucht, ich weiß nicht, was sie gefunden haben.

Tschirschky Gestapo. Die Rache des kleinen Doktor.

Madleen Herr von Tschirschky, Herr von Bose! Sie müssen – der Minister muss was tun! Es ist doch nicht möglich, dass die Gestapo den Mitarbeiter des Vizekanzlers verhaftet. Der Minister –

Tschirschky Er ist nicht da. Er ist auf einer Hochzeit, in Westfalen.

Madleen Hochzeit! Und Edgar Jung in der Prinz-Albrecht-Straße.

Tschirschky Ich telefoniere mit dem Chef! *(ab)*

Bose Bitte, setzen Sie sich, Frau Feßmann *(führt sie zu einem Stuhl)* Das klärt sich auf. Sie haben Recht: die Gestapo verhaftet keinen Mitarbeiter des Vizekanzlers. Das klärt sich auf. Der Reichsminister wird sich um Dr. Jung kümmern. Was können die gefunden haben?

Madleen Alles! Nichts! Der Edgar lässt doch alles herumliegen. Sie haben sogar die Schreibmaschine mitgenommen.

Bose Es geht um die Rede. Die Wirtin – ist die in Ordnung? Was hat sie gesagt? Kennt sie Jungs Freunde? Seine Besucher?

Madleen   Alle kennt sie, die meisten.

Bose   Hat sie etwas gesagt?

Madleen   Das weiß ich nicht.

Bose   Frau Feßmann! Morgen ist Dr. Jung frei. Wenn nicht – sie sollten verreisen, Sie müssen damit rechnen, dass man Sie verhört. Fahren Sie, fahren Sie noch heute Abend.

Madleen   Ich bleibe in Berlin. Ich gehe nicht. Ich gehe zur Gestapo. Ich gehe morgen dahin!

Bose   Wir müssen abwarten. Der Vizekanzler interveniert bei Hitler. Seien Sie ganz ruhig, Frau Feßmann! Keinen unüberlegten Schritt. Das sind Nadelstiche. Die haben sogar einen Freund des Vizekanzlers in Schutzhaft gesteckt, weil er die Rede weitergegeben hat –

Madleen   Und Edgar hat die Marburger Rede geschrieben, ich habe sie verteilt.

Bose   Er lässt doch seinen Dr. Jung nicht allein! *(Tschirschky kommt zurück)*

Tschirschky   Herr von Papen kommt morgen zurück. Er wird bei Hitler und Göring protestieren. Er setzt alles in Bewegung. Das wäre doch gelacht!

Madleen   Herr von Tschirschky, können Sie nicht gleich etwas unternehmen?

Tschirschky   Nein, das muss der Chef tun. Frau Feßmann, der Vizekanzler steht zu seinen Mitarbeitern. Kommen Sie, ich begleite Sie nach Hause.

Bose   Ich telefoniere. Vielleicht höre ich etwas. Ich komme zu Ihnen, wenn ich etwas erfahre, Frau Feßmann. Seien Sie ganz ruhig. Haben Sie keine Angst.

Madleen   Wenn ich nichts höre von Ihnen, bis morgen früh – ich gehe in die Prinz-Albrecht-Straße. *(mit Tschirschky ab)*

Bose   *(nimmt den Hörer)* Gestapo. Lächerlich. Demnächst schnüffeln die noch in unserer Kanzlei herum.

Fünfzehn

Gestapo-Zentrale in der Prinz-Albrecht-Straße. Behrens, zwei bewaffnete SS-Männer an der Tür, Jung

Behrens *(blättert in einer Akte)* Jung, Edgar Julius. Julius! Dr. jur. Geboren 6. März 1894 in Ludwigshafen. Beruf?

Jung Publizist.

Behrens Ist das ein Beruf? Ich denke, Sie arbeiten bei Papen.

Jung Ich bin Mitarbeiter des Reichsministers von Papen, ja. Ich bin sein Berater. Freier Mitarbeiter des Vizekanzlers.

Behrens Kein Beamter.

Jung Warum werde ich festgehalten?

Behrens Die Fragen stelle ich. *(blättert in der Akte)*

Jung Ich wünsche einen Vertreter des Herrn Reichsministers zu sprechen.

Behrens Ich wünsche, dass Sie den Mund halten. Soll der Papen herkommen?

Jung Bitte, verständigen Sie Herrn von Papen.

Behrens Prima! Wenn der kommt, können wir ihn gleich hierbehalten. Wir haben noch eine Zelle frei. *(Die SS-Männer lachen)* Herr Julius Jung! Ich will nur ein Ja oder ein Nein. Sie haben die Rede geschrieben, die Papen in Marburg gehalten hat. Die Zeitenwende-Rede – *(nimmt den Text der Rede vom Schreibtisch)* Die hier.

Jung Ich bin als Mitarbeiter des Herrn Reichsministers nicht befugt, über Interna seines Amtes zu sprechen.

Behrens Intern. So. Die Rede ist öffentlich, verdammt öffentlich. Also – eine klare Antwort.

Jung Sie müssen Ihre Frage dem Vizekanzler stellen. Sie reden über seine Rede.

Behrens Ja oder nein?

Jung Ich sagte doch, ich berate den Herrn Vizekanzler.

Behrens Beraten Sie mich mal – ja oder nein?

Jung Also nein – meinetwegen.

Behrens Also ja – meinetwegen.

Jung Ihre Fragen sind zwecklos. Der Autor einer Rede ist immer der, der sie hält. Haben Sie den Reichskanzler schon einmal gefragt, ob er seine Reden allein schreibt?

Behrens Das tut der Führer. Darauf können Sie Gift nehmen. Hören Sie! Kennen Sie das Buch? *(hält Conrad Ferdinand Meyers Buch hoch)* Sie waren so überaus liebenswürdig, uns Ihr Lesezeichen drin zu lassen. *(schlägt es auf)* Da haben wir die „bösen Buben", beim Meyer. Hier haben Sie's abgeschrieben – für Ihre Rede. Soll ich es Ihnen zeigen? Das Buch haben wir auf Ihrem Tisch gefunden.

Jung Ja, ich lese Bücher, ja, ich berate Herrn von Papen.

Behrens Hören Sie! Wir können auch anders. Wir können Ihnen diesen Meyer so lange auf Ihren Eierkopf knallen, bis die Schale platzt und die Wahrheit mit dem Dotter auf meinen Tisch kleckert. *(winkt den* SS-*Männern, die sich drohend neben Jung aufbauen)* Ja oder nein? *(Behrens schlägt das Buch auf den Tisch)*

Jung Nein.

Behrens Diese Schwarte kennen Sie, Herr Publizist? *(schlägt ein dickes Buch auf den Tisch)* Die Herrschaft der Minderwertigen? Damit meinen Sie die bösen Buben des Herrn Meyer, die aufgeregten Massen, die Sie *(schlägt den Meyer auf)* – die Sie hinter sich schleudern wollen.

Jung Wenn Sie das Buch des Führers gelesen hätten, wüssten Sie, dass mit den Minderwertigen andere gemeint sind.

Behrens Das ist ja freundlich von Ihnen, dass Sie mich nicht meinen. Kennen Sie das hier? *(schlägt Zeitschriften auf den Tisch)*

Jung Das sind wohl meine Artikel.

Behrens Halten Sie uns für dumm? Wir haben uns mit Ihrer Rede befasst, mit Ihren Schriften, uns brauchen Sie nicht zu beraten – ja oder nein?

Jung Nein.

Behrens Herr Publizist, Sie werden noch erleben, dass bei uns *(greift nach der Rede, sucht kurz)* – bei uns keine ungeeigneten Männer am falschen Platz stehen! Wir pressen Sie aus wie eine Zitrone. Grinsen Sie nicht! Primitiver Intellekt, wie? Sie werden unsere intelligenten Methoden erleben. Abführen! *(Die SS-Männer packen Jung und reißen ihn hoch)* Gefällt es Ihnen in Ihrer Zelle? Da haben früher Künstler gearbeitet. Da wohnt das Gute Schöne Wahre. Da werden Sie sich auf die Wahrheit besinnen. *(blättert in der Rede)* Da können wir manchmal Vitalität mit Brutalität verwechseln. Da beten wir die Gewalt an. Schön haben Sie das gesagt in Ihrer Rede. Setzen! *(Die SS-Männer stoßen Jung auf den Stuhl)* Sagen Sie ja oder nein! Oh, das ist gut – große Männer werden nicht durch Propaganda gemacht – gut! Und Sie wollten den Papen mit Ihrer Propaganda zum großen Mann machen! Diesen Pappkameraden. Eine fabelhafte Rede. Der Mann weiß Bescheid. Wer mit der Guillotine droht, gerät am schnellsten unters Fallbeil. Sie sind ja ein Dichter, Herr Doktor. Nun sagen Sie mir endlich, dass Sie Papen die Rede gemacht haben.

Jung Der Vizekanzler ist ein vielbeschäftigter Mann. Natürlich lässt er sich bei der Abfassung seiner Reden beraten. Er hat viele Reden zu halten. Bei der Vorbereitung hilft ihm ein Stab von Mitarbeitern. Das macht sogar der Propagandaminister so.

Behrens Stab? So. Stab. Da werden wir den ganzen Stall mal ausmisten müssen. Haben wir noch Zellen frei, Männer? *(SS-Männer lachen)*

Jung Sie sprechen über das Amt des Stellvertreters des Reichskanzlers. Der Führer wird Sie zur Rechenschaft ziehen.

Behrens Stellvertreter? Haben Sie schon einmal einen Stellvertreter gesehen, der über seinen Führer so eine Jauche ausgießt? Soll ich Ihnen das vorlesen? Ich muss ja wohl den Schreiberling nicht in seine eigene Jauche tunken, wie? Charakterlosigkeit, Unwahrhaftigkeit – zeigen Sie Charakter, Mann, sagen Sie die Wahrheit. Ja oder nein?

Jung Nein. Eine andere Antwort können Sie von mir nicht erwarten.

Behrens In den Keller mit dem! *(Die SS-Männer packen Jung grob,* *schleifen ihn zur Tür)* Halt! Wollen Sie Ihr Buch nicht mitnehmen? Ein Dichter und Denker muss doch etwas zu lesen haben in seiner Zelle! *(wirft ihm die ‚Minderwertigen' vor die Füße)* Die Herrschaft der Minderwertigen! Heben Sie's schon auf! *(Die SS-Männer ducken Jung brutal zu Boden, Jung nimmt das Buch)* Nein! Hier auf den Tisch! Ich werde ein bisschen darin schmökern, bis Ihnen die richtige Antwort einfällt. *(SS-Männer mit Jung zum Tisch, auf den er das Buch fallen lässt, schleppen ihn aus dem Vernehmungszimmer)*

Sechzehn

Redaktion der Deutschen Rundschau. Madleen Feßmann, Pechel

Madleen   Ich rufe den Papen an!
Pechel   Sie kommen nicht durch, Frau Fessmann.
Madleen   Dann den Tschirschky.
Pechel   Die Gespräche werden abgehört.
Madleen   Auch beim Vizekanzler?
Pechel   Gerade dort.
Madleen   Das ist mir gleichgültig. Was ich dem Tschirschky zu sagen habe, weiß die Gestapo längst. *(wählt)* Bitte, Herrn von Tschirschky. – Fräulein von Stotzingen? Guten Tag, hier ist Madleen Feßmann. – Ja, die Sekretärin von Dr. Jung. Ich möchte Herrn von Tschirschky sprechen. – Ja, es ist sehr wichtig. – Danke. – Guten Tag, Herr von Tschirschky – ja, ja – Herr von Tschirschky, jetzt verhaften sie die Freunde, den Dr. Mariaux, er ist in die Wohnung von Dr. Jung gegangen. Verhaftet, ja. Ich war bei der Gestapo. Nein, zum Verhör, die haben mich vorgeladen. – Aber das ist doch nicht wichtig. Nur Edgar ist wichtig. Waren Sie schon einmal in der Prinz-Albrecht-Straße? Sie haben nur Angst, Angst und Beklemmung. Sie fühlen sich am ganzen Körper gewürgt –
Pechel   Frau Feßmann!

Madleen Nein. Ich bin in der Redaktion der Rundschau, bei Dr. Pechel. Edgar – Dr. Jung wird das nicht ertragen. – Ja, er ist stark. Aber diese mörderische Feindseligkeit, sie ist unerträglich, auch für den Stärksten. – Nein, ich konnte ihn nicht sehen. Beantragen Sie eine Besuchserlaubnis bei Papen! – So reden die! Herr von Tschirschky, dieser Ton! Da gibt es nicht einen Funken von Respekt vor Ihrem Amt. Sie machen sich lustig über Herrn von Papen. – Ich hab's doch gehört. – Ja, Papenschweine. So reden die da. Herr von Tschirschky, was hat Herr von Papen bei Hitler erreicht? – Das glaube ich nicht, dann wäre er schon frei. – Herr von Papen lässt sich hinhalten. Er muss selber in die Prinz-Albrecht-Straße gehen! – Sie können ihn doch nicht verhaften, nicht den Vizekanzler! – Wann ist Herr von Papen beim Reichspräsidenten? – Hindenburg ist unpässlich und der engste Mitarbeiter des Vizekanzlers wird kaputtgemacht!

Pechel Frau Feßmann!

Madleen Warum soll ich warten? Sie demütigen ihn! Vielleicht misshandeln sie ihn, sie werden ihn foltern. – Ich habe doch die Gesichter dieser Leute gesehen, diese frechen, rohen, kalten Gesichter, diese Mordlust in den Augen –

Pechel Nicht, Frau Feßmann!

Madleen – das wimmelt da von SA und SS, da ist eine Schlägerzentrale, das hat mit Polizei nichts zu tun. – Herr von Tschirschky, es geht gar nicht um Edgar, um Dr. Jung. Der Hass gilt Herrn von Papen. Es geht um Papens Rede! – Nein! Nein! Nein! Herr von Papen hat jedes Wort gebilligt. Sie haben jedes Wort gebilligt, Herr von Bose, alle. Sie müssen um Edgars Freiheit kämpfen, als säßen Sie selbst in der Albrecht-Straße. Die gehört zur Regierung, auch zu Papens Regierung. Wie kann Ihr Chef so etwas zulassen? Wo kann man einen für eine Rede verhaften, die er selber gar nicht gehalten hat! – Wie? – Das hat Hitler dem Papen gesagt? Verräterische Auslandsbeziehungen! Glaubt Ihr Chef denn das? Es geht um die Rede! Wann wird Herr von Papen mit Hindenburg sprechen, wann?

Pechel Frau Feßmann!

Madleen Nur Herr Forschbach hat etwas unternommen –

Pechel Frau Feßmann! – *(geht zum Telefon, drückt die Gabel nieder)* Störung! Das wird dem Tschirschky einen Schreck einjagen. Kein Wort von Forschbach! Was hat Forschbach unternommen?

Madleen Herr Pechel, wollen die Edgar zum Sündenbock machen?

Pechel Was macht Forschbach, Frau Feßmann?

Madleen Er informiert die internationale Presse, Zürich, Genf – auch über Mariaux' Verhaftung.

Pechel Das ist gefährlich. Der Mariaux hat Kontakte zu Schleicher und Strasser, Hitlers Todfeinden.

Madleen Edgar doch auch.

Pechel Daraus macht die Gestapo eine Spionagegeschichte. Der Forschbach muss weg aus Berlin! *(geht zum Telefon, beginnt zu telefonieren)*

Siebzehn

Vizekanzlei. Tschirschky in seinem Büro, Bose, später Papen, Behrens, ein Kriminalbeamter, SS-Männer

Tschirschky Können Sie in Ihrem Zimmer telefonieren?

Bose Alles tot. Die haben die Leitungen rausgerissen. Wo ist der Chef?

Tschirschky Der sitzt in seinem Vorzimmer. Die SS sperrt ihn aus.

Bose Tschirschky, es ist alles aus! Die belagern uns wie ein Räubernest, kein Fußbreit ohne Maschinengewehr.

Tschirschky Hat die SA wirklich losgeschlagen? Überall Aufmarsch der SS – Vossstraße, Wilhelmstraße, Leipziger Platz, Barrikaden, MGs.

Bose Was hat der Göring dem Chef gesagt?

Tschirschky Hitler wütet in München gegen die SA-Führung. Er war schneller als die SA. Göring leitet die Reichsaktion. Keine Reichswehr!

Bose Die war unsere Hoffnung.

Tschirschky Nur Hitler und die SS – gegen die SA. Herr von Bose, wir werden alle in Schutzhaft genommen, Sie, ich, alle. Schutz vor der SA –

Bose Ein Franz von Papen in Schutzhaft!

Tschirschky Hausarrest. Es ist unglaublich!

Bose Dann werden wir gleich – ! *(ab)*

Tschirschky *(kramt in seinem Schreibtisch)* Das Hindenburg-Testament! Wo hab' ich das? In meiner Wohnung? *(sucht; Papen)*

Papen Die lassen mich nicht in mein Büro! Was ist hier los? Ich will telefonieren – mit Göring. Es geht nicht.

Tschirschky Alles tot, Herr von Papen.

Papen Tot?

Tschirschky Die Telefone.

Papen Wenn der Reichspräsident in Berlin wäre! Es ist eine Tragödie. Wir könnten hinüberlaufen, aber so –

Tschirschky Ich glaube nicht mehr, dass der Herr Reichpräsident Befehle geben würde.

Papen Dieses freche unverschämte Gesindel. Schutzhaft! Hausarrest! Wie steht mein Amt denn da? Die behaupten noch, wir stünden mit den SA-Strolchen im Bunde!

Tschirschky Es wird Tote geben, viele Tote. Vielleicht ist es gut, wenn wir aus dem Verkehr gezogen werden.

Papen Ihre Nerven möchte ich haben, junger Freund! *(Behrens kommt)*

Behrens Wo ist Tschirschky?

Tschirschky Guten Tag. Der bin ich. Was wollen Sie von mir?

Behrens Ich habe den Auftrag, Sie zu verhaften.

Tschirschky Ja, man hat mir beim Ministerpräsidenten Göring schon gesagt, dass ich in Schutzhaft genommen werden soll.

Behrens Das können Sie gar nicht wissen.

Tschirschky Der Herr Reichsminister von Papen und ich *(deutet mit einer leichten Verbeugung auf ihn)* kommen gerade vom Ministerpräsidenten.

Behrens *(schüttelt energisch den Kopf)* Sie sind verhaftet. Leisten Sie keinen Widerstand!

Papen Mann! Was reden Sie da? Stellen Sie sich gefälligst vor! Von welcher Dienststelle sind Sie? *(Behrens blickt Papen starr an)*

Tschirschky Ich stehe Ihnen sofort zur Verfügung. Ich will mich noch von meinem Chef verabschieden.

Behrens Nein! Kommen Sie! Machen Sie keine Sperenzchen. Sie haben mit niemand zu sprechen.

Papen Was erlauben Sie sich? Wer ist Ihr Vorgesetzter?

Behrens Rein! *(zwei bewaffnete SS-Männer, Behrens nimmt einen Zettel aus der Tasche)* Savigny, Hummelstein – wo sind die?

Tschirschky In ihren Büros, denke ich.

Behrens Wo sind die?

Tschirschky Am Ende des Ganges.

Behrens Kommen Sie!

Tschirschky Herr von Papen, darf ich Sie darum bitten, meine Frau informieren zu lassen – *(ein Kriminalbeamter in Zivil tritt ein)*

Beamter Guten Tag. *(blickt alle an)* Herr von Tschirschky?

Tschirschky Ja?

Beamter Ich habe den Auftrag, Sie in Schutzhaft zu nehmen.

Tschirschky Verzeihen Sie, aber ich bin soeben von diesem Herrn hier – *(zeigt auf Behrens)* in Schutzhaft genommen worden.

Behrens *(zum Beamten)* Machen Sie, dass Sie rauskommen!

Beamter *(zieht eine Metallmarke)* Kriminalpolizei. Mein Auftrag ist es, Herrn von Tschirschky in Schutzhaft zu nehmen.

Behrens *(zieht eine rote Karte)* Reden Sie keinen Unsinn. Der Tschirschky ist verhaftet.

Tschirschky Meine Herren, ich würde es vorziehen, von den Dienststellen des Herrn Ministerpräsidenten in Schutzhaft genommen zu werden.

Papen Das ist mit Herrn Göring so besprochen worden.

Behrens Tschirschky, wenn Sie weiter Widerstand leisten – *(SS-Männer nesteln an ihren Pistolen; draußen Schüsse)*

Tschirschky Mein Gott, das kommt aus Boses Zimmer!

Papen   Was ist da los? Tschirschky, gehen Sie rüber –

Behrens   Keinen Schritt!

Papen   *(zum Beamten)* Sie sind von der Polizei! Ich befehle Ihnen – gehen Sie rüber und schauen Sie nach. Was hat da geschossen? In meinem Amt!

Behrens   In Ihrem Amt! Los jetzt, Herr Tschirschky. Ab! *(die SS-Männer nehmen Tschirschky an den Armen und führen ihn hinaus, der Beamte folgt, die Tür bleibt offen. Draußen eine Frauenstimme, laut und entsetzt)*

Papen   Fräulein von Stotzingen! *(geht zur Tür)*

Frauenstimme   Sie haben ihn erschossen! Herr von Bose ist tot! Herr von Papen! *(Papen ab)*

Achtzehn

Kellergefängnis der Gestapo-Zentrale in der Prinz-Albrecht-Straße. Links ein paar Zellentüren, davor ein Gang, der rechts als Warteraum mit einer Bank dient; rechts neben der Wartezone der offene Eingang zu einem WC mit sichtbaren Urinalen. Tschirschky auf einer Bank. Im Warteraum ein Sturmführer, weitere zwei SS-Männer; Jung; weitere SS-Männer

Tschirschky   Bitte, Stürmführer, ich hatte einen aufreibenden Tag im Amt, ich bin müde. Können Sie mich nicht in eine Zelle bringen? Ich möchte mich hinlegen –

Sturmführer   Erst das Verhör – oben!

Tschirschky   Ich akzeptiere die Schutzhaft ja. Es ist alles klar. Ich warte seit Stunden.

Sturmführer   Hier warten viele.

Tschirschky   Nur ein bisschen hinlegen, Sturmführer.

Sturmführer   Legen Sie sich auf die Bank, Mann!

Tschirschky   Lieber in einer Zelle.

Sturmführer   Mann, wir haben heute Hochbetrieb. Alles voll. *(zeigt auf* *den Zellengang)* Alles große Schwerverbrecher. Hochverräter. *(von links im Laufschritt zwei SS-Männer mit Pistolen in der Hand)*

SS-Mann *(zu den Laufenden)* Hohe Tiere? *(Die laufenden Männer winken ab)* Heute wird endlich aufgeräumt. Wir brauchen mehr Zellen hier unten. Na, nächstes Jahr bauen wir um.

Tschirschky Wie viele Zellen haben Sie hier?

Sturmführer Das Adlon sind wir nicht. *(Zwei SS-Männer schleppen einen offenbar misshandelten Mann durch den Zellengang)*

Tschirschky Herr Strasser! Gregor Strasser – *(der Mann reagiert nicht)* Sturmführer, das ist Gregor Strasser! Ein Weggefährte des Führers! Er hat das goldene Parteiabzeichen!

Sturmführer Maul! Heute wird aufgeräumt mit den falschen Freunden!

Tschirschky Gregor Strasser hat die Bewegung groß gemacht!

Sturmführer Maul! Mann, so halten Sie das Maul. *(Türen schlagen, Rufe)*

SS-Mann Das ist viel zu eng hier.

Tschirschky Kann ich ein paar Schritte gehen?

Sturmführer Sitzengeblieben! *(ein SS-Mann geht zu einer Zellentür, führt Jung heraus, Tschirschky springt auf; Jung und Tschirschky blicken sich an; Jung schüttelt fast unmerklich den Kopf; er wird ins WC geführt, der SS-Mann bleibt vor der Tür stehen; weitere SS-Männer kommen in den Warteraum; der SS-Mann vor dem WC tritt zu der Gruppe; Tschirschky geht ins WC und stellt sich neben Jung)*

Tschirschky *(gedämpft)* Hitler und SS kämpfen gegen die SA. Wir sind in Schutzhaft. Auf höchsten Befehl. Es wird nichts passieren. Nur Ruhe!

Jung Schutz? Tschirschky! Die sagen, ein Papenschwein hätten sie schon erledigt. Wen?

Tschirschky Herbert von Bose ist tot.

Jung Schutzhaft! Ich bin auch schon tot.

SS-Mann Wer redet da? Verdammt! *(packt Jung, zerrt ihn aus dem WC, Tschirschky folgt)*

Sturmführer Habe ich das erlaubt? Mann!

Tschirschky Nicht? *(blickt Jung nach, der eingeschlossen wird)* Gott schütze Sie!

Sturmführer Gott! Ach du lieber Gott! *(Kommando von draußen: Türen bewachen!)* Setzen Sie sich endlich hin. Sie sind noch nicht dran! Kein Mucks! *(Schüsse aus dem Hintergrund)* Das war der Weggefährte des Führers. Erledigt.

Nachspiel

Ein Zimmer in einem Krankenhaus. Theodor Heuss im Rollstuhl neben seinem Bett; Fräulein Betzler mit Blumen und Tasche

Heuss Nicht jeden Tag Blumen, Fräulein Betzler!

Frl. Betzler Sonnenstrahlen, Herr Bundespräsident! Und Ihre Bücher. *(nimmt zwei Bücher aus der Tasche)* Ihr Buch über den Hitler –

Heuss Mein dummes Buch.

Frl. Betzler Und das Buch von Ziegler, über den Jung. Das wollten Sie doch haben

Heuss Ja, ja –

Frl. Betzler Ich habe in dem Buch vom Professor Ziegler gelesen, entschuldigen Sie, Herr Bundespräsident, ein bisschen. Das ist ja ein Schwulst – entschuldigen Sie. Wollen Sie das etwa lesen, im Krankenhaus?

Heuss Die Sprache verquaster Köpfe in verquaster Zeit. Das haben Sie gut getroffen, Fräulein Betzler. Eine schwülstige Zeit. Und ein deutscher Geist auf Stelzen –

Frl. Betzler Das Buch verdüstert den schönen Tag. Solche Bücher helfen Ihnen nicht, gesund zu werden.

Heuss Der Ziegler und der Jung, zwei, die mit ihrer verquasten Philosophie das neue Deutschland schaffen wollten. Die Philosophen, die herrschen wollten. Der Edgar Jung! Warum beschäftigt mich der so – der ins Christentum verliebte Nationalist, der dem brutalen Phantasten Hitler die Steigbügel hielt und von ihm niedergeritten wurde –

Frl. Betzler Ich habe den Namen nie gehört. War der auch einer von den Widerstandskämpfern? Wie der Dr. Pechel?

Heuss Viele wollen es sein – die darüber jammern, dass der Hitler ihre verquasten Ideen gestohlen habe! Wie sollten Sie ihn kennen – der Name ist vergessen. Auch der Name des allseits verehrten Rudolf Pechel wird es bald sein, wenn sie ihn nach dem Krieg auch zum Präsidenten ihrer schönsten Akademie gemacht haben. Der Jung war ein Opfer unter Hunderten – die Läuse, die sich der Hitler aus dem dicken Fell gekämmt hat. Als der Blutrausch über die Nazis kam! Nicht weit von unserer Wohnung, in Berlin, von der Gardeschützenkaserne, hörten Elly und ich die Gewehrschüsse – eine Exekution folgte der anderen. Das Morden mitten unter uns, wir konnten es hören. Der Edgar Jung wurde in einem Chausseegraben bei Oranienburg gefunden. Wer hat sich aufgeregt? Zwei Tage später ein Gesetz: alles, was am 30. Juni 1934 an Grausigem geschah, all die Morde, all die Marter, war rechtens. Staatsnotwehr. Deutsche Professoren haben die Philosophie dazu geliefert: der Führer schützt das Recht. Ach, meine lieben Deutschen.

Frl. Betzler Und jetzt wollen Sie dem Edgar Jung ein Denkmal setzen in Ihren Erinnerungen – dem falschen Widerstandskämpfer? Ausgerechnet so einem?

Heuss Er war mutig, mutiger als ich. Es war der Mut der Mitschuldigen, aber es war Mut. Braucht Mut ein Motiv? Alle diese gescheiten Leute mit ihren Hirngespinsten und Utopien, mit ihrem Größenwahn. Viele Freunde Jungs sind mit dem Leben davongekommen. Da war der Herr Forschbach – er war Adenauers Pressechef. Da war der Herr von Tschirschky – er hat mir in London das Protokoll gemacht, als ich die Königin Elisabeth in unserer Botschaft empfangen habe. Der Jung – der hatte einen tapferen Schatz – wie hat die schöne Frau noch geheißen? Die hat nachher der Pechel geheiratet – ach ja, die Frau Feßmann.

Der haben sie zum Schluss noch acht Jahre Zuchthaus aufgebrummt. Geben Sie den her, den Ziegler – das ist damals in die Schweiz geflohen *(blättert, liest)* Sein Philosophengespräch mit dem Papen hat nichts genutzt. Der Hitler hat dem Papen – seinem Vizekanzler! – zwei enge Mitarbeiter gemeuchelt, und der Herr Reichsminister lässt sich als sein Botschafter nach Wien schicken, dort hat er ihm noch einen Mitarbeiter ermordet, ehe er seine aristokratische Marionette als Botschafter zu den Türken schickte. Eine Karriere, von den Leichen seiner Mitarbeiter gesäumt –

Frl. Betzler Herr Bundespräsident!

Heuss Ich bin der Heuss.

Frl. Betzler Herr Professor, vergessen Sie doch den Jung und seine Freunde. Wen interessieren die schon? Heute!

Heuss Mich. Frl. Betzler, Sie sind eine gute Demokratin, ja?

Frl. Betzler Herr Professor! Ja!

Heuss Gut. Wenn einer kommt und sagt, ich will eine neue Demokratie erfinden, die alte liberale und soziale ist nicht gut – was machen Sie dann?

Frl. Betzler Ich wähle ihn nicht.

Heuss Das reicht nicht. Stellen Sie sich vor ihn hin und zeigen Sie ihm einen Vogel! *(zeigt einen Vogel)*

Frl. Betzler Ja, Herr Professor, das mache ich! *(zeigt einen Vogel)*

Heuss Wenn einer kommt und sagt: wir sind die Elite, wir sagen euch, was ihr wollen sollt, aber wählen lassen wir uns nicht von euch, was dann –

Frl. Betzler Soll ich ihm auch einen Vogel zeigen? *(zeigt einen Vogel)* Nein. Ich schlage ihn für das Bundesverdienstkreuz vor. Entschuldigen Sie, Herr Bundespräsident!

Heuss O ja, o ja. Das Kreuz musste ich vielen geben. Das Verdienst! Verdienst will Lob. Das ist wichtig. Sie kriegen auch einen Orden, Fräulein Betzler. Aber wenn einer kommt und sagt: ich weiß, was wahr und richtig ist, aber eine Wahl durch das Volk, durch die Masse – igitt!

Was dann? *(Frl. Betzler schüttelt den Kopf)* Sagen Sie: Heil Jung! Heil Ziegler! Und wenn Ihnen einer von einer Bewegung oder einer Sendung spricht – sagen Sie ihm, wo das nächste Postamt ist. Fräulein Betzler, wissen Sie, was Elite ist –

Frl. Betzler Ja – Sie zum Beispiel, Herr Professor.

Heuss Sie, Fräulein Betzler! Ich habe sie erwählt, Ihnen meine Memoiren zu diktieren! Weil Sie so tüchtig sind. Also ans Werk. Wo waren wir – ?

Frl. Betzler *(nimmt ein Typoskript)* Bei Ihrem Gespräch mit Edgar Jung. – wurde Jung, wie zahlreiche Leute, ums Leben gebracht. Er stellte Papen seine Bildung für die Reden zur Verfügung. Edgar Jung war der Ghostwriter des Franz von Papen und war unvorsichtig genug, eigene und eigenwillige Formulierungen aus seinen Schriften in die Reden des Vizekanzlers einfließen zu lassen. Sie gingen über Papens Bildungssubstanz weit hinaus. So zog der Redenschreiber den Zorn der Nazis auf sich, der dem Redner galt. Das hat ihn im Frühsommer 34 das Leben gekostet, als die interne Machtprobe in schierer Mordlust endete. Ein merkwürdiger Mann –

Heuss *(diktiert langsam, schleppend)* Diese zweite Revolution musste für uns, die wir mit der Partei und ihren Gruppierungen keinerlei Berührungen besaßen, völlig überraschend kommen. Nach wenigen Tagen, als die Ermordung der Generäle und der Parteigenossen in den Zeitungen stand –

Frl. Betzler Der Jung war kein Genosse.

Heuss Den hatten wir schon! –, musste man sehen, dass in diese wüste Affäre ein Rachefeldzug gemischt war. – Mehr dazu nicht. Noch etwas über den Pechel? Welchem Literaten könnte ich ein Ruhmesblatt widmen? Wo waren die wahren Demokraten, die sich heute wieder so wichtig machen. Wenn das Wort Macht will, wird es ohnmächtig und dumm. Dieser Jung – ein eindrucksvoller Kopf! Aber so verdreht, so verquast. Also weiter im Text – die neue Zeit will auch zu ihrem Recht kommen, Ihre Zeit, Fräulein Betzler. Eine Zeit, in der niemand minderwertig ist, der für seine Rechte eintritt. Ich habe mir schon ein paar Notizen gemacht – in meiner Kurzschrift –

Fräulein Betzler: Die ich leider nicht lesen kann!

Heuss Das konnten die Nazis auch nicht, als sie meine Sachen durchwühlten. Kurzschrift ist gut, Fräulein Betzler. Das Leben ist zu kurz für all das, was wir tun müssten, und zu lang, um alles aufzuschreiben. Tausend Irrtümer und ein entsetzlicher Fehler: dieses Ermächtigungsgesetz! Das Ja, zu dem ich mich habe beschwatzen lassen, brennt in meinem müden Kopf wie an diesem schrecklichen Tag, an dem das geliebte Parlament seine Würde verlor.

Eine Goldmedaille für den Dichter

Personen

Gerhart Hauptmann
Margarete Hauptmann
Elisabeth Jungmann, Sekretärin
Harry Graf Kessler
Helene von Nostitz-Wallwitz
Elisabeth Bergner
Werner Krauß
Adolf Grimme, Kultusminister

Bader, Ministerialdirektor
von Hammerstein,
  Ministerialdirektor
Carl Wallauer
Bracht, Reichskommissar
Meyer, Oberkellner
ein Hotelmanager

Zeit und Ort

15. November 1932 in Berlin, Hotel Adlon, und
Staatsschauspiel am Gendarmenmarkt

(Die Dialoge enthalten einige – nicht immer kenntlich gemachte –
Zitate aus: Gerhart Hauptmann, Sämtliche Werke, Centenar-
Ausgabe, Berlin 1996; Harry Graf Kessler, Tagebücher 1918–
1937, Frankfurt a. M. 1961; Werner Krauß, Das Schauspiel meines Lebens – einem Freund erzählt, Stuttgart o. J.; Adolf Grimme,
Briefe, Heidelberg 1967; Hans von Hülsen, Freundschaft mit einem Genius. Erinnerungen an Gerhart Hauptmann, München
1947; C. F. W. Behl, Felix A. Voigt, Chronik von Gerhart Hauptmanns Leben und Schaffen, München 1957; Helene Nostitz,
Berlin – Erinnerung und Gegenwart, Leipzig und Berlin 1938;
Franz von Papen, Der Wahrheit eine Gasse, München 1952.)

Am frühen Morgen

Im Hotel Adlon; kleiner Salon, ein Tisch mit zwei Frühstücksgedecken

Hauptmann *(allein am Tisch, blättert in einem Notizbuch)* Herr Meyer! *(nach einer Weile)* Herr Ober! *(Oberkellner Meyer)*

Meyer Herr Doktor? Soll ich den Kaffee servieren, Herr Doktor?

Hauptmann Warten wir auf meine Frau. Aber bitte – lassen Sie mir Fräulein Jungmann rufen.

Meyer Sie wollen arbeiten, Herr Doktor? So früh – an Ihrem Geburtstag? Diesem großen Tag?

Hauptmann Früh! Wer fragt nach der Zeit? Müssen wir nicht immer frisch sein, geistesgegenwärtig? Präsent! Da gleichen sich unsere Berufe, Herr Meyer. Dichter und Kellner, wir müssen den Leuten auftischen.

Meyer Doch nicht heut', Herr Doktor. Sie müssen müde sein. Wenn ich an gestern Abend denke – dieser Sturm der Begeisterung!

Hauptmann Waren Sie etwa auch in der Messehalle, Herr Meyer?

Meyer Das werde ich mir doch nicht nehmen lassen! Für Sie habe ich meinen Dienst getauscht. Der größte Dichter unserer Zeit! Wenn der berühmteste Gast unseres Hauses – unser Ehrengast, darf ich wohl sagen! – so gefeiert wird. Es müssen ja wohl zehntausend gewesen sein in der Halle. Diese prachtvollen Bilder! Die herrlichen Reden – der Carl Zuckmayer –

Hauptmann Na.

Meyer Ihre ergreifende Ansprache, Herr Doktor! – Eine Woge der Sympathie, haben Sie gesagt. Es war eine Springflut!

Hauptmann Das haben Sie sich gemerkt, Herr Meyer?

Meyer Die Kunst ist meine Religion! Eine Stecknadel hätte man auf den Teppich fallen hören, als Sie das sagten, Herr Doktor, in der riesigen Halle. Und der letzte Satz – was könnte es Erstrebenswerteres geben, als sich in der Achtung und Liebe seiner Mitmenschen befestigt zu wissen.

Hauptmann Sie haben ein großes Gedächtnis, Herr Meyer!

Meyer Der Beruf, Herr Doktor! Das schult.

Hauptmann Ja, Kellner und Dichter müssen ein großes Gedächtnis haben. Befestigt – wohl doch ein etwas altmodisches Wort. Ich habe meine Rede gestern Nachmittag diktiert in all dem Trubel! Ich muss auch heute wieder Reden diktieren. Mein Gott, das ganze Jahr schon diktiere ich Reden! Reden, Reden –

Meyer Ja, Herr Doktor. Gerhart Hauptmann wird siebzig und Goethe ist hundert Jahre tot. Sie müssen sich wohl überall zeigen, Herr Doktor. Wer will Sie nicht sehen, nicht erleben – ?

Hauptmann Jetzt Fräulein Jungmann, ja? *(notiert; Meyer ab; Kessler mit einem Päckchen)* Mein lieber Graf!

Kessler Herr Hauptmann! Ich wollte meine Geburtstagsgabe auf die Schwelle legen – von Meyer hörte ich, Sie seien schon auf so früh. Ja, darf ich denn stören?

Hauptmann Eine Gabe –

Kessler Herr Hauptmann, Sie sehen mich verwirrt – ich bin erst für den Mittag auf meine Gratulation vorbereitet. So darf ich's kurz machen? Glück und Segen zum Siebzigsten –

Hauptmann Dank! Dank! *(wehrt mit großer Geste ab)*

Kessler Und einen Glückwunsch mir, dass ich dem Jubilar, dem hochgefeierten Geburtstagskind, schon so früh meine guten Wünsche darbringen darf –

Hauptmann Da waren einige früher auf den Beinen als Sie, Graf Kessler.

Kessler Deutschland feiert seinen Genius. Viele, viele gute Schaffensjahre wünsche ich Ihnen, Herr Hauptmann –

Hauptmann Was wird's wohl sein –? *(greift nach Kesslers Päckchen)*

Kessler Ich sag's Ihnen, damit Sie es nicht öffnen müssen vor dem Frühstück! Öffnen Sie es daheim, in Ihrem Zauberschloss auf dem Wiesenstein –

Hauptmann Daheim! Das wird noch eine lange Reise. Ich muss mir meinen Geburtstag sauer verdienen – Reisen, Reisen, lieber Kessler.

Kessler Ein Buch aus meiner Cranach-Presse *(gibt Hauptmann das Päckchen, der legt es auf den Tisch)* Ein besonderes Buch. Es wird Ihnen eine Freude sein, so hoffe ich – mit einem Gruß aus meinem Weimar.

Hauptmann Dank! Dank! Graf, ich habe Fräulein Jungmann rufen lassen, gerade eben –

Kessler Nur meine Gabe auf die Schwelle! Ich bin glücklich, dass ich sie in Ihre Hände legen durfte. Auf Wiedersehen, Herr Hauptmann, ich bin heut' Mittag wieder da.

Hauptmann Auf Wiedersehen – und meinen Dank! *(entlässt Kessler mit großer Handbewegung; Kessler ab; Hauptmann notiert; Elisabeth Jungmann mit Stenoblock)*

E. Jungmann Ich gratuliere Ihnen herzlich, Herr Hauptmann, ich –

Hauptmann Keine Rede, Fräulein Jungmann, keine Rede.

E. Jungmann Aber ich möchte doch sagen – seit bald zehn Jahren darf ich für Sie arbeiten, Herr Hauptmann, und ich bin so glücklich, dass ich diesen großen Tag mit Ihnen feiern darf.

Hauptmann Arbeiten! Arbeiten müssen wir. Zehn Jahre! Aber berufen Sie es nicht. Eines baldigen Tages werde ich Sie entbehren müssen. Ja, wir haben manches wohl zustande gebracht! Ein gutes Jahrzehnt. Soll mir einer vom Alter reden. Wer kann die Kurve des Lebens vorauszeichnen? *(steht auf, geht durch den Salon, als diktierte er; nach den ersten Worten beginnt E. Jungmann zu schreiben)* Und wer weiß, ob der Strom des Lebens überhaupt ein Ufer hat? Rüstig weiter ringen, weiter sinnen, weiter schwimmen – ja – so hieße dann die Aufgabe. Also auch für diesen Fall gilt es – in Bereitschaft sein. Und wirklich: Talent zum eigentlichen Jubilar – oder – eigentliches Talent zum Jubilar – nun, ich habe es nicht. Siebzig Jahre. Und so viele Geburtstagsfeiern. Der Siebzig-Kerzen-Tag. Ich bin von tiefer Freude bewegt, die ohne Ernst allerdings nicht zu denken ist. Es ist nicht die Freude des siebzigsten Lebensjahres, geschweige, dass es die Freude des Kindes ist: es ist die Freude der siebzig Jahre. Ich nehme die ewig klingenden Akkorde dieser Freude in meine noch übrigen Jahre mit. Ja, Fräulein Jungmann, schreiben Sie das etwa mit?

E. Jungmann   Nicht?

Hauptmann   Nein, nein! Aber gut. Es wird sich verwenden lassen, für München vielleicht – Nationaltheater. Herrgott! Wenn ich meine Werke diktiere, allen guten Geistern, Ihnen auch, Fräulein Jungmann – wie leicht kommt, wie leicht geht alles! Oder wenn ich mich im Geist mitten unter die Menschen stelle, die ich kenne und liebe – wenn ich mich hineinhöre, auf alle ihre Stimmen höre! Aber wenn ich da stehe, vor einer großen, mir fremden Menge – ich bin immer noch hilflos wie ein stammelndes Kind, wenn ich mein Blatt nicht in den Händen halte.

E. Jungmann   Die Antwort für heute Abend, Herr Hauptmann? Gleich? *(hält den Block hoch)*

Hauptmann   Nein, nein. Der Plan. Der Tageslauf.

E. Jungmann   *(blättert)* Nach dem Frühstück, gegen neun, der Ministerialdirektor Bader –

Hauptmann   Wie? Kommt nicht der Minister, der Adolf Grimme? Mit seinem Preis?

E. Jungmann   O ja doch, Herr Hauptmann. Aber später. Der Herr Bader bittet um ein paar Minuten nur. Er möchte Ihnen ein paar notwendige Erklärungen zur Verleihung geben, ehe Minister Grimme Ihnen persönlich die Medaille überreicht.

Hauptmann   Was es da zu erklären gibt! Der Grimme kommt allein? Also keine Rede, gut.

E. Jungmann   Eine halbe Stunde, sagt der Ministerialdirektor, um elf.

Hauptmann   Also, Umstände machen meine Preußen! Schon der Wilhelm hat mir seinen roten Adlerorden gegeben – als sich's nun gar nicht mehr vermeiden ließ, als ich schon fünfzig war und den Nobelpreis in der Tasche hatte. Vierter Klasse! Jetzt geben mir die Republikaner ihre Goldmedaille –

E. Jungmann   Die goldene preußische Staatsmedaille –

Hauptmann   Und machen solche Umstände!

E. Jungmann   Auch ein Ministerialdirektor von Hammerstein hat um eine kurze Unterredung gebeten. Ebenfalls wegen der Verleihung.

Hauptmann Kann der nicht zusammen mit dem andern kommen, dem –

E. Jungmann Bader.

Hauptmann Also kann diese Beamtenschaft nicht zusammen –

E. Jungmann Nein, Herr Hauptmann. Der Hammerstein kommt nicht von Minister Grimme. Er kommt vom Reichsminister Bracht, dem Kommissar. Er will mit Ihnen über die Verleihung heute Abend sprechen –

Hauptmann Richtig, ja. Morgens und abends – die Medaille wird mir ja wohl gleich zweimal verliehen heute. Kurios. Umstände machen meine Preußen! Die sollen also beide kommen, die Herren Direktoren. Und?

E. Jungmann Herr Wallauer! Nach den Beamten vielleicht?

Hauptmann Mit dem haben wir doch gestern schon gefeiert.

E. Jungmann Er ließ sich nicht vertrösten, Herr Hauptmann.

Hauptmann Gut, der Carl Wallauer. Mag er kommen, auch wenn er stört. Für die Genossenschaft der Genien, die meinen Spielen auf der Bühne Leben schenken, muss immer Platz in meinem Stundenplan sein. Er sei mir willkommen. Aber nur er! Wie geht's weiter?

E. Jungmann Das Bankett heut' Abend – Sie haben immer noch nicht die Liste studiert –

Hauptmann Ja.

E. Jungmann Also – Graf Arco, Theodor Wolf, Herr Hermann-Neiße, Familie Fischer, Carl Zuckmayer, Graf Kessler, Frau von Nostitz-Wallwitz – mit ihrem Mann –

Hauptmann Ach, lassen Sie's. Ein Bankett mit Reden. Wann können wir unsere Rede machen?

E. Jungmann Am Nachmittag wohl, Herr Hauptmann. Aber vor Ihren ,Ratten‘ in der Volksbühne.

Hauptmann Ich darf den Prolog von Kerr nicht versäumen!

E. Jungmann Im Staatsschauspiel dann die Festaufführung –

Hauptmann Gabriel Schillings Flucht – ja, darauf freue ich mich.

E. Jungmann   Danach die Verleihung der Staatsmedaille durch den Reichskommissar –

Hauptmann   Erst der Grimme, dann der Kommissar – ja, krieg' ich den Preis denn wirklich doppelt heute?

E. Jungmann   Ich weiß nicht, Herr Hauptmann. Morgen ist frei! Morgen können Sie sich erholen. Übermorgen der Festabend der Schriftstellerverbände und des Pen-Club im Zoo. Herr Kerr wird sprechen. Sie müssen antworten, Herr Hauptmann.

Hauptmann   Hab' ich schon in meinem müden Kopf, die Antwort. Dank an das Schicksal. Morgen früh, Fräulein Jungmann, morgen früh, frisch diktiert.

E. Jungmann   Am 18. nur der Tee in der Akademie. Max von Schillings wird sprechen, Heinrich Mann –

Hauptmann   Nach so viel Reden nur ein paar Worte von mir, ja?

E. Jungmann   Aber die Universitätsfeier in der Großen Aula – die Rede ist noch nicht ganz fertig, Herr Hauptmann.

Hauptmann   Die Brunnen des Lebens – fehlt noch viel? *(E. Jungmann schüttelt den Kopf)* Habe ich Ihnen schon mal erzählt? – wie wir auf Hiddensee unsere Souveräne Kunstfischer-Republik gegründet haben? Schillings der Präsident natürlich – der hat etwas wunderbar Präsidiales. Hat uns auch unsere Nationalhymne komponiert. Unsere revolutionäre Regierung hat den Stralsunder Regierungspräsidenten in Geiselhaft genommen, weil er auf unser Territorium vorgedrungen ist. Mich hat die Regierung auch einmal in Schutzhaft genommen, weil ich den Präsidenten unserer Republik beleidigt habe, den Max von Schillings – ich hatte doch Gabriel Schillings Flucht geschrieben! Eine eigene Währung hatten wir auch – wie hieß die wohl, na? *(E. Jungmann schüttelt fragend den Kopf)* Na, Schilling natürlich. *(lacht)* Für die amtliche Säuglingspflege saß Käte Kruse im Senat. Ein prachtvolles Staatssiegel haben uns die Künstler gezeichnet. Hatten wir einen Spaß! Ach, Fräulein Jungmann, wenn doch Geburtstage auch so viel Spaß bringen würden. Wie ein Kindergeburtstag. Also, der Tee und die Universität, die Studenten –

E. Jungmann Am 19. der Empfang beim Herrn Reichspräsidenten. Und die Verleihung des Großen Ehrenzeichens mit Stern vom Österreichischen Bundespräsidenten –

Hauptmann Sagen Sie, die Helene Nostitz – ist die nicht verwandt mit dem Hindenburg? Geht die nicht in seinem Palais ein und aus? Die könnte mir doch ein paar freundliche Tipps geben für mein Gespräch mit dem alten Herrn – ob der meine Stücke gesehen hat?

E. Jungmann Ich werde Sie erinnern, Herr Hauptmann. Ja, und dann beginnt schon die große Reise – Magdeburg, noch mal Berlin, Düsseldorf, Aachen, Köln, Bochum, Duisburg, Koblenz – dann Zürich, aber vorher München –

Hauptmann Da wird der Thomas Mann seinem alten Peeperkorn eine Rede halten – da bin ich gespannt. Fräulein Jungmann, sehen Sie die Reden durch, die von Hamburg, von Leipzig, die von Altona – vielleicht können wir da etwas für das Rheinland montieren. Der Reichskommissar, dieser Herr –

E. Jungmann Dr. Bracht.

Hauptmann Dieser Herr Bracht, hat der nicht den albernen Erlass – den für die züchtigen Badeanzüge – diesen lächerlichen Zwickelerlass –

E. Jungmann Der hat das Nacktbaden verboten –

Hauptmann In unserer Inselrepublik hätten wir den ins Bootshaus gesteckt! Der sollte mich mal sehen, wenn ich mich beim Sonnenaufgang, nackt, in meine Ostsee stürze, – oder wenn ich da am Strand stehe, ein Achill ohne Zwickel, und meinen Speer werfe!

E. Jungmann Der war Bürgermeister von Essen, ehe Reichskanzler von Papen ihn zu seinem Stellvertreter als Preußenkommissar und zum preußischen Innenminister machte – die haben da an der Ruhr kein Meer.

Hauptmann Der sollte mich mal sehen, wenn ich auftauche, ein lang aufschnaufender Seehund, wie der Wassergreis in meiner Versunkenen Glocke aus seinem Brunnen! Wenn der heut' Abend nur nicht über meine Stücke redet. Mein Gott, wenn die Herren Bürgermeister über meine Stücke reden! Wo war das noch? – in – ? Nun ja. Da wollte einer den ganz großen Bogen schlagen – Bogen, ja, das hat er gesagt – vom Sonnenaufgang bis zum Sonnenuntergang, den großen Bogen der Hauptmannschen Sonne, fast fünfzig Jahre – und hat alles durcheinandergeschüttelt. Der hätte es machen sollen wie ich, alles vom Blatt, nur vom Blatt. Man muss nachsichtig mit den Bürgermeistern sein, sie sind die Herren der Theater. – Das Abenteuer meiner Jugend –

E. Jungmann Ja –

Hauptmann *(blickt in sein Notizbuch)* Ich hatte da vorhin einen glücklichen Einfall. Wir könnten doch gleich – ich muss fertig werden mit der Jugendgeschichte, ich hab's dem Sammy Fischer versprochen.

E. Jungmann Herr Hauptmann, Sie haben noch nicht gefrühstückt!

Hauptmann Aber Sie doch schon! Nicht? Soll mich der Geburtstagstrubel in meiner Arbeit stören? Gehört es nicht zu unseren Pflichten, Werk um Werk stilltätig aufzurichten? Kann es irgendetwas geben, als dem Werk und nur dem Werk zu leben? Nein! Also – *(geht ans Fenster, blickt hinaus, E. Jungmann nimmt den Block)* Weil ich die See gefürchtet hatte, war ich in Hamburg zur See gegangen. Weil sich Berlin wie ein ungeheurer, rätselhafter, düsterer Wirbel vor meine Seele gedrängt hatte, zog es mich unwiderstehlich dorthin. Dort musste man schwimmen, kämpfen, bestehen lernen: oder man mochte untergehen. *(Schlägt mit der Faust auf das Fensterbrett)* Das Brandenburger Tor. Da. Das Tor zu meiner Welt. *(E. Jungmann blickt fragend hoch, Hauptmann wischt die letzten Worte mit einer Handbewegung weg, geht zurück zum Tisch, setzt sich. E. Jungmann schreibt wieder)* Vielleicht graute mir vor ihm. Jetzt stürzte ich mich blind hinein in diese mir Furcht erregende Stadt, dieses Berlin, wo ich nur Großes und Arges ahnte. Und ich war des gewiss: es musste sein. Und wirklich: der Wirbel packte mich fürchterlich! Ich wusste nicht, welche gefährliche Spanne Zeit ich vor mir hatte, als ich Mary verließ – Grete! *(Margarete Hauptmann ist eingetreten)* Grete! Du hast dich so beeilt –

M. Hauptmann Guten Morgen, Fräulein Jungmann. Mein Mann arbeitet schon –

Hauptmann Das Abenteuer meiner Jugend – nur ein paar gute Sätze.

E. Jungmann Guten Morgen, Frau Hauptmann.

M. Hauptmann Von Moabit ins Hotel Adlon. Ich verstehe ja, dass du gerade heute von deiner Eroberungsfahrt erzählen willst – aber ich muss protestieren, Fräulein Jungmann! Jetzt möchte ich frühstücken.

E. Jungmann Herr Hauptmann, wünschen Sie meine Anwesenheit, wenn die Beamten von der Regierung kommen?

Hauptmann Nein, nein, mit denen werde ich alleine fertig. Danke, Fräulein Jungmann *(E. Jungmann ab)* Schicken Sie den Meyer!

M. Hauptmann Beamte? An Deinem Geburtstag?

Hauptmann Die preußische Goldmedaille. Das ist offenbar eine schwierige Staatsangelegenheit. Nun ja, nun ja. Da hilft nichts.

M. Hauptmann Aber nicht zu lange, Gerhart. Ich möchte mir dir noch unter die Linden gehen, damit du frisch und ausgeruht bist für den langen Tag. Vor zwanzig Jahren, an deinem Fünfzigsten, sind wir vierspännig durch die Linden kutschiert – unter dem Jubel der Studenten. Diese begeisterten jungen Leute mit ihren Fahnen, in ihrem Wichs! Nein, wir sollten nicht spazieren gehen! Mit der Kutsche sollten wir durchs Tor in den Tiergarten fahren. Den König sollen die Berliner sehen, die Hüte sollen sie ziehen vor dem König der Republik! Berlin ist Hauptmann-Stadt!

Hauptmann Neihn, Berlin bleibt Berlin. *(Meyer kommt)*

Meyer Guten Morgen, gnädige Frau.

M. Hauptmann Guten Morgen. Den Kaffee, Herr Meyer. Und Eier, ja? Nicht so weich.

Hauptmann Im Eierbecher!

Meyer Gnädige Frau, die Direktion –

Hauptmann Nein!

Meyer Die Direktion hat den blauen Salon für Sie reserviert, für die Blumen, für die Geschenke, die Pakete. Das strömt. Ich fürchte, der Salon ist nicht groß genug.

M. Hauptmann Oh, ich hab's vergessen! Herr Meyer, schicken Sie in unsere Suite. Auf dem Nachttisch, links – der Umschlag. Lassen Sie ihn holen. Der Glückwunsch des Reichspräsidenten kam schon so früh – so früh, als wollte er dir unbedingt noch vor mir gratulieren.

Meyer Sofort, gnädige Frau. Der Reichspräsident. Aber erst der Kaffee, nicht wahr? (*ab*)

Hauptmann Der Hindenburg hat's mir nicht vergessen, dass ich ihm den Wahlaufruf unterschrieben habe, im Frühjahr – mit dem Max Liebermann, mit dem Noske. Wählt Hindenburg! Den Ersten im Kriege, den Ersten im Frieden, den Ersten im Herzen seiner Mitbürger – das haben die Amerikaner über ihren Washington gesagt. Überwindet den Parteigeist, schafft die Volksgemeinschaft – oder so. Der Hindenburg hat gewackelt, ob er sich wieder wählen lassen soll – seine eigenen Leute wollten ihn nicht mehr! Ich habe mich eingemischt. Ich habe mich verspotten lassen!

M. Hauptmann Dieser freche Filius von Thomas Mann – einen Hindenburg der Literatur hat er dich genannt.

Hauptmann Ich habe mich eingemischt. Ich tu's nie wieder. Ich bin kein Politiker – nur wenn ich den Stimmzettel in der Hand habe. Das hab' ich ihnen doch schon vor zehn Jahren gesagt, als sie auf die verrückte Idee gekommen sind, mich zum Reichspräsidenten zu machen. Es fehlt mir die Neigung und es fehlt mir die Eignung dazu – niemals wollte ich in das politische Leben eintreten –

M. Hauptmann Der Hindenburg gratuliert dir zum Geburtstag, nicht mehr. Der erste Mann des Reichs dem ersten Mann im Reich des deutschen Geistes. Die Feier gestern in den Hallen – welch ein Triumph! Es hat mich erschlagen.

Hauptmann Ja, es war hübsch, es war groß. Der Carl Wallauer kommt nachher – ich werde ihm noch einmal danken müssen für das große Fest, das die Berliner Künstler mir bereitet haben.

M. Hauptmann Unter Hindenburg ist's wie beim Ebert! Der hat's schon gesagt: mit der Ehrung Gerhart Hauptmanns ehrt das deutsche Volk sich selbst.

Hauptmann Was werden sie in zehn Jahren sagen? Vierzig Jahre haben sie mich gefeiert, die Linken, die Rechten, Deutschland und die Welt. Aber diese neue Zeit! Diese verworrene Zeit! Vor Sonnenuntergang – vielleicht habe ich da mein Menetekel geschrieben?

M. Hauptmann I wo! In deinem siebzigsten Jahr hast du ihnen wieder gezeigt, dass du der der Meister bist. Jedes Jahr aufs neue und noch viele Jahre: du triffst mit jedem Spiel neu ins menschliche Herz! *(Meyer serviert)*

Hauptmann Vor Sonnenuntergang – ins Herz der alten Männer, die um ihr Recht kämpfen, geliebt zu werden.

M. Hauptmann Das deutsche Volk liebt dich. Ich habe es erlebt gestern, ich habe die Tränen der Begeisterung und der Ergriffenheit in den Augen der Menschen gesehen –

Meyer Es war überwältigend, Herr Doktor!

M. Hauptmann Diese Hingabe an den ersten Dichter unseres Volkes!

Hauptmann Den letzten vielleicht? Wird es das noch einmal geben, was wir gestern erlebt haben? Ich sorge mich nicht um mich. Ein Volk, das aufhört, seinen Dichter zu feiern, einmütig, aus vollem Herzen und in kindlicher Begeisterung, wird seine Seele verlieren. Wird einer nach mir kommen dürfen?

M. Hauptmann Der Platz ist besetzt! Für viele, viele Jahre noch.

Meyer Der Glückwunsch des Herrn Reichspräsidenten, gnädige Frau – er wird sofort gebracht.

Am späten Morgen

Salon im Adlon

E. Jungmann *(führt Bader in den Salon)* Bitte, Herr Ministerialdirektor, nur ein paar Minuten.

Bader Ich komme sehr ungelegen, Fräulein Jungmann –

E. Jungmann O nein, Sie werden erwartet. Obwohl – entschuldigen Sie, Herr Ministerialdirektor – hätten Sie Ihr Anliegen nicht vielleicht doch telefonisch besprechen können, gerade heute?

Bader Ja, Sie haben recht, Fräulein Jungmann. Es gibt da einen heiklen Punkt – Nun, der Herr Minister hat es für ratsam gehalten, diesen – nun, diese etwas delikate Angelegenheit in einem persönlichen Gespräch vortragen zu lassen.

E. Jungmann Aber Minister Grimme kommt doch heute Vormittag zu Herrn Doktor Hauptmann!

Bader Mein Minister möchte die Verleihungszeremonie –

E. Jungmann Eine Zeremonie!

Bader – den Akt der Verleihung nicht durch Erklärungen belasten, die mehr die protokollarische, zeremonielle Ebene betreffen. Ein Gespräch im Vorfeld, gewissermaßen.

E. Jungmann Ich fürchte, unser Jubilar interessiert sich für Ihr Vorfeld nicht. Machen Sie es, bitte, kurz! Nur ein paar Minuten. *(ab; Bader geht mit Zeichen nervöser Anspannung im Salon umher; Meyer)*

Meyer Sie haben einen Wunsch, mein Herr?

Bader Nein, nein, nichts! Ich warte auf Herrn Doktor Hauptmann.

Meyer Oh, mein Herr, viele warten heute wohl auf unsern Herrn Doktor. Nicht doch vielleicht einen Kaffee, mein Herr? *(Hauptmann hinter ihm in der Tür)*

Hauptmann Keinen Kaffee! Wir trinken – ja, was trinken wir, Herr – ?

Bader Bader, Ministerialdirektor im preußischen Kultusministerium. Guten Morgen, Herr Doktor Hauptmann.

Hauptmann Was trinken Sie, Herr Bader?

Bader Wasser, ein stilles, bitte.

Hauptmann Für mich nichts. *(Meyer ab)* Guten Tag, Herr Ministerialdirektor.

Bader Bader, bitte! Herr Doktor Hauptmann, ich komme im Auftrag meines Ministers – Minister Grimme, der Ihnen heute die Glückwünsche der preußischen Staatsregierung überbringen wird – ich möchte aber, persönlich, ganz persönlich, meine besten Wünsche zu Ihrem Geburtstag ausdrucken dürfen –

Hauptmann *(wehrt mit den Händen ab)* Dank! Dank! Sie sind für die Bühnen zuständig in Ihrem Ministerium, Her Bader?

Bader Ja, Herr Doktor Hauptmann, unter anderem. Das heißt ja, die Bühnen. Die Liebe zum Theater ist kostbar in meiner Familie. Mein Vater hat die Uraufführung Ihres ‚Sonnenaufgangs‘ erlebt – wie oft hat er davon gesprochen –, und ich habe mich im Februar von der Uraufführung des ‚Sonnenuntergangs‘ erschüttern lassen –

Hauptmann Dann ist Ihr Herr Vater wohl so alt wie ich, Herr Bader?

Bader Ja, ja, fast auf den Tag genau.

Hauptmann Überbringen Sie Ihrem Herrn Vater meine Glückwünsche!

Bader Oh, Her Doktor Hauptmann, wenn Sie die Freundlichkeit hätten – *(holt aus einer Mappe ein Buch)* – für meinen Vater, bitte! (Hauptmann signiert) Danke, Herr Doktor Hauptmann. Eine Widmung am siebzigsten Geburtstag. Das Buch wird noch meinen Kindern ein Heiligtum sein.

Hauptmann Sie haben Kinder.

Bader Drei, zwei Buben, ein Mädel – nun ja, fast erwachsen schon.

Hauptmann Ich habe vier. Die Kinder meiner Kunst nicht mitgezählt. Nun – was wünscht der Minister?

Bader Herr Minister Grimme hat mich beauftragt, Ihnen, Herr Doktor Hauptmann, persönlich zu erklären, warum er Ihnen die Goldene Preußische Staatsmedaille heute nicht in einer Form verleihen kann, die Ihrem Verdienst und dem hohen Feiertag angemessen wäre, auch den Gepflogenheiten der Staatsregierung –

Hauptmann Protokollfragen, nun ja.

Bader Nicht nur das Protokoll, Herr Doktor Hauptmann, nicht nur die Form! Unser Land Preußen hat durch die ungerechtfertigte höhere Gewalt des Deutschen Reichs seine Souveränität verloren – seit dem 20. Juli –

Hauptmann Seit Papens Preußenschlag – ja, das habe ich mit

Grimm – pardon, mit Anteilnahme – verfolgt, ja.

Bader Ja, seit dem Staatsstreich der Reichsregierung gegen unser wehrloses Land, seit dem Verfassungsbruch des Reichspräsidenten –

Hauptmann Nun, Herr Bader –

Bader – seit der rechtswidrigen Gleichschaltung unseres Landes mit dem Reich, der Amtsenthebung – ja, der Verhaftung! – unserer preußischen Staatsregierung und der Übernahme der Amtsgeschäfte durch den Reichskanzler und seine Kommissare.

Hauptmann Staatsstreich. Rechtswidrig. Nun ja. Aber Herr Grimme wird mir doch die Medaille bringen! Er ist doch wieder eingesetzt in sein Amt. Hat nicht der Staatsgerichtshof weise entschieden – und gerecht?

Bader Der Staatsgerichtshof hat sich eben nicht entscheiden können! Er war – erlauben Sie den Ausdruck – er war nicht mutig genug, die Notverordnung des Reichspräsidenten als verfassungswidrig zu verurteilen.

Hauptmann Das wird sie dann wohl nicht gewesen sein. Hindenburg achtet und schätzt die Verfassung, das hat er wohl oft bewiesen. Also, Herr Bader, ich bin, verstehen Sie, heute nicht sehr empfänglich für einen staatspolitischen Disput.

Bader Nach der Entscheidung des Gerichtshofs ist die preußische Regierung wieder im Amt, ja, aber sie darf nicht regieren. Sie darf Preußen nur im Reich vertreten, wie ein Anwalt seinen Mandanten, aber die Regierungsgeschäfte liegen in den Händen des Reichskommissars. Ein unerträglicher Zustand! Wenn Sie sehen könnten, Herr Doktor, wie unser Ministerpräsident Otto Braun arbeitet, buchstäblich in Pappschachteln von Büros, in Abstellkammern, die Minister abgeschnitten von allen Geschäften, ohne jegliche Machtbefugnis –

Hauptmann Traurig, ja, sehr beklagenswert. Wir leben in einer verworrenen Zeit.

Bader Alle Grundsätze unseres deutschen Bundesstaates wurden außer Kraft gesetzt, die Souveränität des größten deutschen Landes in den Staub getreten! Herr Doktor Hauptmann, liegt Ihnen das Schicksal Preußens am Herzen?

Hauptmann Erlauben Sie! Meine oberschlesische Heimat ist preußisch. Ich verlebte meine Kindheit in einem Gasthof, der den stolzen Namen „Zur preußischen Krone" in seinem Schilde führte! Aber soll ich deshalb die Entscheidungen des Reichspräsidenten kritisieren? Und der Reichskanzler – hat der nicht auch in Ihrem preußischen Landtag gesessen?

Bader Der Papen war nur ein Hinterbänkler im Landtag, er hat nie seine Stimme für Preußens Recht erhoben – Preußen ist der größte Feind seiner angemaßten autoritären Macht im Reich.

Hauptmann Ich kann Ihnen Ihre Rechte nicht geben, Herr Direktor. Aber Herr Grimme wird doch kommen? Er wird mir doch die Medaille überreichen!

Bader Leider nein.

Hauptmann Nicht?

Bader Nicht die Medaille. Die Medaille wird Ihnen heute Abend der Reichskommissar überreichen. Wir verfügen über die Medaille nicht.

Hauptmann Nicht? Und Herr Grimme? Warum kommt er denn? Ohne die Medaille!

Bader Herr Minister Grimme wird Ihnen die Urkunde überreichen.

Hauptmann Also morgens die Urkunde, abends die Medaille. Kurios.

Bader Aber auch die Urkunde aus der Hand des Ministers wird – das ist sehr bedauerlich – einen Makel haben. Das Siegel wird fehlen.

Hauptmann Ein Siegel braucht die Urkunde, ja, das hatten wir in unserer Inselrepublik auch.

Bader Wie? Wo?

Hauptmann Eine Reminiszenz –

Bader Das Staatssiegel. Es liegt in den Händen des Reichskommissars.

Hauptmann Also – heute Abend erhalte ich die Medaille und – und ein Siegel. Und die Urkunde ohne Siegel – vom Herrn Grimme?

Bader Mein Minister wird Ihnen die Urkunde überreichen, ohne das Siegel. Herr Doktor Hauptmann, es ist die rechtmäßige Staatsregierung Preußens, die beschlossen hat, den größten deutschen Dichter mit der Goldenen Preußischen Staatsmedaille zu ehren. Es ist unser Recht, in Preußens Namen zu Ihnen zu sprechen. Bitte, empfangen Sie die Urkunde ohne das Siegel, das Willkür und Machtgier uns entrissen haben. Sagen Sie Ihr Ja zu Preußens Recht! Preußen ist der Grundpfeiler, ist die Stütze unserer deutschen Republik!

Hauptmann Willkür! Recht! Soll ich das entscheiden? Wenn Sie nicht gekommen wären, hätte ich das Fehlen des Siegels wohl gar nicht bemerkt. Also – vormittags die Urkunde, abends im Staatstheater die Medaille, so lassen wir's. Die Medaille gehört auf die Bühne – das ist etwas Sichtbares, Glänzendes. Urkunden, Papier – das ist nichts für die Bretter. Sagen Sie Herrn Grimme, ich werde die Urkunde nehmen, ich werde das Siegel nicht reklamieren. – Hm. Nun ja. Wie hätte ich wohl dagestanden, in Oxford, in Prag, in New York – mit der Doktorurkunde ohne den Doktorhut? Die Urkunde ist wohl bedeutender – die Medaille, das ist doch Flitter und Tand.

Bader Bedeutsam, Herr Doktor Hauptmann, bedeutsam für Preußen und seine rechtmäßige Regierung ist es, dass Sie – das Gewissen Deutschlands! – die Urkunde aus der Hand des Preußischen Kultusministers in Empfang nehmen.

Hauptmann Eine Demonstration? In diesem Licht betrachtet – was kann ich tun? Ich werde, Herr Direktor, die Höflichkeit und Dankbarkeit besitzen, eine Ehrung der preußischen Regierung, und sei sie nur eine halbe, nicht auszuschlagen, ja, sie freudigen Herzens zu empfangen. Sagen Sie das Ihrem Minister. Jetzt ruft aber die Pflicht – die Pflicht eines alten Geburtstagskindes.

Bader Herr Doktor Hauptmann, noch ein Wort –

Hauptmann Die Pflicht, die Pflichten! Auf Wiedersehen, Herr Bader!

Bader Ich danke Ihnen, Herr Hauptmann, auf Wiedersehen.

Hauptmann Ein Geburtstag braucht kein Siegel. *(Begleitet Bader zur Tür und verabschiedet sich dort)* Das Siegel! Das wär' doch ein Stück für die Komödie! *(durch die Tür:)* Herr Meyer! Fräulein Jungmann kann jetzt kommen. *(Setzt sich an den Tisch, schreibt in sein Notizbuch; nach einer Weile E. Jungmann)* Fräulein Jungmann, packen wir sie an, meine

Danksagung heute Abend im Staatsschauspiel. Das ist ja ein Staatstheater! Es gibt da Umstände, gewisse Schwierigkeiten, Rücksichtnah-
men, das geht nicht so gerade heraus und von der Leber weg. Lassen
Sie uns beginnen. Herr Reichsminister! Sie haben mich mit so herzlichen Worten bewegt – Sie schreiben ja gar nicht!

E. Jungmann   Herr Hauptmann, der Ministerialdirektor wartet draußen.

Hauptmann   Der ist doch gerade raus.

E. Jungmann   Der andere –

Hauptmann   Der kommissarische?

E. Jungmann   Ministerialdirektor von Hammerstein.

Hauptmann   Wartet der schon lange? Hat der den andern gesehen?

E. Jungmann   Ich konnt' es nicht vermeiden. Die haben sich mit Blicken gemessen – eisig. Als würden sie gleich zu den Pistolen greifen.
Sollen wir ihn warten lassen?

Hauptmann   Preußen darf man nicht warten lassen, nicht die echten
und nicht die falschen. Herein mit ihm also! *(E. Jungmann geht zur
Tür; Hauptmann notiert; v. Hammerstein)* Herr von Hammerstein, guten Tag!

Hammerstein   Meinen herzlichen Glückwunsch, Herr Hauptmann. Ich
danke Ihnen, dass Sie mich an Ihrem großen Tag empfangen –

Hauptmann   Dank! Dank! Sie sind auch – sind Sie in Ihrem Ministerium für die Bühnen zuständig?

Hammerstein   Nicht direkt, Herr Hauptmann. Ich bin so etwas wie die
rechte Hand des Herrn Reichskommissars –

Hauptmann   Gut! Bitte, nichts von Urkunden, Siegeln und Medaillen.
Nichts von Ihren Querelen. Ich bin informiert. Ich wurde unterrichtet von – von Ihrem Herrn Kollegen. Ich vertrage keine Diskussionen
an meinem Geburtstag. Gönnen Sie einem alten Mann ein bisschen
Frieden.

Hammerstein   Es ist nicht meine Absicht, Sie mit reichspolitischen Fragen zu belasten, Herr Hauptmann. Ich komme wegen des Empfanges

heute Abend durch Herrn Reichsminister Dr. Bracht, des stellvertreten-
den Reichskommissars. Ich darf Ihnen die Liste der geladenen Gäste –

Hauptmann Empfang? Liste – ich weiß nichts von einer Liste.

Hammerstein Wenn Sie den Wunsch haben, Herr Hauptmann, die
Liste zu ergänzen, den einen oder anderen Ihrer Freunde und Verehrer
dazuzuladen –

Hauptmann Ich soll mein Publikum einladen? Was soll das heißen?
Die Regierung lädt ein, der Intendant lädt ein, die Schauspieler laden
ein! Mein Schauspiel lädt ein – der Gabriel Schilling.

Hammerstein Pardon, Herr Hauptmann, es geht nicht um Ihren großen Theaterabend. Es geht um Ihre Ehrung – die Goldene Preußische
Staatsmedaille. Bitte, schauen Sie sich die Liste an und sagen Sie mir,
ob Sie einverstanden sind mit unserer Wahl. Sind Ihnen weitere Teilnehmer wichtig und willkommen?

Hauptmann Teilnehmer? Das Publikum nimmt teil!

Hammerstein Oh, ein Missverständnis, Herr Hauptmann, ein Missverständnis durch unsere Schuld. Wir mussten uns entscheiden, die
Verleihung in einem kleineren Kreis vorzunehmen.

Hauptmann Nicht auf der Bühne, nicht vor dem Parkett?

Hammerstein Nicht öffentlich, nein. Ein kleiner Empfang, geladene
Gäste – hochstehende Persönlichkeiten unseres öffentlichen Lebens.

Hauptmann Und sagen Sie mir auch, Herr Ministerialdirektor, was Sie
– was Herrn Bracht bewogen hat, das geliebte Publikum auszusperren
von der Ehrung seines Dichters? Gestern Abend in den Messehallen
am Kaiserdamm – haben Sie nicht gesehen, was eine Ehrung ist?

Hammerstein Es tut mir leid, wir leben in einem Umbruch –

Hauptmann Empfang. Kleiner Kreis. Sie wollen Ihren Dichter also in
einem Hinterzimmer ehren? Fehlt Ihnen die Urkunde? Oder gar die
Medaille?

Hammerstein Das ist das Problem von Herrn Grimme. Herr Reichsminister Dr. Bracht hat diese Probleme nicht. Er wird den Dichter ehren im vollen Vertrauen des Herrn Reichspräsidenten und der Reichs-

regierung, deren Kanzler das Land Preußen zu seinem Besten und im Interesse der Sicherheit und Ordnung des Reichs verwaltet.

Hauptmann Nun ja. Ein Risiko für die Sicherheit des Reichs bin ich wohl nicht. Das war ich einmal. Was also hat die Herren bewogen, mein geliebtes Publikum so zwergenhaft zu schrumpfen?

Hammerstein Bitte, verstehen Sie uns, Herr Hauptmann. Das Berliner Publikum! Nicht alle sind einverstanden mit den Maßnahmen, die wir ergreifen mussten, um die Sicherheit des Reichs zu garantieren, mit diesen reichspolitischen Notwendigkeiten. Viele – manche haben offen kritisiert, dass die preußische Regierung die Reichsmaßnahmen nicht mit Gewalt, mit Streiks, mit öffentlichem Tumult bekämpft hat. Es ist nicht geschehen – da sei die Vernunft vor! Wie wird das Berliner Publikum heute Abend reagieren? Das mussten wir uns fragen, in berechtigter Sorge um den würdevollen Verlauf der Ehrung eines großen Deutschen. Mancher könnte durch die Anonymität des großen Publikums verleitet werden, seiner Kritik an unseren notwendigen Maßnahmen in unziemlicher, in würdeloser Weise Ausdruck zu verleihen. Das können Sie nicht wünschen, Herr Hauptmann. Ein Publikum kann sehr erfinderisch in der Äußerung seines Missfallens sein, mag es noch so unbegründet –

Hauptmann Herrgott, Herr Hammerstein, ich habe anderes ertragen! Ich habe es ertragen, beim Sonnenaufgang, dass mir die Frauenärzte ihre Geburtszangen auf die Bühne schleuderten, weil das Wimmern einer Wöchnerin hinter der Bühne zu ahnen war, ich habe mein Publikum außer Rand und Band gesehen, ich habe es erlebt, dass der Kaiser seine Loge kündigte, weil das Elend der Weber unten auf der Bühne hoch über ihre Brüstung spritzte. Bis in den Selbstmordwahn haben Stimmen der Kritik mich verfolgt! Wie sollte der Unmut der Berliner mich beleidigen?

Hammerstein Es geht nicht um den Dichter –

Hauptmann Nicht um den Dichter? Wollen Sie einen Minister oder wollen Sie einen Dichter ehren?

Hammerstein Sie, Herr Hauptmann, sind ein hoher Repräsentant unseres Staates wie der Herr Reichsminister. Beide haben ein Recht darauf, ihre Würde geschützt zu wissen. Berlin ist ein unruhiges Pflaster –

Hauptmann Das weiß ich besser als Sie!

Hammerstein Zwischen Preußen und dem Reich, Sie wissen es, Herr Hauptmann, zwischen der linken und der rechten Seite der Wilhelmstraße zieht sich ein Graben, steht eine Mauer –

Hauptmann Weshalb Sie den Dichter einmauern müssen bei Ihrer Ehrung? Gut, gut, ich habe Sie verstanden. Sagen Sie bitte Ihrem Chef, dass ich seine Liste akzeptiere. Er sei bitte so freundlich, jeden willkommen zu heißen, den ich zu sehen wünsche oder der seinen Dichter zu sehen wünscht, wenn ihm der Kommissar die goldene Last zu andern Lasten auf den Nacken lädt.

Hammerstein Herr Hauptmann, wir müssen uns vorbehalten –

Hauptmann Kein Vorbehalt! Wollen Sie an meinem Geburtstag meinen Zorn erregen?

Hammerstein *(verbeugt sich)* Ich danke Ihnen im Namen des Herrn Reichsministers für Ihr Verständnis, Herr Hauptmann. Ich darf mich verabschieden.

Hauptmann Heute Abend werden wir uns sehen. Auf Wiedersehen, Herr Ministerialdirektor. *(Begleitet v. Hammerstein zur Tür)* Fräulein Jungmann! *(erscheint sogleich)* Auf meine Danksagung werden wir viel Mühe verwenden müssen. Also ein kleiner Kreis. Gut. Kleiner Kreis, kleine Rede. Aber vertrackt. Es werden nicht viele Leute da sein, heut' Abend, Fräulein Jungmann.

E. Jungmann Aber, Herr Hauptmann, das Haus wird voll sein! Alles ausverkauft, seit langem. Allein die große Zahl der Ehrengäste!

Hauptmann Die Goldmedaille geben sie mir im Hinterstübchen, vielleicht in der Garderobe von Werner Krauß.

E. Jungmann Wie? Will die Regierung Gerhart Hauptmann nicht auf der Bühne ehren? Will man warten, bis das Publikum das Theater verlassen hat? Es wird warten, warten – bis der Vorhang sich wieder hebt und Gerhart Hauptmann im Lichte steht. Wo gibt es denn den Minister, der die Gelegenheit verschenkt, vor einem so großen Publikum zu reden?

Hauptmann Im Preußen der Kommissare. Es geht die Angst um bei den Herren der Reichsregierung, dass allzu viele den Minister nicht hören wollen. Wenn der Heinrich Mann nun ginge? – oder Albert Einstein oder – Max Reinhardt?

E. Jungmann Gerhart Hauptmann kränken? Die? Nie!

Hauptmann Fräulein Jungmann, erinnern Sie mich, bitte! Der Werner Krauß, die Elisabeth Bergner, die müssen bleiben! Wenn meine Helden mich verlassen, geh' ich ins Wasser wie mein Gabriel Schilling. Also die Rede! Ich verliere noch ganz und gar die Stimmung.

E. Jungmann Sie haben mich mit so herzlichen Worten bewegt –

Hauptmann *(diktierend)* Sie bringen mir die Glückwünsche unseres hochverehrten – allverehrten Herrn Reichspräsidenten von Hindenburg, der mich als erster am heutigen Morgen mit einem besonderen Schreiben beglückte – insonderheit durch den Passus beglückte, in dem er mir – das ist ein Zitat! – nicht zuletzt für die Vertretung und Verteidigung des deutschen Gedankens in der Welt – vergleichen Sie das noch mal, Fräulein Jungmann! – ja, dankte, nein, im Geiste die Hand reicht. Sie überbringen mir die Glückwünsche des Herrn Reichskanzlers – nun ja, ob der das heut' Abend überhaupt noch ist? – des Herrn Reichskanzlers, der Reichsregierung und der kommissarischen Regierung Preußens – Jetzt müsste ich den Grimme und seine traurige Regierung ansprechen! Drei Fragezeichen, Fräulein Jungmann! Ja – und meines Geburtslandes Preußen. Das ist für mich alles überaus ehrenvoll – Unterstreichen Sie mir „kommissarisch"! Ein bisschen viel Reich – das zerdrückt mir mein Preußen ja. Aber anders geht das nicht! Vertrackt.

E. Jungmann Ehrenvoll. Oder wollen Sie schon schließen, Herr Hauptmann?

Hauptmann Die Medaille! – Ich empfange aus Ihrer Hand, Herr Reichsminister, die Preußische Medaille in Gold – heißt die so? Das ist ein Brennpunkt, der mich zuweilen in stillen Stunden bestrahlen und an die ewige Schönheit gemahnen soll. – So. Es ist immer gut, wenn wir Künstler den Konflikt ins Ästhetische heben können. Gut. Der Schluss. Für alles immer wieder: Dank, Dank, Dank! Nein, zweimal genügt.

E. Jungmann Herr Hauptmann, ich will nicht respektlos sein. Aber was ist schon die Medaille? Wie freue ich mich auf die ‚Ratten‘ heute in der Volksbühne! Und der Gabriel Schilling am Gendarmenmarkt. Wie fiebere ich dem Augenblick entgegen, in dem die Bergner ihre Hanna Elias rufen lässt: Triff mich mit deinen Augen! Triff mich mit deinem Dolch im Blick!

Hauptmann Ja, der Gabriel Schilling. Das Werk taugt nicht recht als Vorspiel für die Verleihung einer Goldmedaille. An unserer Rede müssen wir noch arbeiten, Fräulein Jungmann. So recht zufrieden bin ich noch nicht. Jetzt gehen wir erstmal weiter im Abenteuer meiner Jugend. Wir hatten da ein paar gute Sätze über Berlin, vor dem Frühstück. *(Carl Wallauer tritt ins Zimmer, hinter ihm Meyer)*

Wallauer Frühstück, das höre ich gern.

Meyer Entschuldigen Sie, Herr Doktor, Herr Wallauer –

Hauptmann Ist gut, ist gut. Lieber Herr Wallauer, ein Frühstück, ja, das sollen Sie haben – Herr Meyer, ein Frühstück für Herrn Wallauer – für mich auch noch eins, ich kann ein zweites vertragen nach allem, was ich heute schon ertragen musste. Lieber Herr Wallauer, nehmen Sie Platz! *(Meyer und E. Jungmann ab)*

Wallauer Ich habe Sie bei der Arbeit gestört! Verzeihung! Aber es drängt mich, unsern Meister zu beglückwünschen. Im Namen der Genossenschaft deutscher Bühnenangehöriger, in Namen eines alten Freundes: Lieber Gerhart Hauptmann! – unserm Dichter, unserm Arbeitgeber: Gesundheit, Erfolg, Schaffenskraft – und volle Häuser allezeit. Ich wünsche es Ihnen so sehr! Und uns!

Hauptmann Ich danke Ihnen, Herr Wallauer. Sie haben mir mit Ihrem Fest eine so unbeschreibliche Freude gemacht. Ich werde nie aufhören Ihnen zu danken.

Wallauer   Das habe ich noch nicht erlebt! Nach den so überwältigend schönen Meistersinger-Versen unseres Hans Sachs – da brach der Sturm der Menge auf den Meister Hauptmann los. Herr Hauptmann, ich habe die Saaldiener kommandieren müssen, dass sie eine Schutzkette um den Gefeierten legten.

Hauptmann   So danke ich Ihnen denn auch meine Gesundheit und mein Leben. Danke, Herr Wallauer.

Wallauer   Und Sie retten mir mit dem Frühstück meins! – so sind wir quitt. Keine Feier ohne Meyer – da ist es schon! *(Meyer mit dem Tablett, serviert)*

Hauptmann   Herr Meyer ist von der Direktion dieses hohen Hauses heute zu meinem Adjutanten befördert worden. Nicht wahr, Herr Meyer?

Wallauer   Ich gratuliere.

Meyer   Herr Wallauer! Gestern Abend – ein unvergessliches Erlebnis. Wie habe ich es genossen!

Wallauer   Die Liebeserklärung eines Volkes! Und heute Abend Komplimente im Teesalon der Kaiserin.

Hauptmann   Wie?

Wallauer   Ihre goldene Preußenmedaille – man gibt sie Ihnen im Teesalon der Kaiserin.

Hauptmann   Teesalon.

Wallauer   Das sagte man Ihnen nicht?

Hauptmann   Das nennt der Kommissar einen kleinen Kreis! Fürwahr.

Wallauer   Zwanzig, höchstens. Der ganze Reichsadel. Sie werden nicht viele kennen. Der Max von Schillings wird da sein, für die Akademie.

Hauptmann   Mein Inselpräsident! Wenigstens der. Ich muss die Ehrengäste noch benennen!

Wallauer   Gerhart Hauptmann ist der Ehrengast, und der Gastgeber ist ein Herr Bracht, Papens Marionette auf den leergefegten Stühlen aufrechter preußischer Demokraten. Und heute Abend wird dieser Kommissar, diese Null und Nichtigkeit, dieser Bote aus dem Kabinett der

Barone, zwischen dem berühmten Dichter und seiner lieben Frau in der Ehrenloge sitzen. Er wird sich sonnen in dem Glanz, und seinen Ehrengast wird er belohnen mit einer glänzenden Medaille aus Katzengold.

Hauptmann   Herr Wallauer! *(Meyer kopfschüttelnd ab)*

Wallauer   So ist es! Herr Hauptmann, nehmen Sie den Rat eines Freundes und nicht mehr ganz jungen Mannes: Ich empfehle Ihnen ein plötzliches Unwohlsein, hervorgerufen durch die außergewöhnlichen Anstrengungen dieser Jubeltage. Sie müssen ruhen. Sollen die sich selber feiern!

Hauptmann   Sie empfehlen Unmögliches! Ich müsste den ganzen Geburtstag streichen, auf den ich mich gefreut habe.

Wallauer   Ja. *(Widmet sich dem Frühstückei)* Das ist nicht das Ei des Kolumbus! *(schlägt sein Ei auf den Tisch)* Der Adolf Grimme bringt Ihnen die Urkunde – hörte ich? Herr Hauptmann! Sie können einen Adolf Grimme und diesen Bracht nicht gleich behandeln. Grimme ist der Vertreter der rechtmäßigen Regierung. Er ist Mitglied einer Regierung, die ein Fels ist im politischen Chaos unserer Zeit, gestützt auf die wirklich demokratischen Parteien, die unsere Republik tragen.

Hauptmann   Ist nicht auch diese preußische Regierung nur provisorisch? Hat nicht die Koalition ihre Mehrheit verloren bei den letzten Wahlen?

Wallauer   Es ist eine demokratische Regierung, die sich verzweifelt wehrt gegen den Ansturm der Extremen von links und rechts, den vereinigten Kommunisten und Nationalsozialisten. Reichspräsident und Kanzler haben die letzten Demokraten davongejagt. Und sie wussten, warum sie es taten. Sie schießen die Burg sturmreif für die Diktatur.

Hauptmann   Herr Wallauer, was soll ich mit den Parteien. Sie sind mir alle fremd.

Wallauer   Wem alle Parteien fremd sind, ist ein Freund der Diktatoren und Demagogen –

Hauptmann   Herr Wallauer!

Wallauer   Es geht nicht um Parteien! Es geht um Sein und Nichtsein der Demokratie! Herr Hauptmann, ich beschwöre Sie – zeigen Sie dem deutschen Volk, dass Ihnen die Urkunde aus der Hand aufrechter Demokraten wertvoller ist als das hohle Gold aus der Fälscherwerkstatt der Despoten.

Hauptmann Ja – wie denn?

Wallauer Geben Sie eine Erklärung ab. Die Presse wird es Ihnen danken. Alle werden es Ihnen danken – vor allem wir Theaterleute. Unsere Genossenschaft ernennt Sie zum Ehrenpräsidenten auf Lebenszeit und Ewigkeit und einen Tag.

Hauptmann Erklärung! *(ist aufgestanden, fährt mit der Serviette durch die Luft)*

Wallauer Provozieren Sie. Sie können es sich leisten. Laden Sie Adolf Grimme zu Ihrem Bankett heute Abend! Auch den rechtmäßigen preußischen Innenminister, meinen Freund. Den Carl Severing hassen alle die Hasser der Demokratie. Den Adolf Grimme, der Ihre Kunst liebt und versteht, und den Carl Severing, der schon vor dreißig Jahren in seiner kleinen Bielefelder Volksbühne Ihre ‚Weber‘ aufgeführt hat.

Hauptmann Ich kann nicht jeden einladen, der meine Arbeit schätzt, leider.

Wallauer Aber mit dem Friedrich Ebert haben Sie an Ihrem 60. Geburtstag Seit’ an Seit’ gesessen!

Hauptmann Den habe ich geschätzt – oh ja. An meinem Sechzigsten hat er in der Universität an meiner Seite gesessen. Der Ebert stand für eine Republik, die ich verteidigen wollte. Er war ein Mann des Volkes. Der Grimme und der Severing – die sind nur Partei!

Wallauer Sie sind der Mann des Volkes, Gerhart Hauptmann! Haben Sie das gestern Abend nicht erlebt? Nicht in Ihrem tiefsten Herzen empfunden? Ihre Stimme ist die Stimme des Volkes – die falschen Regenten müssen sie fürchten.

Hauptmann Ein Dichter des Volkes – wie gern wäre ich das! Aber nicht der Dichter einer Partei. Soll ich mich an die Doktrin einer Partei hängen und mich von der Mehrheit des Volkes trennen? Bin ich ein

Zwanzig-Prozent-Dichter? Was wäre ich dann? – ein Dichter ohne Volk! Soll ich mit meiner Idee der Menschenliebe vor verschlossenen Türen stille Musik machen?

Wallauer Herr Hauptmann, denken Sie an die inspirierten Köpfe und Hände, die das Spiel des Dichters zum Klingen und Leuchten bringen! Das kritische Wort des Dichters kann das Gold allein zum Glänzen bringen.

Hauptmann Lieber Carl Wallauer! Helfen Sie mir! Ich kann nur mein Einziges geben, das auf den Menschen Wirkende, nur das Echte, was mein Wesen als Ganzes einmalig zu bieten hat. Das ist nicht Politik! Machen Sie aus Ihrer Genossenschaft eine Gewerkschaft meinetwegen, die den Gabriel Schilling heute Abend durch einen Streik verhindert und die Medaillenkomödie dazu! Aber machen Sie mich nicht zum Politiker – dazu bin ich nicht berufen. Entschuldigen Sie mich! Mir ist der Appetit vergangen – *(wirft die Serviette auf den Tisch, geht; Wallauer frühstückt weiter; E. Jungmann)*

E. Jungmann Oh, Herr Wallauer, haben Sie sich gestritten. Streit am Geburtstag?

Wallauer Streit – *(frühstückt)*

E. Jungmann Nach jedem Gespräch, das Herr Hauptmann heute führt, wird er zorniger. Schrecklich.

Wallauer Ja, er wird wohl belagert. Sie haben schon gefrühstückt, Fräulein Jungmann?

E. Jungmann Streit, den liebt er nicht.

Wallauer Streit – den hat er doch immer gehabt! Er hat mit seinen Dramen Streit gemacht. Er streitet mit seinen Kritikern. Er hat sich mit seinem Bruder Carl gestritten. An seinem Streit mit seiner ersten Frau hat er uns im Buch der Leidenschaft teilnehmen lassen. Der Mann ist Streit. Jeder ist wohl ein Streiter gegen die ganze Welt, wenn er sich schon als junger Bildhauer vorgenommen hat, aus dem Marmor von Carrara ein Denkmal seiner Größe zu machen. Führt uns nicht der Dramatiker den Streit im eigenen Herzen vor?

E. Jungmann   Und wenn das streitbare Herz unter dem Streite litte? Ich kenne ihn seit bald zehn Jahren. Ich sehe ihn, wenn er sich ganz öffnet – wenn er ihn herausströmen lässt, den Streit, aus seinem Herzen, seinem Kopf und – wenn er die Streitenden in seinem leidenden Gedächtnis streiten lässt – wenn er diktiert! Mit wem spricht er da – mit welchen Mitmenschen, mit welchen Gegenmenschen? Wenn seine Stimme laut ist, wenn sie leise ist. Wenn sie sanft ist, wenn sie zornig ist. Wenn er die Wörter sucht, die Worte sich schleppen oder sich jagen, wenn es in seinem suchenden Gesicht schmerzlich arbeitet und das Haar sich sträubt und aufzuflammen scheint in einer Aura des Rätselhaften. Könnten Sie ihn sehen, Herr Wallauer! Ich weiß aber: sein Herz sucht den Frieden. Wie viele Reden hat er mir diktiert. Es gibt da ein Wort, das immer wiederkehrt. Einigkeit! Seid einig, einig, einig, ruft es aus ihm, und der Ruf wird immer lauter, je heftiger der Streit zwischen seinen eigenen Worten tobt. Er sucht die Harmonie in der so streitbaren Menschheit. Haben Sie Gerhart Hauptmann nicht in seiner Geselligkeit erlebt, Herr Wallauer? Er verdorrt im Nu, wenn er sich nicht in Sympathie und Liebe geborgen fühlt. Manchmal denke ich: was ist so groß an ihm? Vielleicht ist das größte an ihm seine Sehnsucht nach Gemeinschaft und Liebe. Wenn die Helden seiner Dramen sie nicht finden, schickt er sie in den Tod.

Wallauer   Aber manchmal muss man um des Friedens willen streiten. Ach, lassen wir das, Fräulein Jungmann. Wenn der Gerhart Hauptmann so weitermacht mit seiner Vorsicht, wird er eines Tages noch bei der verlogenen Volksgemeinschaft der Herren Hindenburg und Hitler enden.

E. Jungmann   Herr Hauptmann verachtet die Hitlerleute.

Wallauer   Kann er denn verachten?

E. Jungmann   O ja, ich weiß das. Er hasst ihre Parolen. Da hat er ebenso empfindliche Ohren, wie wir Juden sie haben müssen heut'.

Wallauer   Tun Sie Ihrem Chef ein Schlafpulver in den Wein, damit er die Stunde verschläft, in der die falschen Leute ihm die Goldmedaille umhängen wollen. Er soll nicht schuldig daran werden, wenn heute

Abend eine Elisabeth Bergner die Hanna Elias zum letzten Mal auf einer deutschen Bühne spielt. Der Papen kann jeden Tag stürzen. Da wartet ein anderer – der Hitler kann morgen Kanzler sein und sein fetter Paladin Chef in Preußen. Ich bin ein ziemlich alter Mann. Was rege ich mich auf? Mir ist mein Frühstück auch lieber als der Streit um Politik. *(langt zum Brötchenkorb)*

Vor dem Mittag

Im Salon

E. Jungmann   Herr Meyer! Die Blumen für den Staatsbesuch, schnell, schnell! – Ob der Minister für seine Rede ein Pult braucht? Ach, Unsinn! *(Meyer mit Blumengestecken)* Hierhin? Ja, da machen sie sich gut. *(weist Meyer den Platz für die Blumen)*

Meyer   Das verstehe ich nicht, Fräulein Jungmann. Herr Doktor Hauptmann wird geehrt und die Blumen muss er selbst mitbringen?

E. Jungmann   Die preußische Regierung hat kein Geld für Blumen.

Meyer   Also das ist selbstverständlich. Die Blumen stiftet das Adlon.

E. Jungmann   Fein! Ist der Champagner nicht zu kalt? *(befühlt die Flasche)*

Meyer   Gerad' richtig für unsern Doktor. Aber die Sozis – trinken die denn überhaupt Champagner?

E. Jungmann   Zum Anstoßen auf die Goldmedaille.

Meyer   Nur der Herr Doktor und Frau Gemahlin? Keine Gäste, keine Presse?

E. Jungmann Ganz intim – so ist es uns am liebsten. *(Betrachtet den Salon)* So ist's gut. Danke, Herr Meyer. *(Meyer ab)* Hoffentlich hält der keine lange Rede. Wir haben keine Antwort in petto. Die Antwort heute Abend? – die passt ja nicht. *(Ordnet Tisch und Blumen; Margarete Hauptmann)*

M. Hauptmann   Sie bleiben, bitte, bitte, Fräulein Jungmann. Graf Kessler und Frau von Nostitz könnten ruhig ein bisschen früher kommen! Eine Preisverleihung zu zweit – unmöglich, dieser Grimme-Preis. Die Blumen – ist das nicht ein bisschen viel, Fräulein Jungmann, für so eine dürftige Feier?

E. Jungmann   Eine Gabe der Direktion. Ich find' es hübsch.

M. Hauptmann   Ja, es ist hübsch. Soll mein Mann sitzen oder stehen?

E. Jungmann   Ich weiß nicht. Sitzen, meine ich.

M. Hauptmann   Lassen wir's auf uns zukommen. Mein Mann telefoniert – hoffentlich nicht zu lange. Kommt der Minister ganz allein?

E. Jungmann   Er bringt den Direktor von heut' Morgen mit, den Herrn Bader. *(Hauptmann tritt ein)*

M. Hauptmann   Gerhart! Gott sei Dank.

Hauptmann   Ja, was ist, Grete?

M. Hauptmann   Jetzt kann der Minister kommen.

E. Jungmann   Er kommt mit Herrn Bader.

Hauptmann   So.

M. Hauptmann   Willst du sitzen oder stehen bei der Verleihung?

Hauptmann   Wenn der Minister steht, muss ich wohl stehen, denke ich. Andererseits – nun gut. Vor zehn Jahren, bei meinem Sechzigsten, weißt du noch, Grete? Ich sitze da zwischen dem Friedrich Ebert und dem Paul Löbe in der Aula, bin schon todermattet von dieser öden Rede des Professors – wie hieß der doch –?

M. Hauptmann   Professor Petersen.

Hauptmann   Dann kommt der nächste, der von der Goethe-Gesellschaft, der Roethe – Goethe, Roethe –, und statt von der Tribüne zu reden, tritt er vor mich hin und hält mir seine Adresse direkt unter die Nase und zwingt mich, die ganze Rede stehend anzuhören. So müde, so todmüde wie ich war. Nur dieser Student, mit seinem Feuer, seiner jugendlichen Frische – der hat mich wieder wachgerüttelt.

M. Hauptmann   Das gleiche dumme politische Theater wie heute. Stellen Sie sich vor, Fräulein Jungmann! Die Berliner Studentenschaft hatte beschlossen, der Hauptmann-Feier fernzubleiben, weil ja dieser Gerhart Hauptmann sich zur Republik bekannt habe und nicht als charakterfester Deutscher anzusehen sei. Und dieser Professor, dieser Petersen, der wollte den Ebert nicht in seiner Aula sehen. Stellen Sie sich das vor! – die Berliner Universität will das Oberhaupt der Republik nicht in ihren heiligen Hallen sehen. Den Sattler.

Hauptmann Beinahe wäre ich nicht hingegangen.

M. Hauptmann Aber beim Florian Geyer war's ganz anders. Wir beide in der Proszeniumsloge. Du im Licht des Scheinwerfers, ein leuchtendes Bild – wie der Goethe im Weimarer Theater, schrieben die Zeitungen, und nach jedem Akt haben die Schauspieler dich über die Logenbrüstung auf die Bühne gezogen – getobt hat das Publikum.

Hauptmann Ja, das war hübsch. Und anstrengend. In der Philharmonie haben die Schulmädchen mir Rosen gebracht, nachdem ich meine Verse gelesen. Habt ihr die Blumen dahingestellt?

E. Jungmann Ein Geschenk des Hauses, Herr Hauptmann.

Hauptmann So. *(Ein Hotelmanager geleitet Adolf Grimme und Bader in den Salon)* Herr Minister! Guten Tag, Herr Grimme! Willkommen! *(eilt auf ihn zu, begrüßt ihn)*

Grimme Guten Tag, Herr Hauptmann. Herrn Bader haben Sie bereits kennen gelernt.

Hauptmann Heute, heute, ja. *(geleitet die Herren mit umarmenden Gebärden in den Raum)* Meine Frau! Fräulein Jungmann, meine Mitarbeiterin. *(Die Eintretenden begrüßen die Damen)* Setzen wir uns, ja?

Grimme Zunächst erlauben Sie mir, Ihnen, verehrter Herr Hauptmann, ganz persönlich und mit dem Enthusiasmus eines großes Verehrers Ihres Werks zu Ihrem großen Geburtstag zu gratulieren. Wir waren begeisterte Zeugen des schönen großen Festes, durch das unsere Berliner Künstler den ersten Künstler unseres Landes feierten.

Hauptmann Danke! Meinen Dank! *(setzt sich zögernd, alle setzen sich)*

Grimme Verehrte gnädige Frau, bitte, sehen Sie es uns nach, dass wir die Geburtstagsfeier Ihres Gatten durch eine öffentliche Mission unterbrechen. Herr Hauptmann, Sie sind durch Herrn Bader unterrichtet, dass bedauerliche politische Umstände –

Hauptmann   Bedauerlich, ja –

Grimme   – dass diese Umstände es verhindern, der Ehrung unseres Dichters in seinem Heimatland Preußen den angemessenen Rahmen zu verleihen.

Hauptmann   Ja, ich bin unterrichtet.

Grimme   Die preußische Staatsregierung hat schon vor langem beschlossen, Ihnen zu Ihrem Geburtstag die Goldene Preußische Staatsmedaille zu verleihen – auf ganz besonderen Wunsch auch unseres Ministerpräsidenten Otto Braun und unseres Carl Severing –

Hauptmann   O ja, er hat mein Werk schon in der Bielefelder Volksbühne gefördert.

Grimme   Wir konnten nicht ahnen – auch nicht nach dem Staatsreich der Reichsregierung am 20. Juli –, dass Gerhard Hauptmann, der Genius der Deutschen, zum Gegenstand eines beklagenswerten Kompetenzstreits zwischen zwei Regierungen in einem Land werden sollte.

Hauptmann   Der Gegenstand, ja.

M. Hauptmann   Gegenstand?

Grimme   Anlass. Aber Preußen ist es, das große Land Preußen, das seine Goldene Staatsmedaille verleiht, und zwar einem Preußen aus Oberschlesien –

M. Hauptmann   Aber doch keinem preußischen Heimatdichter!

Grimme   Gewiss nicht, gnädige Frau. Gerhart Hauptmann verkörpert deutsche Kultur. Aber es liegt in der Kulturhoheit unseres Landes Preußen, dem großen Dichter und Deutschen unsere Staatsmedaille zu verleihen. Das Reich mag das seine tun – unsere Staatsmedaille gehört nicht in die Hände eines Reichskommissars.

Hauptmann   Ich habe schon den Adlerschild des Deutschen Reichs, mir als erstem verliehen vom Präsidenten Ebert.

Grimme   Ich darf Ihnen jetzt, verehrter Herr Hauptmann, die Urkunde zur Verleihung der Goldenen Preußischen Staatsmedaille überreichen –

(erhebt sich, Hauptmann auch) Erlauben Sie mir aber, bitte, dass ich auf die Verlesung der Urkunde verzichte und mit meinen Worten sage, warum Preußen seinen großen Sohn auszeichnet. *(Hauptmann setzt sich)* Wir ehren in Gerhart Hauptmann den warmherzigen Dichter des Volkes, der ihm so viele ergreifende Stimmen verliehen hat und mit seiner eigenen Stimme unermüdlich für Frieden, Freiheit und Gerechtigkeit eingetreten ist. *(Grimme reicht Hauptmann die Urkunde zu, der erhebt sich und nimmt sie; E. Jungmann zur Tür)* Meinen herzlichen Glückwunsch, Herr Hauptmann!

Hauptmann   Ich danke Ihnen, Herr Minister. Bitte, sagen Sie dem Herrn Ministerpräsidenten, dass ich die hohe Auszeichnung mit Rührung, ja, in tiefer – in tiefgefühlter landsmannschaftlicher Verbundenheit und – es ist ein ergreifender Augenblick für mich – in Berlin, in dem das Abenteuer meiner schlesischen Jugend so glücklich geendet – mit einem Wort: Dank! Dank! *(setzt sich; Meyer, begleitet von E. Jungmann, eilt herbei, öffnet die Flasche, schenkt ein)*

Grimme   Herr Hauptmann, bitte – Sie tragen es einem preußischen Minister nicht nach, dass die Verleihung einen so – ich muss wohl sagen – betont informellen Charakter hat?

Hauptmann   I wo. Wie werd' ich denn? Mir sind die traurigen – ja, Umstände der Verleihung wohl bewusst. *(Er ergreift das Glas)* Ich danke der Staatsregierung meines Vaterlandes für die hohe, für die wohlwollende Auszeichnung. *(Alle erheben das Glas; Schweigen)*

Bader   Herr Dr. Hauptmann, sind Sie damit einverstanden, dass wir die Presse über die erfolgte Verleihung informieren?

Hauptmann   Die Presse, ja. Das muss wohl sein.

Bader   Leider wird auch der Reichskommissar den dringenden Wunsch haben, über seinen Auftritt heute Abend zu informieren.

Hauptmann   Also – doppelt.

M. Hauptmann   Ist das nicht ein bisschen peinlich?

Bader   Nun – uns lacht die Gunst der frühen Stunde. Wir erreichen die Presse früher als der Reichskommissar.

Hauptmann Der Hase und der Igel, gewissermaßen.

Bader Wir – ich müsste Sie nur um ein Entgegenkommen bitten! Sollten Sie für die Verleihung heute Abend eine Ansprache vorbereitet haben –

Hauptmann Ja, das will ich! Fräulein Jungmann, erinnern Sie mich –

Bader Sie würden uns sehr helfen, Herr Dr. Hauptmann, wenn Sie den Text Ihrer Ansprache nicht der Presse zur Verfügung stellen würden – jedenfalls nicht heute Abend. Eine Ansprache Gerhart Hauptmanns sollte nicht im Tageblatt oder im Börsen-Courier zu lesen sein – jedenfalls nicht morgen.

Hauptmann Nicht zu lesen?

M. Hauptmann Hat die Öffentlichkeit denn nicht ein Recht darauf zu erfahren, was mein Mann heute Abend sagen wird, Herr Minister?

Hauptmann Ich weiß noch nicht, was ich sagen werde, Grete.

Bader Es geht um den Zeitpunkt –

Hauptmann Es geht um mein Wort, mein Wort!

M. Hauptmann Vielleicht sind Sie froh darüber, meine Herren, schon morgen früh zu lesen, was mein Mann zu sagen hat.

Grimme Aber selbstverständlich, Herr Hauptmann. Wir legen es in Ihre Hand! Nicht wahr, Herr Bader?

Bader Darf ich noch eine Bitte äußern, Herr Dr. Hauptmann?

Hauptmann *(hebt ratlos Schultern und Arme)* Ja?

Bader Übermorgen sprechen Sie zu den Studenten, die – ich muss Sie wohl darüber informieren – auf den Leim der braunen Propaganda gegangen sind. Es ist unsere Universität, es ist die Universität Humboldts, Fichtes, Hegels, Rankes. Ein unmissverständliches Wort zu unserem Rechtsstandpunkt, zu unserem Staatsverständnis – aus ihrem Munde! Es würde uns helfen!

Hauptmann Ich will sprechen – über die Brunnen des Lebens. Über Politik gedachte ich nicht zu sprechen.

Bader Herr Dr. Hauptmann, es ist eine reaktionäre Studentenschaft, die Sie eingeladen hat.

Hauptmann Sie wollen mich doch nicht bewegen, auf meine Teilnahme an der Feier zu verzichten?

M. Hauptmann Sie verlangen Unmögliches von Gerhart Hauptmann, meine Herren. Er kann doch nicht in seiner Rede die Saat des Haders und der Zwietracht unter der Jugend ausstreuen – sie will den Dichter feiern! *(Hauptmann schenkt sich ein, trinkt hastig)*

Grimme Gnädige Frau, ich muss Herrn Bader widersprechen. Nein, nein! Wir wollen einem Mann, dessen Sein und Werk Nationaleigentum geworden ist, auch nicht einen Augenblick lang das Empfinden geben, von irgendeiner Seite oder Richtung sollte gleichsam ein Monopolanspruch an ihn erhoben werden –

Hauptmann Richtig! *(schenkt sich ein, trinkt)*

Grimme Das wäre eine seltsame Art der Ehrung und käme einer Kränkung Ihres Menschtums und einer Verkennung der nationalen Mission des geistigen Deutschen gleich.

Hauptmann Herr Grimme, Sie sagen es. Ich höre den Kultusminister, nicht den Politiker, nicht den Parteigänger. Kultur, deutsche Kultur – sie ist überparteilich, gewissermaßen neutral.

Grimme Ja. Doch leider hat Herr Bader recht. Die Studentenschaft, die Sie eingeladen hat, wird von der Hitlerpartei gesteuert. Die rechtsradikale Welle schwappt hoch an den deutschen Hochschulen – unsere alte akademische Tradition der Lehr- und Lernfreiheit ist auf den Tod bedroht. Der Geist wird aus ihnen vertrieben.

Bader Deshalb mein Appell, Her Hauptmann! Wir stehen auf verlorenem Posten. Helfen Sie uns!

Grimme Nun, Herr Bader – wenn die Studenten Gerhart Hauptmann einladen, dann bekennen Sie sich zu ihm, das heißt nicht, dass Herr Hauptmann sich zu ihnen bekennt.

Hauptmann Das will ich meinen, Herr Grimme, Sie haben es getroffen. Ich werde ihnen mein Wort schon sagen – mein Wort! Fräulein Jungmann, würden Sie mir meine Rede einmal holen!

E. Jungmann Oh, Herr Hauptmann, sie ist noch nicht fertig.

Hauptmann Noch nicht fertig. Also – mein Wort, es wird die jungen Leute ins Herz treffen.

Grimme Wenn die Jugend nach Ihnen ruft, Herr Hauptmann, dann will sie den Repräsentanten des Geistes hören. Oh, ich stimme Ihnen zu, Herr Hauptmann! Würde der geistige Deutsche aufhören, allen zu gehören, dann wäre das Ende der deutschen Kultur bereits da. Der Geist darf nicht in die Hände von Gruppen fallen –

Hauptmann Sie drücken das staatsmännisch aus, Herr Grimme.

Grimme Und wenn die jungen Leute, mögen sie jetzt verblendet sein, durch eine Einladung an Sie, an Gerhart Hauptmann, ihr Ja sagen zu dem sittlichen Ernst und dem künstlerischen Gehalt Ihres Lebenswerks, dann zeigt das doch, dass noch Stege da sind, die sie davor bewahren, im braunen Morast zu versinken.

Hauptmann Ja, die Brunnen des Lebens, ich werde mein Wort sagen.

Grimme Vergessen wir nicht, Herr Bader, dass der Künstler seinem Wesen nach radikaler sein kann als alle Politik.

Hauptmann Radikal – ja.

Grimme Dem Dichter ist es gegeben, an Schichten der menschlichen Seele zu rühren, in denen sich die eigentlichen Wandlungen der Geschichte vollziehen. Dort werden die großen und letzten Entscheidungen des Schicksals vorbereitet: in der Gesinnung, der menschlichen Gesinnung.

Hauptmann Menschlichkeit – mein Wort an die Menschen!

Grimme Und an diese Schichten im Menschen zu rühren, verehrter Gerhart Hauptmann, ist das nicht gerade die metaphysische Sendung des in jedem Dichter verborgenen politischen Geistes?

Hauptmann Der geheime Politiker in jedem Dichter. Menschlichkeit, Freiheit, Recht – darf ich mir Ihr Wort notieren, Herr Grimme? Vortrefflich.

Grimme Es ist eine hohe Verantwortung, die Ihnen Ihr Amt als deutscher Dichter auferlegt. In dieser wahrhaft nationalpolitischen Mission des Dichters in einer Welt des Haders und der brüchigen Maßstäbe sprechen Sie zu einer akademischen Jugend, die der augenblicklichen Macht der Verführung verfallen ist. Sie werden Ihr Wort sagen, Herr Hauptmann!

Hauptmann Ja. Am liebsten würde ich mich gleich zurückziehen, um meine Rede zu machen. *(E. Jungmann blickt ihn fragend an)*

Grimme Und was die Sozialdemokraten betrifft, Herr Hauptmann – sind sie denn eine Partei? Sind sie nicht eine Volksbewegung, die nichts anderes will, als dass der Mensch wirklich Mensch werde? Der Mensch in seiner ganzen Existenz – geistig, seelisch, wirtschaftlich. In seiner Menschlichkeit! Wer hat uns diese Idee der Humanität ergreifender vor unsere Augen gestellt als Gerhart Hauptmann?

Hauptmann Ich schreibe mir ein gewisses Verdienst daran zu, den Menschen auf die Bühne gebracht zu haben – wenn auch viele Kritikaster über den Arme-Leute-Geruch in meinen Stücken schwafelten.

Grimme Ich hörte, Herr Hauptmann – Thomas Mann wird Ihnen in München die Festrede halten?

Hauptmann O ja.

Grimme Er hat vor ein paar Tagen in Wien zu unserer Arbeiterjugend gesprochen. Und im Winter wird er hier in Berlin zu unserem sozialistischen Kulturbund sprechen, dem vorzusitzen ich die Ehre habe –

Bader Wenn das dann noch erlaubt ist!

Grimme Thomas Mann wird wieder die Bürger an die Seite der Arbeiter rufen, die Arbeiter an die Seite der Bürger. Er hat in Wien den Mut gehabt, die reaktionäre Clique, die uns jetzt auch in Preußen widerrechtlich regieren will, die Restmenschen einer feudalen Vergangenheit zu nennen – die nichts, aber auch gar nichts zu tun hätte mit dem Geist und mit dem Volk.

Hauptmann Ja, mein junger Kollege ist keck. Ich werde in München wohl einiges zu gewärtigen haben. – Restmenschen? Ist unser Reichspräsident ein Restmensch? Er war immer keck, der Thomas Mann. Ich kann ein Lied davon singen.

M. Hauptmann Sie wollen sagen, Herr Minister – Thomas Mann hätte nicht vor den Berliner Studenten gesprochen?

Grimme Er hätte, gnädige Frau – wenn man ihn denn eingeladen hätte.

Hauptmann Sie hätten ihn nicht eingeladen! Unser Thomas Mann ist ein gescheiter Kopf, aber ein Mann des Volkes – das ist er nicht. Herr Minister, Herr Ministerialdirektor, ich danke Ihnen. Überbringen Sie bitte dem Herrn Ministerpräsidenten meine dankbaren Grüße, der ganzen preußischen Regierung. Es wird sich ein glücklicher Ausweg aus der momentanen – der augenblicklichen Krise finden lassen. Ich wünsche meinem Lande Preußen Glück – ja, und Frieden mit dem Reich. *(Die Herren erheben sich)*

Grimme Auf Wiedersehen, gnädige Frau, Fräulein Jungmann, auf Wiedersehen. *(Grimme und Bader verabschieden sich von den Damen; Hauptmann begleitet sie hinaus)*

M. Hauptmann Merken Sie, wie Sie alle an ihm zerren? Ich möchte diese Urkunde zerreißen – *(nimmt sie)*

E. Jungmann Frau Hauptmann! Nicht –

M. Hauptmann Wie sie ihn einspannen – einen Gaul vor ihren Karren. Seit Monaten erlebe ich das. Ja, es ist schön, diese vielen Ehrungen zu erleben, diese Feste der Liebe, der Sympathie, diese ganze tollpatschige Ehrerbietigkeit, mit der sie Gerhart Hauptmanns Namen an ihre Fahnen heften. Und der Gerhart – ja, er genießt es, er hat seine kindliche Freude an diesem ganzen Firlefanz der Feste und Bankette. Ich will's ihm nicht verderben. Wenn wir erst wieder auf dem Wiesenstein wären! Das ist seine Burg! Der Künstler ist immer der wahre Einsiedler. Das weiß der Michael Kramer. Könnt' ich ihn einsperren auf seine Burg! – in unser'm Agnetendorf. Aber das geht ja noch wochenlang so mit dem Trubel. Und er soll reden, reden. Sollen sie doch hören, was die Frau John heut' Abend in den ‚Ratten' zu sagen hat. Soll er doch die Mutter Wolffen an seiner Stelle reden lassen. Sollen sie weinen mit dem Mund des Hannele. Hat er nicht alles gesagt? Er spricht durch Menschen, die er geschaffen hat – die er aus dem Leben herausgehoben und auf die Bühne gestellt hat. Haben Sie ihn beobachtet, wenn er in seiner Loge sitzt, Fräulein Jungmann? Er sitzt da im Frack, stumm und steif – aber in seinem Innern weint's und lacht's mit seinen Geschöpfen, seine Lippen bewegen sich mit den Worten, die über sie hinweg auf die Bretter gesprungen sind. Macht eine Versammlung aus ihnen, aus all den dramatischen Figuren, und dann stellt ihren Schöpfer vor sie hin und verlangt von ihm, er solle zu ihnen reden. Reden! Er wird sie ansehen, stumm und leidend, sie werden ihn ansehen, und sie werden sehen: da steht einer vor ihnen, in dessen Weisheit und Güte sie geborgen sind. Fräulein Jungmann, warum kommt mein Mann nicht zurück? Versucht der Grimme immer noch, ihn um den Finger zu wickeln? Fräulein Jungmann, schauen Sie, rufen Sie ihn!

E. Jungmann   *(öffnet die Tür, schaut hinaus)* Er spricht mit Meyer.

M. Hauptmann   Übermorgen, beim Pen-Club, beim Schutzverband, da wird der Alfred Kerr ihm wieder die Leviten lesen. O, er ist verständnisvoll – ja. Er hat meinem Mann sogar schon die Stichworte gegeben – damit er klug antworten kann! *(öffnet die Handtasche, nimmt einen Zettel heraus)* Sogar gereimt. Dass die immer dichten müssen! Soll sich vom Kuddelmuddel fernhalten? Gut. Kämpfe führen mit dem eigenen Mittel? Gut. Das kann ich ihm geben. Scheinheiligkeit! Mit den eigenen Mitteln, ja, ja. Das eigene Prinzip, ja, ja. Aber sie akzeptieren es nicht. Sie fordern ihn heraus. Sie wollen, dass er mit ihren Mitteln kämpft! Dann wird er wieder reden – von Kunst und Politik und Politik und Kunst. Dann wird er sich wieder distanzieren von allen Parteien. Dabei ist er Partei! – ist es immer gewesen. Nur dass es diese Partei nicht gibt in der Politik – die Partei der poetischen Wahrheit, die ihre Stimmzettel von der Bühne herab verteilt. Er soll nicht über die Parteien reden, jedes Wort ist überflüssig – ich werde es ihm verbieten! *(Hauptmann mit Kessler und H. v. Nostitz an der Tür)*

Hauptmann   Was willst du mir verbieten, Grete? Dass ich mich jetzt endlich bei meinen Freunden für die herrliche Gabe bedanke?

M. Hauptmann   Graf Kessler! Frau von Nostitz! Sie schickt der Himmel. Schade – Sie kommen zu spät. Sie wären Zeugen geworden der

seltsamsten Dichterehrung, die Deutschland je erlebt hat. Sehen Sie –
hier! *(zeigt die Urkunde)* Die Preußische Goldmedaille – auf dem Papier!

Hauptmann   Kein Siegel.

M. Hauptmann   Kein Gold, kein Siegel, nur Papier. Und ein Kultusminister und sein Bürokrat, die Gerhart Hauptmann erklären, dass
sie wohl die rechtmäßige Regierung sind, aber nichts zu sagen haben.
Nicht mal ihre Goldmedaille aus dem Tresor holen können! Eine Pa-
piermedaille. Nicht einmal eine anständige Rede hat der Minister sich
zugetraut.

Kessler   Die preußische Regierung ist die rechtmäßige Regierung, liebe
Frau Hauptmann. Der Adolf Grimme war hier! Das ist ein großartiger,
ein tapferer Mann.

M. Hauptmann   Sie sind Politiker, lieber Graf. Haben Sie nicht sogar
für den Reichstag kandidiert? Erklären Sie uns das alles!

Kessler   Liebe Frau Hauptmann! Zwei Drittel des Reichs – seiner
Menschen, seines Landes – sind preußisch. Und Preußen ist eine Bas-
tion der Demokratie in unserer deutschen Republik. Sozial, christlich,
liberal – alles, aber immer demokratisch! Koalitionen der humanen
Vernunft! Das Berlin des Reichs hat dem Berlin Preußens den Krieg
erklärt – einen Bürgerkrieg!

H. v. Nostitz   Auch deine preußische Regierung hat gegen die Mehrheit des Volks regiert. Wo ist deine Demokratie?

Kessler   Gegen eine Mehrheit, die keine Demokratie will. Preußen hatte
eine demokratische Regierung in Notwehr, bis dein lieber Onkel dem
Papen die Vollmacht gab, das Bollwerk der Demokratie zu schleifen.

M. Hauptmann   Ihr Onkel, Frau von Nostitz?

H. v. Nostitz   Von fern verwandt –

Kessler   Ich dachte, du seiest unschuldig an der Dummheit Hindenburgs. Jetzt glaub' ich's fast nicht mehr.

H. v. Nostitz   Hindenburg wird seine Gründe gehabt haben, Preußen
der Reichsgewalt zu unterwerfen. Unserm Berlin wird das gut tun. Es
ging ja ein Riss durch unsere geliebte Stadt.

Kessler Berlin ist nicht Deutschland. Berlin hätte mit seinem Riss gut leben können.

H. v. Nostitz Erlaube, Harry! Berlin ist die Hauptstadt des Reichs! Soll es hier eine Polizeimacht geben, die den Maßnahmen der Reichsregierung die Stirn bieten kann? Die nicht in der Lage ist, die Sicherheit der Reichsbehörden zu gewährleisten?

Kessler Ach, dein Onkel Hindenburg ist doch Berlins Augapfel. Vergiss nicht – wir Demokraten haben ihn gewählt, beim zweiten Mal. Sogar die Sozis haben ihn gewählt. Die sind über ihren Schatten gesprungen! Das hätte der alte Herr wohl auch tun können.

Hauptmann Streit! Streit!

M. Hauptmann Graf Kessler! Die preußische Regierung verlangt von meinem Mann –

Hauptmann Erwartet! Hofft –

M. Hauptmann Sie verlangt von meinem Mann, dass er ein öffentliches Wort – sein mächtiges Dichterwort einlegt für die Rechte der preußischen Regierung. Gegen das Reich, gegen Kanzler und Präsident.

Kessler Oh, das ist viel verlangt. Aber ein berechtigter Wunsch. Ein Appell an preußischen Bürgermut.

M. Hauptmann Ist mein Mann der Dichter Preußens?

Kessler O nein. Präsident Harding hätte ihn gewiss nicht im Weißen Haus empfangen, wäre er's. Er ist ein Bürger der Freiheit. Hätten die Amerikaner ihm sonst das Efeublatt vom Grabe George Washingtons verehrt?

Hauptmann Ich habe es eingepflanzt in meinem Garten. Es soll einst auf meinem Grab auf dem Wiesenstein wachsen – bis ans Ende aller Tage.

Kessler Glauben Sie, Herr Hauptmann, der Papensche Preußenschlag diente der Freiheit Deutschlands? Der Freiheit der Menschen, die nach ihrer Façon selig werden wollen? Ehren Sie die Urkunde des Adolf Grimme! Der Mann hat ein angeborenes Recht, einem Dichter eine

Ehrenurkunde zu verleihen. Was wollen Sie mit einer Goldmedaille? Lassen Sie die den Winzern und Kaninchenzüchtern.

M. Hauptmann   Aber er kriegt sie ja auch, heute Abend, von diesem Reichskommissar.

Hauptmann   Und das Siegel.

Kessler   Herrgott, das ist fatal! Heute Abend – bei Ihrem Festbankett? Ich fürchte, verehrter, lieber Herr Hauptmann, ich werde Ihrer liebenswürdigen Einladung nicht folgen können – eine plötzliche Indisposition.

H. v. Nostitz   Das wäre unverzeihlich, Harry!

Hauptmann   Nein, nein, nicht das Bankett. Nach dem Schilling – im Teesalon der Kaiserin.

H. v. Nostitz   Das ist ein zauberhafter Rahmen. Ich kenne den Salon.

M. Hauptmann   Soll mein Mann sich teilen? Soll er sich zerreißen lassen? Und macht er sich nicht lächerlich, wenn er die Medaille zweimal nimmt, von zwei Regierungen.

Kessler   Aber es gibt wohl nur eine Medaille! Raffgier wird man userm Dichter nicht vorwerfen können.

Hauptmann   Eine Komödie! Eine Posse! Eine bessere habe ich nie geschrieben. Was ist mein Biberpelz dagegen.

H. v. Nostitz   Lieber Herr Hauptmann, genießen Sie es, dass zwei Regierungen sich um den großen Sohn des Vaterlandes reißen.

Hauptmann   Aber sie zerreißen mich!

Kessler   Ablehnen wollen Sie die Ehrung durch den Reichskommissar nicht?

Hauptmann   Ich kann nicht, lieber Kessler.

Kessler   Ich helfe Ihnen, ich, der rote Graf! Ich werde an Ihrer Seite stehen, und ich werde mir deutlich das Lachen verbeißen. Die Welt kennt mein berühmtes mokantes Lächeln. Nein, ein unverschämtes politisches Grinsen werde ich auflegen. Vielleicht – lachen!

H. v. Nostitz   Das wirst du nicht tun. Denn an deiner Seite stehe ich, dein konservatives Gewissen.

Hauptmann So komme denn, was ich nicht verhindern kann. Mein Geburtstag ist mir verleidet.

M. Hauptmann Klüger wäre es gewesen, den Herrn Grimme mit seinem Preis nicht zu empfangen.

Hauptmann Grete!

Kessler Das hätten alle Freunde Gerhart Hauptmanns in Berlin ihm übelgenommen. Übermorgen im Pen-Club! Was hätten die gesagt? Was hätte Alfred Kerr gesagt?

Hauptmann Er darf über meine Sachen schreiben, mein politischer Mentor ist er nicht.

Kessler Und der Tee in der Akademie. Was hätten Ihre Dichterfreunde wohl gesagt?

Hauptmann Nie, nie wollte ich eintreten in diese Dichterakademie! Was wollt ihr mit einer Dichterakademie, habe ich gesagt, was sollen mir staatlich beamtete Dichter? Ich will nicht führen, ich will nicht beeinflussen, ich bin ein freier Poet, der auf Menschen, auf ihr Menschliches, auf die Menschlichkeit wirken will.

Kessler Aber Sie sind eingetreten, und das war gut so. Sie haben Pflichten im Kampf für den Geist übernommen –

Hauptmann Weil der Max Liebermann und der Thomas Mann mich bestürmt haben, weil der Vorgänger des Herrn Grimme mich heimgesucht hat mit seinem Plan! Da ist aus einem Saulus ein Paulus geworden.

Kessler Vor zehn Jahren in den Niederlanden – ich wollte den großen, den geliebten deutschen Dichter bewegen, ein paar Worte zu finden für die begeisterten jungen Proleten der Weltgewerkschaft –

Hauptmann Vor den roten Fahnen!

Kessler Einen klitzekleinen Funken revolutionären Geistes wollte ich dem Mann entlocken, der die ‚Weber‘ geschrieben hat. Es ist mir nicht gelungen. Er war so unentschlossen, so grimmig zugeknöpft, so – pardon! – geheimrätlich.

Hauptmann Vor roten Fahnen spreche ich nicht. Vor keiner Fahne! Ich habe doch allen genug gegeben. Sie sollen mich in Ruhe lassen. Habe ich nicht jeder Partei ein Stück geschrieben? – den Sozialisten die Weber, den Klerikalen das Hannele, den Nationalen den Florian Geyer! Soll ich vor allen ihren Fahnen hermarschieren? Fräulein Jungmann, nach der Mittagsrast müssen wir meine Rede für diesen Herrn Bracht fertigmachen! Ich werde mein Wort schon zu sagen wissen.

Nach dem Mittag

Im Salon

H. v. Nostitz   Du hast ihn verärgert, Harry. Er hat sich nicht für dein Geschenk bedankt. Sein Mittagsschläfchen war ihm wichtiger.

Kessler   Es ist ein anstrengender Tag für ihn. Er ist heute siebzig.

H. v. Nostitz   Was hast du ihm so Herrliches geschenkt?

Kessler   Den Hamlet aus meiner Cranach-Presse, den schönsten Druck.

H. v. Nostitz   Seinen Lieblingshelden! Den Hauptmannschen Hamlet – der Held, der sich zu entscheiden weiß.

Kessler   Wenn ich etwas gewusst hätte von seiner Medaillennot, hätte ich ihm seinen Till Eulenspiegel geschenkt, nicht den Hamlet.

H. v. Nostitz   Hat er dir auch vorgelesen aus seinem Hamlet-Roman? – dem Wirbel der Berufung?

Kessler   Tausendmal haben wir über seinen Hamlet diskutiert.

H. v. Nostitz   Eine Marotte! Seine kühnste. Er musste ihn neu dichten. Seinen Hamlet, der nicht zaudert, der nicht schwankt. Der sich beherzt an die Spitze des Aufruhrs gegen den Vatermörder und Thronräuber stellt. Einer, der aus voller Seele hassen und lieben kann. Der sich entscheidet! Ein Hauptmann stellt alles auf den Kopf! Die klügsten Köpfe haben sich über Hamlet den Kopf zerbrochen – Gerhart Hauptmann kommt und stellt alles auf den Kopf!

Kessler   Er hat seinen Hamlet auf kräftige Beine gestellt. Das kann nur er! – unser alter Dramaturg, Dichter und Doktor.

Kessler Helene! Ich hätte ihm doch seinen Eulenspiegel schenken sollen. Heut' Abend, wenn er dem preußischen Diktator von Hindenburgs Gnaden danken muss –

H. v. Nostitz Der Reichskommissar ist kein Diktator!

Kessler – der Till dankt! Das wäre eine Antwort.

H. v. Nostitz O nein, ich weiß, was er zitieren wird – den Florian Geyer – „der deutschen Zwietracht mitten ins Herz!"

Kessler Könnte ich mit ihm zusammen seine Rede machen!

H. v. Nostitz Sei nicht so naiv, Harry! Merkst du nicht, wie Berlin sich verändert? Berlin wird die Hauptstadt eines neuen Reichs. Papens Tage sind gezählt. Hindenburg kann ihn nicht mehr halten. Nach Papen kommt Hitler, bald. Glaub' es mir. Die Goldmedaille heute Abend – das ist schon der erste Orden des neuen Reichs. Ein Orden für den Reichsdichter. Was glaubst du wohl, warum der Reichskommissar sich darum reißt, Gerhart Hauptmann die Goldmedaille verleihen zu dürfen? Preußen geht unter.

Kessler Das sagst du? Die jede Woche die alte preußische Gesellschaft bei ihrem Tee versammelt? Die mit den preußischen Prinzen im Schloss Bellevue Ostereier suchte?

H. v. Nostitz Die alten Geschichten! Du bist doch auch ein Radikaler geworden, obwohl der alte Wilhelm deiner Mutter den Hof gemacht hat. Harry! Wir stehen am Beginn einer neuen Zeit. Das Alte und das Neue werden sich machtvoll verbünden – aber nicht in den Formen der bankrotten Republik. Preußens Goldmedaille heute Abend – das ist die erste Reichsmedaille. Das Symbol des Willens einer neuen Volksgemeinschaft. Gerhart Hauptmann ist ein Dichter – glaubst du, er spürt nicht, was in der Seele seines Volkes sich bewegt? Er wird die Goldmedaille nehmen, er wird sich artig verbeugen – ja, vor diesem Reichskommissar, vor dieser kommissarischen Null, weil er hinter ihr schon die neue Nummer Eins stehen sieht.

Kessler Unsinn! Hauptmann ist ein Mann der Republik.

H. v. Nostitz Er wird dahin gehen, wohin sein Volk geht. Er hat Willis schäbigen Orden genommen, er hat die Orden der Republik genommen – jetzt nimmt er Preußens letzten Orden, der schon ein Orden des neuen Reichs ist. Das ist so mit den Dichtern – sie wollen Männer des Volkes sein, aber sie wollen die Ersten sein: herausgehoben, bewundert, geliebt, mit Preis und Ehre überschüttet. Nur mein armer Harry kriegt keinen Orden – für Schwärmer und Idealisten sind Orden nicht gemacht. Misch' dich nicht ein in Hauptmanns Entscheidung, Harry. Er wird sich selbst zu entscheiden wissen. *(Meyer an der Tür)*

Meyer   Herr Graf, bitte, entschuldigen Sie – hier sind Besucher für Herrn Doktor Hauptmann – hochberühmte. Darf ich sie zu Ihnen in den Salon führen? Sie möchten auf Herrn Doktor Hauptmann warten. Sie warten doch auch, Herr Graf? Nicht wahr, gnädige Frau?

Kessler   Wer ist's?

Meyer   Oh, Sie kennen sie, Herr Graf. Die Elisabeth Bergner! Werner Krauß!

Kessler   Herein mit ihnen! *(Meyer ab)* Die Helden der Festaufführung heute Abend. Fabelhaft.

H. v. Nostitz   Was sie wohl wollen? Sie können ihrem Dichter doch heute Abend auf der Bühne gratulieren? *(Elisabeth Bergner, Werner Krauß)*

Kessler   Hanna Elias! Gabriel Schilling! Willkommen!

H. v. Nostitz   Ich freue mich – ich freue mich sehr, Sie zu sehen, Frau Bergner, guten Tag. Herr Krauß! *(Händeschütteln)*

E. Bergner   Sie warten auf Gerhart Hauptmann? Wir kommen zu früh, o ja, ich weiß. Aber wir hatten gehofft, der Meister würde heute auf sein Nickerchen verzichten.

Kessler   Er will auch noch seine Rede diktieren. Herr Krauß, wollen Sie den Meister fragen, ob Sie noch einmal einen fünften Akt streichen dürfen?

Krauß   Wenn ich im fünften nicht gerade sterben muss.

E. Bergner   Unvorstellbar! Im ‚Sonnenuntergang‘, am Ende des vierten Aktes, legt sich der Krauß zum Sterben hin. Mit seinen letzten starken

Worten ist der Geheimrat einfach gestorben, vor dem Souffleurkasten. Erschütterung, Beifall, Ende – der fünfte Akt wird überflüssig. Und Gerhart Hauptmann soll immer noch an seinem fünften schreiben.

Krauß   Er konnte sich nicht entscheiden. Also, den fünften fand ich immer blöd. Ein Einfall so unmöglich wie der andere! Der Clausen flieht vor seinen Irrenwärtern ins Badezimmer und erschießt sich. Grauenvoll! Neuer Versuch. Drei Ärzte halten Konsilium im Park, Entmündigung oder nicht. So ein Blödsinn. Da tragen sie den toten Clausen rein, das Messer in der Brust, derselbe Dolch, mit dem er das Gemälde seiner toten Frau zerfetzt hat – also ich bitte Sie, so ein Graus –

Kessler   Starke Effekte. Die liebt er.

Krauß   Dann habe ich die dritte Fassung pauken müssen. Schlafmittel, Badewanne, Puls, Suizid à la Marc Aurel. Der Akt streckt und streckt nur das Ganze. Bei mir ist er einfach umgefallen, tot –

E. Bergner   Einen Schwächeanfall hat er einfach in einen Tod umgemünzt.

Krauß   Das ist doch einleuchtend bei einem Siebzigjährigen. Wozu noch einen fünften? Aber ich hab's ihm versprochen – einmal werde ich seinen fünften spielen. Tod in der Badewanne – wenn's denn sein muss.

E. Bergner   Dem Dichter, der uns so herrliche Rollen geschrieben hat, ins Handwerk pfuschen! Das nenne ich frech und vermessen.

Krauß   Frech! Was meinst du, warum du heute die Hanna Elias spielst? Er wollte doch die Mendelssohn. Ich war's, ich hab' gesagt: Das geht nicht, nicht die, nur die Bergner, nur die Bergner. Frau von Nostitz, sehen Sie die Undankbare – ich habe sie in ihren Bergen angerufen und gesagt: wir brauchen dich in Berlin!

H. v. Nostitz   Herzlichen, großen Dank, Herr Krauß. Das war eine gute Entscheidung.

Krauß   Müssen wir Schauspieler nicht manches entscheiden, was die Dichter und Regisseure nicht entscheiden wollen?

E. Bergner   Ja, du, Werner, du kannst dir manches herausnehmen. Der Hauptmann, der liebt dich ja. Ihm verzeiht er alles. Sogar das Titelblatt der Berliner Illustrierten – auf ihm Gerhart Hauptmann und Werner Krauß als Pastor Angermann, ein würdevoller geistlicher Herr. Was schreibt das Blatt? Da sitzt ein alter Komödiant und neben ihm ein Mensch – raten Sie, wer der Komödiant sein sollte!

Krauß Ich fand's genierlich. Aber ich hab's ja wieder gutgemacht. Beim Hasenclever sollte ich der liebe Gott sein – ‚Ehen werden im Himmel geschlossen‘. Mein Gott, wie sieht der liebe Gott aus? Die Regie sagt: er kommt vom Golfspielen und trägt einen schwarzen Golfanzug. Ideen gibt es! Wie kann denn der liebe Gott aussehen? Und da sah ich Gerhart Hauptmann: So musste der liebe Gott aussehen! Den Haarwuschel vorn habe ich mir wegrasiert – eine weiße Perücke. Ich sah aus wie Gerhart Hauptmann – wie der liebe Gott.

Kessler Der liebe Gott als deutscher Dichter. Das hat der Max Liebermann schon gewusst: der Gerhart Hauptmann ist der deutsche Dichter, auch weil er so aussieht. Oder wie der liebe Gott von Hasenclever.

Krauß Im Preußischen Landtag gab's einen Riesenkrach –

E. Bergner Deshalb kommen wir ja zu Hauptmann, heute!

H. v. Nostitz Wegen des Krachs im Landtag?

E. Bergner Nein! Ja – nein. Nach unserm ‚Gabriel Schilling‘ heute Abend, da wird ihm doch dieser preußische Orden verliehen. Wir sind eingeladen, der Werner – Herr Krauß und ich. Aber keiner will hingehen. Der Max Reinhardt nicht, der Kerr grummelt –

Kessler Da darf er wohl grummeln!

E. Bergner Was ist dann das mit Preußen? Nur die Preußen dürfen dem Hauptmann den Orden verleihen! – das sagen sie alle.

Krauß Die Goldmedaille.

Kessler Recht haben sie.

E. Bergner Wollen Sie noch auf deutschen Bühnen spielen? – hat der Max Reinhardt mich gefragt. Das ist eine Tragödie heute, sagt er. Der Hauptmann lässt sich vor den Karren der Rechten spannen. Wenn die ans Ruder kommen – dann fällt der Vorhang, für immer – und für uns! Ja, was hat denn der Gerhart Hauptmann damit zu tun? Dann hat die

Jüdin Elisabeth Bergner zum letzten Mal die Jüdin Hanna Elias gespielt – sagt der Reinhardt. Nur weil unser Gerhart Hauptmann einen Orden nimmt?

Krauß Reinhardt übertreibt.

Kessler Frau Bergner, liebe, liebe Elisabeth Bergner, ich bitte Sie – sagen Sie das Herrn Hauptmann, bitte. Aus Ihrem Mund – Reinhardts Worte! Das könnte ein schmerzhafter Rippenstoß für ihn sein.

E. Bergner Warum soll ich ihn in die Rippen stoßen?

Krauß Mein Gott! Heut' Abend haben wir eine Festaufführung. Was soll die Aufregung? Wenn die Hanna Elias auf die Bühne stürzt – in zügelloser Raserei, wie's unser Dichter will –

E. Bergner Ich rase nicht!

Krauß Wir machen eine Festaufführung, die dem Dichter an seinem siebzigsten Geburtstag Freude machen soll. Also, schwer genug ist das! Das Stück ist doch – alt, abgestanden. Es geht doch keiner ins Wasser, wenn er zwischen zwei Frauen steht. Also, ich habe ja auch einen Wunsch an Hauptmann. Wenn der Mäurer, dieser Bildhauer, im zweiten Akt diesen schönen Satz sagt – „Wir haben alle ein verknotetes Schicksal als Aufgabe, und die Lösung kann immer wieder nichts anderes sein als die Tat" – also, dann sage ich, sagt der Schilling „Du stehst breit und fest und kraust dir den Bart" – Dann lachen die Leute –

E. Bergner Die Leute warten immer auf etwas, worüber sie lachen können. Graf Kessler, was ist mit dieser Medaille? Sollen wir dabei sein? Ich würde es ja gern erleben, wenn sie Gerhart Hauptmann eine Goldmedaille schenken. Wie auf der Olympiade. Aber wenn der Max Reinhardt nicht hingeht und der Kerr auch nicht –

Krauß Wenn Gerhart Hauptmann da ist, sind wir auch da, Elisabeth.

Kessler Fragen Sie Herrn Hauptmann.

H. v. Nostitz Sie gehen hin! Das ist doch klar. Die Goldmedaille wird Herrn Hauptmann vom Reichskommissar verliehen.

Kessler Einer Regierung, die Preußens Führung gegen Recht und Anstand aus dem Amt gejagt hat.

E. Bergner   Anstand –

H. v. Nostitz   Aber der Reichskommissar ist Herr über die preußischen Staatstheater.

E. Bergner   Ist er auch der Chef von Max Reinhardt? Mir schwirrt der Kopf.

Krauß   Wir spielen, Elisabeth, wir spielen. Wir sind wichtig, nicht die Regierung.

E. Bergner   Ja, wir spielen. Aber sollen wir auch zu dieser Verleihung gehen? Die ist doch kein Spiel.

Krauß   Komm, ist egal, – es geht ja nicht um den Ifflandring *(Gerhart Hauptmann mit E. Jungmann an der Tür)*

Hauptmann   Den werden Sie mal kriegen, Herr Krauß! Welch' eine Versammlung! Aber ihr müsst gehn, ganz schnell, alle! Keine Störung. Ich habe zu arbeiten. Es wird Zeit –

E. Bergner   Herzlichen Glückwunsch, lieber Herr Hauptmann, alles alles Liebe – *(eilt auf ihn zu, umarmt ihn)*

Krauß   Herzlichen Glückwunsch!

Hauptmann   *(Elisabeth Bergner über das Haar streichend, mit ausdrucksvoller Dankgebärde gegen Krauß)* Sie müssen längst bei der Arbeit sein! Auch ich habe jetzt zu arbeiten. Ich will mit Fräulein Jungmann meine Rede machen. Wir haben niemanden, der uns unsere Texte schreibt. Es wird Zeit. So ein Geburtstag – das ist Arbeit.

E. Bergner   Herr Hauptmann, Ihre Rede für die Ordensverleihung?

Hauptmann   Meine Rede –

E. Bergner   So gehen Sie also hin zu der Verleihung?

Hauptmann   Wie? – Eine deutliche Rede, ja, einfach und klar. Lieber Graf, haben Sie meine Rede zum Goethejahr im Ohr?

Kessler   Die von Frankfurt? Oder die von New York?

Hauptmann   Die amerikanische! Die menschliche Sprache enthält das Ja und das Nein. Und wo die menschliche Sprache lebt, nämlich im menschlichen Geist, dort – Fräulein Jungmann, das müssen sie nicht notieren! – dort sind das Ja und das Nein zwei entgegengesetzte Parteiführer. Parteiführer, hören Sie! Das ist doch ein gewaltiges Stichwort. Also. Der Streit dieser beiden Mächte – da es doch immer um die die Macht geht, lieber Graf – beginnt im Kinde, und er endet erst mit dem Tode. Das bedeutet – *(schweigt)*

Kessler Ihre schöne, viel bewunderte Goethe-Rede für den Kommissar Bracht?

Hauptmann In diesem Ja und Nein haben wir die ersten Akteure des menschlichen Urdramas. Und so fort und so fort. Ich stehe auf der Bühne des Bewusstseins wie jeder Mensch –

Kessler Oh, ich kenne die Rede, Faust das Ja, Mephisto das Nein. Wollen Sie heute Abend dem Reichskommissar als Faust oder als Mephisto gegenüberstehen?

Krauß Faust das Ja! Gut, herrlich – das ist meine Rolle! Und das Nein der Gustaf Gründgens, fabelhaft!

Hauptmann Ja, ich werde mein Wort sagen. Ich werde den Parteiführern mein Nein ins Gesicht sagen. In klaren, deutlichen Worten.

Kessler Das Nein zur Diktatur der Kommissare? Hinter den Kommissaren steht die Diktatur!

E. Bergner Die Diktatur, ja, das sagt der Max Reinhardt auch! Er geht nicht hin zur Verleihung. Wird er wohl hingehen, wenn Sie Ihr Nein sagen, Herr Hauptmann?

Hauptmann Der Reinhardt! Will mich ein Diktator über die Diktatur belehren? Max Reinhardt kommt nicht?

E. Bergner Er hat es mir gesagt, Herr Hauptmann, in großem Zorn, und ich soll auch nicht gehen, Werner Krauß auch nicht. Und der Kerr geht auch nicht.

Hauptmann Fräulein Jungmann, ich muss nachher mit Reinhardt telefonieren. Verehrte Frau Bergner, Sie gehen! Und Sie, lieber Herr Krauß –

Krauß Ich gehe!

E. Bergner Ich weiß nicht.

Hauptmann Nicht in Abendtoilette! *(in herrscherlicher Gebärde)* Als Hanna Elias will ich Sie sehen – in Ihrem nachtvogelgleichen Hosenkleid! Und Sie, Gabriel Schilling, ganz der Künstler, den wallenden weißen Schal über der offenen Brust. Ich will zwei Menschen sehen.

H. v. Nostitz Erlauben Sie, Herr Hauptmann, ich werde auch da sein und nicht im Hosenanzug.

Hauptmann Graf Kessler! Warum sind die Preußen – warum ist das preußische Volk nicht aufgestanden wie ein Mann gegen den Papen und den Bracht, als sie in Preußen die Macht übernommen haben. Ich will es Ihnen sagen – das Volk, mein lieber Graf – ich verstehe mich aufs Volk –, war einverstanden! Warum ist die Schutzpolizei in den Kasernen geblieben? Warum haben die Arbeiter nicht gestreikt?

Kessler Muss ich das dem Dichter der Weber sagen?

Hauptmann Meine Weber haben dem Fabrikanten Dreißiger in Peterswaldau die Villa gestürmt und seine Salons demoliert! – „nimmst du m'r mei Häusle, nehm' ich d'r dei Häusl. Immer druf"!

Kessler Herr Hauptmann, die Polizei schlecht bewaffnet, schon von den Nazis unterwandert. Und die Gewerkschaften! – doch machtlos bei sieben Millionen Arbeitslosen. Die preußische Regierung scheute das Blutvergießen –

Hauptmann Und meine Weber? Sie waren nicht arbeitslos, nein, sie haben sich totgearbeitet. Nein, nein, das Volk war stumm – das war das Schweigen des Einverständnisses. Das Volk will Frieden, Frieden. Frau Bergner, Frau von Nostitz – Sie werden mir heute Abend meine liebsten Gäste sein. Aber nun an die Arbeit! Auf Wiedersehen! Auf Wiedersehen im Schauspiel. *(breitet weit die Arme aus und drängt alle zur Tür)* Fräulein Jungmann! Die werden sich wundern! Ich soll mein Wort nicht deutlich sagen? Die werden sich wundern!

Am Abend

Teesalon der Kaiserin, im Theater; ein kleines Rednerpult

Kessler   Du lässt Deinen Mann ganz allein im diplomatischen Getümmel, Helene?

H. v. Nostitz   Ein Theaterabend! Ein Geburtstag! Doch alle reden hier über Politik. Unerträglich. Bleibt der Papen? Geht der Hitler ins Kabinett? Wann stürzt der Papen? Ist der Schleicher auf dem Sprung?

Kessler   Ich habe deinen Mann in der Pause mit François-Poncet gesehen.

H. v. Nostitz   Kein Mensch hat sich für Gabriel Schillings Flucht interessiert. Doch – Lady Rumbold! Als wenn wir keine anderen Sorgen hätten, sagt sie – other sorrows! Mehr fiel der zum Schilling auch nicht ein. Die Politik ist das Welttheater. Das falsche Stück, im falschen Augenblick.

Kessler   Der Einstein, vor mir in der ersten Reihe – ich frage ihn: gefällt Ihnen das Stück? Der guckt mich erstaunt an und sagt: Na, wenn schon! Da ist sogar der Heinrich Mann neben ihm wieder ganz munter geworden. Ich glaube, der Krauß hat's verdorben – er war nicht auf der Höhe.

H. v. Nostitz   Er ist nicht überzeugt von dem Stück.

Kessler   Quallig, oberflächlich. Aber die Bergner! Dass sie den Vamp so hinlegt, diese zarte Natur. Groß! Eine Künstlerin – ich habe wieder an die Duse gedacht. Hoffentlich hat wenigstens unser Gerhart Hauptmann die Aufführung genossen. Er saß so traurig neben dem Bracht. Die Grete hat Konversation gemacht – so hat wenigstens der Kommissar mal gelächelt.

H. v. Nostitz   Und was hörst du über die Goldmedaille von unseren Leuchten der Kunst und Literatur?

Kessler   Kein Wort! Kein Thema! Merkwürdig.

H. v. Nostitz   Hier sind zu viele Diplomaten.

Kessler Hast du das gesehen? – wie der Bracht und seine pompöse Hälfte sich mit dem Hauptmannpaar bekannt gemacht hat? Pass auf, die kommen in einem seiner nächsten Stücke vor. Ein Minister kurz vor seiner Entlassung und seine Frau, die weiß, dass jeder preußische Schutzmann sie grüßen muss. *(E. Jungmann in nervöser Eile, in der Hand eine Mappe)* Fräulein Jungmann!

E. Jungmann Oh, ich suche Herrn Hauptmann! In seiner Loge war er nicht mehr. Hier im Salon ist er noch nicht –

Kessler Ich kann Ihnen nicht helfen, Fräulein Jungmann.

E. Jungmann In seine Loge sollte ich kommen.

Kessler Wo ist er wohl hängengeblieben auf dem Weg zum feierlichen Akt?

E. Jungmann Ich muss ihm doch seine Rede geben.

Kessler Er hat sie noch nicht?

E. Jungmann Bis zur letzten Minute hat er gefeilt. Das ging hin und her. Was mache ich nur?

H. v. Nostitz Herr Hauptmann ist sicherlich mit dem Reichskommissar zusammen. Da können Sie ihm schlecht die Rede geben, Fräulein Jungmann. Darf ich Ihre Botin sein?

E. Jungmann Es ist auch wegen der Presse. Ich soll den Text der Presse geben. Aber Herr Hauptmann will ihn noch sehen. Wahrscheinlich ändert er noch –

Kessler Wäre kein Wunder – nach zwei Stunden mit dem Bracht in der engen Loge. Wenn unser Dichter doch immer so gründlich an seinen Texten arbeiten würde! Darf ich einen Blick auf die Blätter werfen, Fräulein Jungmann?

E. Jungmann Oh, Graf Kessler! Es ist nur eine kurze Danksagung.

H. v. Nostitz Harry, nicht immer so neugierig!

Kessler Sie kennen die Rede, Fräulein Jungmann –

E. Jungmann Eine kurze Ansprache.

Kessler Ein Wort, vertraulich, unter Freunden – was ist spannend an der Rede für die Zeitungen?

E. Jungmann   Ich weiß nicht recht –

Kessler   Dass sie heute Abend gehalten worden ist? Ein klares Wort zum Konflikt?

E. Jungmann   Ich muss Herrn Hauptmann finden! *(will gehen, wird von Kessler aufgehalten)*

Kessler   Ein deutliches, ein klares Wort?

H. v. Nostitz   Das Zitat vom Florian Geyer!

E. Jungmann   Wie?

H. v. Nostitz   Der deutschen Zwietracht mitten ins Herz?

E. Jungmann   Kein Zitat – nein! Nur der Satz von Hindenburg aus dem Geburtstagsbrief von heute Morgen. Von der Vertretung und Verteidigung des deutschen Gedankens –

Kessler   Durch Hindenburg?

H. v. Nostitz   Harry!

Kessler   Ein politisches Wort?

E. Jungmann   Ja, ja, ich glaube schon – Ich warte wohl im Salon auf ihn. *(eilig ab)*

Kessler   Hauptmann, die geistige Speerspitze Deutschlands. Dieser große geniale Träumer. Macht seine Kunst aus dem Persönlichen und Privaten und wird zur öffentlichen Figur. Er ist nichts als ein phantasievolles Kind, das mit seinen Märchenfiguren spielt und seine Tagträume hineinwirft in die Welt. Jetzt sitzt er da in seinem Staatsfrack, ein Staatsdichter. Welch ein Missverständnis!

H. v. Nostitz   Schau dich um, Harry. Er ist der Größte. Alles um ihn herum schrumpft auf Zwergen- und Mittelmaß.

Kessler   Danke. *(tritt an das Rednerpult)* Ja, Größe, das ist es. Unbegreifliche Größe, Größe aus dem Herzen und dem Sein, vitale Größe. Wie mittelmäßig wäre dieser Gabriel Schilling, wenn er nicht ein Geschöpf Gerhart Hauptmanns wäre. Dieses große geniale Kind in seinem Staatsfrack. Es gibt wohl eine Größe, die steht jenseits aller Kritik. Wie willst du ein eigenwillig begabtes Kind in seinen Spielen schelten? Man muss es doch lieben! Unser Hauptmann, der macht noch aus dem gräulichsten Kitsch große Kunst. Wenn das der deutsche Gedanke wäre? Kindliche Träume von Größe und Berufung, kindliche Ängste, kindliche Bilder von einer schöneren Welt auf eine Weltbühne zu bringen? Aber ich geb's zu, Helene! Wenn dies der deutsche Gedanke wäre – ich sähe ihn gern auf der Weltbühne. Die Provinz des Menschen auf der Bühne der Welt.

H. v. Nostitz Du bist auch so ein Kind, Harry. Du sorgst dich, ob der Hauptmann auch ja eine politische Rede hält. Siehst du denn nicht, was draußen passiert? Hörst du nicht das Gesumse in den Diplomatenlogen? Wer redet denn heute über den Gabriel Schilling? Die Folgen der Novemberwahl – darum geht es! Wen wird mein Onkel Hindenburg mit der Regierungsbildung beauftragen? Der Papen scheitert, das ist gewiss, heute oder morgen. Und dann? Endgültig Diktatur? Wessen Diktatur? Das politische System Deutschlands ist am Ende. Wir haben den Scheideweg längst hinter uns. Während wir hier im Theater feiern, liegt das Land draußen in seiner politischen Agonie, das Land hat keine Führung – und du redest über den deutschen Gedanken. Unser Gerhard Hauptmann – der ist doch, erlaube mal, schon genau so tot wie dieses ganze Land in seinem Todeskampf. Es gibt keine Größe, es gibt keine Meister mehr – es gibt überall nur das tragikomische Spiel der Dilettanten.

Kessler Ich sag's doch, Helene. Größe! – das ist nichts als der Größenwahn von Kindern! Von guten und bösen Kindern. Unser Gerhart Hauptmann ist das gute Kind.

Von allen Seiten treten in den Salon das Paar Hauptmann, Elisabeth Bergner im Kostüm der Hanna Elias und Werner Krauß im Kostüm des Gabriel Schilling, Elisabeth Jungmann, Reichskommissar Bracht, der sofort an das Pult geht, und Ministerialdirektor v. Hammerstein mit Urkunde und Etui der Goldmedaille; einige Ungenannte. Bracht ist eine „höchst subalterne Gestalt, in Haltung und Ton etwa wie der Bürgermeister von Elsterwerda, wenn er den Landesfürsten an der Dorfgrenze empfängt"; er liest von seinem Manuskript, indem er sich „die Hände wäscht", „Verlegenheit und das nicht ganz reine Gewissen in jeder Bewegung seiner Schultern und Hände" – laut Kessler.

Bracht Verehrter Herr Doktor Gerhart Hauptmann, verehrte gnädige Frau! Meine Herren Reichsminister, Exzellenzen, meine Herren Abgeordneten, meine sehr verehrten Damen, meine Herren! Anlässlich des siebzigsten Geburtstages unseres größten deutschen Dichters hat die Reichsregierung Sie zu einer Festaufführung eines seiner unvergänglichen Werke ins Staatsschauspiel geladen. *(Krauß spielt mit seinem Schal)* Der Beifall ist verklungen, und nun ist es meine Aufgabe als Vertreter des Herrn Reichskommissars für Preußen, unseres verehrten Herrn Reichskanzlers von Papen, Ihnen, verehrter Herr Hauptmann, die Glückwünsche der Reichsregierung zu überbringen. Der Herr Reichspräsident, unser verehrter Herr Generalfeldmarschall von Hindenburg, hat mich beauftragt, auch seine persönlichen Glückwünsche zu übermitteln. Die preußische Staatsregierung – die kommissarische preußische Regierung – schließt sich dem Glückwunsch der Reichsregierung aus vollem Herzen an. Verehrter Doktor Hauptmann! In seltener Einmütigkeit verneigt sich heute die Führung des Deutschen Reichs vor dem Werk des großen geistigen Führers der Deutschen *(M. Hauptmann blickt ihren Mann an, der blickt auf das Blatt in seiner Hand)* Mir ist der ehrenvolle Auftrag zuteil geworden, Ihnen heute an Ihrem 70. Geburtstag die Goldene Preußenmedaille – Preußische Staatsmedaille zu überreichen *(v. Hammerstein zupft an der aus der Urkundenmappe herausfallenden Kordel mit dem Siegel)*. Ich muss die großen Verdienste Gerhart Hauptmanns um deutsche Kunst, deutsches Ansehen und deutsches Volkstum nicht beschreiben. Unser Dichter hat uns viele Beweise seiner hohen vaterländischen Gesinnung gegeben. Als Sohn Schlesiens, geboren und aufgewachsen an den bedrohten Grenzen unseres Reichs, hat Gerhart Hauptmann den heiligen geschichtlichen Boden seiner Heimat als sein Herzensanliegen verstanden. Dafür wollen wir ihm danken *(Kessler lächelt breit)*. Ich will in dieser Stunde nicht verschweigen, dass uns die immer noch anhaltende Auseinandersetzung zwischen der Reichsregierung und der Regierung Preußens – seiner früheren Regierung – über die notwendigen Reichsmaßnahmen zur Aufrechterhaltung und Wiederherstellung der Sicherheit und Ordnung in Preußen bekümmert, ja mit Sorgen erfüllt. Wir alle wissen, dass das Herzland des Reichs ohne unser entschlossenes Eingreifen von einer schändlichen und schädigenden Einheitsfront von Sozialisten und Kommunisten bedroht wäre *(Kessler hüstelt, Bracht blickt ihn streng an)* – die den Bürgerkrieg nicht gescheut hätte. Ja, unsere Geburtstagfeier steht in einer eigenartigen, nicht eben glücklichen historischen Situation. Das soll aber keinen Schatten werfen auf diese freudige hohe Stunde. Umso glücklicher bin ich, dass wir heute einen Dichter ehren können, dessen versöhnender Geist in tiefer Volksverbundenheit, immer bemüht um die innere Einheit unseres deutschen Vaterlandes, auch für unser öffentliches Leben ein Wegweiser ist. Für unseren verehrten Dichter gibt es keine Klassen und keine Parteien, sondern nur die Sorge um sein deutsches Volk. Wir, die Reichsregierung, wollen – auch und gerade in unserer Verantwortung für das Land Preußen – den Grund legen für den Neubau des deutschen Staates. Wir fühlen uns innerlich gebunden an Scholle und Heimat. Wir wissen, dass der Mensch die letzten Dinge der Welt nicht der eigenen intellektuellen Entscheidung unterwerfen kann und darf. Wir erkennen vielmehr an, dass wir dienende Glieder einer von Gott gegebenen Ordnung sind. Das nenne ich – mit den Worten unseres hochverehrten Herrn Reichskanzlers – wahre konservative Gesinnung. *(E. Bergner gähnt verstohlen)* Sie fordert eine Staatsgewalt, die auf Autorität gegründet ist. Wir bekennen uns zu dem Glauben an Rechtsnormen, aus denen auch der alte preußische Grundsatz geformt ist: Jedem das Seine. Was wir politisch anstreben, findet seit bald fünf Jahrzehnten seine dichterische Entsprechung im Werk unseres großen deutschen Dichters. Er hat uns den Florian Geyer wiedergeschenkt, der im blutigen Bauernkrieg bis in den

Tod seinem Glauben an Kaiser und Volk treu bleibt. Und so schließe ich mit Florian Geyers Ruf: der deutschen Zwietracht mitten ins Herz! *(Beifall, auch eingespielt; Kessler klatscht nicht; v. Hammerstein gibt Bracht die Urkunde und das aufgeklappte Etui, Bracht überreicht sie Hauptmann)* Herr Doktor Hauptmann, ich gratuliere Ihnen! *(Beifall; Hauptmann reicht Urkunde und Etui weiter an seine Frau)*

Hauptmann *(spricht stockend und suchend, als läse er nicht vom Blatt)* Herr Reichsminister! Sie haben mich mit so herzlichen Worten bewegt, dass es mir schwer ist, gebührend zu antworten. *(Kessler tritt ein paar Schritte vor, Hauptmann blickt ihn irritiert an)* Da aber diese Antwort nur ein einziger Dank zu sein braucht, so verlasse ich mich auf die volle und tiefe Empfindung des Dankes, die Sie in mir aufgeweckt haben. Sie bringen mir die Glückwünsche unseres allverehrten Herrn Reichspräsidenten von Hindenburg, der mich als erster am heutigen Morgen mit einem besonderen Schreiben beglückte, insonderheit durch den Passus beglückte, indem er mir nicht zuletzt für die Vertretung und Verteidigung des deutschen Gedankens in der Welt im Geiste die Hand reicht. Sie überbringen mir Glückwünsche des Herrn Reichskanzlers, der Reichsregierung und der kommissarischen Regierung meines Geburtslandes Preußen. Das ist für mich alles überaus ehrenvoll. Ich empfange aus Ihrer Hand, Herr Reichsminister, die Preußische Goldmedaille – Preußische Staatsmedaille. Das ist ein Brennpunkt, der mich zuweilen in stillen Stunden bestrahlen und an die ewige Schönheit erinnern soll. Für alles immer wieder: Dank, Dank, Dank! Ich verkenne auch den Kummer nicht, der Ihre Worte beschattet *(Kessler tritt einen Schritt vor)*, und kann wohl sagen: ich teile ihn. *(Kessler nickt heftig mit dem Kopf)* Der besondere Fall, der die eigenartige politische Konstellation, wie Sie es, Herr Reichsminister, bezeichnet haben, zum Ausdruck bringt, soweit es mich betrifft, drückt in der Tat die Bedeutung dieses Kummers nicht aus. Aber ich fühle mich in diesem Augenblick wie Sie weit von aller Politik *(Kessler tritt zurück)* und ich möchte gern einstimmen in den Wunsch nach einer Ruhepause in dem leider unumgänglichen politischen Kampfleben. Möge das große versöhnliche Prinzip immer mehr an Macht gewinnen und jene Einigkeit und innere Ruhe fördern, die wir alle so heiß ersehnen! *(Beifall; Kessler klatscht demonstrativ langsam; Hauptmann tritt zu Bracht und seiner Frau; Kessler, gefolgt von Krauß, verlässt den Salon)*

Kessler *(am Rand des Salons)* Herr Krauß, Ihr Gabriel Schilling –

Krauß Ja?

Kessler Hätten Sie nicht einmal diesen letzten Akt streichen können? Diesen lächerlichen Schluss.

Krauß Den letzten? Sie meinen die Flucht?

Kessler Lieber Schilling, schön haben Sie Ihren Satz gesagt: Schneid hätt' ich eigentlich immer, bloß eigentlich keine Traute nicht. *(Krauß schüttelt den Kopf)*

(Im Salon öffnet Margarete Hauptmann das Etui, nimmt die Medaille und betrachtet sie; Hauptmann gibt ihr mit einer brüsken Bewegung sein Redemanuskript, dabei fällt die Medaille zu Boden, Bracht, v. Hammerstein und E. Jungmann bücken sich suchend, Elisabeth Bergner hebt sie auf)

E. Bergner Gerhart Hauptmann, es ist mir ein Vergnügen und eine Ehre, Ihnen eine Goldmedaille verleihen zu dürfen *(übergibt sie, versinkt in einen Knicks).*

Hauptmann Elisabeth Bergner – eine Goldmedaille aus Ihrer Hand! Ich danke Ihnen. Dank! Aus tiefstem Herzen Dank! *(verbeugt sich tief vor Elisabeth Bergner)*

Das Buch mit dem goldenen Schwert

„Es stand alles darin."
Winston S. Churchill
Der Zweite Weltkrieg

„Die Öffentlichkeit versäumte,
sich über die so offen dargelegten,
gewalttätigen Zukunftspläne
zu unterrichten, die dann
ebenso furchtbare Wirklichkeit
geworden sind."
Karl Dietrich Bracher
Die deutsche Diktatur

Personen

Karl Weber, ein stellungs-
  loser Lehrer
Herta, seine Frau
Inge Weber, ihre Tochter
Peter Weber, ihr Sohn
Dr. Willi Weber, ehemaliger
  Topmanager
Gertrud, seine Frau
Paul Wagner, Buchhändler

Hermann Behrendsohn
Frau Stein
Herr Fischer
Blockwart
Ein Mann
Kundinnen
Kolonnenführer
Hitlerjungen

Ort und Zeit

Hamburg, Winter 1938 bis Frühjahr 1940

I

1

Ein Bäckerlädchen. Karl Weber, Willi Weber; Kunden, Hitlerjungen

Karl Weber *(tritt in den Laden, Glocke schrillt)* Keiner da? *(öffnet erneut die Tür, Glocke)* Keiner da. (geht am Tresen vorbei zu einem Vorhang vor einem Nebenraum, schaut hinein) Das ist ein Laden! Die Kunden müssen hinterm Tresen stehen. *(Willi kommt herein, Glocke schrillt)* Tag der offenen Tür heute?

Willi Weber Nur ein Sprung zur Apotheke.

Karl Und Gertrud?

Willi Beim Arzt. Nun verschwinde aber da! *(drängt Karl nach vorn)* Zwei Akademiker hinter einem Tresen, das ist zu viel. Kommst du als Kunde oder als Bruder?

Karl Karl Weber, Studienrat a. D., 49 Jahre, geschickt im Umgang mit Menschen, sucht Stellung als Bäckerjunge bei seinem Bruder.

Willi Dr. Willi Weber, erfahrene Führungskraft, Ex-Konsumchef, 51 Jahre alt, Bäckergeselle bei seiner Frau, sucht auch eine neue Arbeit. Karl, ich weiß schon, jetzt hat es auch dich erwischt. Ich wundere mich nicht. Konntest wieder das Maul nicht halten. Für die paar Jahre.

Karl Tausend, Willi, für tausend reichte meine Geduld nicht. *(Glocke schrillt, Kundin)* Ein schöner Tag heute, nicht, Herr Weber?

Willi Guten Tag, Ingrid. Was darf's denn heute sein?

Kundin Der Herr –

Willi Das ist mein Bruder, der wartet gern.

Kundin Guten Tag, Herr Weber. Den Kranz da, aber nur einen halben Streifen, Willi.

Willi Ist von gestern, heute kam keine Lieferung. Ich lass' dir was nach, Ingrid.

Kundin Wir haben ihn gern altbacken, kein Nachlass, Willi.

Willi Ich lege dir noch die kleine Apfelschnitte dazu, Ingrid *(wickelt)* Auch die letzte.

Kundin Aber das muss doch nicht sein, Willi.

Willi Dreißig Pfennig, bitte.

Kundin *(zahlt)* Grüß mir Gertrud, ja. Tschüs.

Willi Mach ich, tschüs. *(Glocke)* Genossen kaufen bei Genossen, war beim Konsum mal Geschäftsprinzip, heute private Wohlfahrt im Bäckerladen – so halten sich Genossen solidarisch über Wasser, mit Ach und Krach. Ingrids Mann war Lagerhalter beim Konsum. Auch geflogen, jetzt macht er im Kohlenhandel, lukrativ. Aber ich hab's doch besser getroffen, Brote sind sauberer als Briketts. Mein Konsum hatte zwanzig Bäckereien, jetzt fabriziere ich nicht einmal die Brötchen, die ich verkaufe.

Karl Ich bewundere euch beiden. Wir ihr das macht. Gertrud und ein Bäckerladen! Und sie lassen dich in Ruhe, Willi?

Willi Mich konnten die Nazis wegjagen, als sie den roten Konsum geschluckt haben. Aber bei Gertruds Knusperladen können sie nichts machen. Noch nicht. Also Bäckerjunge? Leider einer zuviel, das trägt der Laden nicht. Karl, habe ich dich nicht oft genug vor deinem losen Mundwerk gewarnt?

Karl Ein Lehrer ist nun mal ein Mundwerker.

Willi Dass sie mich gefeuert haben, war kein Wunder. Die Nazis haben schon immer gegen die Konsumvereine gehetzt und jetzt haben sie sich reingesetzt. Aber du! Ein menschenfreundlicher Pauker, patriotischer Oberleutnant, konservativ bis auf die Knochen – du passtest doch ins Bilderbuch! Dich lieben doch deine Hitlerjungen! Und da lässt du dich rausschmeißen! *(Glocke schrillt)* Nein, Kuddel, ich will dich nicht rausschmeißen. Na ihr? *(zwei Hitlerjungen mit der Büchse)*

Hitlerjungen Heil Hitler! *(scheppern)*

Willi Kommt her *(wirft Münzen ein)*. Hier – *(hebt halb den Arm)*

Hitlerjungen *(nachdem Karl abgewinkt hat)* Heil Hitler! *(ab)*

Karl Jedes Wort eine Münze, die von den Kollegen, von den Eltern gesammelt wird, die scheppern nicht, aber die werden gezählt. Und irgendwann stülpt sie einer aus. Der Weber hat gesagt – Ja, meine leidigen Rassefächer, Biologie, Deutsch, aber Mathe und Physik hätten mich wohl auch nicht geschützt.

Willi Alles verändert seine Bedeutung. Sogar mein liebes Recht. Und mein Groschenimperium der Arbeiter weckte Begehrlichkeiten. Braun ist nicht braun, braun ist gelb. Die Farbe des Neides.

Karl In jedes Lehrbuch stricken sie ihre Kampfparolen. Hitlers Wort der rote Faden –

Willi Rot? Du, Kuddel, bei all dem Getöse fühlst du dich plötzlich wohl in deinem Bäckerladen. Wenn doch der Mensch wirklich nur vom Brot allein leben würde. Ohne Worte, keine Worte, jedes Wort ist vergiftet. Aber leider – Geld verdienen musst du auch. Kuddel, ich habe Freunde in meinem alten Riesenapparat, mancher hat seine Fahne in den Wind gehängt. Vielleicht erinnert sich einer an alte Freundschaft, auch für meinen Bruder. Vielleicht hat der ja manchem von ihnen das Denken beigebracht.

Karl Ausgerechnet das Kampfblatt meiner NS-Lehrer hat mir wohl das Genick gebrochen –

Willi Aber nicht das Rückgrat!

Karl Vor 33, schrieb das Blatt, jeder 25. Berliner ein Jude, aber an den Gymnasien jeder Fünfte. Gut! habe ich im Lehrerzimmer gesagt, das ist doch beispielhaft. Jeder fünfte Deutsche ans Gymnasium! Das muss unsere Forderung sein. Unser Vater, der Hamburger Schauermann, drei Söhne, zwei Abiturienten!

Willi Schneid bringt Leid, das haben wir auch von unserem Vater gelernt.

Karl Ich bedaure meinen Schneid. Er hat mir den Kopf abgeschnitten, mich von meinem geliebten Beruf abgeschnitten.

Willi Wie wird Herta mit eurer Situation fertig?

Karl Herta hält mich nicht für schneidig. Wenn sie wüsste, dass ich jetzt bei dir bin, hätte sie gesagt: grüß mir den Willi und die Gertrud und frage sie, ob sie vielleicht ein paar Brotrinden für uns hätten. *(Glocke schrillt, ein Mann steht unschlüssig im Türrahmen)*

Willi Guten Tag, Herr Behrendsohn!

Behrendsohn Ja. Guten Tag. Soll ich –

Willi Kuddel, kennst du Herrn Behrendsohn? Er hat das Weißwarengeschäft am Markt.

Karl Ja, wir kennen uns doch.

Behrendsohn Wir jüdischen Kaufleute dürfen keine Geschäfte mehr führen. Nicht einmal meine Frau.

Willi Das Steinofenbrot, Herr Behrendsohn? Wenn Sie unser deutsches Brot überhaupt noch essen mögen. Die Deutschen dulden keinen jüdischen Knopf und Faden auf ihrer Haut.

Behrendsohn Die Deutschen schon. Aber nicht, die sich dafür halten.

Willi Jüdische Geheimoperation. Die Juden verkaufen Nessusgewänder.

Behrendsohn Ja, das Steinofenbrot, bitte. Wir leben im Wartesaal. Aber niemand gibt uns eine Fahrkarte.

Willi Nehmen Sie zwei, Herr Behrendsohn. Niemand weiß, ob das deutsche Steinofenbrot morgen für Sie noch erlaubt ist. *(Glocke)* Guten Tag, Frau Schulz. Sie sind dran, Sie haben weniger Zeit als die Herren hier.

Kundin Sie haben heute keinen Kranzkuchen?

Willi Leider ausverkauft. Was ist nur los heute, alle wollen heute Kranz.

2

Stube Weber. Adventsschmuck, Karl liest, Herta stopft Socken

Herta Lesen, lesen. *(Karl blickt flüchtig auf)* Immer nur lesen.

Karl Soll ich nicht mehr lesen, weil ich kein Deutschlehrer mehr bin?

Herta Deine Gleichgültigkeit! Dein Lesen ändert nichts. Das wird ein trauriges Fest.

Karl Wir haben immer gut gelebt von meinem Lesen.

Herta Haben, haben. Der Deutschlehrer nennt das Perfekt. Aber nichts ist perfekt. Überall geht es voran. Der Führer hat uns eine Zukunft geschenkt. Warum nicht auch dir? Und mir. Schuld daran sind deine Bücher. Bücher machen uns nicht satt.

Karl Dann kann man sie ja auch verbrennen.

Herta Karl, du bist gemein. Wir müssen leben. Wir müssen leben für unsere Kinder. Du kannst doch nicht herumsitzen. Was sollen Peter und Inge von dir halten, die so stolz auf ihren Vater sind?

Karl Jetzt deine Lieblingsidee. Statt der Bücher Buchhalter bei deinem Bruder.

Herta Ja, und ja und ja. Die Buchhaltung hat mit der Politik nichts zu tun. Da geht es nicht um wahr oder falsch, sondern um Korrektheit. Die Kurse dauern nur ein halbes Jahr und als Lehrer hast du das Lernen gelernt. Die Wirtschaft ist in einem gewaltigen Aufschwung, dank Hitler, und du würdest eine gute Stellung finden.

Karl Sagt Paul.

Herta Der hat auch seinen Beruf gewechselt. Der liest keine Bücher, der verkauft sie. Schiffsingenieur war er in der Pleiterepublik, und jetzt hat er den großen Buchvertrieb. Dem geht es gut. Jeder kann sich umstellen, wenn er will.

Karl Buchhalter beim Buchhändler.

Herta Lach du nur. Dein Schwager ist ein praktisch denkender Mann. Du kennst dich doch aus mit Büchern.

Karl Also was nun – Buchhalter oder Buchhändler?

Herta Paul würde Dir eine Chance geben. Der fragt nicht nach Politik.

Karl Ich habe mich schon beworben.

Herta Bei Paul?

Karl Bei Gertrud und Willi, als Bäckerjunge.

Herta *(springt auf, schleudert die Socken über den Tisch)* Soll ich mich auch in den Bäckerladen stellen wie Gertrud? Häng dich an Willi, gut. Wie hat er die Nase hochgetragen, der rote Bonze, der Herr Direktor mit seiner Villa in Othmarschen. Wir Lehrersleute waren doch arme Schlucker für ihn. Du denkst nicht an deine Kinder, an mich am wenigsten. Hast du vergessen, dass ich für dein Studium gearbeitet habe, ich, die Tochter eines Ingenieurs, für den Sohn eines Schauermanns? Dein Willi hatte die Partei, du hattest nur mich. Legst dich mit dem Führer an, der Tag und Nacht rackert für sein Volk, für sein Glück und seinen Wohlstand – für unsere Kinder. Du mäkelst und meckerst. Oh, wie bist du dumm. Wie haben wir Deutschen gelitten. Und jetzt liegt eine glänzende Zukunft vor uns, und du zertrittst sie.

Karl Buchhändler bei Paul, keine schlechte Idee. Bücher werden ja wohl nicht mehr gekauft, und ich könnte den ganzen Tag im Laden sitzen und lesen.

Herta *(klappt geräuschvoll ihren Nähkasten zu)* Lauf doch herum wie ein Landstreicher.

Karl Im Ernst, Herta, ich gehe zu Paul. *(steht auf, küsst Herta auf den Scheitel)*. Ich pack's ja an. Bis Weihnachten lass mich lesen, dann reihe ich mich ein in die Arbeitsfront. Lass mir noch die Weihnachtszeit zum Wütendsein. Bücher sind doch etwas anderes als Brötchen. Und dein Bruder – er ist schon ein patenter Kerl.

3

Die vorigen, Inge, später Peter

Inge *(wirbelig)* Advent, Advent, das Christkind kommt gerennt.

Herta So spät. Wir wollten gemeinsam Kaffee trinken. Und wo bleibt Peter?

Inge Kaffee? Haben wir schon.

Herta Nein!

Inge   Bei Onkel Paul. Er hat uns doch nicht weggelassen.

Karl   Er hat ein Faible für unsere Familie.

Inge   Das ist dein Glück, Vati.

Karl   Wieso? Wisst ihr schon –

Inge   Wir waren mit Peters Problemen bei ihm.

Karl   Haben sie ihn auch gefeuert?

Inge   Es ist deinetwegen, Vati.

Herta   Der Mann stellt Fragen. Ja, ich habe Peter hingeschickt zu Paul.

Inge   Ich war der Geleitschutz. Der Peter hat doch Ärger in seinem Fliegerkorps. Onkel Paul renkt das ein. Der kennt doch alle.

Karl   Meinetwegen?

Herta   NS-Fliegerkorps. Die lieben keine Jungs mit unzuverlässigen Vätern.

Inge   Er will ein NSFK-Truppführer sein. Vati, wenn du ihm das vermasselt hättest!

Herta   Inge, vermasselt sagt man nicht.

Inge   Ich glaube, der hätte nie wieder ein Wort mit dir gesprochen, unser Fliegerheld.

Herta   Wo bleibt Peter denn?

Peter   *(laut)* Im Landeanflug!

Karl   Peter! Warum hast du nicht mit mir gesprochen?

Peter   Keine Sorge. Dein Sohn ist ein As, ich bin ein zweiter Udet, mir fehlt nur noch das Ritterkreuz.

Herta   Das gibt's nur im Krieg, und es gibt nie wieder Krieg. Dafür sorgt der Führer. Aber du isst noch ein Stück Kuchen, nicht?

Inge   Ich auch. *(Inge und Peter setzen sich an den Tisch)*

Peter   Lufthansa. Das ist die Zukunft. Wusstest du, Vati, dass die Lufthansa in diesem Jahr über hundert Millionen Fluggastkilometer gemacht hat? Und über zwei Millionen Tonnenkilometer Fracht. 1938 – ein Rekordjahr für uns Flieger. Weltrekord im Streckenflug, 11526 Kilometer, Weltrekord im Höhenflug, 17000.

Inge   Kilometer?

Peter Meter! Mensch, Meter. Flugboote – Langstreckenrekord 8500 Kilometer. Die Dornier! Fernflug Berlin – Tokio – fast 14 000 Kilometer, in 46 Stunden.

Inge Bei meinen Kindern gibt es auch einen Rekord. Noch nie so viele Geburten, über eineinhalb Millionen. Wir Kindererzieherinnen haben auch eine glänzende Zukunft.

Herta Der Führer schenkt seinem Volk Vertrauen in die Zukunft, das ist es.

Inge Trotzdem. Kindergärtnerin bleibe ich nicht. Soll der Führer sehen, wie er seine Kinder großkriegt. Ich –

Herta Inge!

Inge Ich gehe mit dir, Peter, ich werde Stewardess. Ich kann die ängstlichen Passagiere füttern.

Peter Soll ich euch etwas verraten? Im März geht es los. Unsere große Zielstreckenfahrt, durch ganz Deutschland, bis in die Ostmark, in unserer Bü 131.

Herta So ein weiter Flug.

Peter Rauf und runter, punktgenaue Landung, zwölf Stationen. Wir mit unseren Doppeldeckern! Da ist die neue ‚Condor‘ ’ne andere Welt, Focke-Wulf 200, vier Motoren, 580, 880 PS – sie macht Berlin–New York in gut 24 Stunden. Tokio! New York! In ein paar Jahren wird da gelandet, punktgenau.

Karl Und die Ausbildung. Lernt ihr alles beim Fliegerkorps?

Peter Die nehmen nur die Besten. Ich gehöre dazu. Wenn Onkel Paul mir hilft. Aber der macht das.

Inge Wir fliegen nach New York. Wir fliegen nach Tokio!

Herta Du machst erst mal dein Jahr, Ingelein. Euer Vater wird mit Onkel Paul sprechen. Er geht in den Buchhandel.

Peter In den Buchhandel, du, Vati?

Inge Der Bücherwurm frisst alle Bücher auf.

Peter 1942 habe ich den Schein, spätestens.

Herta In vier Jahren. Wer hätte das gedacht vor vier Jahren, dass wir jemals solche Pläne machen können. Deutschland hat wieder eine Zukunft. Wenn euer Vater klüger gewesen wäre –

Karl Ist gut, Herta.

Inge Und meine Zukunft? Kinder, nichts als Kinder. Soll ich in vier Jahren mit meinen eigenen dasitzen?

Herta Das will ich doch hoffen.

Peter Dafür gibt es jetzt das Ehrenkreuz der deutschen Mutter, aber drei müssen es schon sein.

Inge Ihr werdet euch wundern.

Peter Das wird immer toller jedes Jahr. Die sind jetzt bei über 6300 Kilogramm Nutzlast, über sechs Tonnen, Reichweite über 5000, die kommen auf 8500 Meter Höhe – in der Spitze 430 km. Dagegen ist unsere ‚Jungmann‘ ein Fesselballon.

Herta Vielleicht kann euer Vater doch noch wieder in den Schuldienst. Onkel Paul sagt –

Karl Ich rede ja mit ihm, ich gehe gleich morgen.

Inge Morgen ist Onkel Paul in München, im Braunen Haus.

Karl Ja, ja, ich rede mit ihm.

Herta Heute ist der dritte Advent. Wer geht ans Klavier? Inge?

Inge Immer ich.

Peter Lasst da mal den Flieger ran! *(intoniert „Vom Himmel hoch“ in einer Spaßimprovisation)*

4

Karl, am Schreibtisch, offene Tür zur Stube

Karl Ist ein Buchhändler nicht auch ein Lehrer? *(schreibt)* Ein Bewerbungsschreiben? Hab' ich noch nie gemacht. Für Paul? Quatsch, ein Gespräch von Mann zu Mann. Was kann ich? Was kann ich Paul anbieten? Bücherkenner. Belesen. Das ist ziemlich dünn. Deutsch und

Biologie – alle Themen um Blut und Boden und die Rassenkunde. Ein Lehrer kann Sachen an den Mann bringen, ja, das kann er, einerlei, ob Schule oder Verkauf. Wenn der Paul nur nicht diesen Parteiladen hätte. Herta! Weißt du, wo wir Hitlers ‚Kampf‘ haben. Den haben wir doch von Paul gekriegt. Auf meinen Borden habe ich ihn nicht.

Herta (*Stimme aus der Stube*) Ich kucke mal!

Karl Was verkauft der alles in seinem Parteiladen? *(blättert in einem Prospekt)* Der Kampf, wohl die Nummer 1. Damit machen die ordentlich Geld. Mann an der Fahne. Blut und Ehre. Kampf um die Macht. Der Mythus des 20. Jahrhunderts, 190. Auflage, Mann! Der Alfred Rosenberg, der russische Nazi, der zum blutfrommen Antisemiten mutiert ist. Der Angriff. Gottes Rune. Gestalt der Idee. Na, wer Gestalt sagt, meint immer Gewalt. Herta, wie alt ist dein Bruder eigentlich?

Herta 50, im März.

Karl So alt wie der Führer. *(Inge mit dem Buch)*

Inge Vati, ich habe es gehabt. Aber du kannst es jetzt nicht lesen. Ich brauche es.

Karl Willst du deinen Kindern daraus vorlesen?

Inge Das liest ja doch keiner von uns. Da habe ich Blumen in ihm gepresst. Die brauche ich, damit basteln wir.

Karl Ich will ja nur mal kucken. *(ist aufgestanden, nimmt ihr das Buch energisch aus der Hand)* Ganz schön dick. *(Blüten fallen aus den Seiten)*.

Inge Ach, du Schreck!

Karl Eine Blütenlese!

Inge *(sammelt die Blüten auf)* Damit habe ich so viel Arbeit gehabt, Vati. Der Schuber presst ganz wunderbar. Wie eine Buchpresse.

Karl Sonnenhut, hübsch.

Inge Das ist ein Sonnenauge.

Karl Niemals. Sonnenhut!

Inge Sonnenauge.

Karl Ich könnt’ es dir beweisen. Sonnenhut. Aber geh mit dem Schuber nicht in den Kindergarten. Den kennt jeder. Das wäre ein Missbrauch des Führers. *(blättert vorsichtig in dem Buch, Inge ab)* Das Buch ist hin. Getrockneter Blütenstaub. Der ‚Kampf' in Gelb und Braun, hübsch. Ach! Die Widmung. Herta! Von wem ist die Widmung im ‚Kampf'?

Herta   Von Rosenberg. Der Paul kennt ihn doch.

Karl   782 Seiten, enorm. *(blättert die letzte Seite auf, liest)* „Ein Staat, der im Zeitalter der Rassenvergiftung sich der Pflege seiner besten rassischen Elemente widmet, muss eines Tages zum Herrn der Erde werden." Schlusswort. Schlusswort der Deutschen. Schluss! O Gott, ich muss das Ding lesen, 782 Seiten. Das ist hart, auch für einen Langstreckenleser eine Heimsuchung. Herta! Ich gehe zu Paul. Mein trauriger Abstieg. Aber alles ist Abstieg, wenn man nicht mehr Lehrer sein darf. Herta! Wollen wir uns nachher das Wunschkonzert anhören. Ich habe noch eine halbe Flasche Wein stehen.

II

1

Paul Wagners Büro, Regale, Hitlerbild, Clubsessel, Cognac; Wagner und Karl

Wagner Das ist so gut wie abgemacht. Du steigst bei mir ein, Schwager.

Karl So gut wie?

Wagner Mann, Paul. Du bist ein schwieriger Fall. Ich brauche eine kleine Rückversicherung. Aber in ein paar Tagen kannst du anfangen. Du bist ein Gewinn für mich. Ich mach' das schon. Keine Bewegung ohne Bürokratie, und bei uns der dicke Kompetenzdschungel.

Karl Ich will nicht, dass du Schwierigkeiten bekommst. Aber du hast mir noch nicht gesagt, was du mit mir vorhast.

Wagner Leitend, mein Lieber. Führungskraft. Ich geb dir drei Mann, eine prima Truppe.

Karl Im Lager? In deinem Eppendorfer Laden?

Wagner Verkaufen, verkaufen. Das machen wir nicht im Laden. Der Laden ist nur ein Schaufenster. Ein Schulungsraum.

Karl Verkaufen?

Wagner Draußen. Auf der Treppe, vor den Türen. Aug' in Auge mit den Lesern. Und Käufern.

Karl Vertreter also.

Wagner So nennen wir das nicht. Stoßtrupp ins Herz der Menschen. Das versteht ein alter Oberleutnant doch.

Karl Klinkenputzen.

Wagner Du kriegst einen erstklassigen Trupp. Bewährte Leute. Ich bin kein Buchhändler. Ich habe einen Buchvertrieb. Mein einziger Kunde ist der Zentralverlag der NSDAP. Norddeutschland. Der führende Verlag. Das ist eine Ehre, für den zu arbeiten. N–S–D–A–P – das sind

Buchstaben, die dir jede Tür öffnen. Die hatte ich noch nicht, als ich
auf der Straße stand.

Karl   Klinkenputzen. Das kann ich nicht.

Wagner   Vertrieb ist immer Klinkenputzen. Raus vor die Türen, den
Fuß auf die Schwelle, rein in die Stuben, rein in die Herzen, rein in die
Köpfe.

Karl   Das schaff ich nicht.

Wagner   Ich habe es geschafft. Ich habe auch lieber über meinen Plä-
nen gesessen. Als ich angefangen habe, da musste ich noch mit Prü-
gel rechnen, in Barmbek, in Altona. Karl, du hast Bewährung! Vergiss das nicht. Wiedergutmachung des ideellen Schadens. Du kriegst
eine gute Mannschaft. Du stehst nicht vor jeder Tür. Nach der Einar-
beitung kriegst du die großen Tore, die Scheunentore, Behörden, Verbände, Vereine pipapo. Du bist Repräsentant. Aber erstmal gehst du vor
die kleinen Türen, da lernst du den Biss, auf den Treppen, da lernst du
Sperrketten knacken.

Karl   Mein Gott!

Wagner   Also Bibeln verkaufen wir nicht *(geht ans Regal, greift drei Bü-
cher)* Hier, der Josef, vom Kaiserhof zur Reichskanzlei, oder hier – unser
Hermann – Werk und Mensch, ganz frisch. Und das hier! Die Juden in
Deutschland, vom Institut zum Studium der Judenfrage.

Karl   Das soll ich verkaufen? Willst du mich verspotten, Paul?

Wagner   Das ist ein Renner. Schon die 5. Auflage. Geheimtipp für Kenner. Hier, lies mal:

„Und es gehen mit der Frau Studenten
Und auch Herr Zahnarzt Schmidt,
Redakteure, Superintendenten,
die nimmt sie alle mit.
Der eine will die Rute,
der andere will sie bläun.
Sie stehen auf die Minute
An der Ecke um halb neun"

Das sind doch hübsch freche Nuttenverse.

Karl   Das ist Kurt Tucholsky! Der ist verboten!

Wagner   Das ist der Clou. Ist doch alles verboten. Aber hier kannst du's lesen – und verkaufen, Mann. All das Verbotene, dargeboten als abschreckendes Beispiel für jüdischen Geist. Der Kerr und der Feuchtwanger und der Mehring und und und – hier drucken sie alles. Entlarvung der Gipfelleistungen der Schweinerei. Aber das sind doch zauberhafte Schweinereien. Die verkaufen sich doch. Das interessiert doch die Kenner. Wäre doch schade, wenn die hübschen Verse Tucholskys verloren gingen, nur weil der Tucho Jude ist. War.

Karl   Ich nehme das mal mit.

Wagner   Siehst du. Aber du, Schwager – du kriegst von mir nicht so eine skurrile Nuss. Du kriegst das Beste, das Exklusivste. Das hab' ich gerade aus München mitgebracht. *(nimmt ein Buch aus einer Aktentasche, nimmt es aus dem Schuber)* Leder, mein Lieber, Golddruck, stilvoll bis ins Hakenkreuz, goldenes Schwert auf dem Titel, lesefreundlicher Satz – für die alten Kämpfer. Das ist ein Kaliber!

Karl   ‚Mein Kampf'.

Wagner   Das wird dein Kampf. Ein leichter. Das ist nicht ‚Mein Kampf', so etwas Ordinäres. Das ist die Jubiläumsausgabe anlässlich der Vollendung des 50. Lebensjahres des Führers. Der Führer wird fünfzig! Das fegt alles aus den Regalen. Das ist ‚Mein Kampf' in Vollendung, gewissermaßen in Brillanten gefasst. Aber trotzdem, ich weiß nicht, wohl nicht ganz leicht zu verkaufen. Alle haben ihn schon, in der Volksausgabe. Nichts Neues, nur dass der Führer fünfzig wird. Und jetzt auf dem Höhepunkt seiner Macht steht.

Karl   Vier Millionen! Habe ich gehört.

Wagner   Wo denkst du hin? Wir gehen auf die sechste Million. Das verdoppeln wir glatt, warte ein paar Jahre. Aber das hier! Das ist ein Brocken. Den müssen wir da reinschieben, reinwuchten in das halbe Dutzend Millionen. Das kommt oben drauf. Das Geburtstagsgeschenk für den Führer. Das müssen wir verdienen. Die sechs Millionen – wer weiß, wie viele davon verschenkt wurden, sogar vom Staat, wenn die Leute geheiratet haben. Oder den Eisenbahnern, wenn sie pünktlich waren. Aber dieses Ding müssen wir verkaufen. Er ist nicht ganz billig, dieser Geburtstagskampf. Sagen wir: angemessen. Das wird unser Kampf, Schwager. Du kriegst die Elbvororte. Oder Harvestehude, Eppendorf. Da ist noch Platz auf den riesigen Wohnflächen. Ist doch prachtvoll, nicht? Das Buch mit dem goldenen Schwert!

Karl   Und ich habe das Buch noch nicht mal gelesen.

Wagner   Meinst du, ich? Wer hat denn das schon gelesen? Das ist ein Buch noch nicht mal zum Blättern. Das stellt man in die Vitrine neben die Sammeltasse, aufs Vertiko neben den Kandelaber. Unser Verkaufsschlager – das ungelesene Buch. Wir müssen uns gegenüber der unlauteren Konkurrenz durchsetzen, die mit Büchern handelt, die gelesen werden. Für das Schwertbuch müssen sie zahlen. Vielleicht als Strafe dafür, dass sie ihre alte Scharteke nicht gelesen haben.

Karl   Du meinst, das wird ein Bestseller, wie die Amerikaner sagen.

Wagner   Diese Analphabeten. Wir müssen die gehobenen gebildeten Schichten ansprechen. Die fangen ja allmählich auch an, ihren Führer zu lieben.

Karl   Ich werde ihn wohl auch lesen müssen.

Wagner   Bravo. Ein bisschen Belesenheit kann einem Buchverkäufer nicht schaden. Alles klar?

Karl   Ich hoffe, dass ich mit dem Buch durch bin, wenn ich deine endgültige Entscheidung habe.

Wagner   Dann lies mal schnell! Du kriegst eine fabelhafte Kolonne. Und gib meinem Schwesterchen einen Kuss von mir. Und Inge. Und der Peter soll nicht so tollkühn sein.

Karl   Ich danke dir, Paul, dass du die Sache mit Peter geradegebogen hast.

Wagner   Das war wohl mein Freund Rosenberg. In der neuen Zeit musst du Freunde haben. Sonst bist du verloren. Dein Peter – famos! Die junge Generation. Die hat's gut, die muss nicht lesen, die kann fliegen. Ich geb' dir einen guten Trupp, kannst dich auf mich verlassen. Du wirst mein bester Mann für das nationale Produkt.

Karl Ich danke dir, Paul. (*angedeutete Umarmung*)

4

Karl am Schreibtisch, lesend, notierend, Herta pusselnd

Herta Darf ich wenigstens Staub wischen.

Karl Ich gehe raus.

Herta Ich stör' dich ja nicht.

Karl Ich gehe, ich bin froh über jede Unterbrechung. Kann ich dir helfen, in der Küche vielleicht?

Herta Das muss ein langweiliges Buch sein.

Karl Ich lese nicht zu meinem Vergnügen. Ich muss das verkaufen, für Paul.

Herta Ja, musst du denn alles lesen?

Karl Kein Verkäufer kann erfolgreich sein, wenn er das Produkt, das er anbietet, nicht kennt.

Herta So richtig gefällt es mir nicht, dass du jetzt Bücher an der Haustür verkaufen sollst. An der Haustür. Ein Hausierer. Dein Lesen hat mir besser gefallen.

Karl Ich mache dich mit dem Spitzenprodukt aus Pauls Bauchläden vertraut.

Herta Bauchladen. Du bist ein leitender Mitarbeiter eines bedeutenden Buchvertriebs. Du solltest Paul dankbar sein. Was liest du denn da.

Karl Ich kämpfe mit ‚Mein Kampf'.

Herta Bitte?

Karl ‚Mein Kampf'. (*hält das Buch hoch*)

Herta Das Buch des Führers? (*geht zu Karl, nimmt das Buch in die Hand mit dem Tuch*)

Karl Dass du mir das Prachtbuch nicht einstaubst.

Herta Schön. *(lässt das Tuch fallen, schlägt das Buch auf)* Zum 50. Geburtstag des Führers.

Karl Das soll ich für Paul verkaufen.

Herta Das Buch des Führers! Karl, das ist ja wunderbar. Das ist eine Ehre. Das hat Paul erreicht? Du darfst das Buch des Führers verkaufen? Das Geburtstagsbuch –

Karl Das Werk des Führers ist in meine Hand gelegt.

Herta Karl! Wenn du dich so einsetzt für den Führer, dann wird doch alles vergessen, deine Dummheiten in der Schule, dann wird man doch sehen, dass du auch ein deutscher Mann bist. Das ist ja ein Geschenk von Paul. Karl!

Karl Ich lese das Buch, und dann entscheide ich, ob ich das Geschenk annehme.

Herta Lies das Buch, es wird dir gefallen.

Karl Hast du es gelesen?

Herta Wann soll ich das denn gelesen haben?

Karl Schau dir das Prachtexemplar an. Was siehst du?

Herta Ja?

Karl Das Schwert.

Herta Ein Königsschwert.

Karl Das Schwert heißt Krieg.

Herta Nein, es heißt Frieden, es heißt Ordnung, es heißt Ritterlichkeit und Anständigkeit. Und es heißt Kampf, natürlich. Hat der Führer nicht gekämpft? Und er hat sein Ziel erreicht. Für uns. Das Schwert heißt Sieg. Karl, in vierzehn Tagen ist der Reichsparteitag des Friedens. Alle Kämpfe enden, unser Volk steht wie ein Mann hinter seinem Führer. So etwas gab es noch nie. Nie wieder wird ein Land es wagen, uns anzugreifen oder uns zu demütigen. Das Hakenkreuz, rund wie ein Rad, das gefällt mir.

Karl Es hat seine Krallen eingezogen. Aber das Rad rollt rückwärts, siehst du es nicht?

Herta *(betrachtet das Foto)* Wie staatsmännisch. Nicht mehr der Kampf-anzug in unserer alten Ausgabe. Sieht gut aus, der Führer, im dunklen Anzug.

Karl Für euch Frauen wird alles zur Kleiderfrage. Wäre ja auch ziem-lich lächerlich, mit fünfzig noch im Braunhemd herumzulaufen.

Herta Du trägst ja auch keine kurzen Pfadfinderhosen mehr.

Karl Ich lese dein Friedensbuch. Ich bin erst auf Seite … *(schaut nach)* hier, 145. „Wollte man in Europa Grund und Boden …" – und das will er ja immer noch! – „dann konnte dies im Großen und Ganzen nur auf Kosten Rußlands geschehen, dann müsste sich das neue Reich wie-der auf der Straße der einstigen Ordensritter in Marsch setzten, um mit dem Schwert dem deutschen Pflug die Scholle, der Nation aber das tägliche Brot zu geben." Da hast du dein Friedensschwert. Erst das Schwert, dann die Pflugscharen. Aber vorher muss der Boden mit Blut gedüngt werden.

Herta Worte, Worte. Wir haben nur Friedenstaten erlebt. Jedes Jahr. Der Führer vergrößert das Reich ohne Schwert. Ja, das macht er mit Worten.

Karl Worte sind Taten, Worte warten auf die Tat.

Herta Lies du das Buch. Ich freue mich auf die Rede des Führers beim Parteitag des Friedens. Hat Peter dir schon erzählt, dass er hinfahren will?

Karl Fliegen?

Herta Sein Korps schickt eine Abordnung nach Nürnberg. Und unser Peter ist dabei. Karl, wir können stolz sein auf unseren Jungen.

Karl Da will ich auch etwas tun, damit mein Sohn stolz auf seinen Va-ter sein kann.

Herta Lies! Lies! Ich störe dich nicht mehr.

Karl Wenn ich jemand hätte, der mich störte.

Stube; Herta, Peter, Inge

Herta   Ihr müsst eurem Vater Mut machen. Das ist nicht leicht für ihn.

Peter   Er packt es nicht. Mit Büchern auf Tour gehen? Als Vertreter musst du die Leute doch eiskalt ins Fadenkreuz nehmen, da darf der Finger am Abzug nicht zittern. Schuss, Abschuss, peng! Ein Studienrat kann das nicht.

Herta   Wir haben schon ganz andere Dinge geschafft. Wir haben uns alles erkämpfen müssen. Ihr habt den Führer. Für den könnt ihr auch etwas tun, indem ihr euerm Vater helft, seine Fehler gut zu machen und für den Führer nützlich zu sein.

Inge   Ich kann ihm helfen.

Peter   Eine Kindergärtnerin, die einem Lehrer hilft. Tolle Truppe.

Inge   Ich kann auch Bücher verkaufen. Ich gehe zu Onkel Paul. Dann gehe ich mit Vati auf Tour.

Herta   Ingelein, Flausen. Du machst dein Jahr.

Inge   Die Vertreter arbeiten doch auf Provision, nicht?

Peter   Abschussprämien.

Inge   Ich könnte viel Geld verdienen.

Peter   Kunden sind wie Kinder, du musst nur richtig mit ihnen reden, in der Kindersprache.

Inge   Ich habe keine Angst vor Menschen, ich kann mit ihnen sprechen. Vati und ich – eine schlagkräftige Mannschaft. Und wir haben den Segen des Führers. Und dann, mein Brüderchen, habe ich ja auch die Waffen einer Frau.

Herta   Inge!

Inge   Dann lass ich mir von Onkel Paul einen Buchladen geben. Später gründe ich einen Verlag, eine Druckerei. Die Deutschen sind doch ein Leservolk. Und immer mehr Kinder! Und die wollen lesen.

Herta   Flausen.

Peter Du gefällst mir, Inge, Vati braucht eine schneidige Kopilotin.

Inge Wo ist er eigentlich?

Herta Ich weiß es nicht. Er läuft draußen rum, kommt spät zurück, sagt kein Wort. Ich habe Angst um ihn. Ihr müsst ihm Mut machen!

Inge Ich helfe ihm. Ich kann das Verkaufen lernen. Als der Führer zwanzig war, hat er Postkasten gemalt. Und was ist aus ihm geworden!

Peter Inge Weber, Führerin des Großdeutschen Reiches!

Inge Ich lese den „Kampf". Da steht drin, wie man kämpft. Wie man Erfolg hat bei den Menschen. Reklame. Propaganda. Über Sturmabteilungen. Das werde ich studieren. Vom Führer lernen! Wo ist Vatis Buch?

Peter Der liest die Luxusausgabe, du kannst das Volksbuch haben.

Inge Ich helfe ihm! *(singt)* Uns're Fahne flattert uns voran …

4

Bäckerladen

Frau Stein Wissen Sie schon was Näheres, Frau Weber, jetzt soll es ja bald Lebensmittelkarten geben, und Kleiderkarten.

Gertrud Es wird jetzt so viel geredet.

Frau Stein Also wenn ich das höre, Lebensmittelkarten – ich denke gleich an Krieg.

Gertrud Vier-Jahres-Plan. Es geht jetzt alles nach Plan.

Frau Stein Ich weiß nicht – Tschüs, Frau Weber. *(Karl kommt ihr entgegen)* Herr Weber! Guten Tag, Herr Weber.

Karl Guten Tag, Frau Stein.

Frau Stein Herr Weber, wie geht es Ihnen? Der Horst hat so oft nach Ihnen gefragt. Was er wohl macht, fragt er. Die Jungen haben Sie alle so gemocht, Herr Weber. Geht es Ihnen gut?

Karl Gut. Und der Horst?

Frau Stein Er ist in Wilhelmshaven, bei der Marine. Er hat ein so gutes Abitur gemacht. Das verdankt er Ihnen, Herr Weber. Geht es Ihnen wirklich gut, Herr Weber?

Karl Ja. Ich bin jetzt im Buchhandel tätig. Grüßen Sie den Horst von mir.

Frau Stein Im Buchhandel, na so was. Jetzt muss ich aber. Auf Wiedersehen. *(ab)*

Gertrud Du bist im Buchhandel?

Karl Gertrud, ist Willi wohl hier?

Gertrud Ich warte auf ihn. Im Buchhandel?

Karl Ja, bei Paul, in seinem Vertrieb.

Gertrud In seinem Parteiladen?

Karl Lass mal.

Gertrud Ist das das Richtige für dich?

Karl Was ist das Richtige, Gertrud. Ich muss über die Runden kommen – wie ihr.

Gertrud Vier Jahre, meint der Willi, dann ist Schluss mit der Planwirtschaft. Dann will er zurück in seinen Konsum.

Karl Es gibt was Schlimmeres. *(Willi kommt)* Willi!

Willi Karl!

Gertrud Ich kann schon mal absperren. *(schließt die Tür)* Wir können unsere Kunden abzählen, Karl. *(geht ins Nebenzimmer)*

Willi Ich muss noch klar Schiff machen. *(macht sich an Tresen und Kasse zu schaffen)*

Karl Nur ein Wort, großer Bruder. Ich habe ein Angebot von Paul. Dem Nazi-Paul. In seinem Buchvertrieb. Kolonne, Klinkenputzen. Ich muss es wohl versuchen –

Willi Versuch's. Wenn du draußen stehst, hast du keine Wahl. Brot und Bücher, nützliche Dinge.

Karl Mehr sagst du nicht? Du? Mein Schwager ist eine Parteigröße.

Willi Ich wollt', ich hätte eine Parteigröße zum Paten. Ich würde sogar zurück in meinen Konsum gehen.

Karl Das sagt ein Sozi?

Willi Wir müssen uns alle durchschlängeln, Kuddel. Kann ein Assessor Brot verkaufen, kann ein Studienrat Bücher vertreiben. Du hast dir die Suppe eingebrockt, du hast die Rechten gewählt, damals, da hast du mich nicht gefragt.

Karl Die sind nicht durch meine dumme Stimme an die Macht gekommen.

Willi Wie sonst? Von einem Sturm auf den Reichstag habe ich nichts gehört. Keine Stimme ist dumm. Du bist mit deinem Leichtgewicht in die eine Waagschale gesprungen, ich in die andere. Deine war schwerer.

Karl Aber der Paul handelt mit Parteiliteratur. Propaganda.

Willi Heute ist alles Propaganda.

Karl Aber reine Parteibücher!

Willi Du meinst Goebbels, Rosenberg, Hitler?

Karl Ich soll ein spezielles Buch verkaufen. Hitlers ‚Kampf‘, in einer Luxusausgabe zu seinem 50. Geburtstag.

Willi Gratuliere!

Karl Soll ich, kann ich, darf ich?

Willi Kannst du’s? Wenn du’s kannst, darfst du’s, wenn du’s darfst, sollst du’s.

Karl Mehr sagst du nicht?

Willi Du kannst das Buch getrost verkaufen. Die Deutschen kennen es, auch wenn sie es nicht gelesen haben. In tausend Reden hat der Hitler das Buch verkauft. Was subtil ist an diesem Buch – aber viel ist nicht subtil –, hat er nicht gesagt. Da mussten die Deutschen das Buch schon lesen. Sie konnten es, aber nicht alle, vielleicht die wenigsten, haben es getan. Du verkaufst einen Fahrplan, den jeder kennt. Der Zug steht unter Dampf, und alle sitzen drin – bis auf die paar Leute im Bäckerladen oder auf den harten Bänken des Exils. Und er wird nach diesem Fahrplan fahren. Sogar sein Ziel kannst du an der Bahnsteinkante lesen. Der Osten, Europa, die Welt. Die arische Despotie. Alle fahren mit, auch die, die nicht eingestiegen sind. Wer hätte das gedacht, dass

Fahrpläne eine interessante Lektüre sein können. Verkauf das Buch, du machst dich nicht mehr mitschuldig. Das ist schon längst passiert. Der Hitler hat ein Lieblingswort –

Karl Die Juden!

Willi Das Wort „brutal". Oft sagt er auch „rücksichtslos". Ein brutales Buch, brutal in seiner Ehrlichkeit, aber Ehrlichkeit kann gnadenlos verkommen sein. Noch nie hat einer, der nach Macht strebt, sein Wollen und seinen Wahn so offen, so direkt, so brutal verkündet. Jeder Satz ein Faustschlag auf einen Kneipentisch – selbst wenn sich's manchmal so liest, als habe ein Beamter des mittleren Dienstes eine Dienstanweisung verfasst. Und die Augen immer flehend zum Himmel erhoben.

Karl Und du rätst mir nicht ab, das Buch zu verkaufen?

Willi Verkauf es. Vielleicht schaffst du es, einem einzigen Leser die Augen zu öffnen. Vielleicht kannst du aus einem einzigen Volksgenossen wieder einen Bürger machen. Es ist gleichgültig, ob fünf Millionen das Buch kaufen und es nicht lesen oder zehn Millionen. Stopft alle Stuben voll mit deinem Luxusbuch. Die Deutschen müssen alle die Chance haben, das Drehbuch für einen Film zu lesen, in dem sie ihre kleine Rolle spielen. Vielleicht heißt der Film ja ‚Untergang'. Verkaufe es, das Schicksalsbuch!

Karl Ich lasse die Finger von dem Buch.

Willi Nein! Kleb einen Totenkopf auf das Buch. Achtung, Gift! Oder ein Etikett: gefährliche Lektüre. Vielleicht lesen sie es dann. Wie teuer ist denn dein Luxusbuch?

Karl Das weiß ich gar nicht. Billig wird's nicht sein.

Willi Egal. Je mehr einer ausgibt für das Buch, desto eher wird er es lesen. Meine Törtchen werden auch nicht so alt wie die Brötchen. Komm, du kannst mir mal die Bleche auswischen. *(Karl geht hinter den Tresen, wischt)* Auch abtrocknen. Die Krümel in den Eimer, dafür habe ich Abnehmer. Ich stand kurz vor meiner Wahl in den Vorstand, vierzig Fabriken hätte ich steuern müssen, jetzt fege ich Krümel. Manchmal muss man froh sein, von Krümeln leben zu können.

Karl Ich hätte auf dich hören sollen, Willi, vor sechs Jahren.

Willi Pech, dass ich dein großer Bruder war, auf den hört man nicht. Du hast auf einen größeren Bruder gehört.

Karl Soll ich die Bleche stapeln?

Willi Trocken?

Karl Ich werde das Buch lesen, bis zur letzten Seite. Ich werde es mit deinen Augen lesen.

Willi Sperr die Augen auf. Das ist das einzige Buch, das gelesen werden muss. Die ganze Welt muss es lesen. Die Russen müssen es lesen, die Franzosen –

Karl Die Juden!

Willi Nach den Parteipogromen der vergangenen Wochen müssen sie es nicht mehr lesen. Kuddel, du wärst ein prima Bäckerjunge geworden. Komm, wir gehen nach hinten. Muss nicht jeder sehen, dass du dem roten Bäcker hilfst. Das könnte deiner neuen Karriere schaden. Komm!

(gehen in den Nebenraum)

III

1

*(Die folgenden Szenen in einem Treppenhaus mit Wohnungstüren,
Karl Weber mit schwerer Tasche auf den Treppen unterwegs*

Fischer   *(in der Tür im Erdgeschoss)* Herr Weber!

Karl   Guten Tag, Herr Fischer.

Fischer   Guten Tag, Herr Weber, ja was führt Sie denn zu mir? Ja, wie geht es Ihnen denn?

Karl   Sie wohnen hier – das wusste ich nicht. Ich komme nicht wegen der Schule. Aber Sie haben eine Minute für mich?

Fischer   Ja, doch. Erst gestern hat Kollege Schmidt mich gefragt, wie es wohl dem Kollegen Weber geht. Und jetzt stehen Sie vor mir! Es hat mir ja so leid getan –

Karl   Ich arbeite jetzt im Buchhandel, Herr Fischer.

Fischer   Im Buchhandel.

Karl   Ja, ich verkaufe Bücher. Aber ich habe ganz besondere Angebote –

Fischer   Für uns Lehrer wohl –

Karl   Wir sind mit der Aufgabe betraut, den Volksgenossen das große Buch des Führers, „Mein Kampf", nahe zu bringen, und zwar in der repräsentativen Ausgabe, die anlässlich seines 50. Geburtstages erscheint.

Fischer   Im April.

Karl   Sie können sie bei mir heute schon kaufen.

Fischer   Sie kommen im Auftrag der Partei. Interessant. Ja, Herr Weber, ich habe mir schon immer gedacht, dass Ihre Probleme auf einem Missverständnis beruhen mussten. Erst gestern habe ich dem Kollegen Schmidt gesagt –

Karl   *(hat ein Buch aus der Tasche genommen)* Ein Blick auf die prachtvolle Edition wird Sie überzeugen, Herr Fischer, dass diese Ehrengabe unseres Parteiverlags dem großen Geburtstag würdig ist.

Fischer *(blättert)* Prachtvoll. Ah, der Anhang mit all den Plakaten, all die großen Versammlungen. Da kommen Erinnerungen hoch.

Karl Die Sonderausgabe hat ihren eigenen Wert, historisch, symbolisch. Sie hat natürlich ihren Preis.

Fischer Wer redet vom Geld. Sie reisen jetzt in Büchern, Herr Weber? Ja, kann man davon leben? Von Provisionen? Haben Sie wenigstens ein Fixum?

Karl Fix muss man sein, pensionsberechtigt bin ich leider nicht.

Fischer Zwei Exemplare stehen schon in meinen Regalen.

Karl Sie haben den ‚Kampf' gelesen.

Fischer Ja, ja, ja.

Karl Das Geburtstagsgeschenk der Volksgemeinschaft für den Führer – zwanzig Mark. Auch ich habe mich durch diese schöne Ausgabe verführen lassen, das Buch endlich mal zu lesen. Ich bedaure, es nicht früher getan zu haben. Blindheit wird manchmal bestraft, wie ich erfahren musste.

Fischer An die Reden des Führers kommt das Buch nicht heran. Das ist ja keine Kritik.

Karl Ja, die Zauberkraft des gesprochenen Wortes – so sagt es der Führer – ist durch nichts zu schlagen, aber ein Lehrer sollte doch den gut geschriebenen Worten vertrauen. Das Buch zweimal, dreimal lesen hilft uns dreimal besser verstehen, was der Führer will.

Fischer Wir stehen hier zwischen Tür und Angel, Herr Kollege, kommen Sie doch, bitte, herein!

Karl Danke. Keine Zeit, Vertreterlos, es warten viele auf das Buch des Führers.

Fischer Herr Weber, ich kaufe nichts ohne meine Frau. Sie ist in der Frauenschaft.

Karl In der Frauenschaft verkaufen wir das Jubiläumsbuch sehr gut. Und auch bei der Jugend. Das goldene Schwert – es wird sie ja in ihre Zukunft führen.

Fischer Wir überlegen es uns, Herr Weber. Also für mich wär' das nichts, den ganzen Tag treppauf, treppab. Wirklich, ein schönes Buch. Wenn ich es nicht schon gelesen hätte – bis zum Geburtstag ist es ja noch eine Weile.

Karl Der Führer wird fünfzig! Sie denken an das Geschenk!

Fischer Bestimmt, Herr Weber.

Karl Auf Wiedersehen, Herr Fischer.

Fischer Heil Hitler!

2

jüngerer Mann im Türrahmen

Mann Ich kaufe nichts.

Karl Aber einen Blick werden Sie doch riskieren, mein Herr. „Mein Kampf" – das berühmte Buch des Führers, jetzt in der Jubiläumsausgabe zu seinem 50. Geburtstag. *(zeigt das Buch)*

Mann Der ist schon so alt? Aber ich kaufe nichts. Schon gar keine Bücher.

Karl Das ist eine einmalige wertvolle Sonderausgabe.

Mann Aber ich habe schon drei, eins hat mir mein alter Herr vermacht, eins hat der Chef gestiftet, eins auf dem Standesamt. Was soll ich mit so vielen Büchern? Die Bude tapezieren? Sie sind nicht von der Partei, oder?

Karl Nein, ich tue nur meine Arbeit. Wie Sie. Sie lesen wohl nicht viel.

Mann Ich lese, was ich muss, Bücher muss ich nicht lesen.

Karl Na dann, nichts für ungut.

Mann Warten Sie. Ich gebe Ihnen meine drei Stück und Sie geben mir das neue.

Karl Das spart Platz, wie?

Mann Was, sagten Sie, kostet das?

Karl Zwanzig Mark.

Mann Zwanzig! Das ist ja ein Tageslohn. Soll ich Ihnen mal etwas sagen? Mit dem Geburtstag des Führers auch noch Geschäfte machen! Wie finde ich denn das. Geldschneiderei. Und der Führer weiß von nichts. Bei mir nicht, tschüs.

3

Frau Stein im Türrahmen

Frau Stein Aber dass Sie uns besuchen kommen, Herr Weber? Der Horst ist nicht da, schade. Wenn ich das dem Horst schreibe!

Karl Frau Stein, bitte, bitte, ich will ehrlich sein. Ich weiß ja gar nicht, dass Sie in diesem Haus wohnen. Aber ich freue mich sehr, Sie wiederzusehen. Ich bin geschäftlich hier.

Frau Stein Mit mir Geschäfte machen?

Karl Habe ich Ihnen nicht erzählt, dass ich jetzt im Buchhandel tätig bin? Aber ich will Ihnen kein Buch verkaufen, ich gehe gleich wieder.

Frau Stein Ja, was haben Sie denn da? So viele Bücher. Für mich ist das nichts, aber mein Horst. Sie kennen ihn ja!

Karl Der Führer feiert bald seinen 50. Geburtstag. Und seine Freunde und Verehrer haben dieses wunderschöne Geburtstagsgeschenk für ihn gemacht. *(zeigt das Buch)* Das verkaufe ich.

Frau Stein O bitte, darf ich das Buch einmal sehen? *(betrachtet es ehrfürchtig)* Schön! Wohl sehr teuer, nicht?

Karl Ja, zwanzig Mark.

Frau Stein Ach herrjeh! Da wird der Führer aber gut daran verdienen, nicht? Aber der braucht ja kein Geld, der hat alles.

Karl Nein, braucht er nicht. Das Buch ist schon sechs Millionen Mal verkauft worden.

Frau Stein Das teure Buch?

Karl Die Volksausgabe.

Frau Stein So ein teures Buch fürs Volk?

Karl Der Führer hat das Zukunftsbuch des deutschen Volks geschrieben. Das will natürlich jeder gute Deutsche lesen.

Frau Stein Ach, die Zukunft. Ich habe Angst, Herr Weber, ich glaube, es gibt Krieg. Da kann der Führer auch nichts machen. Und unser Horst ist bei der Kriegsmarine.

Karl Ja, der Führer muss auch an den Krieg denken. Das ist für alle bitter. Und der Führer schreibt, ja, auch darauf müssen wir uns vorbereiten. Jedes große Volk muss auch einmal Opfer bringen.

Frau Stein Und das steht alles in dem Buch.

Karl Der Führer sagt, Deutschland sei zu Großem berufen. Es muss sich durchsetzen in der Welt. Das wird nicht ohne Streit abgehen. Das kann auch Krieg bedeuten, wenn die Stunde es fordert.

Frau Stein Das steht in dem Buch?

Karl Wir Deutschen haben nicht genug Land für die deutschen Bauern, für unsere Ernährung, sagt der Führer. Wir könnten es im Osten haben, in Russland.

Frau Stein Ja, geben uns die Russen denn das Land? Oder gibt es dann Krieg? Herr Weber, haben die Russen eine Kriegsmarine?

Karl Ja. Vielleicht wird auch unser Horst einmal kämpfen müssen.

Frau Stein Das steht in dem Buch? Ja, natürlich, es heißt ja ‚Kampf‘. Das Schwert auf dem Buch – das bedeutet Krieg, nicht? Ich muss das Buch lesen. Ich muss doch wissen, was der Führer mit der Marine vorhat. Ist in Russland das Meer nicht zugefroren?

Karl Das Meer ist weit.

Frau Stein Verkaufen Sie mir das Buch. Ich will es lesen. Steht auch etwas über die Lebensmittelkarten drin?

Karl Jede deutsche Mutter muss das Buch lesen. Ja, das ist eigentlich ein Buch der Mütter. Aber ich verkaufe Ihnen nicht das teure Ding. Ich bringe Ihnen die Volksausgabe, ich schenke sie Ihnen, ich komme bald wieder vorbei.

Frau Stein   Das wollen Sie tun? Wenn ich das dem Horst schreibe!

Karl   Schreiben Sie aber nichts von Krieg und Lebensmittelkarten. Der Führer hält nichts von Jammerbriefen gedankenloser Weiber, schreibt er.

Frau Stein   Sowas schreibt der Führer? Ich lese das Buch. Gedankenlos!

Karl   Wir alle müssen wissen, was der Führer will. In seinem Buch sagt er es. Wenn er zwei Stunden lang redet, glauben wir, wir wüssten es. Wenn wir aber sein Buch gelesen haben –

Frau Stein   Dann wissen wir, dass es Krieg gibt?

Karl   Ich bringe Ihnen das Buch, lesen Sie es. Alles Gute für Sie und unseren Horst, Frau Stein. Ich muss weiter. Meine Tasche ist noch voll.

Frau Stein   Und so schwer. Mein Gott, Sie, ein Studienrat –

Karl   Auf Wiedersehen, Frau Stein, auf Wiedersehen.

5

Karl Weber sitzt auf einer Treppenstufe

Inge   *(Stimme)* Vati!

Karl   *(horchend, leise)* Inge?

Inge   *(kommt über Treppen, setzt sich zu Karl)* Endlich habe ich dich gefunden.

Karl   Bist du mir nachgegangen?

Inge   Ich hab' gesehen, dass du in das Haus gegangen bist. Du bist müde, ja?

Karl   Ein bisschen. Die Treppen, weißt du.

Inge   Hast du schon Bücher verkauft?

Karl   Nein.

Inge   Letzte Woche war's besser.

Karl   Es ist schwer. Irgendetwas mache ich falsch.

Inge Gib mir die Tasche. Heute verkaufe ich deine Bücher *(greift nach der Tasche)*

Karl Willst du wohl!

Inge Ich könnte die Eltern meiner Kinder bearbeiten. Ich weiß, wo die wohnen. Der Führer hat sein Buch auch für die Kinder geschrieben, nicht?

Karl Ein Kinderbuch ist das nicht. Vielleicht für die Jungs – *(ahmt Hitlers Sprechweise nach)* Flink wie die Windhunde, zäh wie Leder, hart wie Kruppstahl.

Inge Die Zukunft der Kinder, eben!

Karl Der Kriegswaisen.

Inge Vati!

Karl Ich bin erschöpft, Inge.

Inge Pass auf, Vati, ich habe das beim Führer nachgelesen. Über die Propaganda. Also erstens. Man muss etwas wollen, unbedingt, fanatisch, ein festes Ziel vor Augen. Zweitens. Man muss seinen Willen in einfachen Sätzen aussprechen –

Karl Die findest du in diesem Buch nicht.

Inge Drittens. Die muss man wiederholen und wiederholen, man muss die Schlagworte einschlagen, einhämmern. Natürlich fanatisch, unter dem Einsatz der ganzen Person. Unbedingte Entschlossenheit. Leidenschaft, Vati! Führung! Das gilt auch für ein Verkaufsgespräch. Vielleicht erklärst du den Leuten zu viel. Du bist ein Lehrer. Du hast das so gelernt.

Karl Was soll ich sagen? Die Leute sollen das Buch des Führers lesen!

Inge Das schreckt doch ab. Die denken doch: die Partei hat's angeordnet. Wer will denn etwas von der Partei wissen? Der Führer muss sprechen aus dir! In der Kirche nennen wir das Charisma.

Karl Der Führer hat gut reden. Der steht in seinen Massenversammlungen, dreitausend, zehntausend, hunderttausend. Ich steh den Leuten Aug' in Aug' gegenüber. Hören wollen die Leute den Führer, sie wollen ihn erleben – er soll die Köpfe ihrer Kinder tätscheln – aber ihn lesen?

Inge Die Leute sollen das Buch haben wollen. Um die Leser brauchst du dich nicht zu kümmern.

Karl Weiß du, Inge, wenn du den ‚Kampf' liest, kommst du ins Grübeln. Da erklärt einer den Leuten, was er will, aber er redet wie ein deutscher Professor, umständlich, wortreich. Auf achthundert Seiten. In einer Rede schafft er das in zwei Stunden. Die wälzt er jetzt, mühsam, wie einen zähen Teig auf dem Blech. Warum wollte er unbedingt ein Buch? Dieses Schwarz auf Weiß? Will er vielleicht sagen – ich schließe einen Vertrag mit euch, ihr könnt die Bedingungen nachlesen. Über die Massen, zu denen der Führer redet, macht er sich lustig. Die Masse ist in seinen Augen beschränkt, kindisch, weibisch –

Inge Vati!

Karl – von Gefühlen berauscht, von sich selbst berauscht. Mit der hat man leichtes Spiel als Komödiant. Aber ein Leser! Ganz allein sitzt er da mit seinem Buch. Er kann jedem Wort ein Widerwort geben – !

Inge Wenn er's kann.

Karl Wenn er liest, kann er es. Die Aufnahmefähigkeit des Beschränktesten – darauf kommt es an, sagt der Führer. Warum schreibt er dann ein Buch? Warum setzt er sich der Kritik der Klugen aus? Meint er vielleicht, es gäbe keine Klugen im Lande?

Inge Der Führer sagt, die Engländer hätten die Propaganda erfunden. Meinst du, die sind ein dummes Volk? Propaganda wirkt immer. Der Führer versteht doch was von Reklame. Auch du kannst von ihm lernen.

Karl Aber was ist das für ein Zauberer, der den Leuten die Tricks erklärt, auf die sie hereinfallen sollen. Ist er ein Zyniker?

Inge Alle glauben an den Führer. Sein Buch lesen sie wie die Frommen die Bibel. Alles ist wahr.

Karl Aber die Frommen lesen die Bibel! Wer liest den ‚Kampf'? Die Frommen lesen die Bibel so gründlich, dass sie manchmal eine eigene Kirche gründen.

Inge Du willst doch nicht, dass die Leute eine eigene Partei gründen!

Karl Psst! Nicht so laut! *(horcht ins Treppenhaus)* Inge, ich mache noch zwei, drei Stunden. Ach, es ist so schwer, nicht von der Arbeit zu leben, sondern vom Erfolg. *(entfernt sich)*

Inge *(bleibt unten stehen, breitet die Arme aus)* Was wird Adolf Hitler tun? Das fragen heute Millionen im Reich und in Europa. Jeder, ob Freund oder Feind, kann sein Buch nicht unbeachtet lassen. Meine Dame, mein Herr! Mit diesen Worten haben wir schon 1933 für das Buch des Führers geworben. Jetzt wird der Führer fünfzig. Sein Kampf ist nicht beendet. Er hat gerade begonnen. Wenn Sie 1933 nicht neugierig auf das Buch des Führers waren – jetzt darf Sie die Neugier nicht schlafen lassen. Schlaflose Nächte mit dem Führer – welches Buch kann Ihnen das versprechen? Die große Jubiläumsausgabe. Das Buch mit dem goldenen Schwert! Das Denkmal für ein Jahrtausend wie für den Hermann mit seinem Schwert im Teutoburger Wald. Kaufen Sie den Führer. Den Führer zu Ihrem Lebensglück.

6

Hermann Behrendsohns Wohnung; Karl steht zunächst vor der Tür und geht langsam mit Behrendsohn in die Wohnung

Behrendsohn – ja?

Karl Herr Behrendsohn, guten Tag, wir kennen uns. Mein Name ist Karl Weber. Erinnern Sie sich? In Ihrem Geschäft und bei meinem Bruder im Bäckerladen?

Behrendsohn Bei Willi Weber, ja. Guten Tag, Herr Weber.

Karl Jetzt denken Sie vielleicht, mein Bruder habe mich zu Ihnen geschickt, Herr Behrendsohn –

Behrendsohn Ihr Bruder ist ein freundlicher Mann.

Karl Ich möchte gern mit Ihnen sprechen, Herr Behrendsohn. Mein Bruder nannte mir Ihre Adresse.

Behrendsohn Sie müssen einen guten Grund haben, mich zu besuchen, Herr Weber, am besten einen amtlichen.

Karl Vor gar nicht langer Zeit war ich noch Lehrer. Man hat mir mein Lehramt genommen. Jetzt verkaufe ich Bücher.

Behrendsohn Ein Reisender?

Karl Ich reise in Büchern, ja. Früher nur in meiner Phantasie in stillen Lesestunden, jetzt treppauf, treppab –

Behrendsohn Herr Weber, so treten Sie doch bitte näher. Vielleicht kommen wir ins Gespräch. Ich kaufe keine Bücher. Nein, ich möchte alle meine deutschen Bücher verkaufen. Aber nicht nur, weil ich in Verlegenheit bin. Kaufen Sie auch Bücher?

Karl Ich würde Ihnen gern helfen. Aber ich kann es natürlich nicht. Bei meinem Bruder erfuhr ich, dass man Sie als Jude drangsaliert hat.

Behrendsohn Ja, ich habe mein rotes J im Pass, und seit vier Wochen heiße ich Israel Hermann Behrendsohn. Meine Eltern gaben mir den deutschen Namen und unter ihm wurde ich von meinen deutschen Kameraden an der Westfront geschätzt. Es wäre wohl besser gewesen, meine Eltern hätten mich Absalom genannt. Dann wären die Deutschen nicht so wütend auf mich.

Karl Ich besuche Sie, weil Sie Jude sind, Herr Behrendsohn. Ich möchte Ihnen in dieser schweren Zeit ein Buch bringen, das jeder deutsche Jude gelesen haben muss.

Behrendsohn So ein Buch gibt es? Vielleicht die Luther-Bibel?

Karl Ich will Sie nicht erschrecken, ja, so ein Buch habe ich hier. Adolf Hitlers ‚Mein Kampf‘. Ich will es Ihnen schenken.

Behrendsohn Mir?

Karl Sie sind Jude, Herr Behrendsohn. Sie müssen dieses Land verlassen. Sofort. Morgen. Wenn Sie Hitlers Buch gelesen haben, wissen Sie, dass Sie nicht hierbleiben können.

Behrendsohn Ich weiß es auch ohne das Buch. Ich rühre es nicht an. Bitte.

Karl Sie werden Gründe haben, hier bleiben zu wollen. Wenn Sie das

Buch gelesen haben, gibt es für Sie keinen Grund mehr. Das Buch ist ein Befehl: Sofort das Land verlassen!

Behrendson Ich habe keine Mittel. Und wenn ich sie hätte, müsste ich mit zehn Mark über die Grenze gehen. Ich habe keine Verbindungen in der Welt. Wer will uns Juden? Das wissen wir nicht erst seit der Flüchtlingskonferenz in Evian.

Karl Wenn Sie das Buch gelesen haben, werden Sie mit zehn Mark ins Ausland gehen.

Behrendsohn Es ist ein erbärmliches Leben, das wir Juden, die noch im Reich sind, führen müssen. Aber es ist ein Leben. Es ist die Chance auf ein Überleben. Werde ich die in fremden Ländern haben?

Karl Ich will, dass alle Juden dieses Buch lesen, Herr Behrendsohn.

(zeigt es, Behrendsohn nimmt es in die Hand, blättert)

Behrendsohn Gibt es da ein Judenkapitel?

Karl Jedes Kapitel ist ein Judenkapitel. ‚Mein Kampf' – das ist irreführend. Es muss heißen ‚Mein Kampf gegen die Juden' –

Behrendsohn – gegen die jüdischen Weißwarengeschäfte.

Karl Das Buch ist eine einzige Warnung an Sie, Herr Berendsohn. Lesen Sie es!

Behrendsohn *(weist auf eine Seite im Buch)* Sehen Sie dieses Plakat. 1922 – Herr Adolf Hitler spricht über Volksrepublik oder Judenstaat. Und da steht's: Juden ist der Zutritt verboten. Dürfen die Juden Hitlers Reden nicht hören, dürfen sie auch sein Buch nicht lesen. Landesverrat! Es gibt wohl schon hundert Gesetze gegen uns Juden, es wird auch eins geben, das uns verbietet, Hitlers Bücher zu lesen. Mit Ausführungsbestimmungen. Und Sie, Herr Weber, machen sich mitschuldig, wenn Sie mir die Lektüre empfehlen. Todesstrafe für geistige Rassenschande. Wollen Sie mich zu einem Kapitalverbrechen anstiften, Herr Weber? Hier – der Protest gegen die Teuerung – nur für Volksgenossen, Nationalsozialisten, Antisemiten. Etwa gegen die jüdischen Weißwarengeschäfte? Sind sie schuld an der Inflation? Wir sind keine Preistreiber, bei uns ist alles gut und preiswert. Fragen Sie Ihre Frau, Herr Weber. Hat Ihr Bruder nicht von den Nessusgewändern gesprochen? Vielleicht haben die neuen Herren in unserm Land ja wirklich Angst vor jüdischer Unterwäsche, vor Gift auf ihrer Haut. Das ist ein verbotenes Buch – für uns Juden. Gibt es nicht ein Gesetz zum Schutz des deutschen Buchs – § 89 oder so? Ein Geschenk zum 50. Von Juden? Wenn ich das Buch kaufe, werde ich wegen der Verächtlichmachung des Führergeburtstages angeklagt, und Sie mit mir, Herr Weber.

Karl Sie müssen fliehen, Herr Behrendsohn, Sie sind in das Fadenkreuz eines Wahns geraten. Lesen Sie nur das elfte Kapitel, Volk und Rasse. Er meint alles wörtlich in seiner infernalischen Unduldsamkeit. Haben Sie nicht gelesen, was Hitler auf dem Parteitag gesagt hat. Es klingt noch in meinem Ohr –

Behrendsohn Ich lese keine Zeitungen mehr. Sie machen mich traurig.

Karl Wenn es dem Finanzjudentum, hat er gebrüllt, noch einmal gelingen sollte, die Völker in einen Weltkrieg zu stürzen, dann werde das Ergebnis nicht die Bolschewisierung der Erde und der Sieg des Judentums sein, sondern die Vernichtung – Herr Behrendsohn, die Vernichtung! – der jüdischen Rasse in Europa. Hitler meint es wörtlich, glauben Sie mir. Und den Krieg wird er bekommen, denn es ist sein eigener.

Behrendsohn Und ich bin schuld? Ich bitte Sie, Vernichtung, was heißt denn das? Das habe ich schon erlebt, die Schließung meines Ladens ist eine Vernichtung. Nicht meine Kunden haben meinen Laden geschlossen.

Karl Lesen Sie dieses katastrophale Buch, Herr Behrendsohn, und reisen Sie, rasch. Die SS-Leute sprechen von einer jüdischen Unterwelt, die sie ausrotten wollen mit Feuer und Schwert. Sie zeigen Ihnen das Schwert – auf dem Buch. Ich zeige es Ihnen, Herr Behrendsohn!

Behrendsohn Ja, wir werden schikaniert und gedemütigt, von den Behörden, den Parteileuten, die Horden der SA sind gegen uns losgelassen. Sie ziehen Zäune um uns. Aber hinter ihnen werden sie uns schon in Ruhe lassen müssen. Wenn wir nur wüssten, wie wir leben können, wir armen Finanzjuden. Herr Weber, Sie stehen auch schon hinter dem

Zaun. Es ist nicht gut für Sie, wenn man Sie so lange bei einem Juden sieht. Geben Sie mir das Buch, was kostet es?

Karl   Ich schenke es Ihnen. Hier.

Behrendsohn   Damit Sie bestraft werden. Sie verschenken arisches Eigentum. Ich kaufe es. Wir Juden bezahlen alles. Wir sind ja die Finanzjuden. Wieviel, bitte.

Karl   Zwanzig Mark.

Behrendsohn   Oh, das ist teuer. Doppelt so viel wie das Kopfgeld, mit dem wir Juden ins Ausland reisen dürfen. Das arische Buchmonopol treibt die Preise in die Höhe.

Karl   Ich bringe Ihnen die billige Volksausgabe.

Behrendsohn   Die ist nichts für Juden, die gehören nicht zum Volk. *(geht an eine Lade)* Zwanzig, bitte sehr. Ich lese das Buch. Ich habe viel Zeit, es zu lesen. Das Schwert. Mit Feuer und Schwert? Ich bitte Sie, Herr Weber. In einem zivilisierten Land. Ja, Sie wollen unsere Läden, aber doch nicht unser Leben.

Karl   Sie lesen das Buch, ja?

Behrendsohn   Ich verspreche es. Danke, Herr Weber, alles Gute für Sie.

Karl   Reisen Sie bald, Herr Behrendsohn. Ich sage nicht Auf Wiedersehen.

7

Blockwart in einem Treppenhaus, Karl

Blockwart   He, Sie!

Karl   Ja?

Blockwart   Betteln und Hausieren verboten. Haben Sie das nicht gelesen? Machen Sie die Augen auf!

Karl   Sie meinen mich?

Blockwart   Wen sonst. Was haben Sie denn da in der Tasche?

Karl Sind Sie der Blockwart hier?

Blockwart Zeigen Sie mir mal Ihre Tasche!

Karl Ich besuche meine Kunden.

Blockwart Kunden ist gut. Also, die Tasche!

Karl *(öffnet die Tasche, hält sie dem Mann entgegen)* Bitte.

Blockwart Bücher, Kunden! Sie heißen!

Karl Weber.

Blockwart Ich muss Sie melden. Zeigen Sie mal her! Hausiert mit Büchern, dicken Schinken *(leert die Tasche mit nur noch zwei Büchern auf der Treppenstufe, blickt auf ein Buch)* Mein Kampf!

Karl Sie haben gerade das Buch des Führers in den Dreck geworfen. Das muss ich wohl melden. Das große Jubiläumsbuch – zum 50. Geburtstag unseres Führers.

Blockwart *(klappt ein Buch auf)* Der Führer, tatsächlich.

Karl Im Auftrag des Parteiverlages. Wollen Sie meine Legitimation sehen? Mit dem Buch des Führers geht keiner hausieren!

Blockwart Heil Hitler, Herr –

Karl Weber.

Blockwart Herr Weber, das kann ich doch nicht wissen.

Karl Ich fürchte, die Bücher sind schmutzig geworden. Kann ich sie noch verkaufen? Hören Sie, das Buch des Führers ist kein Schmutz und Schund.

Blockwart Sie hätten sich bei mir melden sollen, Herr Weber. Von der Partei! *(nimmt die Bücher, wischt sie mit dem Ärmel ab, legt sie in die Tasche)*

Karl Nur zwanzig Mark für die Luxusausgabe. Ich lasse sie Ihnen für zehn, weil sie schmutzig ist.

Blockwart Ich nehme eine.

Karl Ein wunderbares Geschenk für Parteifreunde, zum Geburtstag. Ich kenne viele, die nehmen gleich zwei.

Blockwart Geben Sie mir beide *(zückt das Portemonnaie)* Ein schönes Buch. Heil Hitler!

Karl   Heil Hitler. *(Blockwart überstürzt hinaus, Karl schwenkt die Tasche)*
„Sie wartet auf die Kunden,
sie wartet auf den Mann
und hat sie den gefunden,
fängt das Theater an
Ja, glauben Sie, dass das sie überrasche?
Und sie wackelt mit der Tasche – mit der Tasche –
mit der Tasche,
na, womit denn sonst?"

IV

1

Versammlungsraum; Inge Weber, drei Kolonnenführer

Inge   Kolonnenführer! Heil Hitler!

Kolonnenführer (alle)   Heil Hitler! Stabsführerin!

Inge   Nur noch eine Woche bis zu Führers Geburtstag. Zielvorgabe 130 Prozent gegenüber dem Reichsdurchschnitt. Wir wollen Führerstadt werden. Nicht durchschnittlich, Kolonnenführer!

Kolonnenführer   130 Prozent, Stabsführerin.

Inge   Der Markt ist verstopft. Ungern kauft der Mensch ein Buch, das er nicht lesen wird. Doch die Volksgenossen lieben den Führer. Wir lösen den Widerspruch auf.

Kolonnenführer   Die Volksgenossen lieben den Führer.

Inge   Zwei Zehner ist er ihnen nicht wert.

Kolonnenführer   – wert.

Inge   Die Liste der Argumente.

Kolonnenführer   Argumente.

Inge   Fünfzig! Die nächste Ausgabe erst mit fünfundsiebzig.

Kolonnenführer   Fünfundsiebzig.

Inge   1964.

Kolonnenführer   Vierundsechzig.

Inge   Die Kinder fragen ihre Eltern: Warum habt ihr das Jubiläumsbuch nicht gekauft? Wo ist das Buch mit dem goldenen Schwert?

Kolonnenführer   Das Buch mit dem goldenen Schwert.

Inge   Sein Wert steigt. Wie das Werk eines Malers.

Kolonnenführer   Maler.

Inge   100 Mark bis 1989. In fünfzig Jahren 500 Prozent.

Kolonnenführer   Prozent.

Inge   Regal, Küchenschrank, Vitrine, Vertiko – für das Buch des Führers ist überall ein Platz.

Kolonnenführer   Überall Platz.

Inge   Zeigt das Buch des Führers wie die Fahne des Reichs!

Kolonnenführer   Des Reichs.

Inge   An seinem 50. Geburtstagsfeste seid ihr des Führers liebste Gäste.

Kolonnenführer   Liebste Gäste.

Inge   Das Buch ist mein. Ich schreib' meinen Namen unter den Namen des Führers.

Kolonnenführer   Unter seinen Namen.

Inge   Das Geburtstagsgeschenk für jedermann in diesem großen Jahr.

Kolonnenführer   Großes Jahr.

Inge   Ein neuer Ausweis, Kolonnenführer! *(hält ihn hoch)* Sondervertriebsorganisation „Mein Kampf", Unterschrift, Stempel, Hakenkreuz. Der Stempel ist ein Kaufbefehl. SVOMK.

Kolonnenführer   SVOMK *(als Wort gesprochen)* Zu Befehl!

Inge   Er öffnet die Türen. Nicht an der Tür verkaufen. Der Führer ist ein willkommener Gast in Küchen und Stuben.

Kolonnenführer   Sei unser Gast.

Inge   Das Buch ist ein Denkmal. Zur Woche des deutschen Buches steht ‚Mein Kampf' als Denkmal neben der Paulskirche in Frankfurt, fünf Meter hoch. Bei uns in Hamburg: zehn Meter, neben dem Michel! Die Inschrift auf dem Sockel ein Wort des Führers „Ich las damals unendlich viel und zwar gründlich. In wenigen Jahren schuf ich mir damit die Grundlagen eines Wissens, von denen ich auch heute noch zehre". Deutsche Losung: durch Lesen zum Sieg.

Kolonnenführer   Sieg Heil!

Inge   Kolonnenführer. Wir enthüllen das Modell unserer Verkaufshilfe: *(das Buch in Überlebensgröße, Kolonnenführer klatschen)* Unser Kampf.

Kolonnenführer   Unser Kampf.

Erster Kolonnenführer   Stabsführerin. Ein starkes Argument: das Buch ist wertvoller als das Parteibuch.

Inge Nein! Der Führer steht über der Partei. Verstanden, Kolonnen-führer?

Kolonnenführer Verstanden, verstanden.

Inge Wir verkaufen. Mag der Führer gegen den Widerstand der Welt kämpfen, wir kämpfen gegen den Widerstand der zugeknöpften Ta-schen. 130 Prozent. Unser Kampf wird sich lohnen.

Kolonnenführer Provisionen! Provisionen! *(alle fassen sich an den Hän-den, umkreisen das Buchmodell)*

Wir versprechen es dir in die Hand.

Dein Kampf sei unser, Band für Band.

Dein Werk für Volk und Rasse

Kolonnen bringen es zur Masse.

Treppauf, treppab, von Stuf' zu Stuf'

tragen sie das Werk, das unser Führer schuf,

bis über jedem Bett und Herd

reckt sich hoch das goldene Schwert.

Wir laufen, wir laufen,

verkaufen, verkaufen. *(Das Modell wird hinausgetragen)*

2

Wagners Büro; Paul Wagner, Karl Weber

Wagner Ein Goldmädel, deine Inge. Gute Zahlen, hervorragend. Elan bis in die Haarspitzen, die Truppe im Schuss. Ein Naturtalent.

Karl Es ist mir nicht recht, auch Herta nicht.

Wagner Wie sollte ich ihrem hartnäckigen Charme widerstehen? Eine Verkaufskanone!

Karl Das ist keine Zukunft.

Wagner Wer hat Zukunft? Ich stehe seit zehn Jahren in der Bewegung. Was ist gut an ihr? Kein Stillstand, alles wird aufgewirbelt, alles reißt alles mit sich fort, alle Maßstäbe verändern sich, der Alltag wird zum Abenteuer. Und deine Inge mittendrin. Chaos, Ordnung, neues Chaos, Turbulenzen. Das ist Dynamik. Oder ein Strudel. Wer weiß.

Karl Aber keine Zukunft.

Wagner Eine Bewegung hat keine Zukunft. Die Bewegung genügt sich selbst. Zukunft hat nur, was wächst und reift. Windhosen fallen in sich zusammen.

Karl Auch deine Bewegung?

Wagner Auch meine. Es gibt Krieg, Karl. Unser Schwertbuch. Da steht einer oben und schwingt das Schwert. Hitler will Krieg, das ist klar. Bewegungen haben ihr Ziel im Grenzenlosen. Hitler ist fünfzig, da muss er sich sputen, wenn er von seinen Träumen noch etwas haben will.

Karl Helfen wir nicht, diesen Krieg vorzubereiten? Sollten wir nicht die Menschen vor ihm warnen?

Wagner Wenn die Deutschen ihren Krieg haben wollen, sollen sie ihn kriegen.

Karl Das ist zynisch, Paul.

Wagner In Weimar habe ich einmal an einem Friedhof in einer Kneipe gesessen. Sie hieß „Zur letzten Träne". Ist das zynisch oder ist das realistisch? Zynismus ist die Philosophie unseres Jahrhunderts. Alles läuft verkehrt und jeder hat Gründe, es zu rechtfertigen. Der Zyniker bietet uns die Realität an, wie sie ist, ohne Sentimentalität und Verlogenheit, ja, in Grausamkeit. Der Führer hat das begriffen. Ja, ich bin sein Anhänger. Vielleicht wäre das anders, wenn ich deine Kinder hätte.

Karl Ich wollte, Inge wäre im Kindergarten geblieben. Kinder sind Zukunft. Komme da, was wolle.

Wagner Unsere Inge folgt einfach ihrem Talent. Und ihm hat sich plötzlich ein Spielfeld geboten. Und du kannst sicher sein, es wird sich ständig vergrößern. Sie lernt etwas Wichtiges, sie lernt Erfolge haben. Erfolge machen stark – lies das Buch des Führers. Der hat das auch gewusst. Und er weiß: Solange er Erfolge hat, wird das Volk ihm zujubeln. Deine Inge liebt nicht den Führer, die liebt den Erfolg. Ihren.

Karl Sie ist offenbar deine Tochter, nicht meine.

Wagner Mein lieber Schwager, du bist – mit Verlaub – ein Versager. Du kannst dich nicht auf ein Spiel einlassen und die Regeln verachten. Du kannst nicht einmal den ‚Kampf' verkaufen, obwohl der sich fast von selbst verkauft. Deine Zahlen sind miserabel. Ich werde dich in einen Laden stecken müssen. Da ist deine Inge aus einem anderen Holz geschnitzt. Eine Kämpferin. ‚Mein Kampf', das ist ihr Tagebuch.

Karl Das ist das Patent des Führers. Er hat Unzählige zu Führern gemacht. Und alle Führer unterhalb des Führers sind Vasallen, die nur ein Gebot kennen, das Gebot des Führers in der Hybris des Erfolgs. Wir haben uns ihm alle untergeordnet, die Lehrer und Professoren, die Kleriker, die Offiziere, die Beamten, die Unternehmer, und alle zusammen haben ein Volk von achtzig Millionen in eine einzige Spur gezwungen.

Wagner Aber Inge läuft nicht in der Spur, Inge macht sie breiter und tiefer. Ich werde ihr eines Tages meinen Betrieb geben, verlass dich darauf.

Karl Nach dem Krieg, den du kommen siehst, wenn es dann noch Bücher gibt?

Wagner Bücher sind die Pflastersteine auf den Wegen zum Krieg und zum Frieden.

Karl Gib mir einen Laden, Paul, einen kleinen. Lass meine Kunden zu mir kommen, zwing mich nicht länger, hinter ihnen herzulaufen.

Wagner Noch nicht, mein Lieber, deine Beine müssen noch kürzer werden, ehe du dich sesshaft machen kannst. Aber eins ist klar: eines Tages wird Inge deine Chefin sein.

3

Kleine Abendgesellschaft; Ehepaare Weber, Inge, Paul Wagner

Karl Versteht ihr, dass ich keine rechte Lust habe, meinen Fünfzigsten zu feiern? Das hat der Führer vor acht Wochen für uns alle getan. Aber ich freue mich, dass wir heute Abend beisammen sind.

Herta Peter hat ein Telegramm geschickt, vom Fliegerhorst in Hildesheim, kurz und bündig: Drei Loopings zum Fünfzigsten. Dein Peter.

Inge Angeber!

Wagner Klare Führungseigenschaft, prägnant, keine Schnörkel.

Herta Hör auf, Paul.

Karl Dein Fünfzigster, im Reichshof vor fünf Jahren, das war eine illustre Versammlung. Weit habe ich's nicht gebracht in meinen fünfzig Jahren. Meine Kunden wissen nicht, dass ich Geburtstag habe.

Wagner Kunden gratulieren nicht, nur Lieferanten.

Willi Kuddel, einer lässt dich grüßen, der alte Behrendsohn. Der war heute Morgen bei mir im Laden.

Wagner Behrendsohn?

Willi Wollen Sie so freundlich sein, sagte er mir, ihrem Bruder eine Botschaft zu übermitteln? Bitte, sagen Sie ihm: ich habe das Buch gelesen und ich reise morgen. Ihr Bruder weiß, was ich meine.

Karl Ja, das weiß ich. Das ist gut. Ein Geburtstagsgeschenk für mich.

Wagner Behrendsohn?

Gertrud Ein Kunde von uns.

Wagner Botschaft, das klingt geheimnisvoll.

Karl Mein Kunde. Er hat den ‚Kampf' gekauft. Jetzt weiß er Bescheid, jetzt geht er ins Ausland. Vielleicht findet er ein gütiges Asyl. Das ist verdammt schwer in unserer Zeit.

Wagner Hast du dich auf jüdische Kundschaft spezialisiert? Kein Wunder, dass deine Zahlen so miserabel sind.

Inge Vati hat ganz ordentlich verkauft, Onkel Paul.

Gertrud Bei den Plünderungen in Behrendsohns Laden haben sich die SA-Leute mit den kostbaren Spitzen die Stiefel geputzt. Aber da kamen Kundinnen in den Laden, die haben sie ihnen aus den Pranken gerissen. Wäsche ist doch manchmal attraktiver als Weltanschauungen.

Wagner Die Hamburger sind nicht antisemitisch.

Herta Komm, Paul, lass!

Wagner Was haltet ihr denn von mir. Ich bin kein Judenfresser. Ich habe mein Handwerk bei Ullstein gelernt.

Willi Hast du den Verlag dann gleich mitgenommen in deinen Parteiverlag?

Wagner Deinen Konsumgenossenschaften ist es auch gut bekommen, dass sie jetzt von uns geführt werden.

Herta Nicht heute!

Wagner Karl, du hättest deinen Behrendsohn zu mir schicken sollen, dann wäre er längst draußen gewesen. Ich bin auch nicht einverstanden mit den Schikanen gegen die Juden.

Karl Schikanen? Du hast wohl deinen ‚Kampf‘ nicht gelesen.

Herta Hört auf, bitte.

Karl Du brauchtest ihn ja auch nicht zu lesen. Du hattest deine Partei.

Wagner Wir hatten alle unsere Parteien, du deinen Stahlhelm, Willi seine Arbeiterpartei, ich die anderen Sozis, die nationalen. Weg mit dem Parteienplunder. Anpacken ist die Devise, Machen, die Welt verändern. Arbeit für alle, die einen Sinn macht. Totale Mobilmachung, alle Kräfte nach vorn. Technik, meine Lieben!

Karl Und auf den Erbhöfen müssen die blonden Mägde die Garben mit der Hand binden.

Wagner Ihr habt doch den Hitler von rechts und von links gepäppelt. Dann ist er euch über den Kopf gewachsen, euch deutschen Studienräten, Hüter des deutschen Wesens. Und euch Genossenschaftskrämern mit eurer Schwärmerei, dann kam der Hitler und hat euch eure verdrehte Devise gestohlen – Gemeinnutz geht vor Eigennutz. Dass ich nicht lache.

Inge Ich lache nicht darüber, Onkel Paul. Wir müssen uns alle für die Gemeinschaft einsetzen.

Wagner Ja, wenn man so tüchtig ist wie du, meine Stabsführerin Inge. Aber nicht mit Redereien.

Karl Du verdrehst alles.

Wagner Ich lasse mich nicht scheel ankucken von euch. Habe ich deinen Behrendsohn aus dem Land gejagt? Ihr Träumer, ihr Schwärmer habt gewettert gegen alles, was modern ist, habt die Zukunft anhalten wollen in euren idyllischen Winkeln. Ihr habt unseren schönen Kapitalismus verdammt. Habt in allem, was modern ist, den Teufel am Werk gesehen, und natürlich auch die tüchtigen Juden. Soll ich sagen, wovon ich geträumt habe? Von einer Allianz der deutschen Arbeiter mit dem jüdischen Kapitalisten Rathenau. Reichskanzler Rathenau, der wäre es gewesen! Aber den habt ihr umgebracht, ihr Toren. Ich weiß, ein absurder Traum. Viele von uns haben geträumt. Aber jetzt haben wir Hitler.

Inge Träumen ist etwas Schönes. Onkel Paul. Und wir kämpfen für den Führer!

Wagner Du musst nur aufpassen, Inge – wenn wir versuchen, unsere Träume zu leben, bringen sie uns manchmal um.

Inge *(hebt ein Glas)* Auf die Zukunft, auf die nationale Arbeit! Auf die Fünfzigjährigen! *(alle heben das Glas)*

Wagner Inge, trink nicht auf uns Alten. Wir trinken auf unsere Inge. Und auf unseren Flieger, der macht die Welt klein. Auf Inge und Peter! *(hebt sein Glas)*

Herta Und auf den Frieden!

4

Karls Familie allein in der Stube beim Aufräumen

Inge Der Führer sollte ein Gesetz erlassen, das es allen Familien verbietet, an Geburtstagen zu streiten.

Karl Und wolltest du uns denunzieren, wenn wir es täten?

Herta Schon wieder Streit. Giftiger Streit.

Karl Es tut mir weh, wenn wir auf den Frieden und auf Inges und Peters Zukunft trinken. Sie werden keinen Frieden haben. Unsere Jugend zieht in den Krieg. Du hast den ‚Kampf‘ immer noch nicht gelesen, Herta.

Herta Du mit deinem dummen Buch! Entschuldige, Inge, ich bin ein bisschen wütend.

Karl Es ist ein dummes Buch, aber es macht klug. Das kann man nicht von allen Büchern sagen.

Inge Und es verkauft sich sehr gut. Wenn man es richtig macht.

Karl In zwei, drei Jahren, sagt Paul, kommt der Krieg. Hitler predigt nur den Frieden, um den Krieg besser vorbereiten zu können. Ich bin froh, dass Inge bei ihm ist. Vielleicht kann er sie schützen.

Herta Ach, was da einer schreibt, wenn er in seiner Festung sitzt. Der Führer ist doch älter und reifer geworden in seinen Kämpfen.

Karl Die Frucht ist reif geworden, in seiner Hand. Was er mit seinen Worten gewollt hat, jetzt wird es Tat. Der ist kein Denker, der in seinen Büchern ein prophetisches Gewese macht. Jetzt schlägt er zu. Ja, wolkig und schwülstig ist vieles, was er schreibt, aber in allem Bombast wächst die Kraft eines Blitzes. *(holt das Buch vom Klavier)* Herta, setz dich hin, und lies es endlich! Von der ersten bis zur letzten Seite.

Herta *(mit einem Tablett voller Geschirr)* Das war ein trübseliger Geburtstag. Warum verderbt ihr immer alles?

Karl Warum liest denn keiner dieses Buch? *(wuchtet das Buch auf Hertas Tablett, Geschirr und Gläser fallen zu Boden, Herta mit dem leeren Tablett aus dem Zimmer, Karl folgt ihr)*

Inge *(sammelt Scherben zusammen)* Streiten, bis alles in Scherben fällt. Und Ingelein sammelt die Scherben ein. Sie hüten ihre Schätze, sammeln, putzen, polieren sie – Glanz, Schimmer, Schliff, und klirr! sind sie ein Scherbenhaufen. Ingelein putzt den Teppich. Igitt, wie das klebt, ekelhaft. Sie sparen auf ihren Volkswagen. Jetzt werden sie etwas länger warten müssen. VW, das Volkswunder. Ich will den DKW. In einem Jahr habe ich meine Wohnung, zwei Zimmer, Bad, elegant, mit dem Blick auf die weißen Kerzen der Kastanien am Alsterufer. Wie ist das düster hier! Ich schaff's – 130 Prozent. Ich verkaufe das Ding. Der Führer hat sein Buch für mich geschrieben. Er wird mich eines Tages einladen in seine Reichskanzlei. Oder auf den Berghof in Berchtesgaden

– da war ich noch nicht. Inge Weber – du bist meine tüchtigste Kampf-
genossin, ich verleihe dir das goldene Schwert der Spitzenverkäufer.
Du bist meine Nummer 1 an der Propagandafront. Deinen Vater
Karl ernenne ich zum Oberstudiendirektor. Dein Bruder Peter wird
Standartenführer. Deiner Mutter Herta verleihe ich das Mutterkreuz,
obwohl sie nur zwei Kinder hat. Ihr Webers seid eine vorbildliche deutsche Familie. Ehrenrunde mit Hanna Reitsch über der Reichshaupt-
stadt. Eierlikör, ekelhaft, das schmiert wie Rotz und Spucke.

Stube; Karl und Herta

Herta Du musst es mir versprechen. Du darfst dieses schreckliche Buch nicht mehr verkaufen.

Karl Das ist vorbei. Paul gibt mir den Buchladen in Eppendorf.

Herta Inge hat sich mit Haut und Haaren fressen lassen von Paul. Ich will das nicht.

Karl Sie hat jetzt die gesamte Vertriebsleitung übernommen. Sie ist Pauls bester Mann. Sie liebt ihren Beruf.

Herta Und kein Feierabend. Immer unterwegs, immer den Kopf voll. Und dieser Ehrgeiz. Ich kenne sie nicht mehr.

Karl Die Frau für die Familie, hat der Führer gesagt. Er schickt die Männer an die Kriegsfront, die Frauen an die Arbeitsfront.

Herta Wir werden auch Inge verlieren, an das Buch. Ich habe es gelesen, zu spät.

Karl Herta, vergiss das Buch.

Herta Der Hitler glaubt, das Werk des Herrn zu tun, wenn er der ganzen Welt seinen Krieg aufzwingt. Der wird immer weiter gehen, immer weiter. Karl, ich habe den Mann gewählt, der mir mein Kind genommen hat. *(weint)*

Karl Ich habe ihn auch gewählt, zweimal.

Herta Peter wurde konfirmiert, als wir ihn wählten. Deine Stimme und meine Stimme, das waren zwei Stimmen für Peters Tod.

Karl Wir haben geglaubt, eine gute Zukunft zu wählen.

Herta Aber es gab dieses Buch!

Karl Wir hätten es lesen können, aber das Hören dieser Stimme war eben einfacher, bequemer. Und wenn wir ein paar Brocken aufge-

schnapt haben von dem, was er schrieb, dachten wir: Großmanns-
sucht. Das schreibt eben einer, wenn er die Macht will. Und dass da einer die Macht will, um jeden Preis, das hat uns wohl gefallen.

Herta Weißt du, ob Peter das Buch gelesen hat?

Karl Nein, das glaube ich nicht.

Herta Aber er hat gewusst, wofür er gefallen ist?

Karl Ja, für ein großes nationales Ziel. Er ist nicht von uns allein erzo-
gen worden, Herta.

Herta Ich habe diese Fliegerei gehasst.

Karl Aber wir waren doch glücklich, als wir gesehen haben, mit welcher
Begeisterung Peter an seiner Fliegerei hing. Es ist die moderne Zeit,
Technik, Tempo, Männlichkeit. Peter war glücklich. Nicht das Fliegen
hat ihm das Leben genommen, es war der Krieg. Gegen Polen hat Hitler seine beste Waffe eingesetzt. Blitzkrieg.

Herta Die Flieger sind die Jüngsten. Es sind die Jüngsten, die fallen.
Vielleicht ist es doch gut, dass Inge das Buch verkauft. Dass auch du es
verkaufst, Karl. Millionen und Abermillionen. Vielleicht kann das Leben vieler junger Männer noch gerettet werden. Ganz Europa muss es
lesen. Die Länder müssen sich wappnen, um von Hitler nicht überfallen zu werden – die Engländer, die Franzosen, die Russen – ach, die haben ja schon ihren Pakt mit Hitler gemacht.

Karl Die Russen hätten das Buch auch lesen sollen vor ihrem Pakt mit
ihm. Hatten die nicht einmal einen Geheimdienst, der deutsche Bücher
lesen kann? Die Vision vom deutschen Ackerboden auf der Krim, die
Verachtung der Slawen als minderes Volk. Das ist doch keine Literatur.

Herta Verkauf es doch, Karl! Vielleicht werden es Menschen lesen, die
schon geweint haben.

Karl Zu spät. Der Hitler hat folgsame Leser. Er ist ja ein Sieger. Seine
Leser werden den Sieger lieben und sagen: seht mal, wie klug er ist, wie
weit er vorausschaut. Nein, das Buch kann keine Warntafel mehr sein.
Der Parteiverlag macht jetzt aus dem Buch eine Ausgabe für die Front,
auf dünnem Papier marschgerecht für den Tornister, statt Hölderlin

Hitler, statt Faust den Führer. Vielleicht wird Hitlers Kampf so etwas wie Rilkes Cornet, in den wir Soldaten in unserem Krieg verliebt waren. Die Deutschen sind so verliebt in ihr trauriges Sterben.

<h1 style="text-align:center">2</h1>

Wagners Büro; Paul Wagner, Karl Weber, Inge

Wagner Wir trinken auf deine neue Laufbahn, Karl. Der Buchhändler Weber soll leben.

Inge Hoch!

Wagner Nie mehr Vertreter.

Karl Ich habe mit meiner Kolonne über tausend an den Mann gebracht, immerhin.

Wagner Immerhin.

Karl Wieviel habt ihr von der Jubiläumsausgabe verkauft?

Inge 130 Prozent. Bei uns.

Wagner Geheime Parteisache. Die Zahl geht unter in den großen Mengen der Volksausgabe. Bis 1942 wollen wir achteinhalb packen – Millionen. Steigerung gegen 39 um 54 Prozent.

Inge Bei uns schaffen wir siebzig.

Wagner Nun mal langsam mit den jungen Pferden. Achteinhalb, das ist ein Rekord in der Verlagsgeschichte. Als ich angefangen habe, lag die Auflage bei 23 Tausend für den ersten Band, für den zweiten viel weniger. Wenn man bedenkt, dass der Führer sein Buch geschrieben hat, um seine Prozesskosten nach dem Feldherren-Debakel zu verdienen! 1933 hat es schon für einen schönen Mercedes und ein schickes Berghaus gereicht. Achteinhalb! Was macht der Führer bloß mit dem vielen Geld. Der hat doch alles.

Inge Geld, Geld! Wir haben den Auftrag der Parteikanzlei: die weitmöglichste Verbreitung des Buches ‚Mein Kampf' ist vordringliche

Pflicht aller Stellen der Partei, aller ihrer Verbände. Jede deutsche Familie, auch die ärmste, soll das Werk des Führers besitzen. Das Potential ist noch lange nicht ausgeschöpft.

Wagner   Und da sitzt du hier herum, Inge?

Inge   Wir haben den ‚Kampf‘ sogar in Blindenschrift.

Karl   Für die Kriegsblinden.

Inge   Wie? Für deutschsprechende Ausländer in Antiqua.

Wagner   Achteinhalb, ein echtes Massenprodukt.

Karl   Ein Parteiprogramm als Verkaufsschlager.

Wagner   Nein, es ist das Führerbuch. Ohne Hitler kein Programm. Würde Hitler morgen sterben, würde seine mächtige Partei zerflattern wie ein Morgennebel im Sonnenlicht.

Inge   Onkel Paul, die Partei hat doch sein Buch.

Wagner   Nein, das ist nicht die Bibel. Die kann den toten Christus lebendig machen, mit einem stummen Führer wäre sein Buch nur Altpapier. Wer den Führer liest, kann seine Stimme nicht hören. Du hörst keine Bergpredigt.

Karl   Wer liest, hört keine Stimme, die ihn verführen könnte. Lesen, das ist der Rettungsgürtel gegen die Masse in uns.

Wagner   Sagt ein Psychologe der Masse?

Karl   Sagt ein verrückter Bücherwurm in einem Roman, dessen Held seine Bibliothek verbrennt.

Inge   Ihr beiden Psychologen seid längst nicht so klug wie unser Führer. Er hat schon aufgepasst, dass seine Stimme auch beim Lesen zu hören ist. Habt ihr das Buch wirklich gelesen? Alle Wörter, alle Sätze hat der Führer gesperrt setzen lassen, bei denen er in einer Rede besonders eindringlich und laut geworden wäre.

Karl   Wo seine Stimme tremoliert, schluchzt, zittert, kippt. Wo der Schauspieler in ihm sich selber übertrifft?

Inge   Wo er seine Hörer rasen lässt. Die Gänsehautsätze. Ein gutes Buch muss auch seine öden Strecken haben. Den ewigen hohen Ton hält doch kein Leser aus. Trotzdem – wie viele Leute werden denn das

Buch gelesen haben? Ich bin nur Verkäuferin, mir ist das egal, aber was sagt wohl ein Deutschlehrer dazu?

Karl Noch zu wenig wird gesperrt. Rasse, Volk, Boden – alles gesperrt gesetzt. Das Wort vom Bluteinsatz wird nicht gesperrt. Das soll sich besser irgendwo verstecken.

Wagner Alles Spekulation. Ich lasse mir doch mein Erfolgsbuch nicht zerreden von euch.

Karl Wenn nur ein Zehntel deiner Käufer, Inge, es gelesen hat, wenn die Hälfte vielleicht nur geblättert hat – viele, viele Deutsche wären das. Sie alle wissen, welche Ziele der Krieg hat, in dem wir stecken. Wie lange noch? Wissen ist Verantwortung. Inge, hast du mit Peter gesprochen über das, was du gelesen hast? Womit du deine Erfolge beim Verkaufen feierst?

Inge Peter wäre immer geflogen, und wenn er sich das Flugzeug selbst hätte bauen müssen. Für das Buch des Führers hat er sich nicht interessiert. Das Buch ist nicht schuld, dass er gefallen ist.

Wagner Und jetzt ist Deutschland im Krieg, und Deutschland siegt und wir werden noch viele von unseren Büchern verkaufen. Jeder Sieg ein Absatzschub! Und meine Deutschen werden das Buch immer besser finden. Und schließlich alle, die akzeptieren, dass unser deutsches Reich die Führungsmacht Europas ist.

Inge Stellt euch vor! Ich fahre nach München, zum Verlag. Wir besprechen die Vertriebsrichtlinie für das Großgermanische Reich. Wir könnten von hier aus vielleicht nach Dänemark, nach Norwegen, bei unseren Zahlen sind wir der ideale Brückenkopf.

Karl Ich gehe in meinen Buchladen. Da kommen Menschen. Menschen, die neugierig sind auf Klein- und Enggedrucktes und auf Fußnoten. Für die ich nach Büchern fahnden muss. Die ihre Bücher verstecken, wie Säufer ihre Schnapsflaschen.

Inge Aber, Vati, dass du mir meinen ‚Kampf‘ nicht unterm Ladentisch versteckst! Zehn Millionen! 1945, spätestens.

An einer Haltestelle. Karl Weber, Frau Stein in Trauerkleidung

Frau Stein Herr Weber! Ja, sind Sie's wirklich? Guten Tag, Herr Weber.

Karl Guten Tag, Frau Stein.

Frau Stein Sie haben nicht gewusst, dass mein Horst gefallen ist?

Karl Das tut mir so leid, Frau Stein. Auch mein Junge ist gefallen –

Frau Stein Die lieben Jungen. In Norwegen, in Narvik, auf einem Munitionsschiff, das Schiff ist explodiert.

Karl Die ‚Neuenfels‘, ich weiß, Frau Stein. Horst, so ein prachtvoller Junge.

Frau Stein Er hat Sie sehr gemocht, Herr Weber.

Karl Dieser Krieg! Mein Junge –

Frau Stein Unser Günter ist siebzehn. Wird der Krieg noch lange dauern, Herr Weber?

Karl Ich weiß das nicht.

Frau Stein Sie haben mir das Buch des Führers gebracht, weil das Luxusbuch zu teuer war, wissen Sie noch? Ich habe es gelesen.

Karl Sie haben es gelesen!

Frau Stein Ja, Sie haben es mir doch extra gebracht, dass ich es lesen soll wegen Horst. Das ist doch kein Buch für dich, Gretel, hat mein Mann gesagt. Es hat lange gedauert, aber ich habe es gelesen. Mein Mann nicht. Das kennt man doch alles, hat er gesagt. Ich lese eigentlich nicht viel, Herr Weber, aber der Horst hat gern gelesen, und so viel. Aber ich – *(weint)*

Karl Es ist gut, dass sie das Buch gelesen haben.

Frau Stein Nur wegen Russland habe ich es gelesen. Weil ich Angst hatte vor einem Krieg mit Russland. Aber der ist nicht gekommen, Gott sei Dank, der Führer hat ja ein Bündnis mit Russland geschlossen.

Karl Ja.

Frau Stein   Es ist alles ganz anders gekommen als in dem Buch. Die Engländer waren es!

Karl   Die Engländer.

Frau Stein   Die haben die „Neuenfels" in die Luft gesprengt. Englische Schiffe waren das. Was haben die in Norwegen zu suchen! Der Führer wollte neuen Boden für die deutschen Bauern in Russland erobern, und was hat er gemacht. Er hat ein Bündnis mit Russland geschlossen. Er wollte sich doch mit England verbünden, hat er geschrieben. Und was machen die Engländer? Machen den Seekrieg! Gegen unsere Marine! Und Horst – (weint)

Karl   Frau Stein, es tut mir so leid.

Frau Stein   Nichts stimmt in dem Buch! Ich hätte das Buch nicht lesen sollen, ich hätte auf meinen Mann hören sollen.

Karl   Die Engländer wollten nicht, was der Führer wollte.

Frau Stein   Die haben auch sein Buch gelesen. Der Führer hat ihnen Angst gemacht mit seinem Buch. Ich habe meinem Mann die Stelle gezeigt. England sollte der Verbündete sein, die größte Macht der Erde. Das war alles ganz breit gedruckt –

Karl   Gesperrt.

Frau Stein   Wieso gesperrt? England, nicht all die fauligen Leichname aus dem letzten Krieg. Warum haben die Engländer uns angegriffen? Wenn die auf den Führer gehört hätten, könnte Horst noch leben.

Karl   Ich hab's nicht so weit, Frau Stein, ich lauf schnell. Auf Wiedersehen, Frau Stein! Alles Gute für Sie und Ihre Familie.

Frau Stein   Herr Weber –

Karl   Ja?

Frau Stein   Wollen Sie das Buch wiederhaben?

Karl   Behalten Sie es, Frau Stein, aber lesen Sie nicht mehr darin. Auf Wiedersehen.

Bäckerladen; Willi und Gertrud Weber räumen in den Regalen

Karl *(hat einen Zettel an der Innentür gelesen)* Was heißt das, Willi, ihr schließt den Laden?

Willi Tag, Kuddel.

Gertrud Ja, Freitag ist der letzte. Wir müssen. Erst der Mietvertrag, dann der Liefervertrag – beide gekündigt.

Karl Keine Fristen?

Gertrud Wenn dir zwei Kündigungen an einem Tag in den Laden flattern – nur noch Galgenfristen. Was darf's sein? Wir sind schon im Ausverkauf.

Karl Wegen Geschäftsaufgabe geschlossen? Wegen Geschäftsverbots muss es heißen.

Willi Vielleicht hätte ich schreiben sollen – wegen Kriegseinsatzes bis zum Endsieg geschlossen. Das kannst du jetzt oft lesen. Wenn ich nicht schon so alt wäre, käme ich noch ins Strafbataillon.

Gertrud Sieben Jahre haben wir uns mit dem Laden über Wasser gehalten.

Willi Oberkante Unterlippe. Wir sind nicht verhungert. Na, kein Problem in einem Brotladen.

Karl Und nun?

Willi Vielleicht Bewährung? Ich will's noch mal bei den braunen Verbrauchergenossenschaften der Arbeitsfront versuchen, da gibt's noch überlebende Kollegen aus der ‚Produktion'. Der Krieg schafft manche leere Stelle.

Karl Etwa in der Bäckerei?

Willi Oder brauchst du einen Syndikus in deinem Buchladen? Oder ich verkaufe auch deinen ‚Kampf', ich habe ihn ja gelesen.

Karl Nicht gründlich genug. Bei deinen Verbindungen könntet ihr längst im Ausland sein. Die genossenschaftliche Welt ist groß.

Willi Wenn ich das verdammte Buch nicht gelesen hätte, wäre ich längst in England oder Schweden. Ich habe gedacht – wer so etwas schreibt, macht es keine drei Jahre. Manchmal macht Aufklärung dumm.

Gertrud Auf dem Hof meines Bruders können wir vielleicht unterkommen. Der ist groß.

Willi Krisenfest. Schauerleute im Hafen werden auch gesucht. Die Volksgemeinschaft kennt keinen Rang und keine Klassen. Aber ich brauchte dein Buch wirklich nicht zu lesen. Das habe ich schon gekannt, als die alten Kämpfer mit ihren Schildern vor unseren Läden standen mit dem Befehl: kauft nicht im Konsum. Ein Buch verändert nicht den Weltenlauf, und die Politik buchstabiert keiner aus Büchern. Der eine liest das Buch und glaubt's, weil er glaubt, der andere glaubt's nicht, weil er's nicht glauben kann. *(Hitlerjungen im Laden)*

Hitlerjungen Heil Hitler! *(Scheppern der Büchsen)*

Willi Heute gibt's nichts. Kein Geld in der Kasse. Oder wollt ihr ein Brötchen? Schon ein bisschen trocken.

Hitlerjungen Heil Hitler! *(halten einem älteren Kunden die Tür auf, ab, er schaut ihnen durchs Schaufenster hinterher und sieht das Schild)*

5

die Vorigen, Behrendsohn

Karl Herr Behrendsohn!

Gertrud Guten Tag, Herr Behrendsohn. *(Willi erstaunt murmelnd)*

Karl Sie sind noch hier?

Willi Sie wollten doch weg, weg aus der Stadt, weg aus dem Land.

Behrendsohn Geschäftsaufgabe. Das ist bitter. Ich kenne das.

Karl Ich denke, Sie sind längst gefahren.

Behrendsohn Ich bin hier. Wohin gehen, wohin fahren? Meine Frau ist krank geworden. Es war zu spät. Alle Grenzen sind verschlossen.

Meine Frau ist Christin, ich hatte die Hoffnung, es gäbe für sie noch ein Türchen. Sie schließen schon am Freitag? Gut dass ich heute gekommen bin. Ich hätte nicht gewusst, wo ich Sie finden soll. Ich will meine Schulden bei Ihnen bezahlen.

Gertrud Das ist jetzt eh' egal. Die paar Mark machen uns nicht glücklich.

Behrendsohn Ein paar Mark können ein Vermögen sein.

Willi Und nun, Herr Behrendsohn?

Behrendsohn Wir reisen.

Karl Also doch. Endlich.

Behrendsohn Meine Frau und ich haben uns zur Reise entschlossen. Es gibt einen Ausweg.

Karl Nach Palästina?

Behrendsohn Ins Vaterland, ins Mutterland, ins Judenland, ins Christenland. Wir haben einen Weg gefunden. Wieviel bin ich ihnen schuldig, Frau Weber?

Gertrud Vergessen wir's, wir haben unsere Bücher schon geschlossen.

Behrendsohn O nein, wir Juden bezahlen unsere Schulden. Da sind wir heikel. Denken Sie an Shylock.

Willi Der war Gläubiger, Herr Behrendsohn.

Behrendsohn Ein jüdischer Gläubiger ist immer auch ein Schuldner. Nein, ein Schuldbuch wird nie geschlossen.

Gertrud *(schaut in eine Kladde)* 3 Mark 70.

Behrendsohn *(kramt Münzen)* Jetzt streichen Sie mich, Frau Weber, nicht?

Gertrud Danke. Gestrichen, Herr Behrendsohn. *(streicht den Namen aus)*

Behrendsohn Ich habe ein Geschenk für Sie, Frau Weber, aus dem Schatzkästlein meiner Frau *(überreicht ein Päckchen; während Gertrud auswickelt)* Es ist eine gute Brüsseler Arbeit –

Gertrud Spitzen! Wie schön!

Behrendsohn Köstliche traditionelle Handarbeit. Meine Frau hat sie gereinigt, mit großer Vorsicht, aber entschuldigen Sie die Flecken, ganz ließen sie sich nicht entfernen, ohne das Gewebe zu zerstören. Man sieht fast nichts.

Gertrud   Sind das die Spitzen – ?

Behrendsohn   Wir haben sie aufbewahrt. Meine Frau hängt an ihren Spitzen. Mich sollten sie erinnern an das Schlimmste, das ich in meinem Leben erfuhr, bis an mein Lebensende. Die SA-Banden konnten sie beschmutzen, aber zerstören können sie so etwas Schönes nicht. Diese Feinheit, diese frische Zartheit, die subtile Struktur. Ich habe mein Geschäft geliebt, wegen dieser Spitzen, die all meinen banalen Waren eine zauberische Würde schenkten. Bei Ihnen, liebe Frau Weber, sind sie in den besten Händen.

Gertrud   Ich kann doch nicht, das Herz Ihrer Frau hängt doch dran.-

Behrendsohn   Ach, wir müssen mit leichtestem Gepäck reisen. Die Spitzen sollen hier bleiben, in dieser Stadt, die einmal gut gewesen ist zu uns, in diesem Land, das wir lieben.

Karl   Nach Palästina, Herr Behrendsohn? Ja, gibt es denn ein Schiff?

Behrendsohn   Es gibt immer ein Schiff – ein Boot, in dem niemand auf die Finger geschlagen wird, wenn sie sich an den Rand klammern. Was werden Sie tun, nach Ihrer Betriebsaufgabe?

Willi   Wir müssen wohl hierbleiben. Wir sind zuversichtlich.

Behrendsohn   Verkaufen Sie noch Ihre Bücher, Herr Weber?

Karl   Ich stehe jetzt in einem Buchladen.

Behrendsohn   Bücher, das ist gut. Bücher sind so fein wie Brüsseler Spitzen, kostbar und gut, handgeklöppelt, wenn sie nicht mit Hämmern und Schwertern geschrieben werden. Ich wünschte, ich hätte mehr Bücher gelesen in meinem Leben. Sie hatten recht, Juden mussten das Buch lesen, unbedingt, das mit dem Schwert. Das Buch, das für uns Juden geschrieben worden ist, ein Lehrbuch der Schädlingsbekämpfung – gegen die Parasiten, die Bazillen, die Vampire, die Rotte von Ratten, gegen den Spaltpilz der Menschheit. Er will sie austilgen. Mit Gift.

Willi   Nehmen Sie es nicht wörtlich, Herr Behrendsohn, es ist hässlich, es ist nur Schaum vorm Mund. Wir Sozis gehören auch zur Pestilenz, von der die Menschheit befreit werden muss.

Behrendsohn Giftgas! Ist das ein Wort?

Willi Mit Giftgas wollte er auch uns Sozis bekämpfen, weil wir schuld daran wären, dass der Gefreite Hitler im Krieg eine Gasvergiftung erlitten hat. Dramatische Worte!

Behrendsohn Ich hatte viel Zeit, genau zu lesen. Wir Juden sind auch schuld an seiner Gastvergiftung. Giftgas gegen Giftgas! Das steht in einem deutschen Buch, Herr Doktor, das Millionen Deutsche gelesen haben. Lesen Sie das nach, was der Herr Führer geschrieben hat: Zwölftausend von den hebräischen Volksverhetzern hätte man im Weltkrieg unter Giftgas halten sollen, wie den Gefreiten Hitler, um Millionen wertvoller Deutscher zu retten. Wir sind wieder im Krieg! Zwölftausend.

Willi Er meint die Bolschewisten, mit denen er sich wieder angefreundet hat, sicher.

Behrendsohn Er meint die Juden. Er meint nur sie. Zwölftausend, sagt er, aber er meint sie alle. Alle! Warum zwölftausend? Zwölf Stämme hat das Volk Israel.

Gertrud Jesus hatte zwölf Jünger.

Behrendsohn Unter Giftgas setzen – alle. Was geschieht, wenn Hitler seinen Krieg gewinnt? Er wird ihn gewinnen. Wo könnten wir Juden uns dann vor seinem Wahnsinn verstecken? Wo? In Palästina? Da kommt er dann auch hin. Die Engländer werden ihn nicht aufhalten können. Für uns gibt es keinen Platz in der Welt.

Karl Sie reisen nicht nach Palästina, Herr Behrendsohn?

Behrendsohn Zeigen Sie mir das Schiff, das uns nach Palästina bringt. Ich muss jetzt gehen.

Gertrud Ein Brot, Herr Behrendsohn, ein bisschen Kuchen?

Karl Nicht nach Palästina?

Behrendsohn Ich nehme ein Brot, Frau Weber, das köstliche Steinofenbrot. Ihr Land hat mir nie etwas geschenkt, von Ihnen lasse ich mich gern beschenken. *(Gertrud wickelt das Brot ein, gibt es ihm)* Danke, herzlichen Dank. Leben Sie wohl, alle. Leben Sie wohl.

Gertrud Alles Gute für Sie, Herr Behrendsohn.

Karl Auf Wiedersehen!

Gertrud Grüßen Sie Ihre liebe Frau, und herzlichen Dank für die Spitzen.

Behrendsohn Hüten Sie unsere Spitzen, sie waren mein kostbarstes Produkt. *(reicht Gertrud die Hand, geht schnell, Glocke schrillt)*

Gertrud Mein Gott, wohin geht er?

6

Ein Brückengeländer. Karl Weber wirft Bücher aus seiner Tasche in den Kanal. Dämmerung. Blockwart kommt

Blockwart He! Mann! Was machen Sie denn da?

Karl Platsch.

Blockwart Was werfen Sie denn da in den Kanal?

Karl Ich füttere die Schwäne.

Blockwart Hier gibt es keine Schwäne, nicht im Isebekkanal.

Karl Ich füttere die Adler.

Blockwart Spinnen Sie, Mann. Was haben Sie denn da in Ihrer Tasche?

Karl Butterbrote. Brötchen. Kuchen.

Blockwart Zeigen Sie mal Ihre Tasche her! *(tritt näher)* He! Ich kenne Sie ja.

Karl So. Ich hatte nicht das Vergnügen.

Blockwart Sie sind doch der Vertreter. Ja. Sie haben mir den ‚Kampf' verkauft, die Jubiläumsausgabe, zwei davon.

Karl O ja, ich erinnere mich gern daran.

Blockwart Sie sind wohl den ganzen Tag wieder herumgelaufen, was? Verkaufen Sie immer noch das Geburtstagsbuch. Der war doch längst.

Karl Wollen Sie noch eins?

Blockwart Und was werfen Sie da ins Wasser. Was haben Sie da in Ihrer Tasche, Herr –

Karl Weber.

Blockwart Richtig, Herr Weber. Schmeißen Sie etwa die Bücher in den Kanal? Die Sie nicht verkauft haben?

Karl Meine Tasche ist leer. Nur Butterbrote. Jetzt ist sie leer.

Blockwart Das klatscht ja richtig. Butterbrote, Brötchen?

Karl Alles verkauft. Ausverkauf. Die Tasche ist leer.

Blockwart Zeigen Sie mir mal Ihre Tasche! *(schaut hinein)* Das ist die Büchertasche.

Karl Guten Abend.

Blockwart Ich muss das melden. Sie haben Bücher in den Isebekkanal geworfen.

Karl Platsch.

Blockwart Sie geben das zu?

Karl Auf Wiedersehen *(will gehen, wird am Arm zurückgehalten)*

Blockwart Weber, Ihren Vornamen, ja!

Karl Ich habe einen Ausweis *(nimmt den Ausweis aus einem Seitenfach der Tasche, der Blockwart betrachtet sie im Schein seines Feuerzeugs)*

Blockwart SVOMK, Sondervertriebsorganisation Mein Kampf. Herr Weber, wenn Sie diese Bücher in den Kanal geworden haben –

Karl Butterbrote, alte, harte.

Blockwart Wir stellen das fest. Ich mache Meldung. Wenn da ein Buch gefunden wird, das treibt, das hängt. Ich sage Ihnen, Herr Weber, wenn wir was finden.

Karl Den ‚Kampf‘, des Führers?

Blockwart Ich sage Ihnen nur eins, wir stellen das fest, wir ermitteln das. Das verschwindet nicht. Ich sage Ihnen, Herr Weber – *(liest den Ausweis)* Karl Weber, Sondervertriebsorganisation ‚Mein Kampf‘. Das hab' ich im Kopf. *(gibt den Ausweis zurück)* Wir behalten das im Auge. Wenn Sie da das Buch hineingeschmissen haben! Das kommt wieder hoch, das verschwindet nicht im Schlamm. Also –

Karl Guten Abend.

Blockwart Sie werden das erleben! *(geht)* Butterbrote!

Karl *(schlenkert die Tasche im Gehen)*

Und es ziehen mit Fahnen und Standarten

viel Trupps die Straße entlang.

Und sie singen Lieder aller Arten

in dröhnendem Gesang.

Da kommen sie mit Musike,

sie sieht sich das so an.

Von wegen Politike …

Sie weiß doch: Mann ist Mann.

Und sie sagt: ‚Ach, laß mich doch in Ruhe‘ –!

und sie wackelt mit der Tasche – mit der Tasche –

mit der Tasche,

mit der Tasche,

und sie tut strichen gehen.

Diese Gleichgültigkeit,

diese Gleichgültigkeit –

die kann man schließlich verstehen.

— — —